BERND FRANZINGER

Hexenschuss

MÄNNERJAGD Kommissar Wolfram Tannenberg wird gleich doppelt von einem Hexenschuss geplagt. Einerseits macht ihm sein Rücken zu schaffen, andererseits bereitet ihm ein kurioser Mordfall Kopfzerbrechen: Norbert Basler, Personalvorstand einer Bank, wurde durch einen Schuss in den Rücken getötet.

»*Kleine* Eintrittswunde – *große* Wirkung«, stellt der Pathologe Dr. Schönthaler angesichts der riesigen Blutlache fest, die den Teppich in Baslers Kaiserslauterer Villa durchtränkt hat.

Wenig später geschehen zwei weitere Morde, beide Male ist die Todesursache erneut ein »Hexenschuss« im Lendenbereich. Zudem waren alle Opfer für Personalentscheidungen zuständig.

Die Indizien weisen auf einen männlichen Täter hin. Doch eine hitzige Diskussion über die Frauenquote im Hause Tannenberg führt zu einem völlig neuen Ermittlungsansatz: Könnte hinter der mysteriösen Mordserie nicht eine militante Frauengruppe stecken, die einflussreiche Männer aus dem Weg räumt, um auf morbide Weise Frauenförderung zu betreiben?

Bernd Franzinger, Jahrgang 1956, lebt mit seiner Familie bei Kaiserslautern. Mit seinen überaus erfolgreichen ›Tannenberg‹-Krimis gehört er zu den bekanntesten Autoren der deutschen Krimiszene.

Bisherige Veröffentlichungen im Gmeiner-Verlag:
Tannenberg ermittelt (2012)
Todesnetz (2012)
Familiengrab (2011)
Zehnkampf (2010)
Leidenstour (2009)
Kindspech (2008)
Jammerhalde (2007)
Bombenstimmung (2006)
Wolfsfalle (2005)
Dinotod (2005)
Ohnmacht (2004)
Goldrausch (2004)
Pilzsaison (2003)

BERND FRANZINGER

Hexenschuss

Tannenbergs 13. Fall

Original

GMEINER

Personen und Handlung sind frei erfunden.
Ähnlichkeiten mit lebenden oder toten Personen
sind rein zufällig und nicht beabsichtigt.

Besuchen Sie uns im Internet:
www.gmeiner-verlag.de

Im Ehnried 5, 88605 Meßkirch
Telefon 07575/2095-0
info@gmeiner-verlag.de

1. Auflage 2013

Herstellung: Julia Franze
Umschlaggestaltung: U.O.R.G. Lutz Eberle, Stuttgart
unter Verwendung der Fotos von: © pischare / photocase.com
und © Polizeihistorischer Verein Stuttgart e.V.
Druck: GGP Media GmbH, Pößneck
Printed in Germany
ISBN 978-3-8392-1411-4

Fair is foul,
and foul is fair.

William Shakespeare, Macbeth

1

Norbert Basler lag quer über dem Couchtisch. Seine Beine waren angewinkelt und erinnerten an einen hüpfenden Frosch. Die Fingerspitzen berührten den Perserteppich, so als wollten sie etwas aufheben. Baslers Kopf war zur Seite geneigt, seine Augen starrten zur Ledercouch. Die Zunge hing schlaff aus dem schiefen Mund, was seinem Gesicht einen leicht debilen Ausdruck verlieh. Er trug eine dunkelblaue Freizeithose und ein weißes T-Shirt.

15 Zentimeter über dem Steißbein markierte ein faustgroßer Blutfleck die Eintrittsstelle des Projektils. Die Blutlache auf dem Teppich war bedeutend größer und wies die Form einer ovalen Sprechblase auf.

»Kleine Eintrittswunde«, murmelte Dr. Schönthaler in sein Diktiergerät. »Allerdings mit großer Wirkung.« Er schob die Unterlippe vor und brummte. »Bei dem enormen Blutverlust tippe ich mal tollkühn auf die verheerende Wirkung eines Teilmantelgeschosses.« Der Rechtsmediziner neigte sich zum bleichen Antlitz des Toten herab und fingerte an Baslers Mund herum. »Belegte Zunge«, knurrte er. »Was schlussfolgern wir daraus, Herr Hauptkommissar?«, rief er über die Schulter hinweg.

Tannenberg schlenderte gerade im Wohnzimmer umher und verschaffte sich einen ersten Eindruck vom Tatort. Er hasste es, dabei gestört zu werden.

»Was?«, raunzte er zurück.

Sein Freund verdrehte die Augen. »Ach, vergiss es, Wolf. Komm lieber her und hilf mir, diesen abgeschlafften Gesellen auf die Seite zu drehen, damit ich mir die Sauerei auf der anderen Seite etwas genauer anschauen kann.«

Widerwillig schlurfte Wolfram Tannenberg zum Glastisch. Er stellte sich an die Stirnseite und beugte den Oberkörper zum Leichnam hinab. Dann packte er Basler an der Hüfte und zog ruckartig an dem leblosen Männerkörper. »Aaa-aaaah«, stieß er plötzlich aus. Wie eingefroren verharrte er einige Sekunden in gebückter Haltung. Dann fasste er sich mit schmerzverzerrtem Gesicht an die Lenden. »Aua, aua, tut das weh«, jammerte er.

Zwei Kriminaltechniker eilten herbei und griffen ihm unter die Arme.

»Setzt mich in den Sessel«, keuchte der Leiter der Kaiserslauterer Mordkommission. »Aber vorsichtig!«

»Quatsch«, mischte sich Dr. Schönthaler ein. »Legt ihn neben den anderen Kerl auf den Couchtisch«, kommandierte er.

»Und wie?«, fragte einer der in Plastikoveralls gehüllten Spurenexperten.

»Auf den Bauch natürlich«, blaffte der Pathologe. »Und zieht ihm die Hose runter!«

»Warum denn das?«, stöhnte Tannenberg.

»Weil ich dir jetzt eine riesige Spritze in den Hintern rammen werde. Außer einem Besuch beim Abdecker hilft nämlich sonst nichts gegen einen Hexenschuss«, kommentierte der Rechtsmediziner das Leiden seines alten Freundes. Schmunzelnd kramte er in seinem Arztkoffer herum. Er köpfte eine Glasampulle und zog eine Spritze auf. »Tja, ja, mein armes, armes Wölfchen, dir hat wohl gerade eine Hexe ins Kreuz geschossen.« Dr. Schönthaler nickte zu Tannenbergs leblosem Nebenmann hin. »Allerdings mit weniger gravierenden Konsequenzen als bei unserem Sportsfreund hier.«

»Die Spritze tut doch bestimmt sauweh«, wimmerte der Chef-Ermittler.

»Weichei, Memme, Warmduscher, Schirmbenutzer«, brachte Dr. Schönthaler sein tiefempfundenes Mitgefühl zum Ausdruck.

In diesem Augenblick kehrte der Leiter der kriminaltechnischen Abteilung von der Garteninspektion in den modern eingerichteten Salon zurück. Er stand neben der Schiebetür, die den Essbereich vom Wohnzimmer abtrennte, und schlug entsetzt die Hände über dem Kopf zusammen.

»Um Himmels willen, was geht denn hier ab?«, zeterte Mertel. »Seid ihr denn alle wahnsinnig geworden? Ihr vernichtet wertvolle Tatortspuren.« Wütend stemmte er die Arme in die Seite. »Von Wolf und Rainer bin ich so was ja gewohnt«, fuhr er seine beiden Mitarbeiter an. Fassungslos schüttelte er den Kopf. »Aber dass ihr jetzt auch bei so was mitmacht, hätte ich niemals für möglich gehalten. Mensch, Leute, ihr seid doch Spurensicherer und keine Spurenvernichter!«

»Das war ein Notfall. Wir mussten ihm sofort helfen«, verteidigte sich der ältere der beiden.

Mertel winkte ab.

»Ich kann jedenfalls nichts dafür, Karl«, beteuerte Tannenberg. »Rainer hat mich …«

»Halt den Rüssel«, fiel ihm der Rechtsmediziner ins Wort, »und konzentrier dich auf die Höllenqualen der nun folgenden Spritzenkur. Bist du bereit?«

»Muss wohl«, grummelte Tannenberg. Er sog Luft durch die geschlossenen Zahnreihen ein. »Pass ja auf, dass es nicht so wehtut.«

»Aber sicher doch, mein liebes Wölfchen«, flötete Dr. Schönthaler.

Grinsend stach er die Nadel mehrmals in Tannenbergs untere Lendengegend. Danach tätschelte er den entblößten Hintern.

»Hör auf mit dem Quatsch«, fauchte sein Freund.

»Deine Pobäckchen halten einem Bleistifttest aber nicht mehr stand, alter Junge«, frotzelte der Pathologe weiter. »Vielleicht solltest du dir mal den Hintern liften lassen. Mithilfe der plastischen Chirurgie werden die hängendsten Hängebäckchen wieder prall. Einer meiner Kollegen von der Frischfleischfraktion verdient sich mit Senioren-Tuning ein lukratives Zubrot. Soll ich dir einen Termin bei ihm besorgen? Mach ich wirklich gerne.«

Dr. Schönthaler warf Mertel einen hämischen Blick zu und zwinkerte ihm zu. »Ich bekomme nämlich eine satte Vermittlungsprovision.«

Der Kriminaltechniker verzog gequält das Gesicht. »So, und jetzt legt ihr diesen notorischen Spurenvernichter auf die Couch«, ordnete er an.

Vorsichtig hievten seine beiden Kollegen Tannenberg hoch und verfrachteten ihn auf die Ledercouch. »Da bleibst du jetzt liegen, Wolf, und rührst dich nicht mehr von der Stelle«, befahl Mertel und ergänzte in schärferem Ton: »Ist das klar?«

Wolfram Tannenberg nickte brav.

Während der Leiter des K 1 mit geschlossenen Augen das Abklingen seiner Höllenqualen herbeisehnte, befragte Michael Schauß in der Küche des Bungalows die Frau des Anschlagsopfers, die zusammengesunken auf einem Stuhl saß und ihren Kopf in die Hände stützte.

»Dann fasse ich jetzt einmal zusammen, Frau Wettigmeier-Basler«, sagte der junge Kommissar in ruhigem Ton. »Sie waren heute Nachmittag zum Einkaufen in der Stadt. Als Sie vor einer guten halben Stunde nach Hause kamen, haben Sie im Wohnzimmer Ihren leblosen Mann entdeckt. Sie haben den Raum nicht betreten, sondern sofort die Notrufzentrale verständigt. Stimmt das?«

Die mit einem dunkelblauen Designerkostüm bekleidete Mittfünfzigerin nickte. Sie hob die Schultern an und öffnete ihre Arme zu einer entschuldigenden Geste. »Als ich das viele Blut gesehen habe, war ich wie gelähmt. Ich konnte nicht zu ihm hingehen. Es ging einfach nicht.« Sie schluckte trocken. »Ich hätte ihm doch eh nicht mehr helfen können. Er war ja schon tot.« Ein verzweifelter Blick. Die farblosen Lippen der Frau zuckten wild. »Oder?«

Michael Schauß legte eine Hand auf den Arm der Witwe, tätschelte ihn kurz. »Nein, Sie hätten Ihrem Mann nicht mehr helfen können. Nach Schätzung unseres Rechtsmediziners ist er ungefähr eine Stunde vor Ihrem Eintreffen verstorben.«

Elke Wettigmeier-Basler tupfte sich Tränen aus den Augenwinkeln. Sie presste die Lippen aufeinander und sog sie ein. »Wenn Norbert noch gelebt hätte«, schniefte sie, »ich hätte mir mein Leben lang Vorwürfe gemacht.«

»Das brauchen Sie wirklich nicht. Viele Menschen reagieren in Extremsituationen ähnlich wie Sie. Der Schock lähmt die Betroffenen und macht sie handlungsunfähig. Manchmal löst er aber auch regelrechte Fluchtreaktionen aus, zum Beispiel bei schweren Verkehrsunfällen. Sie haben also durchaus ein normales Verhalten gezeigt«, versuchte der junge Kommissar zu trösten.

Ein dankbarer Blick.

Wie betend drückte Michael Schauß die Handflächen aneinander und berührte mit den Fingerspitzen seinen Mund. Anschließend legte er die Arme auf dem Küchentisch ab. »Haben Sie, als Sie Ihren Mann entdeckt haben, zufällig durch die Wohnzimmerfenster in den Garten geschaut?«, fragte er in einfühlsamem Ton. »Und dort vielleicht den Schützen gesehen?«

Kopfschütteln.

»Ist Ihnen bei Ihrer Rückkehr irgendetwas Besonderes aufgefallen? Bitte versuchen Sie, sich genau zu erinnern. Vielleicht ein Auto, das sonst nicht hier parkt?«

Dieselbe Reaktion.

»Oder eine fremde Person, die sich auffällig verhalten hat?«

»Nein.«

»Sind Sie sich da ganz sicher?«

»Ja«, schniefte es zurück.

»Was ist Ihr Mann eigentlich von Beruf?«

»Norbert ist ...« Elke Wettigmeier-Basler verbarg ihr Gesicht hinter den Händen und antwortete mit tränenerstickter Stimme: »Norbert war Personalvorstand der Pfalzbank.«

»Hier in Kaiserslautern?«

»Ja, in der Zentrale am Stiftsplatz«, kam es der Witwe abgehackt über die Lippen.

Michael Schauß reichte ihr ein Glas Wasser, das auf der Anrichte stand. Sie nahm es wortlos entgegen und nippte ein paarmal daran. Dann stellte sie es ab und fuhr mit ihrem zitternden Finger über den Glasrand. Sie atmete schwer.

»In solch einer exponierten beruflichen Position macht man sich sicherlich nicht nur Freunde, könnte ich mir vorstellen«, versuchte der junge Kommissar das Gespräch wieder in Gang zu bringen. »Da geht es schließlich um Einstellungen, Karrierechancen, möglicherweise auch um Sanktionen bis hin zu Entlassungen. Hatte Ihr Mann Feinde?«

Im Zeitlupentempo wiegte Elke Wettigmeier-Basler den Kopf hin und her. »Nein, darüber weiß ich nichts, Herr Kommissar. Norbert hat zu Hause nie über seine Arbeit gesprochen.«

»Nie?«

Das Kopfschütteln der Witwe wurde energischer. »Nein, nie«, betonte sie. »Aber ich kann mir einfach nicht vorstellen, dass jemand solch einen Groll auf ihn hat, dass er ihn …« Sie stockte, trank einen Schluck Wasser und räusperte sich.

Michael Schauß schenkte sich Wasser nach. Anschließend machte er sich einige Notizen in seinem kleinen Büchlein, das er immer bei sich trug.

»Norbert war so ein ruhiger, höflicher und friedlicher Mensch«, fuhr Elke Wettigmeier-Basler nach einer Pause fort. »Er konnte keiner Fliege etwas zuleide tun. Er war beliebt und er wurde von allen geachtet. Vor allem auch wegen seiner sozialen Ader. Er hat sich bei der ›Tafel‹ engagiert und war im Vorstand von ›Arm-alt-allein‹.«

Aber irgendjemand muss ihn gehasst haben, dachte der junge Kommissar, während er eine Schmeißfliege beobachtete, die sich gerade auf dem Vorhang vor dem Küchenfenster niedergelassen hatte. Und zwar so sehr, dass er ihn erschossen hat. Bin sehr gespannt, welches Motiv hinter diesem heimtückischen Attentat steckt. Vielleicht Rache? Mit verstohlenem Blick musterte er die Ehefrau des Toten. Oder vielleicht Eifersucht?

Aus Erfahrung wusste er nur zur gut, dass die direkten Angehörigen von Mordopfern häufig dazu neigten, den Verstobenen posthum zu glorifizieren. Nicht selten förderten die Erkundigungen im nichtfamiliären Umfeld des Toten ein völlig anderes Bild des Mordopfers zu Tage, als es die nahen Verwandten gern zeichneten. Die Verherrlichung des Opfers geschah meist aus purem Eigeninteresse, denn dadurch versuchte die Verwandtschaft von vornherein jeglichen Tatverdacht von sich fernzuhalten. Motto: netter Kerl, kein Groll, kein Motiv – so einfach war das.

Der Kriminalbeamte befeuchtete seine Lippen mit der Zungenspitze. »Haben Sie eigentlich Kinder?«, wollte er wissen.

Elke Wettigmeier-Baslers Blick wanderte langsam an Schauß' Lederjacke empor, bis sie und der gutaussehende Kommissar sich direkt in die Augen sahen. »Nein, leider nicht«, antwortete sie, während sie sich seufzend abwandte und über seine Schulter hinweg zum Kühlschrank schaute. Sie schluckte so hart, als steckte ihr etwas Sperriges in der Kehle. »Ein gemeinsames Kind ist uns leider versagt geblieben. Obwohl wir wirklich alles versucht haben.«

»So, das reicht erst mal«, sagte Michael Schauß und erhob sich von seinem Stuhl. »Ich lasse Sie jetzt in Ruhe. Falls noch Fragen auftauchen sollten, rufe ich Sie an oder komme noch mal kurz bei Ihnen vorbei.« Er schob das Notizbuch in die Innentasche seiner Jacke und fragte in sanftem Ton: »Haben Sie eigentlich jemanden, der Ihnen in den nächsten Tagen ein wenig zur Seite stehen kann?«

Die Witwe sackte noch mehr in sich zusammen. Ihr Nicken wurde von pfeifenden Atemzügen begleitet. »Ich fahre nachher zu einer guten Freundin. Bei ihr werde ich auch übernachten.«

»Das ist eine sehr gute Idee«, lobte Schauß.

Elke Wettigmeier-Baslers Kinnpartie zitterte. Um die Tränen zu unterdrücken, legte sie ihre Fingerkuppen auf die Schläfen und massierte sie. Ein kurzer Blick in Richtung des Wohnzimmers und ein erneuter Stoßseufzer. »Ich weiß nicht, ob ich weiter in unserem Haus leben kann. Jetzt, nachdem …«

»Machen Sie sich jetzt darüber keine unnötigen Gedanken. Diese Frage wird sich nach einiger Zeit wahrscheinlich von selbst beantworten.«

»Wie meinen Sie das?«

»Ich bin mir sicher, dass Sie die richtige Entscheidung treffen werden, wenn Sie dieses schreckliche Ereignis ein wenig verarbeitet haben.«

Die Witwe legte den Kopf in den Nacken und stöhnte laut auf. »Oh, diese Kopfschmerzen machen mich noch wahnsinnig«, jammerte sie. Mit ihrer rechten Hand wies sie auf einen der Hängeschränke der Einbauküche. »Könnten Sie mir bitte zwei Schmerztabletten geben?«

»Natürlich«, entgegnete Schauß und öffnete die Schranktür, hinter der sich ein wahres Arsenal von Medikamentenpackungen verbarg.

»Die gelbgrüne Packung«, keuchte es in seinem Rücken.

Michael Schauß reichte der Witwe die Schachtel. Mit zitternder Hand nahm sie die Packung entgegen, drückte zwei Migränetabletten heraus und löste sie in ihrem Glas auf. Seufzend beobachtete sie das aufsprudelnde Wasser.

»Wenn Sie möchten, fahre ich Sie selbstverständlich zu Ihrer Freundin«, schlug der junge Ermittler vor. »Das mache ich wirklich gerne.«

»Vielen Dank, aber das ist nicht nötig. Die Tabletten wirken normalerweise sehr schnell. Es ist auch nicht sehr weit zum Haus meiner Freundin. Sie wohnt nur ein paar Straßenecken entfernt.« Die Witwe stützte sich auf dem Tisch ab und stand auf. »Es geht mir schon ein bisschen besser. Ich packe schnell ein paar Sachen zusammen und fahre gleich los.«

»Soll ich Sie in Ihr Schlafzimmer begleiten und Ihnen beim Packen helfen?«, bot er, ohne nachzudenken, spontan an. »Ich kann natürlich auch eine Kollegin darum bitten«, schob er geschwind nach.

»Nein, nein, vielen Dank, junger Mann, das schaffe ich schon noch alleine«, wehrte die Witwe ab. Mit routinierten Handgriffen brachte sie ihr Kostüm in Ordnung und verschwand aus der Küche.

Der Kommissar schaute ihr nach, bis sie aus seinem Sichtfeld verschwunden war, dann ging er ins Wohnzimmer zu seinen Kollegen.

»Oh je, Wolf, was ist denn mit dir los?«, fragte er betroffen, als er seinen Vorgesetzten mit verkrampftem Gesicht auf der Couch liegen sah.

»Hexenschuss«, kam es gepresst zurück. »Das sind vielleicht Schmerzen, kann ich dir sagen.«

»Wirken die Spritzen denn noch nicht?«, fragte Dr. Schönthaler verwundert.

»Noch nicht so richtig.«

»Komisch«, meinte der Mediziner. »Ich hab dir eine Dosis verpasst, die normalerweise für einen Brauereigaul ausreicht.« Grinsend rückte er seine Fliege zurecht. »Soll ich dir noch eine zusätzliche Ladung verpassen?«

»Nee, nee, Rainer, es geht schon.«

2

Mitten in der Nacht meldeten sich die höllischen Hexenschussschmerzen zurück. Tannenberg schleppte sich ins Badezimmer und warf gleich drei Tabletten auf einmal ein. Als nur wenige Stunden später der Wecker klingelte, fühlte er sich wie gerädert. Die obligaten Körperpflegemaßnahmen reduzierte er in diesem Morgengrauen, das seinen Namen wahrlich verdient hatte, auf eine Katzenwäsche.

Ebenso das Frühstück. Sehr zum Missfallen seiner besorgten Mutter trank er nur zwei Tassen Kaffee. Die einzigen Worte, die der notorische Morgenmuffel in der Wohnküche seiner Eltern zum Besten gab, richteten sich an seinen Bruder. Wegen seiner Rückenschmerzen sollte ihn Heiner zu seiner Dienststelle am Pfaffplatz fahren, wo im zweiten Obergeschoss die Kaiserslauterer Mordkommission angesiedelt war.

Nachdem er sich die Treppenstufen hinaufgequält hatte, knurrte er mit verkniffenem Gesicht: »Guten Morgen, Flocke«, in Richtung seiner Sekretärin, die hinter ihrem Schreibtisch saß und ihn versonnen anlächelte.

»Ihnen auch einen wunderschönen guten Morgen, Chef«, flötete es schmatzend zurück. »Einen doppelten Espresso, wie immer?«

»Nee, besser einen Kamillentee«, entgegnete Tannenberg. »Ich hab schon meine Kaffeeration intus. Und die bekommt mir gar nicht.« Demonstrativ legte er die Hände auf den Bauch. »Anscheinend vertrage ich diese verdammten Schmerztabletten nicht, die Rainer mir gestern gegeben hat. Mannomann, krampft's mir den Magen zusammen.«

Petra Flockerzie seufzte voller Mitgefühl. »Ich hab von Ihrem Malheur gehört, Chef. Es tut mir ja so schrecklich leid für Sie. Ein Hexenschuss ist wirklich eine sehr, sehr unangenehme Sache.«

»Ja, das stimmt«, stöhnte ihr Chef.

Der gute Geist des K 1 reckte mahnend den Zeigefinger. »Wenn Sie dieses Teufelszeug schlucken müssen, ist es ganz, ganz wichtig, dass Sie reichlich dazu essen. Am besten viel Joghurt und Quark. Damit schützen Sie die Magenschleimhaut.«

»Ja, ich weiß, Rainer hat mich auch schon auf die gravierenden Nebenwirkungen hingewiesen. Aber heute Morgen habe ich einfach noch nichts runtergekriegt. Ich weiß ja eigentlich, dass man diese Dinger nicht auf nüchternen Magen einwerfen soll. Aber ich hatte heute Nacht solche fürchterlichen Schmerzen.«

»Och, Sie armer Kerl.« Man sah Petra Flockerzie an, wie sehr sie mit Tannenberg litt. »Dann wird's jetzt aber Zeit, Chef, dass Sie für eine anständige Unterlage sorgen«, schlug sie vor. »Soll ich für Sie im Supermarkt etwas Gesundes kaufen? Milchprodukte sind wie gesagt wichtig. Und Bananen sind auch sehr gut geeignet.«

»Das wäre ausgesprochen nett von dir, Flocke. Mittlerweile hab ich nämlich einen ziemlichen Kohldampf.«

Die Sekretärin lachte so herzhaft, dass ihr Doppelkinn wabbelte. »Vielleicht kommen Ihre Magenschmerzen ja gar nicht von den Tabletten, sondern vom Hunger.« Sie stopfte sich einen Bissen in den Mund und tupfte sich die Lippen ab.

Tannenberg ging zwei Schritte auf sie zu. »Was isst du denn gerade Feines?«, wollte er neugierig wissen.

»Rohes Fleisch.«

»Rohes Fleisch?«, wiederholte der Kommissariatsleiter

ungläubig und ergänzte mit geschürzten Lippen: »Zum Frühstück?«

»Na klar, Chef.«

Wolfram Tannenberg schlurfte bis zum Schreibtisch, beugte sich nach vorn und stützte ächzend die Arme auf der Tischplatte ab. Er traute seinen Augen nicht. »Wieso …?«, fragte er mit angewidertem Blick auf das blutige Steak, das in einer Plastikbox auf Petra Flockerzies Schreibtisch lag.

Weiter kam er nicht, denn seine Sekretärin schnitt ihm das Wort ab. Als ausgewiesene Diät-Expertin sah sie sich genötigt, ihren Vorgesetzten über eine der zurzeit angesagtesten Abspeckmethoden zu informieren. Sie verschränkte die Arme vor ihrem gewaltigen Busen und verkündete in Dozentenmanier: »Rohes Fleisch ist zentraler Bestandteil der Steinzeit-Diät.«

»Steinzeit-Diät?«, prustete Tannenberg los und vergaß dabei fast seine Wehwehchen. »Darf man da nur in einer Höhle essen, oder wie?«

»Nein, das nicht«, gab die Sekretärin gelassen zurück, während ihr ein Lächeln über die Lippen huschte.

Der gute Geist des K 1 war es gewohnt, dass sich die Kollegen über ihre Diätprogramme lustig machten. Aber das störte sie nicht im Geringsten. Jeder Mensch hatte mindestens einen Feind, mit dem er sich im Laufe seines Lebens dauerhaft herumschlagen musste. Bei ihr waren es weder Süchte noch schlechte Angewohnheiten noch Mundgeruch oder stinkende Füße.

Ihr Feind wabbelte um ihre Hüften herum und begleitete sie auf Schritt und Tritt durchs Leben. Wie schon viele Male zuvor hatte sie sich auch diesmal wieder eisern vorgenommen, diesem nervigen Lebensbegleiter an den Kragen zu gehen und ihr Gewicht zumindest um einige Kilogramm zu reduzieren. Und mit diesem Abspeckprogramm wollte sie es nun wirklich schaffen.

»Die Paläo-Diät ist ebenso einfach wie genial«, behauptete sie. In ihrem energischen Tonfall schwang noch nicht einmal der Anklang einer kritischen Beurteilung ihres aktuellen Abspeck-Favoriten mit.

Tannenbergs runzelte die Stirn. »Paläo-Diät?«

»Ja, so wird diese revolutionäre Körperfett-Verbrennungsmethode auch genannt. Die Paläo-Diät ist etwas ganz anderes als diese schnelllebigen Modetrends. Etwas sensationell Neues – obwohl es eigentlich steinalt ist.«

Ihr Vorgesetzter grinste. »Aus der Steinzeit eben.«

»So ist es, Chef. Die Steinzeit-Diät ist ein seit vielen tausend Jahren bewährtes Ernährungskonzept, das quasi automatisch zu Gesundheit, idealem Körpergewicht und optimaler Leistungsfähigkeit führt. Oder haben Sie vielleicht schon mal einen übergewichtigen Steinzeitmenschen gesehen?«

Wolfram Tannenberg blies die Backen auf und ließ den aufgestauten Atem zischend entweichen, denn auf diese Frage fiel ihm spontan nichts Passendes ein.

Derweil säbelte Petra Flockerzie demonstrativ ein kleines Stück Rindfleisch ab und tunkte es in den eigenen Saft, ehe sie es in den Mund steckte und genüsslich kaute. Dazu trank sie pures Leitungswasser.

Während ihr Chef sie staunend beobachtete, fuhr sie schmatzend fort: »Die Steinzeit-Diät orientiert sich an der Ernährungsweise unserer Vorfahren, die ja bekanntermaßen Jäger und Sammler waren. Und ich mache es diesen Urmenschen nach, trinke ausschließlich reines Wasser und esse nur rohe, unbehandelte Nahrungsmittel, wie zum Beispiel rohes Fleisch, rohen Fisch und Obst.« Mit einer Serviette tupfte sie den roten Fleischsaft aus den Mundwinkeln. »Und Gemüse der Saison natürlich.«

»Natürlich«, wiederholte Tannenberg. »Dann isst du also auch rohe Kartoffeln?«, konnte er sich nicht verkneifen.

»Kartoffeln gab es in der Steinzeit noch nicht«, belehrte ihn seine dralle Sekretärin. »Ich esse nur Dinge, auf die die Evolution meinen Körper über zigtausende von Jahren hinweg vorbereitet hat.« Sie verzog den Mund zu einem überheblichen Lächeln. »Bei Kartoffeln war das nicht möglich.«

Tannenberg zeigte seine Handflächen. »Kapiert, Flocke. Ich hab's kapiert.«

»Wenn man die Steinzeit-Diät strikt befolgt, lebt man ausgesprochen gesund und muss weder Diabetes noch Multiple Sklerose oder andere Zivilisationskrankheiten fürchten«, legte sie nach.

»Eine wahre Wunderdiät ist das ja anscheinend«, frotzelte der Leiter des K 1.

»Exakt, Chef«, entgegnete Petra Flockerzie. Ihr Blick heftete sich auf einen dicken Pickel, der seit heute Morgen Tannenbergs rechte Wange zierte. »Und übrigens bekommt man dann auch keine Akne.«

Als eitler Gockel traf ihn diese Bemerkung bis ins Mark. »Hast du denn bei deinem blutigen Rohfleischfuttern überhaupt keine Angst vor Salmonellen und Trichinen?«, giftete Tannenberg zurück.

Petra Flockerzie schob strahlend die Hände unter ihre Achseln. »Nein, Chef, das Fleisch, das ich konsumiere, wurde sehr streng kontrolliert.«

In dem ehemaligen Leistungssportler brodelte es noch immer. »Wenn du diese Steinzeit-Diät wirklich erst nimmst, müsstest du doch auch Regenwürmer, Käfer und Engerlinge essen, oder?«, legte er nach, gespannt darauf, ob ihr auch zu diesem Argument etwas einfiel.

Seine Sekretärin zuckte gelassen mit den Schultern. »Ganz so eng muss man die Sache nun auch nicht sehen, Chef.«

Tannenberg grummelte irgendetwas Unverständliches

vor sich hin, bevor er sich in sein Dienstzimmer verzog. Als Erstes inspizierte er mit einem Handspiegel, den er in der Schreibtischschublade aufbewahrte, den mit einer Eiterpustel gekrönten Pickel. »Ich und Akne? Von wegen! Das kommt von diesen Scheiß-Medikamenten«, zischte er seinem Spiegelbild entgegen.

Dann klemmte er den ungeliebten Begleiter zwischen seine Fingernägel und quetschte ihn aus. In diesem Moment klopfte es an der Tür. »Einen Augenblick noch!«, brüllte er, während er einen Blutstropfen von seiner Wange tupfte. Wenig später klopfte es erneut. »Herein! Was gibt's denn so Dringendes?«

Als seine korpulente Mitarbeiterin im Türrahmen auftauchte, meldete sich schlagartig sein schlechtes Gewissen und er entschuldigte sich reumütig für seine vorherigen Provokationen. Schließlich wusste er nur zu gut, wie sehr Petra Flockerzie unter ihrem Übergewicht litt und wie oft sie in der Vergangenheit schon eine Diät abgebrochen hatte und rückfällig geworden war. Aber eigentlich wäre dies gar nicht nötig gewesen, denn sie liebte ihren Chef abgöttisch und hatte ihm seine spöttischen Bemerkungen bereits verziehen.

Für 10 Uhr hatte Tannenberg eine Dienstbesprechung angesetzt, bei der die ersten Ermittlungsergebnisse ausgetauscht werden sollten. Der Leiter der kriminaltechnischen Abteilung erschien als Letzter der eingeladenen Beamten.

»Entschuldigt die kleine Verspätung, Kollegen«, sagte Mertel, während er ins Besprechungszimmer des K 1 stürmte. »Die Arbeit an meinem Wandgemälde hat doch etwas länger gedauert, als ich zunächst angenommen hatte.«

»Welches Wandgemälde?«, fragte Sabrina Schauß.

Der Spurenexperte pickte mehrere Reißzwecken von der Ablage, rollte eine etwa einen Meter lange Raufasertapete auseinander und heftete sie an die Korktafel. Anschließend machte er eine ausladende Bewegung, so als präsentierte er ein Kunstwerk.

»Und, Leute, ist mir diese sogenannte Tatortskizze nicht ausgesprochen gut gelungen?«, fragte er mit stolzgeschwellter Brust.

»Sogar in Farbe – Respekt!«, lobte Tannenberg scheinheilig.

Obwohl Karl Mertel einen Laserpointer parat hatte, schnappte er sich einen Bambusstock und deutete damit auf seine Zeichnung.

»Die Villa befindet sich am südlichen Rand des Bännjerrücks. Das weitläufige Areal grenzt direkt an den Wald«, erklärte er. »Nur wenige Meter hinter der südlichen Grundstücksgrenze führt ein Forstweg hinunter zur Hohenecker Straße.«

»Also eine ideale Fluchtmöglichkeit für den Täter«, bemerkte Sabrina.

Der erfahrene Kriminaltechniker nickte. Ein schalkhaftes Lächeln huschte über sein Gesicht. »Theoretisch schon, praktisch wohl eher nicht.«

Erstaunte Mienen.

»Auf besagtem Waldweg haben wir nämlich keinen einzigen verwertbaren Reifenabdruck oder eine Fußspur entdecken können«, verkündete er. »Dies legt die begründete Vermutung nahe, dass der Schütze den tödlichen Schuss nicht von dort, sondern aus einiger Entfernung abgegeben hat.«

Mit einem Edding malte er ein rotes Kreuz in die Skizze hinein. Anschließend zeichnete er von diesem Punkt aus eine gestrichelte Linie über den mit Bäumen und Sträuchern angedeuteten Garten der Villa zum Wohnzimmer, dem Leichenfundort.

»Das Projektil durchschlug die rückwärtige Fensterfront des Hauses«, erläuterte Mertel. »Verlängert man nun diese Linie vom wahrscheinlichen Aufenthaltsort des Opfers durch das Loch in der Scheibe, dann …«

»Das haben wir schon kapiert, Karl«, fuhr ihm Tannenberg barsch in die Parade. »Deshalb: Bitte keine epische Breite, sondern die Kurzfassung.«

Mertels Augen funkelten bedrohlich. »Wenn du aufgrund deiner Ischiasschmerzen schlechte Laune hast, solltest du sie nicht an uns auslassen, sondern besser nach Hause fahren und dich auf die Couch legen«, giftete der Kriminaltechniker zurück. »Entweder präsentiere ich unsere Ergebnisse auf meine Art und Weise oder du musst auf meinen schriftlichen Bericht warten.«

Der Anpfiff verfehlte seine Wirkung nicht. Der Leiter des K 1 nahm den Kopf zwischen die Schultern und hob beschwichtigend die Hände. »Schon gut, Karl. Mich interessiert nur brennend die verwendete Munition.«

»Okay, du alte Nervensäge, dann arbeiten wir eben zuerst noch dieses Thema ab«, zeigte sich nun auch Mertel wieder versöhnlicher. »Obwohl es dazu eigentlich nicht mehr viel zu sagen gibt.«

»Wieso?«, fragte Tannenberg verdutzt.

»Na ja, wie mir zu Ohren kam, hat unser Doc bei der Inspektion des Leichnams eine Hypothese formuliert, mit der er mal wieder ziemlich genau ins Schwarze getroffen hat.«

»Welche Hypothese?«, fragte Geiger nach. Der Kriminalhauptmeister war erst in der Nacht von einem zweiwöchigen Mallorcaurlaub zurückgekehrt und offenbar noch nicht richtig in der Pfalz angekommen.

»Rainer hat mal wieder spekuliert«, erklärte Tannenberg. »Und zwar, dass es sich um ein Teilmantelgeschoss handelt, das …«

»… diese verheerende Wirkung erzielt hat«, vollendete Mertel den Satz. Er schnipste mit den Fingern. »Und nun kann die Kriminaltechnik stolz vermelden, dass diese Hypothese als verifiziert betrachtet wird.«

Armin Geiger zog das Kinn zum Hals. »He?«

Mertel verdrehte genervt die Augen. »Mit anderen Worten: Der Täter hat definitiv Jagdmunition verwendet. Jäger benutzen zumeist Teilmantelgeschosse, denn diese führen aufgrund der effektiven Energieabgabe«, ein Seitenblick zu Geiger, der förmlich an seinen Lippen klebte, »damit ist die Sprengwirkung des Geschosses gemeint, werter Herr Kollege, klar?«

Ein knappes Nicken.

»Die Teilmantelgeschosse führen zuverlässiger zum sofortigen Tod des Wildes, als es Vollmantelgeschosse tun. Durch die groben Splitter und den Restbolzen entsteht ein wirkungsvoller Wundkanal. Deshalb auch die von unserem Doc festgestellte große Austrittsöffnung im Bauch des Opfers.«

Sabrina Schauß schluckte hart. »Effektive Energieabgabe, wirkungsvoller Wundkanal«, murmelte sie vor sich hin. »Was für perverse Ausdrücke.«

»Stimmt schon, Sabrina«, pflichtete ihr Mertel bei. »Aber noch perverser als diese Worte ist wohl der Mörder, der diese Munition genau aus diesem zerstörerischen Zweck zur Tötung eines Menschen verwendet hat.«

Einige Augenblicke lang herrschte bleierne Stille im Besprechungszimmer des K 1. Einzig das Ticken der Wanduhr war zu hören.

»Also, dann mal weiter mit der Faktenlage«, brach der Kriminaltechniker als Erster das Schweigen. Er deutete mit der Stabspitze auf das aufgemalte rote Kreuz. »Von hier aus, wo ich diese wunderschöne Buche eingezeichnet habe, hat der Täter den tödlichen Schuss abgegeben.«

»Zweifelsfrei?«, fragte Geiger diensteifrig nach.

»Zweifelsfrei«, ertönte das Echo aus dem Mund des Spurenexperten. Er verlagerte sein Gewicht und schob einen Fuß vor. »Wir haben an dieser Stelle eine Patronenhülse des Kalibers 8x57 sichergestellt. Sie lag gut sichtbar auf dem Laub. Der Täter hat es offensichtlich nicht für nötig befunden, die Hülse mitzunehmen.«

»Vielleicht wollte er ja, dass wir sie finden«, warf Geiger ein.

Tannenberg ließ ein skeptisches Brummgeräusch ertönen. »Also handelt es sich bei der Tatwaffe tatsächlich um ein Jagdgewehr«, meinte er, an Mertel gerichtet. Er rieb sich die Hände. »Na, da haben wir doch schon mal einen ersten Anhaltspunkt.«

»Es wird aber noch bedeutend besser, Wolf«, entgegnete der Spurenexperte und verzog sein Gesicht zu einem breiten Grinsen. »Wegen des Regenwetters der vergangenen Tage war der Waldboden ziemlich aufgeweicht.«

Um die Spannung zu steigern, legte er eine Pause ein. Er ging zurück zum Tisch, schenkte sich ein Glas Mineralwasser ein und trank einen großen Schluck.

»Weiter«, forderte der Leiter des K 1.

Grinsend kratzte sich Mertel hinterm Ohr. Dann fuhr er endlich fort: »Am Fuß dieser Buche haben wir in der feuchten Walderde ein grobes Stollenprofil entdeckt. Es handelt sich um eines, das beispielsweise von Wanderschuhen verursacht wird. Die Fußspuren führen zu einem schmalen Pfad, auf dem sie sich allerdings verlieren.«

»Also ein Wanderer«, mischte sich der aus Mallorca zurückgekehrte Kriminalhauptmeister erneut ein.

»Ja, werter Kollege Geiger, wir haben es somit hundertprozentig mit einem Wanderer zu tun«, höhnte Tannenberg. »Deshalb beginnst du gleich nachher mit der Recherche in dieser abgedrehten Wanderfreak-Szene. Du fährst zur Geschäftsstelle des Pfälzerwald-Vereins und stellst dort alles auf den Kopf.« Er reckte einen Zeigefinger in die Höhe. »Und bitte die gesamte Palette der kriminalpolizeilichen Ermittlungsarbeit: Befragung der anwesenden Personen, Sichtung der Mitgliederlisten, Computercheck et cetera. Außerdem hast du in der nächsten Zeit sämtliche Volkswanderungen in unserer Gegend im Visier und nimmst dort von allen Wanderern Sohlenproben.«

Armin Geiger verengte die Augen zu schmalen Schlitzen und presste die Zahnreihen so fest aufeinander, dass sich unter seiner Wangenhaut kleine Höcker bildeten. »Danke, Chef, verarschen kann ich mich alleine«, knurrte er durch die geschlossenen Zahnreihen.

Der Kommissariatsleiter warf Mertel einen hämischen Blick zu, den dieser mit einem dezenten Schmunzeln quittierte.

Jeder der Anwesenden wusste aus leidiger Erfahrung, dass Tannenberg ein ausgesprochener Morgenmuffel war. Bis zum Mittagessen, das er meist zu Hause in der Küche seiner Eltern einnahm, war er übellaunig, muffelig, aufbrausend, provokant und ungerecht, worunter vor allem Armin Geiger zu leiden hatte.

Doch zu Tannenbergs Ehrenrettung trug bei, dass der pygmäenhafte Kriminalhauptmeister selbst großen Anteil daran hatte, vor einigen Jahren zum Prügelknaben des K 1 avanciert zu sein. Seine Zoten und sexistischen Anspielungen gegenüber Sabrina fanden alle unerträglich. Und da er sich diese Unart nicht hatte abgewöhnen und sich auch nicht hatte versetzen lassen wollen, musste er sich eben mit den kollektiven Anfeindungen seiner Kollegen arrangieren.

»Wie ich sehe, sind alle Mitarbeiter des K 1 versammelt«, erklang plötzlich eine ungewöhnlich tiefe Frauenstimme in Tannenbergs Rücken.

Erstaunt riss der Chef-Ermittler seinen Oberkörper herum. Die abrupte Körperdrehung löste einen schneidenden Schmerz im Lendenbereich aus. Er stöhnte auf, aber angesichts des überraschenden Damenbesuchs unterdrückte er die deftigen Flüche, die ihm auf der Zunge lagen.

»Guten Tag, die Herrschaften«, fuhr die Besucherin unbeeindruckt fort. »Für all diejenigen, denen ich noch nicht über den Weg gelaufen bin: Mein Name ist Agnes Rottmüller-Klomann. Ich störe Sie wirklich nicht gerne bei Ihrer schwierigen Ermittlungsarbeit. Aber bevor Sie die Neuigkeit über den Kantinenfunk hören, sollten Sie es meines Erachtens besser direkt von mir erfahren.«

Tannenberg zog einen Mundwinkel hoch. »Was erfahren?«

Die Frau nahm eine theatralische Pose ein und räusperte sich hinter vorgehaltener Hand. »Unser allseits geschätzter Herr Oberstaatsanwalt Dr. Sigbert Hollerbach wird uns leider bereits am kommenden Wochenende verlassen.«

Raunen.

»Heute Morgen wurde an höchster Stelle entschieden, dass ich ab nächster Woche seinen Zuständigkeitsbereich übernehmen werde.« Ein kurzes, aufgesetztes Lächeln. »Und somit natürlich auch die staatsanwaltliche Zusammenarbeit mit dem K 1.«

»Wieso … wieso denn das?«, fragte der völlig perplexe Chef-Ermittler. Er konnte einfach nicht glauben, was er da gerade aus dem Munde der Kollegin seines Intimfeindes vernommen hatte. »Wo ist er denn hin?«, fragte er verdutzt.

Agnes Rottmüller-Klomann setzte eine bedeutungsschwere Miene auf. »Mich hat Sigbert schon vor einigen Wochen ins

Vertrauen gezogen. Trotzdem kam auch für mich die Entscheidung des Justizministeriums ziemlich überraschend.« Die Staatsanwältin verschränkte die Hände vor dem Körper und ließ die Daumen umeinander kreisen.

»Dr. Hollerbach wurde von der Landesregierung damit beauftragt, unserem Partnerland Ruanda bei der Reform seines Justizsystems Hilfestellung zu leisten«, erläuterte sie. »Er soll schon am Wochenende nach Ruanda fliegen. Man munkelt, dass der liebe Sigbert nach dieser Exkursion direkt nach Mainz ins Ministerium wechselt. Der Justizminister hält anscheinend große Stücke auf ihn.«

»Das kommt wirklich überraschend«, meinte Tannenberg, immer noch sichtlich irritiert.

»Gut, meine Dame, meine Herren, ich muss nun zum Landgericht. Wie Sie sich sicherlich vorstellen können, gibt es dort noch eine Menge für mich zu regeln. Ich wollte Ihnen nur selbst die Neuigkeit mitteilen.« Wie zum Schwur hob sie eine Hand. »Also dann, auf gute Zusammenarbeit. Wir starten ja gleich mit einem spektakulären Fall.«

»Das kann man wohl sagen«, spielte sich Geiger in den Vordergrund.

»Obwohl er eigentlich schon auf gepackten Koffern sitzt, legt Dr. Hollerbach großen Wert darauf, dass er noch bis zu seiner Abreise für diesen Fall zuständig ist. Sigbert ist eben ein ausgesprochen pflichtbewusster, diensteifriger Beamter. Von seinem vorbildlichen Verhalten könnten sich viele eine Scheibe abschneiden. Sie halten ihn deshalb bitte immer auf dem Laufenden, Herr Hauptkommissar?«

Tannenberg zog die Augenbrauen hoch. »Selbstverständlich, Frau Staatsanwältin«, sagte er mit einer betont förmlichen Klangfärbung versetzt.

»Das freut mich zu hören, Herr Hauptkommissar. Dr.

Hollerbach wird dann die komprimierten Informationen umgehend an mich weiterleiten, damit der Übergang zwischen uns beiden reibungslos funktioniert.« Damit machte sie auf dem Absatz kehrt und eilte davon.

Tannenberg musste die Nachricht erst einmal verdauen. Natürlich hätte er angesichts der Tatsache, dass er nun endlich von seinem Widersacher befreit wurde, ein Feuerwerk abbrennen können. Andererseits aber vermochte er dessen Nachfolgerin nicht recht einzuschätzen. Er hatte bislang nur ein einziges Mal kurz mit ihr zu tun gehabt. Und dieser Fall lag mittlerweile einige Jahre zurück.

Wie er gehört hatte, galt Agnes Rottmüller-Klomann innerhalb der Staatsanwaltschaft als harter Hund, nicht zuletzt deshalb, weil sie sich in die von ihr bearbeiteten Strafverfahren regelrecht verbiss. Von ihrer Kompromisslosigkeit konnten die Kaiserslauterer Verteidiger ein Lied singen.

»Der Hollerbach auf dem Weg zum Justiz-Staatssekretär«, grunzte Mertel abschätzig. »Sachen gibt's, die gibt's gar nicht.«

»Das stimmt, Karl«, pflichtete ihm Tannenberg bei. Es dehnte seinen schmerzenden Rücken. »Okay, was soll's. Wir müssen die Dinge eh so nehmen, wie sie kommen. Mit der Rottmüller-Klomann müssen wir uns eben arrangieren.«

»Das wird nicht so einfach«, entgegnete der Kriminaltechniker. »Wie man hört, soll sie eine fleischgewordene Heckenschere sein.«

»Egal, Karl. Wir haben im Moment sowieso andere Probleme, als uns Gedanken über eine Staatsanwältin zu machen. Was hast du noch für uns?«

»Der Profilsohlenabdruck legt die begründete Vermutung nahe, dass es sich bei den Wanderschuhen um welche mit der Schuhgröße 44–45 handelt«, knüpfte der Spurenexperte an seine vorherigen Ausführungen an. »Außerdem weist ein Ast der Buche auf der Oberseite markante Abschabungen auf, die höchstwahrscheinlich von der Auflage, dem Verschieben und dem Rückstoß des Gewehrs verursacht wurden.«

»Gut«, sagte der Kommissariatsleiter. »War's das, Karl?«

»Fast«, erwiderte Mertel.

»Mensch, Karl, mir geht's heute wirklich nicht besonders«, keuchte Tannenberg mit flehendem Gesichtsausdruck. Er faltete die Hände. »Deshalb bitte, bitte lass dir nicht alle Würmer einzeln aus der Nase ziehen.«

Mertel erbarmte sich seines lädierten Kollegen. »An ihrem Stamm haben wir menschliche Haare entdeckt«, erklärte er. »Und zwar exakt neben der Stelle, an der vermutlich das Gewehr auflag. Der Schütze hat wahrscheinlich beim Anvisieren des Opfers seinen Kopf an den Baumstamm angelehnt.«

Geiger richtete seine Arme so aus, als ob sie eine imaginäre Jagdwaffe hielten. »Damit er ruhiger zielen konnte.«

Der Spurenexperte rollte mit den Augen und ergänzte: »Dabei müssen seine Haare in einen kleinen Riss in der Rinde geraten sein. Beim Anlehnen des Kopfes hat der Schlitz wohl wie eine Klammer gewirkt und die Haare eingeklemmt. Beim ruckartigen Lösen des Kopfes wurden sie dann aus der Kopfhaut gerissen.«

»Kein Wunder, denn der Täter hatte es nach dem Schuss garantiert sehr eilig«, bemerkte Sabrina. Sie strich sich eine Haarsträhne hinters Ohr.

»Damit hast du übrigens recht«, sagte Mertel.

»Womit?«, fragte die attraktive Kommissarin mit zusammengeschobenen Brauen.

»Mit der Geschlechtsbestimmung.« Der Kriminaltechniker klatschte in die Hände. »Laut DNA-Analyse haben wir es bei unserem Todesschützen hundertprozentig mit einem männlichen Täter zu tun.«

»Eine Frau wäre zu solch einer heimtückischen und barbarischen Tat auch gar nicht in der Lage«, behauptete Sabrina.

Zustimmendes Nicken.

»Hast du schon die Täter-DNA durch unsere Datenbanken gejagt?«, fragte der Leiter des K 1.

»Ja, das habe ich«, entgegnete Mertel. Er hob die Schultern und seufzte. »Leider ohne Ergebnis.«

»Das wäre ja auch wirklich zu schön gewesen«, murmelte Tannenberg kopfschüttelnd vor sich hin.

3

Bei strahlendem Sonnenschein fuhr Sabrina Schauß mit dem silbernen Dienst-Mercedes zum Stiftsplatz und parkte direkt gegenüber der Pfalzbank am Taxistand. Sie hatte noch nicht einmal den Zündschlüssel abgezogen, als bereits zwei Taxifahrer wild gestikulierend auf sie zustürmten.

Die junge Kommissarin war sich ihrer Wirkung auf das männliche Geschlecht durchaus bewusst. Nicht nur im Privatleben, auch in dienstlichen Angelegenheiten setzte sie diese weibliche Waffe strategisch ein und hatte damit schon die eine oder andere bedrohliche Situation entschärft.

Graziös schälte sie sich aus dem Zivilfahrzeug und baute sich vor den erbosten älteren Männern auf. Lächelnd zeigte sie ihren Dienstausweis. »Kein Grund zur Panik, meine Herren«, sagte sie. »Ich habe einen wichtigen dienstlichen Termin in der Pfalzbank. Dauert auch nicht lange.«

Mit einer lässigen Geste wies sie auf die mit fetten Buchstaben markierten Parkplätze. »Ich hab mich absichtlich auf den letzten Taxiplatz gestellt. Da stört mein Fahrzeug hoffentlich nicht, oder?«

»Nein, nein, kein Problem, Fräuleinchen«, säuselte der eine Taxifahrer, der seinen Kollegen um gut eine Kopflänge überragte. Er trug eine speckige Lederweste und eine Schirmmütze aus Cord.

»Wir passen sogar auf Ihren Wagen auf, damit Ihnen keiner den Spiegel abfährt«, versprach der andere. »Manche Autofahrer nehmen die Kurve nämlich ganz schön eng.«

»Vielen Dank, meine Herren! Ich hab's ja immer schon

gewusst: Die Kaiserslauterer Taxifahrer sind die hilfsbereitesten und nettesten weit und breit«, flötete Sabrina.

Sie bedachte ihre Bewunderer mit einem Wink über die Schulter und überquerte mit betont koketten Laufstegschritten die Karl-Marx-Straße.

Fräuleinchen – was für ein lustiger altmodischer Begriff, dachte sie, während sich das gläserne Eingangsportal der Bank mit einem schmatzenden Geräusch öffnete. Aus einer Zeit, in der sie uns noch auf den Händen durchs Leben getragen haben. Obwohl, das machen sie heute eigentlich auch noch. Wenn man sich die Sache richtig betrachtet, sind Männer total einfach gestrickte, primitive Lebewesen, die man ganz locker um den Finger wickeln kann. Man muss nur wissen, wie's geht.

Während sie die Treppenstufen hinauftrippelte, lachte sie in sich hinein.

Auch mein herzallerliebster Mischa bildet da keine Ausnahme, sinnierte sie. Er ist eben auch nur ein von Mutter Natur programmierter Mann. Deswegen heißt es ja auch ›Mutter Natur‹ und nicht ›Vater Natur‹.

Wir Frauen sind das starke Geschlecht, nicht die Männer! Die wissen das nur noch nicht. Brauchen sie eigentlich auch gar nicht. Wir wissen über sie Bescheid und nutzen dieses Wissen für unsere Zwecke aus – und die sogenannten Herren der Schöpfung merken das noch nicht einmal.

Um nichts in der Welt würde ich mit einem Mann tauschen wollen! Sabrina schüttelte den Kopf. Nee, nicht für alles Geld der Welt! Urplötzlich erinnerte sie sich an ihren Auftrag und an den Ort, an dem sie sich befand. Sie lächelte verschmitzt. Selbst, wenn die mir hier den Banktresor öffnen würden.

Die Nachricht vom gewaltsamen Tod eines Vorstandsmitgliedes hatte sich natürlich wie ein Lauffeuer in der Pfalzbank verbreitet. Überall dort, wo nicht gerade Kundenverkehr herrschte, standen Mitarbeiter beisammen und tauschten die neuesten Informationen, Vermutungen und Gerüchte aus.

Selbst am zentral platzierten Empfangstresen, an dem sich gerade zwei ältere Damen aufhielten, drehten sich die Gespräche nicht um irgendwelche Sparanlagen, Versicherungen oder Baufinanzierungen, sondern nur um ein einziges Thema: Wer hatte den Personalvorstand Norbert Basler aus dem Hinterhalt erschossen?

Bei Sabrinas erster Gesprächspartnerin handelte es sich um Norbert Baslers Chefsekretärin, eine hagere Frau mittleren Alters, die Sabrina spontan an die Frankfurter Gouvernante in der Heidi-Geschichte erinnerte. Entweder hatte Margot Prusseit von ihren Vorgesetzten einen Maulkorb verpasst bekommen oder sie hatte sich selbst ein Schweigegelübde auferlegt. Denn außer einsilbigen, unverfänglichen Antworten kamen ihr weder Bankinterna noch private Auskünfte oder gar Gerüchte über ihren ermordeten Chef über die schmalen Lippen.

Sonderlich erschüttert schien sie von Baslers Tod nicht zu sein. Zwar machte sie einen extrem verschlossenen, aber nicht deprimierten oder gar traurigen Eindruck auf die junge Kommissarin. Margot Prusseit geleitete die Ermittlerin in das Dienstzimmer ihres langjährigen Chefs.

Die Inspektion von Norbert Baslers Büro förderte ebenfalls nichts Interessantes zutage. Der einzige persönliche Gegenstand, den Sabrina entdeckte, war ein Foto, das in der rechten Ecke des gläsernen Schreibtisches stand. Darauf waren Basler und seine Ehefrau auf einem protzigen Segelschiff abgelichtet. Kein Notebook, kein Terminkalender, nichts, nur ein PC. Doch Baslers Bankcomputer konnte Sabrina selbstverständlich ohne richterliche Anordnung nicht zur Kriminaltechnik bringen.

Danach stattete Sabrina Schauß dem Vorstandsvorsitzenden der Pfalzbank einen Besuch ab. Dr. Dieter Rheinfeld zeigte sich zwar auskunftsfreudiger als Baslers Sekretärin, doch bedeutend ergiebiger war die Befragung auch nicht.

Rheinfeld beteuerte, dass Norbert Basler ein ausgesprochen fachkompetenter Personalchef gewesen sei. Über private Angelegenheiten oder gar Probleme seines Vorstandskollegen sei ihm nichts bekannt. Man habe zwar ab und an mit den Ehegattinnen an Geschäftsessen teilgenommen, darüber hinaus habe er jedoch keinerlei private Kontakte zu den Baslers gepflegt.

Auf Sabrinas Nachfrage hin bekundete Dr. Rheinfeld, dass er und der Personalvorstand der Pfalzbank sehr unterschiedliche Charaktere gewesen seien. Dienstlich sei man aber gut miteinander ausgekommen – und das reiche ja wohl auch. Näher wollte der Bankdirektor nicht auf dieses Thema eingehen.

Erfrischend direkt und offen gebärdete sich dagegen Doris König-Meininger, die Personalratsvorsitzende der Pfalzbank. Sie war die dritte Person, die Sabrina Schauß am Arbeitsplatz des Ermordeten aufsuchte.

»Sie hätten genau in Baslers Beuteschema gepasst«, empfing Doris König-Meininger die attraktive, sportlich gekleidete Kommissarin mit entgegengestreckter Hand. »Sie sind jung, sehr hübsch, haben lange Haare und eine tolle Figur.«

»Danke für die Blumen«, lachte Sabrina und schüttelte die Hand. Sie war sehr überrascht, dass sie nach der Mauer des Schweigens, auf die sie bei ihren bisherigen Gesprächspartnern geprallt war, nun offenbar eine wahre Plaudertasche vor sich hatte. Na, da werde ich nun hoffentlich ein bisschen mehr über den geheimnisvollen Herrn Basler erfahren, freute sie sich im Stillen.

»Bei wem waren Sie denn schon?«

Sabrina beantwortete die Frage.

»Von meinen Kollegen haben Sie sicherlich nichts Interessantes über Basler erfahren, stimmt's oder habe ich recht?«, grinste die Frau.

»Beides.«

Doris König-Meininger lachte schallend. »Ich sehe schon, wir beide verstehen uns. Übrigens kein Wunder, dass Sie keine Infos über diesen Mistkerl erhalten haben.«

»Wieso?«

»Ganz einfach: Rheinfeld hat heute Morgen bei einer Dienstbesprechung eindringlich auf Diskretion als Gebot der Stunde hingewiesen und den Kollegen mit massiven Konsequenzen gedroht, falls Sie den Mund gegenüber der Polizei oder Presse aufmachen sollten.«

Die Personalratsvorsitzende legte den Kopf schief. »Wie Sie wissen, ist das Image der Banken durch diese vermaledeiten Finanz- und Vertrauenskrisen der letzten Jahre enorm angekratzt. Und da soll um Himmels willen ja nichts von der Pfalzbank nach außen dringen, was auch nur den Geruch von persönlichen Verfehlungen oder gar kriminellen Aktivitäten haben könnte.«

Sabrina spitzte die Ohren und hakte sofort nach. »Erzählen Sie.«

Doris König-Meininger bot ihrem Gast einen Stuhl an. »Sie wundern sich bestimmt über meine Offenheit und meinen Mut, nicht wahr?«, fragte sie.

Die junge Kommissarin nickte.

»Ich gehe in einem Monat in Rente«, fuhr die Personalrätin fort. »Und da kann mir«, sie deutete mit dem Finger zur Decke, »von denen da oben keiner mehr was. Zumal sich an eine Personalratsvorsitzende eh kaum einer herantraut.«

Doris König-Meininger steckte sich eine Zigarette in den Mund, zündete sie an und inhalierte tief. »Ich habe sowieso nicht vor, das Bankgeheimnis zu missachten und dienstliche Interna auszuplaudern. Für solche Auskünfte müssen Sie schon den Weg über die Staatsanwaltschaft nehmen.«

Sabrina seufzte. »Ja, das werden wir wohl tun müssen.«

»Über persönliche Verfehlungen des Herrn Basler werde ich Ihnen allerdings gerne Auskunft geben.«

»Das freut mich.«

»Man soll ja bekanntlich nicht schlecht über Tote reden«, sagte Doris König-Meininger in den ausströmenden Rauch hinein. »Aber in diesem konkreten Fall sollten wir schon mal eine Ausnahme machen, finden Sie nicht auch?«

»Doch, doch«, beeilte sich Sabrina, ihr beizupflichten. »Da bin ich ganz Ihrer Meinung.«

»Das habe ich mir doch glatt gedacht«, sagte die Personalratsvorsitzende augenzwinkernd. Sie ging zum Fenster und öffnete es sperrangelweit. »Entschuldigen Sie bitte meine elende Qualmerei.«

»Kein Problem«, erwiderte Sabrina Schauß, obwohl sie eine militante Nichtraucherin war. Aber sie wollte es sich unter keinen Umständen mit ihrer auskunftsfreudigen Informantin verscherzen.

»Basler, dieser alte, geile Sack, stellte hier in unserer Bank für viele Frauen eine regelrechte Landplage dar. Immer diese anzüglichen Bemerkungen, zotigen Witze, sexistischen Anspielungen. Das hat uns Frauen unheimlich genervt. Vor allem bei Betriebsfesten oder -ausflügen, wenn er zu viel Alkohol getrunken hatte, war er so was von widerlich, kann ich Ihnen sagen.«

Angeekelt schüttelte Doris König-Meininger den Kopf. »Bäh, das war so abstoßend! Wie überaus peinlich muss es wohl für seine Frau gewesen sein, wenn sie ihn sturzbesoffen irgendwo abholen musste. Ich hab sie so oft bedauert, aber anscheinend wollte sie sich nicht von diesem Kotzbrocken scheiden lassen.« Sie breitete ihre Arme aus. »Verstehe das, wer will. Ich hab es jedenfalls nicht verstanden.«

»Sie kennen also nicht zufällig den Grund dafür, warum Frau Basler ihren Mann nicht verlassen hat?«

Doris König-Meininger wiegte den Kopf hin und her. »Nee, das weiß ich leider nicht. Wir waren schließlich keine dicken Freundinnen. Eigentlich kenne ich sie nur vom Sehen.«

»Ist es bei diesen Festen oder hier in der Bank auch zu sexuellen Übergriffen gekommen?«, wollte die junge Kommissarin wissen.

Die Personalrätin nickte mit zusammengepressten Lippen. Sie inhalierte tief. »Ja, leider hat es die gegeben. Allerdings konnte diesem Schweinepriester nie etwas Gerichtsverwertbares nachgewiesen werden. Entweder hat man die Kolleginnen massiv unter Druck gesetzt oder ihnen großzügige Abfindungsangebote unterbreitet.«

Die 60-Jährige sank förmlich in sich zusammen und schluckte hart. »Eine junge Kollegin hat sich wegen ihm sogar das Leben genommen. Margit war mein Patenkind, die Tochter meiner besten Freundin.«

»Oh je, das tut mir leid.«

Ein Ruck ging durch Doris König-Meiningers Körper und sie straffte sich. »Na ja, jetzt können die Frauen ja endlich aufatmen. Nun hat dieser Mistkerl seine gerechte Strafe erhalten. Die hat er wirklich mehr als verdient, das können Sie mir glauben.«

Sie registrierte Sabrinas forschenden Blick. »Ja, ich weiß, dass ich mich durch diese Aussage verdächtig mache. Aber warum sollte ich lügen? Ich habe dieses Schwein gehasst, richtig gehasst.«

Von der einen zur anderen Sekunde entspannte sich ihr verhärmtes Gesicht und ein Lächeln umspielte ihre Lippen. »Ich gebe sogar zu, dass ich mir bestimmt tausendmal vorgenommen habe, ihn umzubringen.«

Doris König-Meininger tippte sich an die Stirn. »Aber eben nur hier drinnen. Um ihm tatsächlich etwas anzutun, war mir mein Leben dann aber doch zu schade.« Sie schüttelte energisch den Kopf. »Nee, wegen so einem Stück Dreck gehe ich doch nicht ins Gefängnis. Der Kerl hat mich schon genug Zeit und Energie gekostet.«

»Trotzdem werden Sie verstehen, dass ich Sie nach Ihrem Alibi fragen muss«, sagte die Kriminalbeamtin.

Die Personalratsvorsitzende der Pfalzbank drückte die Zigarette aus. »Natürlich verstehe ich das, Frau Schauß«, entgegnete sie. »Ich war gestern Abend ab 17 Uhr mit meinen Freundinnen zusammen. Zuerst waren wir walken und anschließend haben wir in Dansenberg in einem Biergarten zu Abend gegessen.«

4

»Ach Gott, Wolfi, du bist ja immer noch ganz schief«, stieß Margot Tannenberg entsetzt aus, als ihr jüngster Sohn in gekrümmter Körperhaltung die elterliche Wohnküche betrat. »Ist denn dein Hexenschuss immer noch nicht besser?«

»Nee, leider nicht wirklich«, kam es stöhnend zurück.

Schwer atmend legte die alte Dame ihre Hand vor den Mund. »Nutzen die Tabletten denn überhaupt nichts?«

»Doch, ein bisschen helfen die schon, aber leider kann ich sie nicht mehr einnehmen.«

»Aber warum denn, Wolfi?«

»Ich vertrage diese Dinger einfach nicht. Mir wird immer ganz schlecht davon.« Er winkte ab. »Und diese verdammten Magenschmerzen erst.«

Margot spürte die Qualen ihres Sohnes am eigenen Körper. »Du armer, armer Kerl«, seufzte sie. »Willst du dich nicht lieber im Wohnzimmer auf die Couch legen? Ich bring dir dein Abendessen rüber.«

»Hotel Mama«, spottete ihr Ehemann, ohne seine Zeitungslektüre zu unterbrechen. »Mit Mimosen wie dir hätten wir nie einen Krieg gewonnen.«

»Und mit dir *haben* wir keinen gewonnen«, konterte sein Sohn.

»Unser wehleidiger Herr Hauptkommissar kann sich doch auch in den Hundekorb legen«, frotzelte Jacob. »Da kann ihm Kurt den Rücken wärmen und unser Jammerlappen kann mir in aller Ruhe von seinem neuen Fall erzählen.«

Als der bärenartige Familienhund seinen Namen hörte, hievte er seinen massigen Körper aus dem überdimensionalen Hundekorb und trottete zu Wolfram Tannenberg. Mit seiner waschlappengroßen Zunge leckte er die Hand seines Herrchens. Aber der war so tief in der Welt seiner Schmerzen versunken, dass er ihn nur kurz tätschelte und anschließend in Zeitlupentempo auf einem Küchenstuhl niedersank.

Kurt ließ sich diese Zurückweisung natürlich nicht bieten. Brummend schob er seinen schweren Zottelkopf auf Tannenbergs Oberschenkel. Als dieser nicht reagierte, setzte Kurt sich vor ihn und kratzte mit der Pfote an seinem Bein. Das tat er so kräftig und so lange, bis sich sein Herrchen schließlich erbarmte und ihn endlich mit den gewünschten Streicheleinheiten verwöhnte.

»Vater, du weißt doch ganz genau, dass ich dir keinerlei Auskünfte über den aktuellen Stand unserer kriminalistischen Ermittlungen geben darf«, machte Tannenberg seinem Vater zum x-ten Mal klar.

Entgegen sonstiger Gewohnheit verspürte der Senior heute ausnahmsweise einmal keine Lust auf die eingespielten Rituale, bei denen die beiden Streithähne immer wieder ein und denselben Nonsens produzierten. Deshalb verschwand er grummelnd wieder hinter seiner Bildzeitung und las die neuesten Transfergerüchte aus der Fußball-Bundesliga.

»Jetzt zieh doch mal deine langen Beine ein, damit Wolfi bequemer am Tisch sitzen kann«, pflaumte Margot ihren störrischen Ehemann an.

»Geht schon, Mutter«, meinte Tannenberg. Er hob die Nase an und schnüffelte demonstrativ in Richtung des Gasherdes. »Hm, riecht das gut. Was gibt's denn eigentlich Feines zu essen?«

Margot gab gerade rohe Kartoffelstücke in einen großen

Topf, in dem sich bereits kleingeschnittene Bohnen, Dörrfleisch, Zwiebeln, Knoblauch und ein Büschel Bohnenkraut befanden.

»Heute kommen Brockelbohnen und Härting-Frikadellen auf den Tisch«, antwortete sie über die Schulter nach hinten.

»Toll, Brockelbohnen habe ich schon ewig nicht mehr gegessen«, freute sich ihr jüngster Sohn.

Margot löschte das kräftig Angebratene mit Brühe ab und würzte anständig mit Salz und Pfeffer. »Früher war das ja eine eurer Leibspeisen«, erzählte sie, während sie im Topf herumrührte.

»Ja, das stimmt«, bestätigte der Kriminalbeamte.

Ihr verklärter Blick wanderte hinüber zu ihrem Ehemann. »Weißt du noch, Jacob, wie unsere beiden Buben immer über das Essen hergefallen sind, wenn sie mittags aus der Schule kamen?«

»Nee, das weiß ich nicht«, knurrte es zurück. »Wie auch? Denn während ihr euch zu Hause den Bauch vollgeschlagen habt, war ich im gesamten Bundesgebiet auf Montage und musste PFAFF-Nähmaschinen reparieren. Von Garmisch bis Flensburg war ich unterwegs, nur um das Geld für eure Brockelbohnen und eure Härting-Frikadellen zu verdienen.«

Der Senior tippte sich auf die Brust. »*Ich* musste schließlich meine Familie ernähren – und zwar ganz alleine.«

»Beklage nie den Morgen, der Müh und Arbeit bringt. Es ist so schön zu sorgen, für Menschen die man liebt«, reimte Margot vom Herd aus.

»Damals waren nämlich nur die Männer für das Geldbeschaffen zuständig. Während die Frauen zu Hause bleiben konnten.«

»Und nur ein bisschen kochen und putzen mussten«, ergänzte seine Ehefrau.

»Genau so war das damals.«

Margot Tannenberg nahm ein Geschirrhandtuch an den Enden und spannte es vor ihrem Oberkörper auseinander. Während sie das bekannte Lied von Johanna von Koczian intonierte, schunkelte sie hin und her. Ihr Sohn sang den Refrain lauthals mit.

»Das bisschen Haushalt macht sich von allein,
sagt mein Mann.
Das bisschen Haushalt kann so schlimm nicht sein,
sagt mein Mann.«

Jacob ließ sich davon nicht im Geringsten beeindrucken. »Diesen Emanzenkram heutzutage find ich zwar total bescheuert«, tönte er. »Aber etwas Gutes hat er schon: Heute bringen die Frauen wenigstens auch Geld nach Hause.«

»Welch wundersame Worte aus dem Munde meines frauenfeindlichen Schwiegervaters«, meldete sich Betty vom Türrahmen aus zu Wort. Sie wurde von ihrem Ehemann Heiner, der gemeinsamen Tochter Marieke und den Enkeln Paul und Emma begleitet.

Schon gestern hatte Margot den anderen Teil des Tannenberg-Clans zum Abendessen eingeladen. Betty hatte sofort zugesagt, denn im Gegensatz zu ihrer Schwiegermutter kochte sie ausgesprochen ungern.

Heiners Familie residierte kaum 20 Meter entfernt in einem Haus in der Parkstraße. Die Wohnhäuser verband ein gepflasterter Innenhof, der häufig für Kaffeekränzchen, Grillfeste oder als Spielplatz genutzt wurde. Emma hatte vor einem halben Jahr ein Brüderchen bekommen, um das sie sich seitdem rührend kümmerte.

Als Paul den riesigen Familienhund entdeckte, gluckste er

vor Vergnügen und strampelte aufgeregt. Er gab nicht eher Ruhe, bis Marieke die Babywippe neben dem Hundekorb abstellte und er Kurt intensiv beobachten konnte. Emma legte sich in den Hundekorb und schmuste mit der imposanten Genmischung eines Leonbergerrüden und einer Langhaarschäferhündin.

»Wenn das mit deinem Meinungswandel so rasant weitergeht, forderst du in vier Wochen noch eine verpflichtende 50-Prozent-Frauenquote für die DAX-Vorstände«, legte Jacobs streitsüchtige Schwiegertochter nach.

»Frauenquote«, spie Jacob so angewidert aus, als steckte ihm eine giftige Kröte im Mund. »Das ist der größte Schwachsinn seit Menschengedenken. Ihr Weiber habt schon immer gewusst, wie ihr euch eure Vorteile verschafft.«

»Hört, hört«, kommentierte Betty.

»Tu nicht so scheinheilig. Du weißt doch ganz genau, was ich meine.«

»Was meinst du denn?«

Jacob grunzte. »Ihr braucht euch nur ein bisschen aufzubrezeln, ein kurzes Röckchen und eine durchsichtige Bluse anziehen, ein bisschen mit dem Hintern wackeln …« Er klatschte in die Hände. »Und schon bekommt ihr von uns Männern so ziemlich alles, was ihr wollt.«

»Na, wenn du das sagst«, schmunzelte Betty.

Der Senior war nicht mehr zu bremsen. »Dann fordere ich bei den Behörden, Schulen, Universitäten und in der freien Wirtschaft eine Quote für Kaninchenzüchter, FCK-Mitglieder, Katholiken, Pfälzer«, ein Blick zu seiner Schwiegertochter, »Rothaarige, Linkshänder, Radfahrer und Kurzsichtige.«

Jacob tätschelte sich mit der flachen Hand die Stirn. »Frauenquote – so ein Schwachsinn! Es kommt doch wohl auf die Qualifikation eines Bewerbers an, und nicht auf seine Schuhgröße, Augenfarbe – oder sein Geschlecht!«

Betty Tannenberg lockerte mit den Fingern ihre kupferfarbene Lockenpracht und stemmte kampfbereit die Hände in die Hüften. Doch bevor sie etwas entgegnen konnte, legte ihr Schwiegervater nach.

»Was sind denn das für verrückte Zeiten, wenn bei einem CSU-Parteitag die alten Männer für die Frauenquote stimmen und die jungen weiblichen CSU-Delegierten dagegen, he?«, schimpfte er unverdrossen weiter.

Keine Antwort, nur gequältes Augenrollen.

»Ja, diese jungen Frauen haben sogar einen Verein gegen die Frauenquote gegründet. Das muss man sich einmal vorstellen.«

»Verräterinnen«, zischte Betty.

»Aber wieso denn?«, fragte Jacob. »Ihre Argumente sind absolut nachvollziehbar.«

»Von wegen!« Seine Schwiegertochter lachte auf.

Jacob legte die Zeitung auf den Tisch und tippte mit dem Finger auf den betreffenden Artikel. »Da, lies selbst, hier steht es schwarz auf weiß.« Als Betty nicht reagierte, zitierte er den Text: »›Wir qualifizierten Frauen brauchen keine Quote, um uns in einer Männerwelt zu behaupten. Wir werden in Schulen und Unis schon genügend bevorzugt, weil wir pflegeleichter und lernwilliger sind.‹« Jacob hob die Brauen und reckte einen Zeigefinger in die Höhe. »Wohlgemerkt: Das sagen Akademikerinnen.«

»Ich bin auch der Meinung, dass die Frauenquote frauendiskriminierend ist«, warf Marieke ein. »Denn dadurch drückt man aus, dass Frauen unqualifizierter für hochdotierte, einflussreiche Jobs sind als Männer und sie deshalb besonders gefördert werden müssen.«

Jacob strahlte.

»Nebenbei bemerkt wollen viele Frauen diese stressigen Jobs gar nicht haben«, fuhr seine Enkelin fort. »Vielen von uns sind die Familie und die eigenen Kinder mindestens genauso wichtig wie eine berufliche Karriere, die man nebenbei bemerkt natürlich auch mit Kindern machen kann.«

»Seh ich genauso«, blies Wolfram Tannenberg in dasselbe Horn.

»Wer fördert denn eigentlich junge Mütter wie mich?«, stellte Marieke in den Raum. »Um uns hat sich die Frauenbewegung noch nie gekümmert. Diesen kinderlosen Emanzen ging's doch vor allem darum, sich selbst in gutdotierte Positionen zu hieven, die sie ohne Quote nie erreicht hätten.«

»Meine Worte«, bemerkte Jacob und knetete seine faltigen Hände.

»Statt einer Frauenquote fordere ich eine Familienquote!«, legte Pauls und Emmas Mutter nach.

»Und wie sollte die deiner Meinung nach aussehen?«, wollte Betty wissen.

»Ganz einfach: Ich möchte, dass bei einer Stellenvergabe bevorzugt Familienernährer berücksichtigt werden. Dabei ist es völlig egal, ob es sich bei den Bewerbern um Mütter oder Väter handelt!«

»Außerdem lassen sich diese Kampfemanzen eh nicht von ihrem Karrierewahn abbringen, selbst dann nicht, wenn sie ein Kind kriegen«, behauptete Jacob.

»Versteh nicht, was du meinst«, sagte Betty.

»Diese Rabenmütter würden ihre Kinder doch am liebsten schon einen Tag nach der Geburt in einer Kinderkrippe abgeben und auch noch am Wochenende und in den Ferien zu Ersatzmüttern abschieben.«

»Du immer mit deinen haltlosen Unterstellungen«, beschwerte sich seine Schwiegertochter.

Jacob kratzte sich so intensiv am Arm, dass sich die Haut umgehend rötete. »Wieso stellt denn eigentlich niemand die Frage, ob ein Säugling oder ein einjähriges Kind das überhaupt will?«

»Was will?«, hakte Betty nach.

»Um 6 Uhr aus dem Bett gerissen und den ganzen Tag über von wechselnden Erzieherinnen fremdbetreut zu werden? Glaubst du denn wirklich, diese armen kleinen Würmchen wollen das?«

»Einzelfälle.«

»Pah! Von wegen Einzelfälle! Das werden leider immer mehr. Rechtsanspruch auf einen Kindergartenplatz ab einem Jahr. Als nächster angeblicher Fortschritt kommt dann der Rechtsanspruch auf Fremdbetreuung ab der Geburt«, zeterte der Senior. »Nirgendwo wird die unglaubliche Erziehungsleistung von normalen, verantwortungsbewussten Müttern und Vätern gewürdigt.«

»Die ja laut Statistik glücklicherweise immer noch die Mehrheit darstellen«, bemerkte Tannenberg.

»Stimmt, Junior«, pflichtete ihm sein Vater bei. »Aber in der öffentlichen Diskussion geht es immer nur um noch bessere Betreuungsangebote für die armen Würmchen dieser Karriereweiber.«

»Du bist doch …«

Jacob schnitt seiner Schwiegertochter das Wort ab. »Kinder werden wie Möbelstücke behandelt, die man mal hier abstellt, mal dort«, polterte er los. »Hauptsache, sie sind aus dem Weg und stören nicht die Selbstverwirklichung und Karriereplanung. Die besch…«, er brach ab und änderte die Wortwahl, »bescheuerte Lage dieser bedauernswerten Kinder scheint niemanden zu interessieren. Egoismus regiert die Welt! Du hast recht, Marieke: weg mit der Frauenquote!«

»Dem kann ich nur zustimmen«, mischte sich Tannenberg erneut in die Diskussion ein. Er formte mit seinen Händen ein Megafon und posaunte lauthals in die Wohnküche hinein: »Deshalb fordere ich die Abschaffung von Girls-Days, Frauenförderprogrammen und …«

»… die Einführung von Kindergärtner- und Grundschullehrer-Quoten, damit die Jungs endlich in ihren ersten zehn Lebensjahren nicht nur von Frauen erzogen und unterrichtet werden«, vollendete Heiner.

Betty fiel die Kinnlade herunter. »So kenne ich dich ja gar nicht, Heiner. Was ist denn auf einmal los mit dir?«

Tannenbergs Bruder schüttelte energisch den Kopf und fletschte die Zähne. »Ach, mir reicht's einfach allmählich mit diesem Frauenförderirrsinn. Schau dich doch mal an unserer eigenen Schule um: Alle A-15-Stellen sind von kinderlosen Frauen besetzt. Als Mann und Familienvater hat man kaum mehr eine Chance, eine Funktionsstelle zu erhalten.« Er warf seiner Tochter einen Blick zu. »Ich fordere die Familienquote.«

Betty legte die Stirn in Falten. »Ach, daher weht der Wind. Du bist sauer, weil dir Elfi die Stelle vor der Nase weggeschnappt hat.«

»Blödsinn!«, fauchte Heiner. »Von dieser Weibermafia im Kultusministerium hab ich gar nichts anderes erwartet.«

»Übrigens wollen Männer überhaupt nicht an eine Grundschule«, kehrte Betty zum ursprünglichen Thema zurück. Sie schnaubte abschätzig und tippte sich an die Schläfe. »Männerquote – so ein Quatsch! Bei einer festen Quotenregelung würden alle männlichen Bewerber eingestellt, auch die mit grottenschlechten Examina.«

»Siehst du, mein Mädchen, und genau deshalb ist die Frauenquote totaler Schwachsinn«, feixte Jacob.

Heiner machte eine ausladende Geste hinüber zu seinen Enkeln. »Ich möchte nicht, dass Paul gegenüber Emma benachteiligt wird.«

Seine Augen hüpften zurück zu seiner Ehefrau. »Du weißt doch selbst, dass es auch an unserer Schule die Mädchen viel einfacher haben als die Jungs.«

»Inwiefern?«, mimte Betty die Ahnungslose.

»Die Mädchen folgen konzentrierter dem Unterrichtsgeschehen, provozieren die Lehrer weniger, machen häufiger ihre Hausaufgaben, lernen fleißiger und schreiben deshalb die besseren Noten. Prozentual machen inzwischen bedeutend mehr Mädchen das Abitur – natürlich auch noch mit einem besseren Notendurchschnitt.«

»Kein Wunder«, lästerte seine emanzipierte Gattin. »Frauen sind eben intelligenter als Männer!«

»Pah, dass ich nicht lache«, höhnte Tannenberg, während sein Vater mit offenem Mund nach Luft schnappte.

»Schluss jetzt mit dieser fürchterlichen Streiterei!«, sprach Margot ein energisches Machtwort. »Setzt euch alle an den Tisch. Ab sofort will ich nichts mehr von diesem Kram hören. Es wird jetzt in Ruhe und Frieden zu Abend gegessen. Basta!« In versöhnlichem Ton schob sie nach: »Habt ihr denn kein anderes Thema auf Lager?«

»Doch: Wie wär's mit Wortakrobatik?«, schlug Heiner vor.

Mit diesem locker in die Runde geworfenen Begriff erzeugte er staunende Mienen.

»Spürt ihr das eigentlich auch?«, fragte Heiner.

Tannenberg schürzte verständnislos die Lippen. »Was?«

»Diese atmosphärische Spannung hier im Raum, dieses elektrisierende Knistern.« Heiner schüttelte sich wie ein nasser Eisbär.

»Das kommt garantiert von deiner aufgeladenen Frau«, konnte sich Jacob nicht verkneifen.

»Nein, nein«, wehrte Heiner ab. »So ist es immer, wenn ein begnadeter Künstler gerade von einer galaktischen Inspiration heimgesucht wird.«

»He?«, entfuhr es seinem Bruder.

»Heute ist Limericktag.«

Margot stellte eine große Schüssel mit den Brockelbohnen auf den Tisch. »Wer oder was ist Limerick?«, wollte sie wissen.

Die ›Göttin der Hausmannskost‹, wie Tannenberg manchmal seine Mutter titulierte, ging zum Herd und holte die Pfanne mit den Pferdefrikadellen. Heiner wartete geduldig, bis die alte Dame fertig aufgetragen hatte.

»Limerick ist eine Stadt in Irland. Sie hat einer besonders kreativen Gedichtform den Namen gegeben«, verkündete der Deutschlehrer.

Tannenberg raufte sich die Haare. »Oh Gott, mir schwant Fürchterliches«, stöhnte er auf.

Sein Bruder hatte für diesen Einwurf nur ein schalkhaftes Grinsen übrig. »Ein Limerick ist ein schnell dahingeschriebenes, meist fünfzeiliges Gedicht«, dozierte er weiter. »Es erzählt eine kurze Geschichte und endet mit einer Pointe.«

Der selbsternannte Meisterpoet erhob sich, trottete zum Küchenschrank und besorgte sich einen Kugelschreiber sowie einen Collegeblock. Er wandte seiner Familie den Rücken zu und kritzelte wild drauflos.

Wolfram Tannenberg hatte sich gerade die zweite Frikadelle auf den Teller geladen, als sein Bruder auf dem Absatz kehrtmachte und sich in Rednerpose warf.

»Bin schon fertig mit meinem Limerick«, tönte Heiner. Er räusperte sich und präsentierte sein neuestes lyrisches Werk:

»Eine schicke Dame aus Saarbrücken,
wollten viele Herren gern beglücken.
Doch ihre Forderung nach Frauenquoten,
ging den Männern so tierisch auf die Hoten,
Dass sich keiner mehr ließ bei ihr blicken.«

»Das klingt völlig unrund«, kritisierte Tannenberg. »Reim dich oder ich fress dich, oder wie?«

»Mir gefällt's«, freute sich Jacob. Schmunzelnd fuhr er mit den Fingern durch seine seitengescheitelten, grauen Haare.

»Gerade dieses scheinbar Unrunde ist das Kernstück eines gelungenen Limericks, Wolf«, erklärte der Germanist und Hobbypoet. »Erst dadurch stößt das Gedicht in wahrhaft künstlerische Dimensionen vor.«

»Künstlerische Dimensionen«, prustete Tannenberg.

»Die provokante Regelverletzung, die anarchische Reimstruktur und die bewusst asynchrone Sprachmelodie. Kreativ, genial, inspirativ!« Heiner winkte ab. »Aber solche modernen lyrischen Kunstwerke verstehen Kulturbanausen wie ihr ja nicht ...«

»Na, jetzt mach aber mal halblang«, beschwerte sich sein Vater. »So begriffsstutzig, wie du uns immer darstellst, sind wir nun wirklich nicht.«

»Wann warst du denn zum letzten Mal im Theater?«, provozierte Betty.

»Wann warst du denn zum letzten Mal im Fritz-Walter-Stadion, he?«, konterte der Senior der Familie mit angespitzten Lippen.

»Fußball – aggressives, affiges Machogehabe.«

Aus Jacobs verschmitztem Lächeln ließ sich schließen, dass er noch einen Trumpf im Ärmel hatte. »Machen wir doch einfach mal ein Gedankenspiel zum Thema Gleichberechtigung der Geschlechter, liebe Elsbeth.«

Für Betty war ihr Geburtsname ein rotes Tuch. Neben ihrem eigentlichen Vornamen hätte sie liebend gerne auch ihre rustikale Herkunft aus ihrer Biografie verbannt. Nur wenige wussten, dass sie als Tochter eines Schweinezüchters auf einem hinterpfälzischen Bauernhof das Licht der Welt erblickt hatte. Aus funkelnden Augen feuerte sie hasserfüllte Blicke auf ihren Schwiegervater ab.

»Nehmen wir einmal an«, fuhr Jacob unbeeindruckt fort, »wir packen euer Auto randvoll mit allem möglichen Gerümpel und Müll und du fährst damit raus ins Kapiteltal zur Wertstoffdeponie.«

»Ich weiß überhaupt nicht, wo die ist.«

»Das allein sollte dir zu denken geben«, bemerkte Tannenberg.

»Wieso?«, fragte Betty verdutzt. »Was hat denn die Fahrt zur Mülldeponie mit Gleichberechtigung zu tun?«

»Wart's ab«, entgegnete ihr Schwiegervater süffisant. »Wie ich bereits vorhin kundtat«, sagte er in ungewohnt gestelztem Ton, »haben die werten Damen der Schöpfung schon immer gewusst, wie sie sich ihre Vorteile verschaffen. Zum Beispiel, indem sie schon in der Steinzeit den lieben Tag lang mit extrem kurzen Fellröckchen vor uns Männern herumgewackelt sind.«

Was habt ihr denn heute bloß alle mit dieser blöden Steinzeit?, dachte Tannenberg, als er sich an Petra Flockerzies neue Diät erinnerte.

»Und das ist heute noch genauso«, behauptete sein Vater unterdessen.

»Im Kopf eines altersgeilen Steinzeitmenschen wie dir bestimmt«, schoss Betty einen giftgetränkten Pfeil ab.

Obwohl es heftig in ihm brodelte, ließ Jacob nichts von seinem Zorn nach außen dringen. »Zurück zu unserem kleinen, aber feinen Gedankenspiel, liebe Elsbeth«, legte er nach. »Bist du bereit?«

Nur ein knappes Nicken als Antwort.

»Du fährst also raus zum Wertstoffhof. Vor der Rampe winken dich die orange gekleideten Herren der Schöpfung freundlich herbei. Zuvorkommend weisen sie dir einen Platz vor den Containern an. Als genetisch vorprogrammierte Kavaliere laden sie der armen, hilflosen Frau aus der Parkstraße die gesamte Fracht aus und verteilen sie in die betreffenden Container. Die gesamte Aktion dauert höchstens fünf Minuten.« Er stockte, wartete auf eine Reaktion.

»Ja und?«, fragte Betty, während sie sich auf einen Küchenstuhl setzte.

»So, und nun ist bei unserem kleinen Gedankenspiel dein Mann an der Reihe. Dieselbe Ausgangssituation, in Ordnung?«

Wieder nickte Betty.

»Nun stell dir bitte vor, Heiner fährt die Rampe rauf und kurbelt die Scheibe herunter. Was passiert jetzt?«

»Na, was wohl?«, höhnte Betty. »Wohl genau dasselbe wie bei mir.«

Schallendes Gelächter der Männer. Heiner hielt sich vor Lachen den Bauch, Tannenberg schossen sogar Tränen in die Augen.

»Das ist gut, das ist wirklich gut«, feixte der Kriminalbeamte und tupfte sich mit einem Taschentuch die Feuchte aus den Augenwinkeln. »Ach Gott, Elsbeth, wie kann man nur so naiv sein.«

Wie Lehrer Lämpel reckte Jacob den Zeigefinger in die Höhe. »Ich dagegen behaupte, dass die Müllmänner völlig anders auf einen Geschlechtsgenossen reagieren als auf eine Frau.«

Der Senior grinste breit. »Selbst wenn diese Frau nicht unbedingt der absolute Hingucker ist.«

»Danke für die Blumen«, knurrte Betty und verengte ihre schwarz umrandeten Augen zu schmalen Schlitzen.

»Dein lieber Ehegatte wird von der ersten Sekunde an angeschnauzt und schikaniert. Selbstverständlich muss er den Müll feinsäuberlich trennen und im Gegensatz zu dir jedes einzelne Gerümpelteil eigenhändig in den dafür vorgesehenen Container werfen.«

»Ist ja auch richtig so«, giftete Betty.

Ihr Schwiegervater war noch nicht fertig mit seinem Gedankenexperiment: »Ja, er muss sogar die Verpackungen der Zahnbürsten in Plastikmüll und Altpapier trennen«, fuhr er fort. Demonstrativ zeigte er auf die Küchenuhr.

»Bei Heiner dauert der Besuch des Wertstoffhofs eine geschlagene halbe Stunde. Danach ist er schweißgebadet und mit den Nerven völlig am Ende. Wohingegen du dich auf der Heimfahrt noch in den Blicken und Komplimenten der Müllmänner suhlst – wie eine Wildsau in der Schlammkuhle.«

Inzwischen hatte sich Bettys Teint ihrer Haarfarbe angeglichen. Wie ein Springteufelchen schoss sie in die Höhe. »Jetzt reicht's mir aber endgültig mit euch unbelehrbaren Chauvinisten«, zischte sie empört.

Um nicht laut loszuprusten, hielt Tannenberg die Luft an.

»Mir ist der Appetit gründlich vergangen. Mit solchen unverschämten Machos will ich nicht länger gemeinsam an einem Tisch sitzen«, schimpfte sie. »Ich fahre zu meiner Freundin und lade sie zu einem schicken Italiener ein. Diese südländischen Männer wissen wenigstens, wie sie sich einer Frau gegenüber zu benehmen haben.«

»Ja, genau wie die Müllmänner«, gab Wolfram Tannenberg seinen Senf hinzu.

An der Tür wandte sich Betty noch einmal zu ihrer Familie um. »Was haben Wolken und Männer gemeinsam?«, rief sie in die Küche hinein.

Keine Antwort.

»Wenn sie sich verziehen, kann es doch noch ein schöner Tag werden.«

Als die Tür zuknallte, schnaufte Jacob erleichtert durch. »So, jetzt können wir endlich in Ruhe zu Abend essen.«

»Du bist einfach unmöglich, Jacob«, zeterte seine Ehefrau. »Betty ist doch deine Schwiegertochter. Und sie war und ist für Marieke und Tobias eine gute Mutter.« Ein Blick zu ihren Urenkeln. »Und für Paul und Emma eine gute Großmutter.«

»Mag ja sein, dass sie das wirklich war und von mir aus auch immer noch ist«, gestand Jacob ein. »Aber wieso erzählt sie immer solch dummes Emanzenzeug?« Er vergrub beide Hände in den Hosentaschen. »Dieses Gelaber bringt mich total auf die Palme.«

»Was sich liebt, das neckt sich eben«, frotzelte Tannenberg. Er grinste schadenfroh und schenkte sich ein Bier ein. Dann gab er eine großzügige Portion Ketchup auf seine zweite Frikadelle. Anschließend zerdrückte er ein Stückchen Kartoffel in der Brühe, pickte zwei Bohnenbrocken auf und schob die Gabel in den Mund.

»Mmm, diese Mischung schmeckt klasse«, schwärmte er.

Jacob ließ ihn die ganze Zeit über nicht aus den Augen. Während sein Sohn einen Bissen Pferdefrikadelle nachschob, sagte er: »Wenn du so gut gelaunt bist, kannst du doch mal ausnahmsweise über deinen Schatten springen und deinem alten Vater etwas über deinen neuen Fall erzählen.«

»Unser Sherlock Holmes aus der Beethovenstraße lässt einfach nicht locker«, entgegnete sein Sohn.

»Zur Belohnung überlasse ich dir auch meine zweite Frikadelle.«

Wolfram Tannenberg lachte herzhaft auf. »Nee, danke, Vater, also die schaffe ich beim besten Willen nicht mehr. Dann hätte ich ja drei Härting-Frikadellen gegessen. Das wäre selbst mir zu viel«, sagte er schmatzend.

»Na, komm schon«, drängte der ehemalige Mitarbeiter der Firma Pfaff.

»Okay, dann will ich mal nicht so sein«, erbarmte sich Tannenberg. Drohend hob er die Augenbrauen. »Aber keinen einzigen Ton zu einem Nachbarn oder zu deinen Tchibo-Kumpels. Versprochen?«

Wie zum feierlichen Schwur hob der Senior die Hand. »Versprochen.«

Der Kriminalbeamte lehnte sich in seinem Stuhl zurück. »Also, was willst du denn wissen?«

»Bei dem Ermordeten handelt es sich um den Basler von der Pfalzbankzentrale am Stiftsplatz, gell?«, nutzte Jacob sofort die Gunst der Stunde.

Tannenberg nickte.

»Er wurde durchs Wohnzimmerfenster erschossen. Ein tödlicher Schuss in den Rücken. Und zwar von einer bislang unbekannten Person. Oder habt ihr schon einen Tatverdächtigen?«

Sein Sohn schüttelte den Kopf.

»Hätte mich auch sehr gewundert«, bemerkte Jacob grinsend. »Seine Frau hat ihn gefunden und die Polizei verständigt.«

Der Leiter der Kaiserslauterer Mordkommission widersprach nicht.

»Das ist ja nichts Neues, steht alles in der Zeitung«, meinte Jacob. Sein Gesicht leuchtete auf. »Aber ich möchte natürlich das wissen, was dort nicht steht.«

»Das habe ich mir doch glatt gedacht, mein lieber Sherlock. Leider haben wir noch nicht viel mehr.«

»Aber ein bisschen mehr habt ihr wohl, oder?«

Der Chef-Ermittler lächelte gönnerhaft. »Wir haben Fußabdrücke, eine Patronenhülse und ein paar Haare, die möglicherweise vom Täter stammen.«

»Und damit habt ihr die DNA des Schützen.«

»Es geht einfach nichts über einen zweiten Kriminalbeamten in der Familie«, scherzte Tannenberg.

Jacob strahlte und ergänzte: »Und zwar einen, der tatkräftig mitermittelt.«

»Das lass mal besser bleiben, Vater, sonst kriege ich von meinen Vorgesetzten nur wieder eins auf die Ohren.«

Der Hobbydetektiv beugte sich über seinen Teller und senkte die Stimme zu einem Flüstern. »Die bekommen doch von meinen Recherchen gar nichts mit«, raunte er in verschwörerischem Ton. »Dann kannst du wieder mit Informationen glänzen, die du exklusiv von mir erhalten hast.« Er rieb sich die Hände. »Das nennt man konstruktive innerfamiliäre Zusammenarbeit.«

»Wo hast du denn diesen Ausdruck her?«

Jacob zog das Kinn zum Hals und brummte zufrieden. »Ich bilde mich eben in meiner Freizeit weiter. Hast du noch nichts von lebenslangem Lernen gehört?«

»Ähm, doch, natürlich.«

»Ich habe mich sogar an der Universität zum Seniorenstudium angemeldet.«

Tannenberg schob die Unterlippe vor und nickte. »Respekt, Vater.« Dann kehrte er zum Thema zurück. »Also bei meinem neuen Fall bezweifle ich, dass deine Tchibo-Informanten Insiderinformationen besitzen. Oder glaubst du etwa, einer deiner alten Pfaffianer hat unmittelbaren Zugang zur High Society unserer Stadt?«

Der Rentner machte eine abschätzige Geste. »So weit oben in der Hierarchie stand der Basler nun auch wieder nicht«, sagte er. »Der war zwar im Vorstand der Pfalzbank«, er zuckte mit den Schultern, »aber soweit ich weiß, hatte er nicht viel Kontakt zu den sogenannten besseren Kreisen. Er hat sich bei denen zwar dauernd angebiedert, aber die haben ihn wohl ziemlich geschnitten.«

Tannenberg blies die Backen auf und ließ den aufgestauten Atem knatternd über die Lippen streichen. »Woher willst du denn das schon wieder wissen?«

Jacob legte den Kopf schief und grinste vielsagend. »Ich hab noch andere Informationsquellen als meine ehemaligen Arbeitskollegen am Tchibo-Stammtisch.«

»Ja, diese anderen Informationsquellen sind mir bestens bekannt: dein Friseur, dein Metzger, dein Bäcker, dein Masseur, die Mitarbeiter der Lotto-Annahmestelle, die Sitznachbarn im Fritz-Walter-Stadion, die Marktfrauen, die Leute vom Modelleisenbahnverein – hab ich irgendwen vergessen?«

»Es sind noch bedeutend mehr«, prahlte Jacob. »Dann sollten Sie jetzt mal die Lauscher spitzen, Herr Hauptkommissar. Sind Sie bereit?«

»Ja, Sherlock.«

»Also: Heute Morgen war ich bei der Massage. Und als ich da so auf meiner Fangopackung lag …« Er räkelte sich demonstrativ. »Du weißt ja: Morgens Fango, abends Tango.« Er zwinkerte seiner Frau zu. »Gell, Mutter?«

»Vater!«, drängte Tannenberg.

»Und als ich da so lag und an das letzte Spiel des 1. FCK

dachte, hörte ich in der Kabine neben mir plötzlich den Namen Basler. Da hab ich natürlich sofort die Antennen ausgefahren. Dieser heimtückische Mord ist ja zurzeit *das* Thema in der Stadt.«

Jacob lächelte verschmitzt. »Wobei ich im ersten Augenblick an den Mario Basler gedacht hatte. Ich war ja wie gesagt gerade gedanklich beim FCK.«

»Was hast du denn nun gehört?«

»Dieser Mann muss in der Bank arbeiten, oder er kannte diesen Norbert Basler privat. Er hat zwar mit dem Masseur getuschelt, aber ich hab trotzdem das Meiste mitgekriegt, was er gesagt hat.«

»Jetzt red endlich«, forderte der Kriminalbeamte.

»Der Mann hat behauptet, dass der Basler ganz schön viel Dreck am Stecken hatte. Er soll ein Schürzenjäger und Frauen-Grapscher gewesen sein. Und außerdem soll er für die Mafia als Geldwäscher gearbeitet haben.«

»Für die Mafia?«, prustete Tannenberg los. »Hier bei uns in der Pfalz?«

»Würdest du dich nur annähernd so gut informieren, wie es dein alter Vater tut, wüsstest du, dass gerade solche idyllischen Regionen wie die Pfalz bevorzugte Rückzugsgebiete der Mafia sind. Im wunderschönen Allgäu befindet sich zum Beispiel eine Mafiahochburg – mitten zwischen den malerischen Bergen.«

Margot seufzte tief. Ihr verträumter Blick hüpfte zwischen ihren beiden Söhnen hin und her: »Wisst ihr noch, wie schön damals unsere Urlaube auf dem Allgäuer Bergbauernhof waren?«

»Ja, vor allem der Gestank und diese aggressiven Bremsen überall«, grummelte Jacob. Er klatschte sich mit einer Hand auf die Wange, als wollte er eine Stechmücke zerquetschen. »Ich spür diese Mistviecher manchmal heute noch.«

Schmunzelnd knetete Tannenberg sein Kinn. »Wenn ich unseren Sherlock Holmes aus der Beethovenstraße richtig verstehe, will er uns nun allen Ernstes weismachen, dass auch zwischen den malerischen pfälzischen Hügeln die Mafia ihr Unwesen treibt, den Drogen- und Menschenhandel kontrolliert, Schutzgelder eintreibt und unsere Banken zur Geldwäsche benutzt.«

»Natürlich nicht alle Banken, Junior, aber die Pfalzbank. Und das ist die Bank, in der dieser feine Herr Basler im Vorstand saß.«

»Du guckst einfach viel zu viele Krimis«, entgegnete der Kriminalbeamte. »Schau dir doch zur Abwechslung mal eine Kultursendung an.«

»Und welche?«

Tannenberg sog tief Luft ein und ließ sie zischend entweichen. Sein Handy bewahrte ihn davor, eine Antwort geben zu müssen. ›Dreckschnüffler ruft an‹, blinkte es auf dem Display. Er stemmte sich in die Höhe und verzog sich ins Wohnzimmer.

»Was 'n los, du alte Nervensäge?«, frotzelte er. »Ist dir mal wieder todlangweilig zu Hause auf der Couch?«

»Tod schon, Wolf, langweilig eher nicht«, sagte Mertel.

»He?«

»Der Täter hat wieder zugeschlagen.«

»Wo?«

»In Otterberg.«

»Hast du schon eine Streife zu mir beordert? Mein Auto ist noch in der Werkstatt.«

»Nein, der Doc holt dich ab. Er müsste eigentlich gleich bei dir sein.«

5

Der Kriminaltechniker lag mit seiner Prognose genau richtig, denn Tannenberg hatte gerade das Gespräch beendet, als vor dem Küchenfenster die Attacke-Melodie einer 4-Klang-Kompressor-Fanfare ertönte, mit der Dr. Schönthaler seinen laubfroschgrünen 2 CV 6 ausgestattet hatte

In einem angesichts seiner Rückenschmerzen beachtlichen Tempo eilte Tannenberg aus der elterlichen Parterrewohnung hinaus auf die Beethovenstraße. Er wedelte hektisch mit den Armen und riss die klapprige Beifahrertür der Schaukelente auf.

»Mann, mach sofort den Krach aus!«, brüllte er gegen die Lärmmaschine an.

Der Rechtsmediziner nahm den Finger von der überdimensionierten Hupe und grinste seinem alten Freund frech ins Gesicht. Er wartete, bis sich Tannenberg auf dem gartenstuhlähnlichen Beifahrersitz niedergelassen hatte, dann tippte er auf das mit diversen Zusatzinstrumenten aufgemotzte Armaturenbrett, wo neben einem Drehzahlmesser eine Digitaluhr angebracht war.

»Zehn Sekunden. Letztes Mal warst du exakt viereinhalb Sekunden schneller«, verkündete er. »Du lässt ganz schön nach, alter Junge. Willst du dir nicht endlich mal eine Frischzellenkur gönnen?«

»Halt den Rüssel und fahr endlich los!«, pflaumte ihn der Leiter des K 1 an.

»Mach mal nicht so 'n Stress, Wolf. Karl hat mir glaubhaft versichert, dass der Tote bereits tot ist. Und deshalb kann er uns auch nicht mehr weglaufen. Der gute Mann wartet ganz geduldig, bis wir zu ihm kommen und ihn uns anschauen.«

Während Tannenberg die Augen verdrehte, setzte der Rechtsmediziner den Blinker und knatterte die Beethovenstraße hinunter. An der Richard-Wagner-Straße musste er warten. Das war die Gelegenheit, sein nagelneues 465-Watt-Bose-Surround-Soundsystem auszuprobieren, das mit sage und schreibe 14 Lautsprechern aufwartete.

Als die ersten Takte aus den Boxen dröhnten, drehte Tannenberg sofort den Lautstärkeregler herunter.

»Spielverderber!«, schimpfte Dr. Schönthaler. Er wartete, bis Bob Marleys Stimme erklang, dann stimmte er mit ein: »No woman, no crime, no woman, no crime.«

»›No woman, no *cry*‹ heißt es richtig«, korrigierte sein Beifahrer.

»Quatsch«, zischte es zurück. »›No woman, no crime‹ passt viel besser.«

»Blödsinn!«

»Wieso? Gäb's keine Frauen, gäb's keine Kriminalität.«

Wolfram Tannenberg schnaubte abschätzig. »Was ist denn das für eine schwachsinnige Behauptung? Mord und Totschlag ist eindeutig eine männliche Domäne, oder kennst du die Kriminalstatistik etwa nicht?«

»Doch, natürlich kenne ich die. Aber das ist nur die eine Seite der Medaille«, erwiderte der Rechtsmediziner. »Oder willst du etwa bestreiten, dass bei vielen Verbrechen Frauen eine zentrale Rolle spielen?«

Dr. Schönthaler musste scharf bremsen, denn ein rücksichtsloser Fahrradfahrer hatte ihm gerade die Vorfahrt genommen. »Du lebensmüder Idiot!«, brüllte er ihm durch das aufgeklappte Seitenfenster hinterher. »Wenn du so weitermachst, sehen wir zwei uns schon bald in der Pathologie!«

»Bei Beziehungstaten stimme ich dir natürlich zu«, sagte Tannenberg. »Aber das war's dann auch schon.«

»Von wegen«, protestierte der Entenfahrer. »Was ist denn mit den anderen klassischen Mordmotiven wie zum Beispiel Habgier? Da überfällt ein Mann einen Geldtransporter oder er raubt eine Bank aus. Wer sich dem Täter in den Weg stellt, wird plattgemacht. Und warum das alles, he?«

»Du wirst es mir gleich verraten.«

»Weil der Kerl seinem zu Hause auf ihn wartenden Püppchen mit der Kohle imponieren möchte, ihm etwas bieten will. Ein schickes Auto, einen riesigen Fernseher, Schmuck, teure Klamotten, Urlaubsreisen. Damit seine Liebste nicht mit einem anderen Macker abhaut. Also«, er sang wieder mit: »No woman, no crime.«

Der Kriminalbeamte schloss die Augen und faltete die Hände zum Gebet. »Bitte, lieber Gott, sorge dafür, dass endlich das Otterberger Ortsschild auftaucht.«

Doch Tannenbergs Flehen wurde nicht erhört, denn als er die Augen wieder öffnete, tuckerte die laubfroschgrüne Ente gerade von der Waschmühle aus den steilen Berg hinauf nach Morlautern.

»Du denkst mal wieder viel zu eindimensional«, polterte Dr. Schönthaler, als seine Schaukelkiste vor der einzigen Erlenbacher Ampel zwangsweise zum Stillstand kam.

»Wieso?«

»Weißt du, Wolf, es geht überhaupt nicht darum, ob letztendlich richtig ist, was man behauptet. Es geht darum, über den eigenen Horizont hinaus zu denken, die graue, träge Masse unter der Schädeldecke mit Impulsen zur Aktivität anzuregen.«

»Hast du heute mal wieder deinen philosophischen Tag?«, spottete der Ermittler.

»Manchmal muss man auch den Advocatus Diaboli spielen und eine Meinung vertreten, die gar nicht die eigene ist. Damit provoziert man bei seinen Mitmenschen Reaktionen und zwingt sie dazu, über scheinbare Selbstverständlichkeiten intensiv nachzudenken. Verstehst du, was ich meine?«

»Grüner wird's nicht.«

»Du bist und bleibst eben ein sturer Bock«, schimpfte Dr. Schönthaler und knatterte mit quietschenden Reifen los.

Die Autofahrt führte die beiden Streithähne über die L 389 nach Otterberg und dort zum Schlossberg, wo sich das Villengrundstück des Mordopfers an den Waldrand anschmiegte. Schon von Weitem sah man die kreisenden Blaulichter der Streifenwagen und die rot-weißen Trassierbänder, mit denen der Tatort weiträumig abgesperrt worden war, um die zahlreichen Schaulustigen fernzuhalten.

Begleitet vom Blitzlichtgewitter eines aufdringlichen Fotografen geleitete Mertel die Ankömmlinge zum Hintereingang des weitläufigen Areals, das mit hohen Ligusterhecken eingefriedet war. Als Pollenallergiker machte Dr. Schönthaler reflexartig einen weiten Bogen um eine blühende Trauerbirke, obwohl er natürlich wusste, dass er sich dadurch nicht vor den aggressiven Blütenpollen schützen konnte.

Die Kriminaltechniker hatten um den Gartenteich herum Paravents aufgestellt. Dadurch wurde den Neugierigen die Sicht auf das Mordopfer versperrt. Tannenberg und seinem Begleiter bot sich ein bizarrer Anblick: Wie Norbert Basler lag auch dieser tote Mann auf dem Bauch. Wieder markierte ein Blutfleck in der Lendengegend, wo das Projektil in den Körper eingedrungen war. In seinem Unterleib steckten die Spitzen eines niedrigen Metallzauns, in den er nach dem Schuss gestürzt war. Arme und Kopf des Mordopfers hingen über die gemauerte Kante des Gartenteichs hinweg und lagen im Wasser.

Als sich Tannenberg nach vorn beugte, machten sich seine Rückenschmerzen bemerkbar. Er sog Luft durch die Zähne ein und richtete sich ächzend wieder auf. »Könnt ihr denn nicht diese blöden Viecher von ihm fernhalten?«, polterte er ungehalten. »Merkt ihr nicht, dass die Karpfen ihn gerade anknabbern?«

Karl Mertel reagierte gelassen. »Nein, das glaube ich nicht, Wolf. Es sieht eher danach aus, als wollten ihn die Fische küssen.«

»Du spinnst doch«, fauchte Tannenberg und bedachte seinen Kollegen mit einem Scheibenwischergruß.

»Was motzt du uns eigentlich so an?«, fragte der Spurenexperte. »Du bestehst doch immer darauf, dass wir den Leichenfundort nicht verändern, bevor du ihn dir angesehen hast. Und genau das haben wir getan.«

»Ja, sicher, aber so was …«

»Das geht die ganze Zeit über schon so«, schnitt ihm Mertel das Wort ab. »Seitdem wir hier sind, schwimmen die Kois um ihn herum und berühren ihn mit ihrem Maul. Als ob sie ihn wachküssen wollten.«

»Ach Gott, wie süß«, höhnte der Leiter der Kaiserslauterer Mordkommission.

»Mach dich nur lustig, Wolf. Aber es gibt eben durchaus Dinge, von denen du keinen blassen Schimmer hast.«

Tannenberg fixierte seinen aufmüpfigen Kollegen mit einem stechenden Blick.

»Die Haushälterin des Mordopfers hat uns erzählt, dass Herr Blessing einen sehr engen Kontakt zu seinen Kois gepflegt hat«, informierte Mertel. »Er sei oft zu ihnen ins Becken gestiegen und habe mit ihnen gespielt. Sie ließen sich von ihm aus der Hand füttern und sogar streicheln.«

»Toll, wirklich toll«, spottete Tannenberg. Kopfschüttelnd

wandte er sich zu den anderen Polizeibeamten um. »Wer von euch hat die Haushälterin befragt?«, wollte er wissen.

Wie in der Schule streckte ein junger Uniformierter. »Ich, Herr Hauptkommissar.«

»Na, dann schieß mal los.«

Der Streifenpolizist zückte sein Notizbuch. »Nach Auskunft der Haushälterin handelt es sich bei dem Toten um einen gewissen Richard Blessing«, sagte er in förmlichem Ton. »Herr Blessing ist vor zwei Wochen 54 Jahre alt geworden. Er ist alleinstehend und hat keine Kinder. Er war Vorsitzender der Rheinland-Pfälzischen Mittelstandsvereinigung und Geschäftsführer der CARSAS-AG, einem Unternehmen, das die Automobilindustrie mit Sicherheitssystemen beliefert, also mit Airbags, Sicherheitsgurtsystemen und so weiter.« Er setzte eine entschuldigende Miene auf. »Mehr haben wir leider bisher noch nicht.«

»Das ist doch schon mal was. Danke, Herr Kollege.« Tannenberg nickte hinüber zu dem offenen Gartentor, durch das er vorhin auf das Grundstück gelangt war. »Dann wird der Heckenschütze wohl wieder vom Wald aus geschossen haben«, murmelte er vor sich hin.

Ein aufmerksamer Kriminaltechniker, der gerade bei seinen Kollegen eintraf, hatte die Worte aufgeschnappt. »Der Begriff passt haargenau, Wolf«, verkündete der in einen weißen Ganzkörperanzug gehüllte Spurenexperte.

Tannenberg kniff die Brauen zusammen. »Welcher Begriff?«, fragte er verdutzt.

»Heckenschütze.« Der Kriminaltechniker hielt einen Asservatenbeutel in die Höhe. »Aber diesmal hat der Täter höchstwahrscheinlich nicht vom Wald aus geschossen, sondern von der Ligusterhecke aus. Dort habe ich jedenfalls diese Patronenhülse hier entdeckt.«

»Warum ist er denn dieses Risiko eingegangen?«, fragte Tannenberg in die Runde der versammelten Beamten.

»Ich nehme an, das Sichtfenster durch das Gartentor war dem Schützen zu schmal«, spekulierte Mertel. »Außerdem musste er befürchten, dass die Gewehrkugel von einem der Metallstäbe des Gartentors abgelenkt werden würde. Wenn er die Waffe dagegen in der Hecke angelegt hat, war die Sicht auf den Koiteich optimal und vor allem auch frei von Hindernissen.«

»So wie es aussieht, wurde die Ligusterhecke an der Stelle, wo ich die Patronenhülse gefunden habe, dementsprechend präpariert«, betonte der Spurenexperte. »Es wurden kleine Zweige abgesägt und so eine Auflagemöglichkeit für das Gewehr geschaffen.«

»Anders als bei Basler befindet sich hinter diesem Grundstück kein Spazierweg. Also war das Risiko für den Heckenschützen nicht sonderlich erhöht.«

»Hm«, brummte der Leiter des K 1 nachdenklich.

»So, Karl, ich bin mit der ersten Leichenschau fertig«, verkündete Dr. Schönthaler.

»Todeszeitpunkt?«, mischte sich Tannenberg ein.

»18 Uhr – plus, minus eine halbe Stunde.«

»Also vor gut zwei Stunden.«

»Jo«, stimmte Dr. Schönthaler mit prüfendem Blick auf seine Armbanduhr zu. »Karl, du kannst jetzt die Flex anwerfen und unseren Koiliebhaber aus dem Gitter herausschneiden. Aber lass ja die Stäbe im Bauch stecken, klar?«

»Logo, Rainer, wir flexen die Metallstäbe hinter dem Querholm ab und fixieren die ganze Chose. Dann kannst du dich nachher in deinen Katakomben in aller Ruhe mit der Frage beschäftigen, welche der Verletzungen tödlich war. Mein Expertentipp lautet: Entweder war es die, die von dem Projektileinschlag hervorgerufen wurde, oder es war diejenige, die beim Sturz in den spitzen Zaun entstanden ist.«

»Vielen Dank für diesen entscheidenden Hinweis«, sagte der Pathologe.

Tannenberg saugte die Unterlippe ein und nagte nervös daran herum. »Warum schon wieder ein Schuss in den Rücken? Das verstehe ich irgendwie nicht. Ein Schuss in die Herzgegend wäre doch viel sicherer.«

»Na, vielleicht hatte der Täter Angst, dass ihn sein Opfer vor dem Schuss bemerken und sich noch rechtzeitig in Sicherheit bringen könnte«, gab Mertel zu bedenken.

»Oder der Täter wollte seinem Opfer nicht in die Augen schauen, als er den Schuss abgab«, spekulierte der Polizeiobermeister.

»Ein interessanter Aspekt, Herr Kollege.«

6

Zwei Stunden vorher

Hämisch grinsend zog Vicki das Jagdgewehr aus der Ligusterhecke und schob es unter ihren weiten Ansitzmantel. Anschließend verschwand sie im Dickicht des Fichtenwäldchens, aus dem sie eine Viertelstunde zuvor aufgetaucht war.

200 Meter von Richard Blessings Grundstück entfernt hatte sie unter Reisig einen geräumigen Rucksack versteckt. Sie kniete sich auf den federnden Fichtennadelboden nieder, zerlegte ihre Flinte in die Einzelteile und verstaute sie. Dann wechselte sie die Schuhe, zog den Jagdmantel aus und stopfte die Sachen ebenfalls in den Rucksack.

Nun sah sie aus wie eine harmlose Naturliebhaberin, die durch den herrlichen Pfälzerwald wanderte. In der Nähe des Drehentalerhofs hatte sie ihren Renault Twingo auf einem Waldparkplatz abgestellt. Sie setzte sich auf den Fahrersitz, legte die Arme auf das Lenkrad und schnaufte mehrmals kräftig durch.

Hat ja schon wieder alles wunderbar geklappt, sagte sie zu sich selbst, während sie den Kleinwagen startete. Ich hätte niemals gedacht, dass es so einfach ist, Menschen zu töten.

Vielleicht sollte ich den Beruf wechseln und als Profikillerin arbeiten. Damit würde ich bedeutend mehr verdienen als mit dieser blöden Schriftstellerei. Sie legte den Kopf schief und nickte.

Diese Adrenalinkicks sind auch nicht von schlechten Eltern. Wann hatte ich solche geilen Gefühle zum letzten

Mal? Vicki kicherte. Am Schreibtisch bestimmt nicht. Die Macht, das Leben dieser Scheißkerle mit einer einzigen kleinen Krümmung des Zeigefingers auszulöschen – einfach affengeil!

Sie warf einen Blick auf ihre Armbanduhr. Bis zum Treffen sind es noch gut zwei Stunden. Da hab ich ja genügend Zeit für die Badewanne, freute sie sich. Vorschriftsmäßig setzte sie den Blinker und schwenkte auf die Landstraße ein.

Vicki fuhr zunächst dieselbe Strecke zurück, auf der sie in die Nähe des Drehenthalerhofs gelangt war. Doch in Erlenbach bog sie an der Ampel links ab. Der PS-schwache Twingo quälte sich die Steigung hinauf zu den Husarenäckern, wurde dann aber mit einer mühelosen Fahrt hinunter durch den Gersweilerhof ins Eselsbachtal belohnt.

Zehn Minuten später schloss Vicki ihre kleine, lieblos eingerichtete Zwei-Zimmerwohnung in der Wiesenstraße auf. Ihren Schreibtisch, auf dem das Manuskript ihres neuen Theaterstücks seit vielen Wochen auf eine Weiterbearbeitung wartete, bedachte sie mit einem abschätzigen Blick und huschte ins Bad.

Sie schaltete das Radio ein, ließ heißes Wasser in die Wanne laufen und gab reichlich Schaumbad hinzu. Dann riss sie sich förmlich alle Kleider vom Leib, warf sie auf den Wäscheberg neben der Toilette und stieg in die Wanne. Es dauerte eine ganze Weile, bis die Badewanne bis zum Rand gefüllt war. Aber das störte sie nicht, schließlich blieb ihr noch ausreichend Zeit bis zu ihrem wichtigen Termin.

Nun habe ich bereits zwei perfekte Morde begangen, dachte sie. Wie sollen mir diese blöden Bullen denn jemals auf die Schliche kommen? Die können doch nie und nimmer das Motiv entschlüsseln, das hinter den Anschlägen steckt.

Und schon gar nicht kommen diese Dummbullen auf die

Idee, dass eine zarte, unscheinbare Frau wie ich eine eiskalte Mörderin sein könnte. Warum auch sollte eine engagierte, sozialkritische Schriftstellerin sich urplötzlich in eine männermordende Killermaschine verwandeln?

Aus purem Übermut fuhr sie mit der Hand durch den hoch aufgetürmten, schneeweißen Schaumberg und pfropfte sich einen Schaumklacks auf die Nase. Damit sehe ich bestimmt lustig aus, wie ein Clown, freute sie sich im Stillen. Sie lehnte sich zurück, legte den Kopf auf den Wannenrand und paddelte mit den Füßen in dem weichen, wohltemperierten Badewasser.

»SWR 1 aktuell«, tönte es plötzlich aus dem uralten Kofferradio, das Vicki noch aus ihrer wilden Wohngemeinschaftszeit besaß. »Wie unser Kaiserslauterer Studio soeben aus gut unterrichteten Kreisen erfahren hat, wurde vor knapp drei Stunden in Otterberg ein weiterer heimtückischer Mordanschlag verübt.

Wieder handelt es sich bei dem Anschlagsopfer um einen prominenten Pfälzer. Der 54-jährige Richard Blessing wurde auf seinem Villengrundstück aus dem Hinterhalt erschossen. Blessing war Vorsitzender der Rheinland-Pfälzischen Mittelstandsvereinigung und Geschäftsführer der CARSAS-AG.

Nach Norbert Basler, dem Personalvorstand der Pfalzbank, wurde nun innerhalb von nur 48 Stunden ein weiterer regionaler Spitzenmanager ermordet. Die Bevölkerung ist schockiert – und die Kriminalpolizei steht offenbar vor einem Rätsel.

Zu Spekulationen, eine militante linksextreme Gruppierung hätte sich inzwischen zu den Attentaten bekannt, wollte Oberstaatsanwalt Dr. Hollerbach aus ermittlungstaktischen Gründen keinen Kommentar abgeben. Die Kriminalpolizei bittet die Bevölkerung um sachdienliche Hinweise. Die Bürger können sich an jede Polizeidienststelle wenden.«

Ach, ist das herrlich!, jubilierte Vicki.

Sie streckte sich aus und tauchte fast völlig in das warme, nach Honig duftende Wasser ein. Prustend befreite sie sich von den Schaumfetzen, die sich über Mund, Wangen und Kinnpartie gelegt hatten wie ein Rauschebart.

Die Bullen haben keinen blassen Schimmer!, sagte sie sich. Kein Wunder, denn ich habe zwei perfekte Morde begangen! Vielleicht sollte ich einen Thriller darüber schreiben. Natürlich so verfremdet, dass niemand einen Zusammenhang zu den realen Ereignissen herstellen kann.

Vicki gab Shampoon auf ihre Haare und massierte sanft die Kopfhaut.

Gar keine schlechte Idee. Vielleicht ein spannender Wirtschaftskrimi, in dem der Protagonist die illegalen Machenschaften dubioser Wirtschaftsbosse aufdeckt und die Schuldigen mit dem Tode bestraft. Wäre allemal billiger, als diese skrupellosen Machos in den Knast zu stecken und sie jahrelang auf Kosten der ausgebeuteten Allgemeinheit durchzufüttern.

Zumal sich diese Verbrecher in Nadelstreifen die teuersten Anwälte leisten können und deshalb womöglich gar nicht in den Knast einfahren müssten. Nee, dann doch lieber diese Typen gleich richtig plattmachen. Ist gerechter und billiger!

Inzwischen war es dunkel geworden. Als der Twingo hinter Hohenecken den Walzweiher passierte, spiegelte sich der Vollmond in der Wasseroberfläche des langgestreckten Sees und überzog ihn mit silbernem Mondschein.

Doch Vicki nahm dieses Naturphänomen überhaupt nicht wahr. Sie hatte nur ihre Armbanduhr und den Tacho im Blick. Zu Hause hatte sie zu lange herumgetrödelt. Und nun wurde die Zeit knapp. Sie wollte nicht zu spät kommen, denn sie hasste Unpünktlichkeit. Natürlich hätte sie zu ihrer Verabredung auch eine Viertelstunde früher oder später erscheinen können, aber das wollte sie nicht. Die Uhrzeit war festgelegt – und damit basta!

Auf der B 270 holte sie alles aus ihrem Kleinwagen heraus, was an Leistung in ihm steckte. Nach Schopp verließ sie die Bundesstraße, passierte Geiselberg sowie Heltersberg und schwenkte fünf Kilometer nach dem Ortsende in einen in Richtung Leimen abzweigenden Forstweg ein.

Durch ihre rasante Fahrweise hatte sie viel Zeit aufgeholt und konnte ihr Auto nun bedeutend langsamer und vorsichtiger steuern. Das war auch notwendig. Sie war schon öfter diesen Weg gefahren und wusste, dass hier nachts mit allem zu rechnen war. Mit abgebrochenen Ästen, Felsbrocken, gefährlichen Schlaglöchern, ja, sogar mit Rehen, Hirschen und Wildschweinrotten, die besonders gerne im Mondschein unterwegs waren.

Vicki kurbelte die Seitenscheibe herunter und sog in tiefen Zügen, die kühle, würzige Waldluft ein. Als sie am rechten Wegrand frisch geschlagene, aufgeschichtete Langholzstämme passierte, stieg ihr ein kräftiger, harziger Douglasienduft in die Nase.

Einem spontanen Impuls folgend, legte sie eine Vollbremsung hin. Reflexartig schaute sie in den Rückspiegel, wo die aufflammenden Bremslichter die Bäume und Sträucher in einem gespenstischen Rotton kolorierten.

»Mmm, riecht das gut«, schwärmte sie mit geschlossenen Augen. Dann trat sie das Gaspedal durch und brauste mit durchdrehenden Reifen los. Beide Hände fest am Lenkrad starrte sie hochkonzentriert in die Lichtkegel der Fernscheinwerfer, die grelle Löcher in die Finsternis hineinfraßen. Der Waldweg geleitete sie direkt zu der am Fuße des Hahnenkopfs gelegenen Jagdhütte, deren Vorderfront vom flackernden Lichtschein eines riesigen Lagerfeuers erhellt wurde.

»Sie haben es schon im Radio gebracht«, rief Lotte und stürmte gemeinsam mit Rolla auf ihre Freundin zu.

»Ja, ich weiß, ich hab's auch gehört«, gab Vicki betont gelassen zurück.

Die Todesschützin stieg aus, umarmte die beiden Frauen und klatschte sich mit ihnen ab. Wangenküsschen waren bei den alten Freundinnen verpönt.

»Wir sind total stolz auf dich, Schwesterherz«, tönte Lotte.

»Und wie war's? Los, erzähl schon«, drängte Rolla.

»Gemach, gemach, Mädels«, wehrte Vicki ab. »Ich brauch jetzt erst mal ein Bier. Und wenn ich das hab, setzen wir uns wie früher ans Lagerfeuer. Dann erzähl ich euch ausführlich, was ich heute Abend schon so alles angestellt hab. Mannomann, was hab ich für einen Brand. Bier her, Bier her, oder ich fall um.«

Rolla eilte zu einem Bierkasten, der neben der Holztreppe auf einem Freisitz stand. Mit einer schnellen, routinierten Bewegung sprengte sie den Kronkorken ab und lief zu ihrer Freundin zurück. Sie reichte Vicki die Flasche, die diese sofort ansetzte und gierig daraus trank.

Dabei erzeugte sie nicht wie die meisten ihrer Geschlechtsgenossinnen einen Unterdruck, der einem die Zunge in den Flaschenhals saugte. Nein, Vicki ließ in bester Bauarbeitermanier den Gestensaft ohne Unterbrechung in die Kehle rinnen.

In einem Zug leerte sie fast die halbe Flasche. Nachdem sie wie ein röhrender Hirsch gerülpst hatte, wischte sie sich mit dem Handrücken die Feuchte von den Lippen. Anschließend ließ sie sich auf einen der Sandsteinfelsen plumpsen, die hilfsbereite Waldarbeiter irgendwann einmal um das Lagerfeuer herum aufgestellt hatten und die seitdem als Sitzgelegenheiten dienten.

In aller Ruhe schilderte Vicki detailreich die Vorbereitung und Durchführung ihres zweiten Mordanschlags. Dabei bohrte sie die meiste Zeit über ihren Blick in die knisternden Buchenholzscheite, aus denen die Flammen prasselnd in den Nachthimmel züngelten und die Blätter der tiefhängenden Buchen und Eichen mit ihrem frischen, jungen Grün von unten her beleuchteten.

Ihre Freundinnen dagegen hatten sie fest im Visier. Sie hingen förmlich an Vickis Lippen. »Wie hast du dich denn dabei gefühlt?«, wollte Rolla wissen, als die Mörderin ihren kleinen Vortrag beendet hatte.

Bevor sie antwortete, leerte Vicki die Bierflasche. »Ach, eigentlich war es vom Gefühl her so ähnlich wie damals, als wir diesem arroganten Popper aus der Oberprima einen brennenden Knallfrosch in die Hosen gesteckt haben«, sagte sie lachend. »Wisst ihr das noch?«

Amüsiertes Nicken.

Vicki grinste, ohne die Zähne zu zeigen. »Das war ein Bild für die Götter! Hat der Lackaffe blöd geglotzt, als ihr ihn festgehalten habt und ich ihm das Ding vorne reingesteckt hab«, sagte sie. In ihrem Kopf tanzten allerlei Bilder wild durcheinander. »Diesen panischen Blick werde ich nie vergessen.« Sie tippte sich an die Stirn. »Der hat sich hier oben ganz tief eingebrannt.«

»Mir klingen immer noch seine Schmerzensschreie in den Ohren, als der Knallfrosch in seiner Hose explodierte«, feixte Lotte.

Vicki streichelte den Arm der anderen Frau. »Ach, mein liebes Lottchen«, säuselte die zweifache Mörderin, »ich bin ja so froh, dass du die unheimlichen Schwestern wieder zum Leben erweckt hast. Jetzt kommt endlich wieder ein bisschen Drive in mein langweiliges Schriftstellerdasein.«

Lotte schmunzelte. »Ich bin auch sehr froh darüber. Es geht doch nichts über eine richtig tiefe Frauenfreundschaft.«

Sie musterte ihre Hände, die verschränkt auf ihren Knien lagen. »Außerdem haben wir uns ja damals feierlich geschworen, dass wir unseren Geheimbund zu gegebener Zeit reanimieren werden.«

»Und diese Zeit ist nun Gott sei Dank gekommen«, sagte Vicki. »Durch unseren gemeinsamen Rachefeldzug sind wir jetzt noch enger verbunden als früher und werden uns deshalb auch wieder ganz oft sehen.«

»Aber sicher werden wir das«, bestätigte Lotte.

»Schön«, seufzte Vicki. Mit der Fußspitze schob sie zwei Tannenzapfen beiseite und zeichnete ein Kreuz in den Sand. »Ich glaube, dass ich damals bei unserer Knallfroschaktion aufgeregter war als vorgestern und heute.«

»Man wird eben älter und ruhiger«, meinte Rolla.

»Nein, daran liegt es nicht, Schwesterherz«, behauptete die Heckenschützin. »Es war bedeutend einfacher als damals. Ich musste diesen Drecksack noch nicht einmal berühren. Einfach nur die Waffe anlegen, anvisieren, Druckpunkt suchen und den Finger krümmen. Und das war's auch schon.« Sie klatschte in die Hände. Ein unheimliches Echo hallte durch das enge Tal. »Klappe zu, Affe tot.«

»Affen tot«, korrigierte Rolla lachend. »Ich bewundere dich, dass du dabei so cool geblieben bist.«

Lotte nickte anerkennend. »Ich auch.«

Vicki wischte sich einen unsichtbaren Krümel von der Jeans. »Na ja, das ist natürlich auch auf diese Psychopharmaka-Bomben zurückzuführen, die ich immer einwerfen muss, damit ich nicht vollends durchdrehe.«

»Aber wenn's dir doch hilft«, bemerkte Lotte. »Diese Medikamente haben dich schließlich so stabilisiert, dass du seit Langem nicht mehr in die Klinik musstest.«

»Ja, schon.« Mit voller Wucht trat Vicki gegen ein brennendes Holzstück. Wie aus einem Vulkan sprühte ein Funkenregen in den Nachthimmel.

Ihre Freundinnen zuckten erschrocken zusammen.

»Verdammte Männer«, zischte Vicki wütend den Funken hinterher. »Aber jetzt bekommen sie ja endlich die gerechte Strafe dafür, dass ich wegen ihnen jeden Tag diese Scheiß-Medikamente schlucken muss.«

Beschwörend warf sie die Hände in die Höhe und legte den Kopf ins Genick. »Unzählige Stunden musste ich wegen denen in allen möglichen Therapiesitzungen verbringen. Und was hat dieses Gelaber gebracht?«, schrie sie. »Nichts! Absolut nichts!« Sie fletschte die Zähne. »Die Männer haben mich kaputt gemacht!«

»Wie viele andere Frauen auch«, seufzte Rolla. »Aber zum Glück hast du deine Probleme ja inzwischen im Griff. Diese Typen können dir am Arsch vorbeigehen«, versuchte sie, zu beschwichtigen. »Mir können die auch gestohlen bleiben. Denn: Eine Frau ohne Mann …«

Wie aus der Pistole geschossen vollendeten alle drei im Chor: »… ist wie ein Fisch ohne Fahrrad.«

Schallendes Gelächter dröhnte durch die Nacht.

»Wie recht ihr doch hattet, meine Lieben«, stimmte Vicki zu. »Ihr glaubt ja gar nicht, wie gut es mir tut, diese Saukerle einen nach dem anderen plattzumachen.«

Lotte erhob sich, breitete die Arme aus und sagte in feierlichem Ton:

»Kommt Schwestern, reicht mir eure Hände.
Die Zeit ist reif für eine Wende.
Lasst uns zum Hexenkreis vereinen,
Damit die Geister uns erscheinen.«

Sie wartete, bis sich der Kreis um das Lagerfeuer geschlossen hatte. In den beißenden Rauch hinein fuhr sie mit geschlossenen Augen fort:

»Oh, ihr finstren Mächte schenkt uns Kraft,
Die Vergeltung bringt und Leiden schafft.
Entflammt in uns die schwelend Glut,
Zu vernichten diese Teufelsbrut.

Weshalb so viele Männerleichen?
Ganz einfach: Männer müssen weichen;
Und sühnen, was sie uns angetan,
Mit rücksichtslosem Machowahn.

Wir brauchen keine Frauenquoten;
Pflastern lieber den Weg mit Toten.
Ein Schuss in tiefe Männerrücken,
Lässt uns frohlocken und entzücken.«

Zwei, drei Minuten andächtiges Schweigen.

»Es hat durchaus gewisse Vorteile, wenn man eine Dichterin in den Reihen hat«, sagte Lotte in die Stille hinein.

»Ach, diese paar Zeilchen zusammenzureimen, war gar nicht so schwierig. Zu dieser primitiven Wald-und-Wiesen-Lyrik seid ihr genauso gut in der Lage wie ich.«

»Egal, jedenfalls ist dir unser Verschwörungsmantra sehr gut gelungen«, betonte Lotte.

»Mir ist auch gerade etwas Kreatives eingefallen«, bemerkte Rolla: »Ein neuer Text für ein altes Lied: ›Ich sprüh's auf jede Wand: *Tote* Männer braucht das Land.‹«

»Super«, kommentierte Vicki, wobei der gelangweilte Ton ihrer Stimme allerdings eher das Gegenteil ausdrückte. »Aber eigentlich steh ich bei diesem Thema mehr auf meinen absoluten Lieblingssong.«

Sie richtete sich auf, hob wie ein Chorleiter die Arme und gab den Einsatz. Nach dem ersten Wort grölten die alten Freundinnen gemeinsam den bekannten Gassenhauer der Band ›Die Ärzte‹:

»Männer sind Schweine.
Traue ihnen nicht, mein Kind.
Sie wollen alle das Eine,
weil Männer nun mal so sind.«

»Dieser Song ist wirklich so was von spitze. Der trifft die Sache haargenau«, rief Vicki in den sternenfunkelnden Nachthimmel hinein. »Wer diesen Text geschrieben hat, der kennt diese Männer-Schweine in- und auswendig.«

»Das war wirklich einer, der weiß, wovon er redet«, stimmte Rolla zu.

»Ist ja auch kein Wunder, denn soviel ich weiß, setzen sich ›Die Ärzte‹ ausschließlich aus Männern zusammen«, meinte Lotte.

Rolla nickte. »Aber das sind Männer, die ihre Geschlechtsgenossen ganz schön auf die Schippe nehmen.«

Lotte war sich dessen offenbar nicht so sicher. Sie machte eine vage Handbewegung. »Na ja, wer weiß das schon so genau. In ihrem tiefsten Innern sind und bleiben Männer eben Männer, egal wie frauenfreundlich sie sich uns gegenüber auch gebärden. Ich traue diesen Missgeburten der Natur jedenfalls nicht über den Weg. Vielleicht sind solche demonstrativen Frauenversteher auch nur scheinheilige Mistkerle, die ihre Gespielinnen nach Strich und Faden ausnutzen.« Sie zuckte mit den Schultern. »Wer von uns kann denn schon in die Köpfe der Männer hineinschauen.«

»Apropos Männer«, riss Vicki das Wort an sich. »Frage: Was war der erste Mann auf dem Mond?«

»Ein guter Anfang«, grinste Lotte.

Schallendes Gelächter hallte durch die nächtliche Stille.

»Was ist ein Mann im Knast?«, fragte Rolla.

»Artgerechte Haltung«, prustete Lotte. »Den Witz kannte ich schon.«

»Woher?«

»Hab ihn vor Kurzem irgendwo aufgeschnappt«, erwiderte ihre Freundin.

»Kommt, meine lieben unheimlichen Schwestern, wir sollten uns nun in die Jagdhütte begeben«, schlug Rolla vor. »Lotte und ich sind nicht ganz fertig mit den Vorbereitungen für unseren Eintopf. Die Brühe haben wir schon angesetzt, aber die Zutaten müssen noch kleingeschnitten werden.«

Die drei stapften die knarzenden Treppenstufen hoch und traten in die rustikale Hütte, in der sich ein Schlafraum, eine kleine Küche und ein Aufenthaltsraum befanden. Über dem massiven Holztisch hing eine Gaslampe, die ausreichend Licht spendete, um die Kartoffeln, Zwiebeln, Tomaten, eine feurige Chilischote und das Fleisch zerteilen zu können.

Nachdem die Frauen diese Zutaten in einen großen Topf zur Fleischbrühe hinzugegeben hatten, würzte Rolla den Eintopf mit Pfeffer, Salz, Tomatenmark und Majoran. In der Zwischenzeit brachte Lotte Glut vom Lagerfeuer zu einer aus Sandsteinen gebauten Kochstelle und verteilte sie unter dem Rost.

Rolla stellte den großen Stahltopf auf den Rost und rührte darin herum. Lotte besorgte derweil neues Bier und verteilte Zigaretten. Eine Weile qualmten die Schulfreundinnen schweigend vor sich hin.

»Wir und unsere Lausmädchenstreiche«, brach Vicki als Erste die Stille.

»Ja, genau, Laus*mädchen*streiche«, wiederholte Rolla. »Das war eine unserer Stoßrichtungen damals. Wir haben die männlich dominierte Sprache zerfetzt und den Mackern ihre Chauvisprüche vor den Latz geknallt.«

»Das war ja auch mehr als überfällig«, stieß die Schriftstellerin in dasselbe Horn. »Wieso sollten Mädchen denn auch Laus*buben*streiche durchführen? Oder dürfen die das eh nicht, eben, weil sie Mädchen sind? Diese Chauvis haben jahrhundertelang die Sprache für ihre Zwecke instrumentalisiert und sie zur Unterdrückung der Frauen eingesetzt! Aber dagegen haben wir ja etwas unternommen.«

»Es waren schon tolle, wilde Zeiten damals«, sagte Lotte mit verklärtem Blick. »Die unheimlichen Schwestern waren die erste Mädchengang in der Stadt, vor …«

»… vor der alle gezittert haben«, fiel ihr Rolla ins Wort. Grunzend zog sie die Nase hoch und spuckte den Schleimpfropfen in die Flammen, wo er sich zischend in nichts auflöste. »Wir waren die ersten Mädchen, die Passanten angepöbelt …«

»… und Jungs vermöbelt haben«, vollendete Vicki. »Ach, waren das geile Zeiten.«

»Aber wir wurden nie angezeigt.«

»Weil die alle einen Mordsschiss vor uns hatten«, meinte Rolla. Mit einer rauchenden Stockspitze stocherte sie in der Sandsteinumrandung herum. »Uns konnte keiner was. Und heute auch nicht. Unser Plan ist einfach zu perfekt.« Danach legte sie den Stock weg und rührte den brodelnden Eintopf um.

Vicki rülpste herzhaft und lachte auf. »Wisst ihr was? Dieses Szenario hier am Lagerfeuer mit dem großen Topf erinnert mich total an die Hexenszene in der Macbeth-Verfilmung von Roman Polanski.«

»Stimmt«, pflichtete ihr Lotte bei.

»Ihr meint diese eklige Szene mit den nackten alten Frauen?«, hakte Rolla nach.

»Exakt«, erwiderte Vicki. »Nur, dass wir nicht nackt sind.«

»Wobei wir natürlich noch bedeutend bessere Figuren haben«, warf Lotte lachend ein, während sie kokett die Hüften wiegte. Wie ein Gespenst in der Geisterbahn hob sie die Arme, schnitt eine furchterregende Grimasse und fauchte: »Fair is foul, and foul is fair.«

Die zweifache Mörderin tat es ihr gleich und stieß giftig aus: »Something wicked this way comes.«

»Was heißt das noch mal?«, wollte Rolla wissen.

»Etwas Übles kommt des Weges«, übersetzte Vicki. »Du warst ja schon früher in Englisch nicht gerade eine Leuchte.«

»Alte Angeberin!«, blaffte Rolla.

»Wenn unser Englischlehrer damals gewusst hätte, was er mit Macbeth bei uns auslöst, hätte er garantiert eine andere Schullektüre gewählt«, feixte Lotte.

Rolla tippt sich mit einer Fingerkuppe auf die Unterlippe. »Garantiert hätte dieser alte, fette Sack das getan.«

»Für seine aufmüpfigen Schülerinnen kam dieses Büchlein allerdings genau zum richtigen Zeitpunkt«, sagte Vicki.

»Denn der gute Shakespeare hat seine drei Hexen ›unheimliche Schwestern‹ getauft«, erklärte Lotte.

Rolla schnipste mit den Fingern. »Und schwuppdiwupp hatten wir einen genialen Namen für unsere Mädchengang.«

Erneut riss Lotte das Wort an sich. »Aber noch wichtiger war für uns, dass uns dieses Shakespeare-Drama die Macht vor Augen geführt hat, die wir Frauen, das angeblich so zarte und friedfertige weibliche Geschlecht, über die Kerle erlangen können, wenn wir es tatsächlich wollen.«

»Lady Macbeth und die Hexen haben es gewollt«, mischte

sich Vicki wieder ein. »Die Frauen halten in diesem literarischen Meisterwerk die Fäden in der Hand und benutzen die Männer als Marionetten in einem teuflischen Plan.«

»Mit tödlichem Ausgang«, fauchte Rolla.

Weil ihr eine plötzliche Winddrehung den beißenden Rauch ins Gesicht wehte, musste sie husten und Tränen schossen ihr in die Augen. »Scheiß Qualm!«, fluchte sie und spuckte angewidert aus. »Irgendwie hat diese Lagerfeuerromantik für mich allmählich ihren Reiz verloren.«

Rolla hob ihre Bierflasche und prostete den anderen zu. Nach einem tiefen Schluck aus der Pulle kippte sie den Rest ins Feuer, das sich mit Zischlauten für die Erfrischung bedankte.

»Erinnert ihr euch noch an die Gesichter unserer Klassenkameraden, als wir bei irgendeinem Saufgelage stockbesoffen das Feuer ausgepinkelt haben?«, fragte sie mit versonnenem Blick auf die glühenden Buchenholzscheite.

»Aber klar doch«, entgegnete Lotte. »Diese geschockten Gesichter werde ich wohl niemals vergessen. Und nur, weil wir uns erlaubt haben, einmal das zu tun, was die Jungs sonst immer getan haben.«

»Na ja, das war ja vielleicht noch einigermaßen witzig, aber meine Lehrzeit als KFZ-Mechanikerin war's dann schon nicht mehr. Was haben mich damals diese Drecksäcke in der kleinen Vorstadtklitsche gemobbt und verarscht. Jeden Dreck musste ich für die machen«, zeterte Vicki. »Und dieser alte geile Sack von Meister erst. Dieser widerliche Fettwanst ist mir doch glatt an die Wäsche gegangen.«

»Wenn ich mich richtig erinnere, hat er sein Gegrapsche allerdings mit einem Kieferbruch und einigen ausgeschlagenen Zähnen bezahlt«, kicherte Rolla.

»Tja, der Saukerl hatte eben Pech, dass ich gerade eine Ratsche in der Hand hielt, als er mich von hinter gepackt und auf die Werkbank gedrückt hat.«

»Am allercoolsten fand ich aber immer noch die Show, die wir auf dem Kreiswehrersatzamt abgezogen haben«, sagte Lotte.

Rolla band ihre langen braunen Haare zu einem Zopf zusammen. Dann stand sie auf und legte einige trockene Holzscheite nach. Sie zog gierig an ihrer Zigarette. »Unser berühmter Marsch durch die Institutionen«, sagte sie in die ausgestoßene Qualwolke hinein.

»Angefangen mit einem legendären Musterungsstriptease im Hof des Kreiswehrersatzamtes. Und das vor mindestens einer Million geiler, glotzender Wehrpflichtiger«, verkündete Lotte.

Über Rollas Gesicht huschte ein süffisantes Lächeln. »Und gekrönt mit dem gemeinsamen Antrag beim Verteidigungsministerium zwecks Aufnahme der unheimlichen Schwestern in eine Kampfeinheit der Bundeswehr.«

»Damals haben uns ja alle für verrückt erklärt, weil im Grundgesetz stand, dass Frauen keinen Dienst an der Waffe leisten dürfen«, ergänzte Lotte. »Das war natürlich ein klarer Verstoß gegen das Gleichheitsgebot, das der Europäische Gerichtshof zum Glück 2001 gekippt hat.«

Rolla legte den Kopf schief und kratzte sich an der Braue. »Obwohl ich ehrlich gesagt nicht so recht weiß, ob die Frauenbewegung ausgerechnet über diese Art von Gleichberechtigung glücklich sein sollte.«

»Es ging doch ums Prinzip«, rechtfertigte sich Lotte. »Wir wollten in Männerdomänen einbrechen. Die Ideologie der Frauenbewegung …«

»Geht's jetzt schon wieder los mit eurem aufgeblasenen Intellektuellengelaber?«, würgte sie Vicki sogleich ab. »Ihr wisst doch, dass eure unheimliche Schwester Vicki kein Abitur hat und sich deshalb euch Akademikerinnen gegenüber immer so unglaublich diskriminiert fühlt.«

»Was für ein totaler Blödsinn!«, schimpfte Lotte. »Auch ohne Abi ist aus dir eine bekannte Schriftstellerin geworden. Im Gegensatz zu uns bist du die Verkörperung einer intellektuellen Künstlerin.«

Vicki tippte sich auf ihr Schlüsselbein. »Nein, nein, meine Lieben. Ich bin keine begnadete Künstlerin. Ich bin eine Frau der Tat, eine Handwerkerin.« Ihr Zeigefinger hüpfte zwischen ihren Freundinnen hin und her. »Und ihr beide seid Frauen der klugen Worte – und das, obwohl *ich* offiziell die Schriftstellerin bin.«

Die Heckenschützin öffnete eine neue Flasche und trank einen großen Schluck Bier. »Allerdings eine ziemlich erfolglose und eine mit einer schier nicht mehr enden wollenden Schreibblockade«, gestand sie zerknirscht ein.

Rolla reagierte betroffen. »Schreibblockade? Davon hast du mir ja noch nie etwas erzählt, wenn wir miteinander telefoniert haben.«

»Du musst ja auch nicht alles über mich wissen.«

»Können wir dir irgendwie helfen?«

»Ihr eher nicht, aber meine perfekten Aktionen helfen mir, aus diesem Scheiß-Loch herauszukommen. Das sind richtig geile Erfolgserlebnisse gewesen.« Vicki streckte die Beine aus und verschränkte die Hände hinter dem Kopf. »Heute hatte ich zum ersten Mal seit Monaten wieder eine Inspiration für eine literarische Arbeit.«

»Und für welche?«

»Vielleicht schreibe ich über unser Projekt einen hochspannenden Thriller.«

Entsetzt warf Rolla eine Hand vor den Mund. »Bist du wahnsinnig geworden?«, stieß sie entgeistert aus.

»Nicht geworden, ich bin es schon seit vielen Jahren – attestiert von mindestens einer Million Psychiatern.«

»Nein, das darfst du nicht machen!«, forderte Rolla mit schriller Stimme. »Dann kommen uns doch die Bullen auf die Schliche.« Sie hob beschwörend die Arme. »Wir haben doch solch einen perfekten Plan ausgetüftelt. Wenn wir uns strikt daran halten und keinen Fehler begehen, kann uns überhaupt nichts passieren. Das darfst du nicht leichtfertig aufs Spiel setzen.«

Vicki drückte das Kinn zum Hals und warf ihre Zigarettenkippe ins Feuer. »Glaubst du wirklich, ich bin so blöd und liefere uns freiwillig den Bullen aus?« Sie grunzte amüsiert. »Quatsch! Wenn ich tatsächlich etwas darüber schreiben werde, verfremde ich natürlich alles total.« Sie winkte ab. »Ist bis jetzt ja auch nur eine Schnapsidee von mir. Apropos Schnaps: Habt ihr irgendwo einen für mich?«

Lotte besorgte in der Jagdhütte eine Flasche Obstler sowie zwei Gläser und reichte sie den anderen.

»Wieso du nicht?«, fragte Vicki verwundert.

»Weil ich nachher noch Autofahren muss. Ich kann heute Nacht leider nicht bei euch bleiben.«

»Das ist doch nicht der wahre Grund, mein Herzchen«, ging Vicki zum Angriff über. »Du willst ins warme Ehebettchen steigen, wo dein herzensguter, treuer Ehemann dich sehnsüchtig erwartet.«

»Der allerdings wahrscheinlich gar nicht im Ehebettchen liegt, weil er die Nacht zum wiederholten Mal bei seinem jungen, hübschen Häschen in der von ihm bezahlten Stadtwohnung verbringt«, frotzelte Rolla.

Lotte verengte die Augen zu schmalen Schlitzen. »Warum musst du mich immer damit piesacken? Kümmere dich doch bitte um deine eigene, nicht vorhandene Beziehungskiste. Du hast doch schon ewig keinen Kerl mehr im Bett gehabt.«

»Will ich auch gar nicht«, kam es trotzig zurück.

»Du weißt nur zu gut, dass ich nach Hause muss, weil ich im Gegensatz zu euch einer geregelten, anstrengenden Arbeit nachgehe und morgens früh raus muss«, giftete Lotte.

Rolla spitzte die Lippen. »Och, unser armes Mädchen«, höhnte sie, während sie versuchte, ihrer alten Freundin über die Wange zu streichen. Doch Lotte drehte sich weg. »Das kommt davon, wenn man sich mit dem Establishment einlässt, das man früher intensiv bekämpft hat.«

Lotte hob die Schultern und ließ sie nach wenigen Sekunden wieder absinken. »Ja, ich weiß, dass es gravierende Fehler waren, mich auf meinen Göttergatten und diesen Job einzulassen.« Sie seufzte tief. »Aber so ist es nun mal.«

»Wir beide können jedenfalls in aller Ruhe ausschlafen«, freute sich Rolla und hielt Vicki die Bierflasche hin. »Skol, meine unheimliche Schwester«, rief sie, während die beiden Flaschen klirrend aneinanderstießen.

»Skol.«

»Ich hab mich gestern wegen einer angeblichen Magen-Darm-Grippe bei meinem Aushilfsjob krankgemeldet«, sagte Rolla. »Und unsere Schriftstellerin kann eh tun und lassen, was sie will.« Sie nahm die Schöpfkelle, die auf einem Stein neben der Feuerstelle lag. »So, Mädels, ich glaube, unser Hexen-Eintopf hat nun lange genug geköchelt. Kommt her mit euren Tellerchen, damit ich sie euch bis zum Rand vollmache.«

»Hoffentlich ist der richtig scharf. Schön heiß ist er ja, wie man sieht«, sagte Lotte und blies ihren Atem über den dampfenden Suppenteller.

»Mir ist der Eintopf noch viel zu heiß«, beschwerte sich Vicki. »Aber mir kommt da gerade eine geniale Idee.« Grinsend goss sie Bier über die Masse. »Im Magen kommt eh alles zusammen«, erklärte sie lapidar, während sie in ihrem Teller herumrührte. »Schließlich kippt man ja auch kalten Essig in die Linsensuppe.«

»Wo du recht hast, hast du recht«, bemerkte Rolla.

»Wer steht eigentlich als Nächster auf unserer Liste?«, fragte Vicki in einem derart heiteren Ton, als schriebe sie gerade Einladungskarten für ihre Geburtstagsfeier.

»Verlierst du allmählich den Überblick?«, frotzelte Lotte.

»Na ja, es geht doch alles ziemlich schnell über die Bühne. Da kann man schon einmal durcheinandergeraten.«

»Die Anschläge müssen direkt aufeinanderfolgen«, erklärte Rolla. »Damit die Bullen überhaupt nicht zum Durchschnaufen kommen und uns immer nur hinterherhecheln können. Die arbeiten sich gerade in den neuen Fall ein.« Sie schnalzte mit der Zunge. »Und schwups finden sie bereits den nächsten Toten.«

»Wir haben dein nächstes Opfer wieder intensiv ausgespäht«, ergänzte Lotte. »Du musst nur hinfahren und ihn wie einen räudigen Köter abknallen.«

»Alles klar auf der Andrea Doria«, sagte Vicki. Ein teuflisches Lachen erklang. »Diese oberblöden Bullen kommen nie im Leben darauf, dass eine Frau hinter diesen brutalen Aktionen steckt«, behauptete sie.

Lotte schmunzelte. »Und dann auch noch so ein zartes, zierliches Mädchen wie du.« Ihr Grinsen wurde immer breiter. »Wie sollen sie denn auch auf eine solch abwegige Idee kommen?«

»Sag ich doch.«

»Die Menschheitsgeschichte hat es schließlich millionenfach bewiesen«, fuhr Lotte fort. »Am häufigsten tötet ein Mann einen Mann, bevorzugt im Krieg. Weniger häufig kommt vor: Ein Mann tötet eine Frau. Und ganz, ganz selten kommt vor: Eine Frau tötet einen Mann. Aber das immer ...«

Lotte warf ihren Freundinnen einen auffordernden Blick zu, dann stimmten alle in den Chor ein: »… aus gutem Grunde!«

»Und der lautet?«, fragte Rolla und klatschte sich auf die Schenkel.

»Weil diese Schweine es verdient haben.«

7

»Also, etwas Gutes hat dieser neue Mord«, tönte Kriminalhauptmeister Geiger lauthals über alle Köpfe hinweg. Und das, obwohl sein Vorgesetzter die Dienstbesprechung offiziell noch gar nicht eröffnet und ihm das Wort erteilt hatte. Wie meist, wenn er ungefragt einen seiner spektakulären Geistesblitze präsentierte, rief auch dieser Ausspruch bei seinen Kollegen nur mürrische Gesichter und Kopfschütteln hervor.

»Was soll denn diese blöde, pietätslose Bemerkung?«, blaffte Tannenberg, während er die Unterlagen des aktuellen Kriminalfalls ordnete.

Armin Geiger setzte eine grimmige Miene auf. »Aber es stimmt doch, Chef«, beharrte er.

»Was stimmt?«, knurrte der Kommissariatsleiter.

»Na ja, der zweite Mord spart uns eine Menge Arbeit, denn dadurch müssen wir in der Pfalzbank nicht mehr nach Baslers Mörder suchen.«

Sabrina und ihr Ehemann tauschten einen genervten Blick aus.

Unterdessen breitete Geiger weiter seine Gedanken aus: »Wegen der Ermordung von diesem Blessing kann ich die Personalratsvorsitzende der Pfalzbank ja wohl streichen. Die stand ganz oben auf meiner persönlichen Verdächtigenliste, schließlich hat Basler ihr Patenkind in den Selbstmord getrieben. Eigentlich schade, denn sie war wirklich meine Top-Verdächtige.« Er seufzte tief. »Tja, da kann man nichts machen.«

»Che-ef«, quäkte es aus der Gegensprechanlage, »Ihr Vater ist dran. Soll ich durchstellen?«

»Auch das noch«, brummelte der Leiter des K 1. »Heute bleibe ich anscheinend von nichts verschont.«

»Also lieber nicht, Chef?«, fragte seine Sekretärin unsicher. Als sie keine Antwort bekam, schob sie nach: »Aber er meint, es sei sehr, sehr dringend.«

Tannenberg fuhr mit der Hand über sein Kinn und wirkte ratlos. »Dann gibt ihn mir halt«, stöhnte er.

»Gut, Chef. Da kommt er auch schon«, posaunte Petra Flockerzie in einer Art und Weise, als ob sie den Stargast einer Radiosendung ankündigen würde.

»Was 'n los, Sherlock Holmes?«, fragte Tannenberg. Mit rollenden Augen hörte er sich an, was ihm sein Vater Wichtiges mitzuteilen hatte. »Danke für diese brandheißen Infos«, sagte er nach ein paar Sekunden und legte auf.

»Und, was hat er Spektakuläres rausgekriegt?«, bedrängte ihn Michael Schauß.

Sein Vorgesetzter faltete die Hände so, dass die Daumen ein Kreuz bildeten. »Einer seiner Tchibo-Kumpels hat ihm gesteckt, dass Basler und Blessing Mitglieder im selben Golfclub waren.«

»In welchem denn, Chef?«, wollte Geiger wissen.

»›Golfclub Sickinger Höhe‹ heißt der wohl, wenn ich meinen alten Herrn eben richtig verstanden habe.«

»Den kenne ich«, behauptete der Kriminalhauptmeister. »Da war ich schon mal zum Probetraining.«

»Du und Golf?«, höhnte Michael Schauß. »Du meinst wohl Minigolf, oder? Das passt eher zu einem Grobmotoriker wie dir.«

Der nur 1,62 Meter große, korpulente Mitarbeiter des K 1 lief rot an. Er fletschte die Zähne. »Irgendwann schlag ich dir ...«

»Stopp!«, funkte Tannenberg mit einem energischen

Machtwort dazwischen. »Geiger, du fährst sofort zu diesem Golfclub und befragst dort die Leute ausführlich über die beiden Anschlagsopfer. Noch Fragen?«

Armin Geiger antwortete nicht, sondern schüttelte nur kurz den Kopf. Mit einer abrupten Bewegung riss er seine Lederjacke vom Stuhl und stürmte aus dem Besprechungszimmer der Kaiserslauterer Mordkommission, allerdings nicht ohne seinem verhassten Kontrahenten den Mittelfinger zu zeigen.

Wie eine abgeschossene Rakete fuhr Michael Schauß aus seinem Stuhl in die Höhe. Geistesgegenwärtig packte ihn Sabrina am Handgelenk und zog ihn zurück. Das war für Tannenberg Grund genug, seinen heißblütigen Kollegen zum wiederholten Mal zu ermahnen, Armin Geiger nicht unnötig zu provozieren.

Gleichzeitig versprach er ihm, sich weiter intensiv um Geigers Versetzung in eine andere Dienststelle zu bemühen, schließlich hatte er als Vorgesetzter eine Fürsorgepflicht gegenüber Sabrina, die sehr unter Geigers sexistischen Attacken litt. Zudem war er Trauzeuge und väterlicher Freund des Ermittlerehepaars und schon deshalb an einer baldigen Lösung dieses leidigen Problems interessiert.

Erst nach dieser Klarstellung eröffnete Tannenberg die Frühbesprechung. »Die zentrale Frage für uns lautet: Wieso wurden ausgerechnet diese beiden Männer ermordet? Welche Verbindungen existieren zwischen ihnen?«

Der Leiter des K 1 räusperte sich. Während ein verschmitztes Lächeln seine Lippen umspielte, fuhr er fort: »Außer dass sie möglicherweise Mitglieder desselben Golfclubs waren.«

Er ging zur Pinnwand, deutete abwechselnd auf die Porträtfotos und die beigefügten persönlichen Daten der Mordopfer.

»Was habt ihr beide nur gemeinsam? Wieso ausgerechnet ihr?«, fragte er, ohne den Blick von den Fotos zu nehmen. Dann wandte er sich um. »Vorschläge bitte, Kollegen«, forderte er mit bedeutend kräftigerer Stimme.

»Vielleicht hatten die Männer ein Verhältnis mit ein und derselben, verheirateten Frau und der Ehemann hat sich ihrer Liebhaber auf diese Weise entledigt«, spekulierte Sabrina. »Beide Männer waren ja durchaus attraktive Erscheinungen, jedenfalls in ihrer Altersklasse. Die hatten schon irgendwie was.«

»Und was, außer den berühmten grauen Schläfen?«, fragte ihr Ehemann interessiert nach.

Tannenberg strich mit den Händen über seine Koteletten. »… die Männer meines Alters für Frauen *jeden* Alters einfach unwiderstehlich machen«, ergänzte er.

Sabrina lächelte strahlend. »Natürlich, Wolf. Nein, aber im Ernst: Die Mordopfer hatten, nach allem, was ich über sie erfahren habe, Charme, Ausstrahlung, Charisma. Außerdem waren sie vermögend und einflussreich. Da könnte schon die eine oder andere Frau schwach geworden sein.«

»Hm«, brummte Tannenberg und leckte sich die Lippen. »Weitere mögliche Motive außer Rache und Eifersucht?«

»Irgendeine Erpressung vielleicht«, schlug Michael Schauß vor.

»Du meinst, die beiden könnten mit ihrem Wissen gemeinsam einen Dritten erpresst haben?«

Der junge Kommissar schier von seiner Idee selbst nicht sonderlich überzeugt. Er zuckte mit den Schultern und schob die Unterlippe vor.

Tannenberg wies erneut auf die neben den Fotos aufgelisteten Persönlichkeitsmerkmale. »Welche Übereinstimmungen lassen sich bei den Anschlagsopfern finden?«, stellte er in den Raum. »Fangen wir doch einfach mal ganz von vorne an.«

»Beide sind Männer«, verkündete Sabrina und ergänzte nach einer kleinen Pause. »Und sie sind in etwa gleich alt.«

»Okay«, erwiderte ihr Vorgesetzter, während er für die Gemeinsamkeiten eine neue Spalte anlegte.

»Wenn sie etwa gleichaltrig sind, könnte der Schlüssel zu diesen Verbrechen vielleicht auch in einer gemeinsamen Vergangenheit zu finden sein.«

»Du meinst: gemeinsame Schulzeit oder Studium oder Ausbildung?«, fragte Tannenberg.

Schauß nickte.

»Ja, das ist durchaus eine Möglichkeit, Michael«, stimmte der Leiter des K 1 zu. »Diese Frage sollten wir auf alle Fälle abklären. Kümmert ihr beide euch bitte darum?«

»Klar, Wolf, machen wir«, erklärte Sabrina. »Zweite Gemeinsamkeit: Beide Männer arbeiteten in der freien Wirtschaft und hatten eine hohe berufliche Position inne.«

»Richtig, das ist auch ein wichtiger Gesichtspunkt«, bestätigte ihr Chef. »Die Mordopfer waren sogenannte Entscheider. Basler hat Personalentscheidungen getroffen …«

»… die sicherlich nicht jedem geschmeckt haben«, warf Michael dazwischen.

Tannenberg nickte. »Und der gute Herr Blessing hat sich als Geschäftsführer garantiert auch nicht nur Freunde in seinem Unternehmen und bei Konkurrenten gemacht.«

»Beide Männer waren also einflussreiche Persönlichkeiten«, meinte Sabrina und schenkte ihrem Trauzeugen ein charmantes Lächeln. »Sie hatten Charisma, verdienten sehr viel Geld und hatten deshalb bestimmt auch viele Neider.«

»Willst du etwa ›Sozialneid‹ zum Mordmotiv erklären?«, wandte ihr Ehemann skeptisch ein. »Deshalb wird man doch nicht zum zweifachen Mörder.« Er schüttelte energisch den Kopf. »Nein, also das scheint mir ziemlich an den Haaren herbeigezogen.«

»In diesem frühen Stadium der Ermittlungen müssen wir für alle Motive offen sein, mein lieber Herr Kollege«, rüffelte Tannenberg. »Wir nehmen alles, was wir kriegen können auf unseren Brainstorming-Bildschirm.«

»Klar, Wolf, hast ja recht«, lenkte Michael kleinlaut ein.

»Als mögliche Erklärung für Baslers Ermordung hatten wir ja bereits Rache oder eine Strafaktion des kriminellen Milieus in Erwägung gezogen. Vielleicht trifft das auf beide Männer zu«, bemerkte Sabrina.

»Geiger hat das«, blaffte Michael Schauß.

Sabrina ignorierte den Einwurf. »Vielleicht haben beide Anschlagsopfer irgendwelche illegalen Geschäfte durchgezogen«, spekulierte die junge Kommissarin.

»Ja, warum eigentlich nicht?«, unterstützte sie nun plötzlich ihr Mann. »Es könnte sein, dass Blessing in seiner Firma irgendetwas Illegales gedreht hat.« Über seiner Nasenwurzel zeigten sich senkrechte Falten. »Und Basler hat diese Sauerei über irgendwelche dunklen Kanäle über seine Bank mitfinanziert. Vielleicht hat der Basler ja auch Geld gewaschen.«

»Aber, Michael, Blessings Firma ist doch ein Automobilzulieferer und kein Unternehmen der Rüstungsindustrie«, kommentierte Tannenberg mit überheblichem Unterton.

Michael Schauß akzeptierte zwar Tannenbergs höheren Dienstrang und seine Weisungsbefugnis, trotzdem gab er nicht gerne klein bei. Schließlich war er ein hochqualifizierter, selbstbewusster junger Mann mit gewissen Ambitionen, auch jener, irgendwann einmal die Leitung des K 1 zu übernehmen.

»Keine Ahnung, Wolf. Vielleicht geht es auch um Werksspionage oder Produktpiraterie«, legte der Kommissar nach.

»Diese Möglichkeiten kannst auch du zum jetzigen Zeitpunkt nicht ausschließen. Ich denke, wir sollten alles auf unseren«, er schlackerte mit dem Kopf, »Brainstorming-Bildschirm …«

»Ja, das ist durchaus richtig, Michael«, würgte ihn Tannenberg ab. Er klatschte in die Hände, eine Gewohnheit, mit der er oft eine Diskussion beendete oder einen Themenwechsel einläutete. »Okay, Leute, nun zu den Tatausführungen, die sich ja auf den ersten Blick stark ähneln.«

»Wieso nur auf den ersten Blick?«, fragte Michael keck. »Beide Männer wurden jeweils durch einen einzigen gezielten und wegen der verwendeten Munition tödlichen Schuss in die Lendengegend ermordet.«

Schweigend schritt Tannenberg zur Pinnwand, riss von einem Filzschreiber die Kappe ab und notierte die Überschrift ›Tatausführung‘

Unterdessen fuhr sein junger Kollege fort: »Ohne Mertels Projektilanalyse vorgreifen zu wollen, wurde bei den Anschlägen höchstwahrscheinlich dasselbe Tatwerkzeug verwendet.«

»Davon können wir ausgehen«, bestätigte sein Vorgesetzter. »Weiter.«

»Die Attentate ereigneten sich fast zur selben Uhrzeit.« Michael Schauß reckte den Zeigefinger in die Höhe und wies auf die Pinnwand. »Und beide Male wurde der Schuss von einem Heckenschützen aus einer sicheren Deckung heraus abgegeben.«

Tannenberg notierte Schlagworte.

»Zudem hat die Kriminaltechnik identische Schuhabdrücke an den Tatorten sichergestellt«, schob sein diensteifriger Mitarbeiter nach. »Und wo, bitte schön, sollen da noch Unterschiede zu finden sein? Also ich sehe keine.« Er grinste herausfordernd und ergänzte: »Auf den ersten Blick.«

Der Kommissariatsleiter überlegte, wie er auf die forschen Attacken seines Kollegen reagieren sollte. Das Klingeln des Telefons riss ihn aus seinen Gedanken. Er schlurfte zum Schreibtisch und sah auf das Display, wo eine bekannte Nummer aufleuchtete. Er hob ab. »Wenn man ihn nennt, kommt er gerennt«, schlug er dem Anrufer um die Ohren, bevor dieser irgendetwas sagen konnte. Tannenberg schaltete den Lautsprecher an.

»Gerannt – wenn schon«, korrigierte Mertel am anderen Ende der Leitung.

»Quatsch, das reimt sich doch gar nicht.«

»Kein Wunder, es heißt ja auch richtig: Kaum ist der Esel genannt, kommt er gerannt.«

»Ach so.«

»Außerdem komme nicht ich zu dir gerannt, sondern du zu mir.«

»Wieso sollte ich?«

»Weil ich etwas Sensationelles entdeckt habe.«

»Und was?«

»Komm einfach runter zu mir ins Labor, dann werde ich es dir vorführen. Ist Sabrina bei dir?«

»Ja, sogar die gesamte Familie Schauß.«

»Sehr gut.«

»Wir machen uns gleich auf den Weg.« Tannenberg legte auf. Da seine Kollegen den Dialog mitangehört hatten, erhoben sie sich wortlos und folgten ihrem Chef ins Treppenhaus.

»Na, wo steckst du denn, du alter Dreckschnüffler«, rief Tannenberg in die verwinkelten Gemächer der im Keller angesiedelten kriminaltechnischen Abteilung.

»Hier natürlich, wo denn sonst?«, höhnte Mertel, so als gäbe es zu seinem Aufenthaltsort nicht die geringste Alternative.

Von ihm aus betrachtet existierte diese auch nicht, denn für seinen Versuchsaufbau benötigte er den größten Laborraum. Hier bauten die Spurenexperten Tatorte nach, platzierten menschenähnliche Puppen in Originalgröße zur Tatrekonstruktion, testeten Schuss- oder Stichkanäle und verschiedenes mehr.

»Freue mich sehr, dich zu sehen, mein Lieber«, flötete Tannenberg, als er mit pendelnden Armen um die Ecke bog.

»Was 'n los mit dir? Um diese Uhrzeit bist du doch sonst nie gut drauf«, knurrte Karl Mertel anstelle einer Begrüßung. »Aber die gute Laune wird dir gleich vergehen. Das verspreche ich dir.«

»Wegen dieser mit Matsch gefüllten Bottiche etwa?«, frotzelte Wolfram Tannenberg. Er veränderte seine Stimme so, als spräche er mit einem Kleinkind. »Hat sich unser süßes Karlchen etwa aus purer Langeweile zwei kleine Spielplätze mit Matschepampe gebaut?«

Mertels Gesichtszüge wurden noch ein bisschen ernster und verkniffener. »Jetzt hör doch mal bitte auf mit diesem albernen Blödsinn«, rüffelte er.

Schlagartig wurde Tannenberg klar, dass er sich eben ausgesprochen infantil benommen hatte. Er wusste selbst nicht, welcher Teufel ihn gerade wieder einmal geritten hatte. Er verlagerte unruhig sein Gewicht. »Sorry, Karl«, entschuldigte er sich. »Also, was hast du denn Sensationelles entdeckt?«

Mertels Gesichtszüge entspannten sich. »In diesen Wannen hier befindet sich keine Matschepampe, sondern eine ziemlich realitätsgetreue Nachbildung der Bodenverhältnisse des Ortes, von wo aus der Schuss auf das zweite Opfer abgegeben wurde.«

»Also die Stelle vor der Ligusterhecke«, schlussfolgerte Kommissar Schauß.

»Exakt, Michael.« Karl Mertel hob die Hand. »Übrigens, bevor ich es vergesse: Der Doc hat mir vorhin die beiden Projektile vorbeigebracht. Sie stammen zweifelsfrei aus ein und derselben Waffe.«

Der altgediente Spurenexperte wies zu einem Beistelltischchen, auf dem zwei Gipsplatten lagen. »Wie ihr an diesen Abgüssen erkennen könnt, stimmen auch die Fußabdrücke, die wir an den Tatorten sichergestellt haben, überein. Dies erhärtet unseren Verdacht, dass es sich um ein und denselben Täter handelt.«

»Das hast du uns gestern Abend auch schon gesagt«, bemerkte Tannenberg trocken.

»Ja, schon, Wolf. Aber zu diesem Zeitpunkt handelte es sich noch um eine begründete Vermutung, nach eingehender Analyse nun aber um ein Faktum. Und das ist ein kleiner, aber ziemlich bedeutsamer Unterschied, nicht wahr?«

Tannenberg nickte.

»Gut, dann sind wir uns ja einig«, freute sich Mertel. Er nahm eine der Gipsplatten und legte sie beiseite. »Wir brauchen nur noch den Abdruck vom zweiten Tatort«, verkündete er. »So, Wolf, und jetzt setz dich bitte auf den Stuhl dort hinten und ziehst die Wanderschuhe an.«

Der Chef-Ermittler schürzte die Lippen. »Warum?«, wollte er wissen.

»Frag nicht lang rum, mach's einfach«, kommandierte der Kriminaltechniker.

Wolfram Tannenberg gehorchte. Er schlupfte in die knöchelhohen Wanderstiefel in Schuhgröße 45 und schnürte sie zu. »Passen ja wie angegossen.«

»Kein Wunder, es sind ja auch deine eigenen.«

»He?«, fragte Tannenberg verdutzt. Ungläubig inspizierte er die Schuhe von allen Seiten. »Ja, stimmt, das sind tatsächlich meine. Woher hast du die denn?«

»Dein Vater war so nett und hat sie mir vorhin auf seinem Weg zum Tchibo vorbeigebracht. Ich hab ja leider keine.« Er breitete die Arme zu einer entschuldigenden Geste aus.

»Brauch ich ja auch nicht, schließlich bin ich total lauffaul«, verkündete er. »Aber von unserem Doc weiß ich, dass er mit dir öfter durch den Pfälzer Wald pilgert und du folglich solche Schuhe besitzt. Dein alter Herr ist ja so ein netter und hilfsbereiter Zeitgenosse. Er hat sich sofort zu dieser kleinen Gefälligkeit bereit erklärt.«

Bei dieser wohlwollenden Umschreibung kann es sich nur um eine Verwechslung handeln, dachte Tannenberg, behielt seine Gedanken aber für sich.

»Und jetzt stellst du dich neben die linke Wanne«, ordnete Mertel an.

Der Chef-Ermittler tat, wie ihm geheißen.

»So, und nun steigst du vorsichtig in die Wanne hinein. Schön langsam, einen Wanderschuh nach dem anderen aufsetzen. Pass auf, dass du immer mit der flachen Sohle auftrittst.«

Tannenberg befolgte brav die Anweisungen.

»Nicht mehr bewegen, einfach nur einen Augenblick stillstehen und dein Körpergewicht gleichmäßig verteilen.« Mertel wartete ein paar Sekunden. »Okay, Wolf. Nun steigst du wieder genauso vorsichtig aus der Wanne heraus, wie du eingestiegen bist, und stellst dich hier auf den Putzlappen.«

Kommissar Schauß stützte seinen Chef, während ihm der Spurenexperte nacheinander die Wanderstiefel auszog. Dann goss Mertel eine zähflüssige Spezialmischung in die Stollenabdrücke. Anschließend ging er zu einem Waschbecken und brauste die Profilsohlen so lange ab, bis sie völlig von der matschigen Walderde gereinigt waren. Dann föhnte er die Sohlen trocken.

»Wegen der gleichen Versuchsbedingungen«, erläuterte

Mertel seinen verwundert dreinblickenden Kollegen über die Schulter hinweg.

»Nun zu dir, Sabrina«, sagte der Spurenexperte und ging zu ihr hin. »Sei so lieb und setz dich bitte auf den Stuhl, auf dem Wolf gerade saß.« Er begleitete seine junge Kollegin. Als sie Platz genommen hatte, reichte er ihr eine Plastiktüte.

»Hier hast du zwei Hüttenschuhe. Sie dürften in etwa deine Schuhgröße haben. Schlüpf bitte mal rein«, bat er. Während die junge Kommissarin der Aufforderung nachkam, schob Mertel mehrere Einlegesohlen in Tannenbergs Wanderschuhe und stellte sie vor Sabrina auf den Fußboden. »Und, passen die Hüttenschuhe einigermaßen?«

»Ja, ein kleines bisschen sind sie vielleicht zu groß.«

»Das macht nichts. Schlüpf jetzt bitte in Wolfs Wanderschuhe.« Mertel zog einen Mundwinkel hoch. »Keine Angst, ich hab sie vorher desinfiziert.«

Sabrina Schauß schob ihren rechten Fuß in den für sie überdimensionierten Schuh. »Ganz schöne Riesenlatschen sind das«, sagte sie.

»Soll ich noch eine weitere Sohlen einlegen?«, fragte Mertel.

Sabrina schüttelte den Kopf, während sie fest an den Schnürsenkel zog. »Ich denke, es sind genügend«, meinte die Kommissarin. Sie band die Schnürsenkel zusammen und bewegte den Fuß.

Der Kriminaltechniker hielt ihr eine Einlage vor die Nase.

»Nee, nee, Karl, es geht schon«, wehrte Sabrina ab und schlüpfte in den zweiten Wanderschuh. »Vorne und hinten habe ich zwar etwas Platz, aber von der Höhe her stimmt's ziemlich genau. Kilometerweit könnte ich damit allerdings nicht wandern.«

Mertel lachte herzhaft. »Das brauchst du auch nicht. Du

sollst nur das Gleiche tun wie Wolf. Dann erlöse ich dich auch schon wieder von dieser Tortur.«

Die sportliche Kommissarin ging einige Schritte. »Ich komme mir gerade vor wie ein Clown, der mit Riesentretern durch die Manege stapft«, meinte sie.

Sabrina erledigte die gleiche Prozedur wie ihr Vorgesetzter. Mertel war sehr zufrieden mit ihr. »Das hast du optimal hingekriegt«, lobte er, während er nun auch in diese Sohlenabdrücke weiße Masse goss und sie anschließend verteilte.

»Erlaubst du mir eine kurze Zwischenfrage?«

»Klar, Wolf, dir doch immer.«

»Was soll das hier eigentlich werden?«

Der Spurenexperte stand bereits wieder am Waschbecken und befreite mit der Handbrause einen von Tannenbergs Gipsabdrücken von der anhaftenden Walderde.

»Nur noch zwei Minuten, dann kannst du dir diese Frage selbst beantworten«, behauptete Mertel. »Ich verspreche dir, die Wartezeit lohnt sich.« Nachdem er auch Sabrinas Abdrücke gereinigt hatte, zeigte er seinen Kollegen die gerade gegossenen Gipsplatten. »Und, was fällt euch auf?«, fragte er in die Runde.

»Was soll uns denn da auffallen?«, grummelte Tannenberg, der immer ungehaltener wurde. »Jeweils zwei identische Sohlen.« Er grunzte abschätzig. »Kein Wunder bei ein und demselben Schuh.«

»Euch fällt nichts auf?«

Kopfschütteln.

Mertel legte die Gipsplatten der beiden Versuchsdurchgänge nebeneinander. »Immer noch nicht?«

»Doch, jetzt seh ich's«, stieß Sabrina aus. »Meine sind an den Seitenrändern deutlich niedriger als die von Wolf.«

»Sehr gut, Sabrina«, lobte der Kriminaltechniker und

wandte sich an seine anderen Kollegen »Und was sagt uns das?«

»Dass ich mit Wolfs Schuhen nicht so tief in die Erde eingesunken bin wie er«, erwiderte Sabrina.

Tannenberg schnaubte genervt. »Mensch, Karl, du gehst mir mit diesem affigen Ratespiel allmählich auf den Wecker. Wir haben zurzeit wirklich Wichtigeres zu tun, als uns diesen Kindergartenkram hier anzuschauen.«

Mertel ließ sich nicht aus der Ruhe bringen. Unter einer Decke hatte er einen weiteren Gipsabdruck versteckt, den er nun stolz präsentierte. »Wie man auf den ersten Blick sieht, hat dieser Sohlenabdruck hier ein anderes Profil, als die an den Tatorten als Täterspuren sichergestellten. Er stammt von einem jungen, etwas tollpatschigen Kollegen, der ihn direkt neben dem des Täters hinterlassen hat«, dozierte der Leiter der kriminaltechnischen Abteilung.

Seine Kollegen warfen sich irritierte Blicke zu.

»Als ich das mitbekommen habe, wollte ich ihn natürlich zuerst erwürgen«, grinste Mertel. »Als ich aber kapiert hatte, welch glücklicher Zufall sein unbedachter Auftritt – im doppelten Wortsinne! – letztlich war, hätte ich ihn am liebsten geküsst. Da war er aber leider nicht mehr da.«

»Also, ich küsse dich jetzt nicht, sondern erschlage dich gleich«, drohte Wolfram Tannenberg.

Mertel legte die Gipsplatte neben die des mutmaßlichen Täters. Wie ein applausheischender Schauspieler breitete er die Arme aus. »Und?«

»Der ist auch ein gutes Stück höher als der andere«, bemerkte Sabrina.

Der Spurensicherer riss die Arme in die Höhe. »Bingo! Und?« Eine auffordernde Geste.

Tannenberg raufte sich die Haare und fletschte die Zähne.

»Bei dem gesuchten Täter handelt es sich mit hoher Wahrscheinlichkeit um eine Frau«, setzte Mertel den Fangschuss.

Tannenberg glotzte ihn wie einen Ölgötzen an. »Wie kommst du denn auf solch einen Blödsinn?«, schimpfte er. »Drehst du jetzt völlig durch, oder was?«

In der Gewissheit, eine spektakuläre Erkenntnis zu präsentieren, lächelte der Spurensicherer überheblich. »Der Feldversuch eben hat meine Hypothese stark erhärtet. Wir haben es entweder mit einem Mann zu tun, der wie Sabrina um die 48 Kilogramm wiegt und ...« Um dem Folgenden größere Bedeutung zu verleihen, wartete Mertel einen Moment. »... und gleichzeitig Schuhgröße 45 hat«, fuhr er fort. »Dies würde einer Körpergröße von etwa 1,85 bis 1,90 Metern entsprechen. Allerdings ist dies eine Konstellation, die außer in Kriegszeiten praktisch nicht vorkommt. Könnt ihr mir folgen?«

Stummes Nicken.

»Schaut euch mal in der Fußgängerzone um. Da werdet ihr massenhaft auf das genaue Gegenteil treffen: Schuhgröße 38 und 100 Kilogramm Kampfgewicht. Laut den aktuellen statistischen Daten wiegt der durchschnittliche Mann mit Schuhgröße 45 um die 90 Kilogramm.« Ein Blick in Tannenbergs Richtung. »Je älter, umso höher liegt das Gewicht.«

»Und was ist mit den armen Leuten, die durch eine schwere Krankheit stark abgemagert sind?«, wandte Sabrina Schauß ein.

»Ja, natürlich findet man in dieser Personengruppe durchaus eine solch extreme Konstellation. Aber du glaubst doch nicht im Ernst, dass ein Todkranker derartige Taten begeht. Zumal es sich bei den Ermordeten nicht um Ärzte handelt, bei denen das Motiv ›Rache für Behandlungsfehler‹ et cetera in Betracht käme, sondern um Manager.«

Der Kriminaltechniker schüttelte energisch den Kopf. »Nein, nein, ich bleibe bei meiner Hypothese: Bei unserem

Heckenschützen handelt es sich um eine Frau. Und zwar um eine, die Männerwanderschuhe präpariert und uns damit einen gewaltigen Bären aufgebunden hat.«

Tannenberg brummte skeptisch.

»Ich denke, ihr solltet euch so schnell wie möglich mit dem Gedanken anfreunden, dass hier irgendjemand unsere Vorurteile gegenüber dem weiblichen Geschlecht für seine Zwecke instrumentalisiert.«

»Du meinst, wir denken bei einer derartigen Tatausführung unweigerlich an einen Mann?«, fragte Michael Schauß.

»Ja, weil wir uns nicht vorstellen können – oder wollen –, dass eine Frau auf diese brutale Art und Weise mordet.«

Wolfram Tannenberg zeigte seinem Kollegen den Vogel. »Du spinnst!«

»Dieser tollpatschige Streifenbeamte wiegt knapp 100 Kilogramm, und die Fußspuren der Täterin deuten auf ein Körpergewicht von maximal 50 Kilogramm hin«, verweis Mertel unbeeindruckt auf die Faktenlage.

»Vielleicht steckt doch diese Personalratsvorsitzende der Pfalzbank dahinter«, meinte Kommissar Schauß, dem Mertels Theorie offenbar nicht so abwegig erschien wie seinem Chef.

»Oder eine enttäuschte Exgeliebte der beiden Mordopfer«, schlug nun auch seine Ehefrau in dieselbe Kerbe.

Tannenberg verstand die Welt nicht mehr. Wutschnaubend lief er zu Mertels Schreibtisch. Mit spitzen Fingern pickte er einen beschrifteten Asservatenbeutel vom Tisch und hielt ihn demonstrativ in die Höhe. »Und was ist mit diesen Männerhaaren, die du am ersten Tatort genau dort entdeckt hast, von wo aus geschossen wurde?«, rief er in den Raum. Als niemand reagierte, schob er nach: »Und was ist damit, ihr Schlaumeier?«

»Gar nichts ist damit«, konterte der Kriminaltechniker. »Diese Männerhaare wurden so auffällig platziert, dass sie selbst ein blinder Spurensucher gefunden hätte.« Er grunzte. »Clever, meine Lady, aber nicht clever genug!«

Wolfram Tannenberg resignierte. »Okay, okay, Karl. Man soll ja auch ab und an mal das Unmöglichste denken. Dann beschäftigen wir uns eben nun mit deiner Hypothese.«

Kopfschüttelnd klatschte er die Handflächen aneinander. »Also, Leute, hier unser Gedankenspiel: Eine sehr clevere Frau mit extrem hoher krimineller Energie hat die beiden Mordanschläge eiskalt geplant und ebenso eiskalt ausgeführt.«

Tannenberg schlurfte ein paar Schritte durch Mertels Reich. Neben den Gipsabdrücken blieb er stehen. »Unsere Ermittlungen im persönlichen und beruflichen Umfeld der Mordopfer haben ja gerade erst begonnen. Trotzdem haben wir schon zwei mögliche«, er verdrehte die Augen, »*weibliche* Tatverdächtige.«

»So ist es«, stellte Mertel klar.

»Zum einen Baslers Ehefrau, die anscheinend mit einem notorischen Schürzenjäger und Fremdgänger verheiratet war«, sagte der Chef-Ermittler. »Möglicherweise hat sie diesem psychischen Druck nicht mehr standgehalten und sich auf besagte Art und Weise an ihm gerächt.«

Tannenberg fuhr sich mit dem Finger über den Nasenrücken. »Frau Basler hat kein nachprüfbares Alibi, denn laut eigenen Angaben war sie an dem betreffenden Nachmittag in Mannheim shoppen und zur mutmaßlichen Tatzeit auf der Autobahn. Da sie alleine unterwegs war und keinen Zeugen benennen kann, der sie irgendwo gesehen hat, kann sie diese Behauptung nicht belegen.«

»Aber warum sollte sie denn außer ihrem Mann auch noch Blessing ermorden?«, wandte Kommissar Schauß ein.

»Gute Frage, Michael.«

»Ganz einfach«, warf Mertel dazwischen: »Der zweite Mord war ein Ablenkungsmanöver für den ersten. Es hat ja auch funktioniert.«

»Wieso?«, wollte Tannenberg wissen.

»Habt ihr das Alibi dieser Frau Basler für den zweiten Mord überprüft?«

»Nee, haben wir bislang nicht, weil es keinen Grund dafür gab«, retournierte der Leiter des K 1. »Okay, Karl, zu deiner Beruhigung werden wir das nachholen. Erledigst du das bitte, Sabrina?«

Die Kommissarin nickte.

»Dann hätten wir da noch die Personalratsvorsitzende der Pfalzbank, die Basler für den Selbstmord ihres Patenkindes verantwortlich macht«, mischte sich Michael ein. »Wie hieß die noch mal?«

Seine Ehefrau schlug in ihrem Notizbuch nach. »Doris König-Meininger. Ich habe sie übrigens bereits nach ihrem Alibi gefragt. Als Basler erschossen wurde, war sie angeblich mit ihren Freundinnen walken und anschließend gemeinsam mit ihnen in einem Biergarten.«

»Dann fühl doch bitte diesen Freundinnen auf den Zahn und klär das Alibi unserer«, Tannenberg malte Gänsefüßchen in die Luft, »dringend Tatverdächtigen ab.« Ein süffisanter Seitenblick zu Mertel. »Damit unsere alte Nervensäge endlich Ruhe gibt.«

»Mach ich, Wolf.«

»Übrigens, Karl, deine begründete Hypothese werden wir natürlich auch bei den Ermittlungen in unserem zweiten Mordfall im Hinterkopf behalten«, kündigte der Leiter des K 1 an. »Bei intensiver Suche lässt sich bestimmt auch in Blessings Umfeld die eine oder andere Frau finden, die einen Grund gehabt hätte, ihn zu ermorden.«

»Da sind Sie endlich, Tannenberg«, ertönte plötzlich die herrische Stimme von Oberstaatsanwalt Dr. Sigbert Hollerbach vom Korridor aus. Sekundenbruchteile später bog er dynamisch um die Ecke. »Selbst Ihre Sekretärin wusste nicht, wo Sie sich vor uns versteckt haben«, schimpfte er gleich drauflos.

Kein Wunder, die gute alte Flocke hat ja auch strikte Anweisung von mir erhalten, dir Blödmann meinen aktuellen Aufenthaltsort nicht zu verraten, grollte sein Erzfeind im Stillen. Du hast mir gerade noch gefehlt, stöhnte Tannenberg innerlich auf.

Dr. Hollerbach war nicht allein in den Katakomben der Kriminaltechnik erschienen, sondern befand sich in Begleitung seiner potenziellen Nachfolgerin. Agnes Rottmüller-Klomann trug einen eng geschnittenen schwarzen Hosenanzug und schwarze Lederschuhe. Ihre schulterlangen blondgefärbten Haare bildeten einen interessanten Kontrast zu ihrem schicken dunklen Outfit. Sie war etwa 1,70 Meter groß und wog schätzungsweise 50 Kilogramm.

Auf Tannenbergs Gesicht breitete sich ein Lächeln aus. Da haben wir ja schon unsere Zweifachmörderin, lieber Karl, sagte er zu sich selbst, während er versuchte, mit Mertel Blickkontakt aufzunehmen. Doch der wich dem Blick aus und schaute hinüber zu seinen Gipsabdrücken.

»Warum grinsen Sie denn so blöd, Herr Hauptkommissar? Ich weiß nicht, ob angesichts dieser brutalen Morde Heiterkeit angebracht ist.«

Wolfram Tannenberg biss die Zähne zusammen und feuerte aus zusammengekniffenen Augen Giftpfeile auf seinen Intimfeind.

»Was verschafft uns denn die Ehre Ihres hohen Besuches, Herr Oberstaatsanwalt?«, fragte er mit spöttischem Unterton. »Gibt es einen konkreten Anlass oder üben Sie schon mal für Ihren neuen Job, wie man Kriminalbeamte provoziert?«

»Ach, meine neue Aufgabe hat sich also schon bis hinunter in die Katakomben der Kriminaltechnik herumgesprochen«, sagte Dr. Hollerbach scheinheilig. Er bedachte seine Nachfolgerin mit einem Zwinkern. »Bereits am Wochenende breche ich hier meine Zelte ab und baue sie im fernen Afrika wieder auf.«

»Das Zelt aber immer gut verschließen, da soll es nämlich giftige Schlangen geben«, bemerkte Tannenberg.

Sigbert Hollerbach winkte genervt ab. »Kommen Sie, Herr Hauptkommissar, lassen Sie es gut sein. Ich habe keine Lust, mir von Ihnen meine letzten Arbeitstage in dieser kleinkarierten Provinzstadt vermiesen zu lassen. Ich möchte mich gutgelaunt von meinen Freunden verabschieden und meiner Kollegin ein bestelltes Haus übergeben.«

»Dann stehlen Sie uns nicht die Zeit und sagen Sie endlich, was Sie von uns wollen«, ertönte postwendend Tannenbergs Retourkutsche.

Wie ein Priester faltete Dr. Hollerbach die Hände vor dem Körper und verkündete in salbungsvollem Ton: »Ach, Herr Hauptkommissar, ich möchte von Ihnen nur das, was ich immer von Ihnen möchte.«

Seine Stimme wurde noch einen Tick schärfer und lauter. »Ich möchte informiert werden.« Der Oberstaatsanwalt tippte auf das Zifferblatt seiner Armbanduhr. »In einer Stunde ist Pressekonferenz. Und da muss ich den Damen und Herren Journalisten konkrete Ermittlungsergebnisse vorlegen.« Er räusperte sich. »Ich betone: Ergebnisse! Gerade jetzt, wo sich die Medien wegen der mir von der Landesregierung übertragenen, wichtigen Berufung förmlich auf mich stürzen.«

Dr. Hollerbach rückte seine Brille zurecht. Aus seinen faltigen Gesichtszügen sprach die blanke Verzweiflung.

»In der Pressekonferenz sitze ich vor einer Meute hungriger Radioreporter und Fernsehleute. Denen muss ich etwas zum Fraß vorwerfen, sonst hauen sie mich und uns alle hier in die Pfanne.« Er machte eine beschwörende Geste. »Und ich hab wieder einmal nichts Handfestes.«

»Ja, Gott, wir können eben nicht hexen!«, blaffte der Leiter der Kaiserslauterer Mordkommission zurück. »Wir ermitteln unter Hochdruck. Aber das braucht eben seine Zeit, verdammt noch mal.«

Während Dr. Hollerbach die Röte ins Gesicht schoss und er nach Luft schnappte, ergriff seine Begleiterin das Wort. »Lieber Herr Hauptkommissar«, schlug sie einen ganz anderen Ton an als ihr cholerischer Kollege, »wir möchten lediglich von Ihnen wissen, ob es irgendwelche Neuigkeiten gibt, die nicht in Ihrem ersten Bericht stehen.«

Die Dame hat wohl vor Kurzem eine Fortbildung in Konfliktmanagement oder in Deeskalationsstrategie gemacht. Vielleicht auch ein Anti-Aggressions-Thai-Chi-Seminar besucht, dachte Tannenberg. Eine reinhauen müsste ich dem Hollerbach mal, danach ging's mir gleich viel besser.

»Na, Herr Hauptkommissar, ich sehe Ihnen doch an, dass Sie etwas für uns haben, oder täusche ich mich da?«, schob sie nach, nachdem Tannenberg nicht sofort reagiert hatte.

»Mehr als das, was ich in meinen neuen Bericht geschrieben habe, können wir leider noch nicht vorweisen«, mischte sich Mertel ein.

»Ja, und wo ist dieser ominöse neue Bericht?«, polterte der Oberstaatsanwalt ungehalten los. »Ich hab ihn jedenfalls noch nicht gesehen.«

»Das überrascht mich ehrlich gesagt nicht, denn er liegt oben in meiner Schublade«, grinste Tannenberg. »Ich muss ihn erst noch lesen. Aber da ich so lesefaul bin, haben wir uns gerade von unserem Kollegen mündlich auf den aktuellen Stand der kriminaltechnischen Untersuchungen bringen lassen.«

»Na, dann möchte die Staatsanwaltschaft nun dasselbe Recht für sich in Anspruch nehmen«, tönte Dr. Hollerbach. »Bitte nehmen Sie Platz, Frau Kollegin. Und dann schießen Sie los, Mertel. Avanti, avanti!«

Zähneknirschend präsentierte der Leiter der Spurensicherung in ausgesprochen komprimierter Form die gewünschten Informationen. Tannenberg und seine Mitarbeiter staunten nicht schlecht, als Mertel dabei nicht mit einer einzigen Silbe seine angeblich so brandheiße Hypothese erwähnte.

»Dann wissen wir ja wenigstens schon mal etwas Konkretes über die verwendete Munition und den Waffentyp«, meinte der Oberstaatsanwalt. »Wurden die ortsansässigen Jäger und Förster bereits überprüft?«

»Da sind wir gerade dran«, entgegnete Tannenberg. »Das gehört zu unseren Routineaufgaben, genauso wie die Befragungen im beruflichen und persönlichen Umfeld der Opfer. Das sollten Sie eigentlich wissen, Herr Oberstaatsanwalt.«

Dr. Hollerbach überging diese Spitze. Er schob die Brauen so eng zusammen, dass sich über seiner Nasenwurzel eine tiefe Furche bildete. »Glauben Sie, wir haben es mit einem Serientäter zu tun?«

Wolfram Tannenberg zuckte mit den Schultern. »Ich hoffe nicht. Übrigens würde ich darüber nachher in der Pressekonferenz kein Sterbenswörtchen verlauten lassen. Sie würden damit nur Hysterie in der Bevölkerung auslösen.«

»Sehe ich auch so«, unterstützte ihn Agnes Rottmüller-Klomann.

»Möchten Sie mich eigentlich zur Pressekonferenz begleiten, Frau Kollegin?«, flötete Sigbert Hollerbach, der sich gerne als Charmeur der alten Schule in Szene setzte.

Die Staatsanwältin kehrte abwehrend die Handflächen nach außen. »Lieber nicht, Herr Kollege. Wenn wir so geballt auftreten, reimt sich die Presse womöglich wirklich irgendetwas im Sinne einer Serienkiller-Geschichte zusammen.« Sie hüstelte hinter vorgehaltener Hand. »Und die wollen wir ja nicht unbedingt herbeireden, nicht wahr?«

Dr. Hollerbach brummte. »Nein, natürlich nicht.«

»Außerdem begebe ich mich nicht gerne freiwillig auf solch einen Präsentierteller.« Sie schürzte die Lippen. »Pressekonferenzen mag ich eigentlich überhaupt nicht.«

»Diese wichtige Aufgabe gehört aber zu unserem Job«, stellte der Oberstaatsanwalt sichtlich pikiert klar. »Schließlich brauchen wir für unsere effektive Ermittlungsarbeit die Medien. Zudem sind sie in unserem medialen Leben die Meinungsmacher, sie beeinflussen unser Bild in der Öffentlichkeit. Und sie haben uns in der Vergangenheit schon einige wichtige Informationen geliefert. Ganz zu schweigen von ihrer wertvollen Unterstützung von Zeugenaufrufen, Fahndungen et cetera.«

Du hast gerade Pluspunkte bei mir gesammelt, mein liebes Mädchen, dachte Tannenberg. Also bist du offenbar nicht solch eine elende Profilneurotikerin wie dieser Depp neben dir.

Eigentlich habe ich ja gar nichts gegen harte Hunde bei der Staatsanwaltschaft – pardon, Mylady: harte Hündinnen. Solange ihr uns in Ruhe unsere Arbeit machen lasst, uns unterstützt und euch nicht andauernd mit irgendwelchem Blödsinn in die Ermittlungen einmischt. Ich habe den Eindruck, dass ich ganz gut mit dir auskommen werde. Auf alle Fälle viel besser als mit deinem bescheuerten Vorgänger.

»Wir müssen leider los, die Ermittlungsarbeit wartet«, verkündete Tannenberg und gab seinen Mitarbeitern ein Zeichen.

Im Treppenhaus vor dem Zugang zum K 1 zupfte Michael den Kommissariatsleiter am Ärmel. »Warum hat Karl denn keinen einzigen Ton über seine neue Theorie gesagt?«

»Tja, das hat mich auch sehr gewundert«, meinte Sabrina.

»Ich vermute mal tollkühn, dass unser guter Karl plötzlich Angst vor der eigenen Courage bekommen hat«, spekulierte Tannenberg. »Vielleicht hat er auch inzwischen eingesehen, wie abgedreht seine Wanderschuh-Hypothese ist.«

»Oder er wollte sich nicht vor der Neuen blamieren«, mutmaßte die junge Kommissarin. »Wie findest du sie eigentlich, Wolf? Ist sie dir sympathisch?«

Tannenberg schob die Unterlippe vor. »Sympathisch?« Er hob die Schultern. »Weiß nicht. Aber auf alle Fälle ist sie mir bedeutend sympathischer als dieser Hohl-Hohl-Hollerbach.«

Michael lachte. »Na ja, das ist auch nicht sonderlich schwer.«

8

Nach einem von Lotte akribisch ausgetüftelten Plan wechselten sie und Rolla sich beim Ausspähen der Lebensgewohnheiten der Opfer ab. Vicki dagegen blieb bis zu ihrem nächsten todbringenden Einsatz unsichtbar. So verminderten sie die Gefahr beträchtlich, dass irgendein aufmerksamer Anwohner, Spaziergänger oder gar das Opfer selbst Verdacht schöpfte.

Die schwarze Liste der unheimlichen Schwestern war lang gewesen, hatte aber nach einigen Ausfällen inzwischen zusammengestrichen werden müssen. Doch es blieben immer noch genügend potenzielle Kandidaten übrig.

Am Tag nach der nächtlichen Zusammenkunft war Lotte wieder an der Reihe. Am späten Nachmittag fuhr sie über die Pariser Straße stadtauswärts zum sogenannten Kleeblatt und von dort aus schnurgerade weiter in westlicher Richtung. Nachdem sie den Einsiedlerhof und Kindsbach passiert hatte, traf sie in Landstuhl ein.

Auf Höhe der Burg Nanstein bog sie in die Hauptstraße ab, die schon wenig später in die Weiherstraße mündete. Mehrere hundert Meter hinter dem St.-Johannis-Krankenhaus, in der Nähe des Geigerhofs, stellte sie ihren BMW-Kombi auf einem Waldweg ab.

Lotte öffnete die Heckklappe und entließ Leo, ihren pechschwarzen Labradorrüden, in die Freiheit. Nachdem der Hund seine Duftmarken gesetzt hatte, leinte sie ihn an und wanderte mit ihm in Richtung des Wohngebiets Atzel los.

Höflich erwiderte sie den Gruß eines älteren Joggers, der kurz nach dem Schützenhaus in gemächlichem Tempo ihren

Weg kreuzte. Lottes Augen folgten ihm, während er hinter einem Spalier junger Fichten verschwand. Sie schob den Ärmel ihrer Jacke zurück und warf einen Blick auf ihre Armbanduhr.

Unser Herr Ministerialdirektor ist ja mal wieder pünktlich wie die Maurer, stellte sie zufrieden fest. Nach Ihnen kann man wirklich die Uhr stellen. Immer dieselbe Zeit, immer derselbe Weg – das nenne ich Disziplin!

Lotte überquerte die L 469 und spazierte noch eine Weile über den Hörnchenbergtunnel, von dem aus man einen herrlichen Panoramablick über die Kaiserslauterer Senke und das Landstuhler Bruch hatte. Auf dem höchsten Punkt machte sie kehrt und wanderte zurück.

Diesmal nahm sie allerdings eine Abzweigung, die sie unmittelbar an die südliche Landstuhler Randbebauung führte. In unmittelbarer Nähe des Birkenwegs setzte sie sich auf einen Baumstumpf, der ihr eine optimale Sicht auf das Zielgrundstück gewährte, sie selbst aber vor neugierigen Blicken schützte.

Geduldig wartete sie, bis Heribert Waldner, seines Zeichens Abteilungsleiter im rheinland-pfälzischen Bildungsministerium, in ihrem Blickfeld auftauchte. Waldner entdeckte die Späherin nicht. Gedankenversunken öffnete er das Gartentürchen und verschwand auf seinem akkurat angelegten und mit Rosenbüschen und Koniferen bewachsenen Grundstück.

»Komm, Leo«, flüsterte Lotte, »wir schauen mal nach, ob der werte Herr auch brav seine Dehnungsübungen macht.«

In sicherem Abstand schlenderte Lotte an dem mit dichtem Buschwerk umrahmten Grundstück vorbei, wo Heribert Waldner auf einem gepflegten englischen Rasen tatsächlich gerade seine Abendgymnastik durchführte. Er hatte ihr den Rücken zugewandt und machte einige Kniebeugen.

Und dabei immer schön die Arme nach vorn strecken, Herr Ministerialdirektor. So wie Sie es bei Turnvater Jahn gelernt haben, höhnte Lotte im Stillen. Genießen Sie die wunderbare Waldluft – so lange Sie es noch können.

Sie blickte hinunter zu ihrem Hund, der brav neben ihr hertrottete.

Die Zeit brauchen wir heute nicht zu stoppen, Leo, dachte sie schmunzelnd. Diese affige Alt-Herren-Gymnastik wird wieder ziemlich exakt acht Minuten dauern. Ein Lob der Disziplin!

Als Lotte wenig später den menschenleeren Waldweg erreichte, beugte sie sich zu ihrem vierbeinigen Begleiter hinunter und flüsterte: »Dieser Frischluftfan ist wirklich ein ideales Opfer, Leo. Vicki wird sich freuen. Morgen Abend kann sie ihn in aller Ruhe zur Strecke bringen.«

Am nächsten Morgen hatte Vicki einen wichtigen Termin.

»Hab ich dir nicht deutlich genug gesagt, dass ich nicht gestört werden will?«, fuhr Dr. Wagenbach seine Sprechstundenhilfe an.

»Doch, aber …«

»Nix aber – raus!«

Der jungen Arzthelferin schoss die Röte ins Gesicht, aber sie schwieg und zog sich devot zurück.

»Das Personal wird von Jahr zu Jahr unqualifizierter«, schimpfte der Psychiater. »Aus der Schule bringen diese affektierten Püppchen immer schlechtere Qualifikationen mit. In ihren Bewerbungsschreiben stecken tausende von Fehlern. Sie besitzen keine Arbeitstugenden mehr, sind stinkfaul, nicht belastbar und andauernd krank.«

Der Arzt grunzte abschätzig. »Gleichzeitig werden ihre Ansprüche immer höher: mehr Urlaub, mehr Gehalt, längerer Kündigungsschutz, kürzere Arbeitszeiten und so weiter und so fort.« Wütend fletschte er die Zähne. »Keinerlei Leistungsbereitschaft mehr! Aber unverschämte Forderungen stellen. Ja, das können sie, diese dummen Puten.«

Arroganter Macho, widerlicher alter Sack!, grollte Vicki tonlos.

Aber auch sie schluckte ihren deftigen Kommentar hinunter. Obwohl ihr die Beherrschung sehr schwer fiel, riss sie sich am Riemen, denn sie durfte es sich nicht mit ihm verscherzen.

Super, dass du meine Gedanken nicht erraten kannst, du bescheuerter Psychoklempner!, schimpfte Vicki.

Um das schadenfrohe Grinsen zu verstecken, dem sie sich nicht mehr erwehren konnte, wandte sie sich ab und putzte sich die Nase,

Hab ich dir eigentlich schon gesagt, dass auch du auf unserer Liste stehst?, feixte sie im Stillen.

Dr. Wagenbach betrachtete seine Mitarbeiterinnen als Untergebene, als moderne Sklavinnen. Solche barschen Zurechtweisungen bereiteten ihm sichtlich Freude, besonders wenn Patienten zugegen waren. Zufrieden lehnte er sich in seinem Ledersessel zurück und schlug die Beine übereinander.

»Entschuldigen Sie die Störung, meine Liebe«, flötete er. »Wo waren wir gerade stehengeblieben?«

»Bei meinen Medikamenten«, antwortete Vicki. Nervös knibbelte sie an der Nagelhaut ihres Daumens herum. Mach jetzt endlich, du aufgeblasener Affenarsch!, dachte sie.

Der Psychiater seufzte bedeutungsschwer und rückte seine Brille zurecht. »Tja, ja, meine Liebe, was machen wir denn nur mit Ihnen? Hm, hm, hm«, mimte er den besorgten Mediziner, dem nichts mehr am Herzen lag als das leibliche und psychische Wohl seiner Patienten.

»Mit den neuen Psychopharmaka komme ich sehr gut zurecht«, schob Vicki geschwind nach. »Das Zeug wirkt wahre Wunder bei mir.«

»Das will ich Ihnen gerne glauben.« Dr. Wagenbach nahm einen Bleistift auf und zeichnete mehrere Striche auf die Schreibtischunterlage. »Als Ihr langjähriger Arzt freut es mich natürlich sehr, dass Sie von diesen kleinen Zauberkugeln so begeistert sind. Allerdings sollte Ihnen klar sein, dass es sich bei diesem neuartigen pharmazeutischen Präparat um einen richtigen Hammer handelt.«

Er grinste aufgesetzt. »Unter uns, meine Liebe: Wenn Sie eine sehr ähnliche Substanz in einer der einschlägigen Szenetreffs erwerben, verstoßen Sie eindeutig gegen das Betäubungsmittelgesetz.«

»Die Pillen helfen mir wirklich wunderbar, Herr Doktor«, beteuerte die Patientin, während unter dem Tisch zwei aufgerichtete Mittelfinger in Richtung seines Unterleib zeigten.

»Ums auf den Punkt zu bringen, meine Liebe: Sie schlucken harte Drogen.« Theatralisch hob der Psychiater die Brauen und ließ sie oben verharren. »Ist Ihnen das eigentlich klar?«, fragte er, wobei er jede Silbe betonte.

»Ja, natürlich weiß ich das, Herr Doktor. Deshalb gehe ich ja auch sehr, sehr vorsichtig damit um.« Vicki versuchte sich an einem devoten Gesichtsausdruck, aber das Ergebnis war nicht sonderlich gelungen, zu sehr brodelte in ihr die Wut. Sie hasste solche Situationen des Ausgeliefertseins, der Abhängigkeit vom Wohlwollen eines verhassten Mannes, der seine dominante Position genussvoll auskostete.

»Aber es hilft mir eben sehr gut«, betonte sie noch einmal.

»Sicher hilft es. Darüber freuen wir uns ja auch beide. Trotzdem habe ich große Bedenken, Ihnen die Tabletten weiterhin zu verordnen. Sie sind mir zu scharf auf diese kleinen roten Teufelsdinger.«

Er zupfte an seinem weißen Arztkittel herum. »Dieses Medikament ist sehr gefährlich, denn für ein zugelassenes Arzneimittel besitzt es ein außergewöhnlich hohes Abhängigkeitspotenzial. Solche Hämmer sind normalerweise nur im Rahmen einer Kurzzeittherapie medizinisch vertretbar.«

Mit besorgter Miene schaute er auf seinen Monitor, wo die Patientendaten aufgelistet waren. »Und Sie nehmen die eigentlich schon viel zu lange.«

Halt die Fresse und verschreib mir endlich die Scheißdinger, fluchte Vicki im Stillen. Ich brauch sie unbedingt, sonst kann ich meine Mission vielleicht nicht mehr erfüllen. Aber ich muss meinen Job machen! Ich darf meine Schwestern nicht enttäuschen. Also stell mir endlich dieses blöde Rezept aus, du dummer Wichser!

Verständlicherweise behielt sie ihre Gedanken für sich. Sie schniefte, legte ihre Handflächen aneinander und bettelte mit herzerweichendem Dackelblick. »Bitte, bitte, Herr Doktor, nur noch ein einziges Mal eine 50er-Packung. Danach reduzieren wir die Dosis und ich melde mich auch zu dieser stationären Therapie an, zu der Sie mich schon so oft überreden wollten.«

Dr. Wagenbach hob die Brauen und betrachtete seine Patientin mit einem durchdringenden Blick. »Versprochen?«

»Versprochen«, log Vicki, ohne dabei rot zu werden.

Von wegen Therapie, du blöder Arsch! Jetzt rück endlich diese verfluchten Drecksdinger raus, sonst komme ich schon heute Abend in deiner Villa vorbei und mach dich platt. Auf dem Rückweg von diesem Lehrer komme ich zu dir. Dann bist du dran. Das verspreche ich dir. Also, los!

Der Psychiater beugte sich nach vorn und drehte den Flachbildschirm zu seiner Patientin hin. »Sehen Sie selbst.«

Schwer atmend wiegte er den Kopf hin und her. »Eigentlich kann ich das nicht verantworten. Sie haben schon viel zu viel von diesem gefährlichen Zeug geschluckt.«

»Bitte, bitte«, jammerte sein Gegenüber.

Dr. Wagenbach brummte. »Und Sie gehen wirklich in diese Fachklinik und ziehen die Therapie durch?«

»Ja, Sie können sich darauf verlassen.«

Dr. Wagenbach verzog sein Gesicht so, als hätte er gerade vom Tod eines Angehörigen erfahren. Dann ging ein Ruck durch seinen Körper. Er ließ den Mauszeiger über den Bildschirm wandern, klickte zweimal und drückte dann die Returntaste. Kurz darauf spuckte der Drucker das gewünschte Rezept aus.

Vicki atmete erleichtert auf. Na endlich, du elender Scheißkerl.

Der Psychiater kritzelte etwas Unleserliches auf das Rezept und reichte es Vicki. Doch als sie es greifen wollte, zog er es wieder zurück. »Ehrenwort, dass Sie sich noch heute mit der psychiatrischen Fachklinik in Verbindung setzen?«

Seine Patientin hob die Hand wie zu einem feierlichen Gelöbnis. »Ehrenwort, Herr Doktor. Ich schwöre es bei allem, was mir heilig ist.«

»Gut, dann verlasse ich mich auf Ihr Wort.«

»Das können Sie.«

Erneut hielt ihr der Psychiater das Rezept hin. Vicki riss es ihm aus der Hand. Wie von einem Katapult abgeschossen sprang sie in die Höhe und hechtete aus dem Arztzimmer. Im Wartebereich begegnete ihr die Sprechstundenhilfe, die vorhin von ihrem Chef abgekanzelt wurde.

»Schätzchen, an deiner Stelle würde ich so schnell wie möglich den Arbeitsplatz wechseln«, raunte sie ihr im Vorübergehen zu. »Mach den Abflug, Herzchen, bevor es zu spät ist.«

Die konsternierte junge Frau eilte Vicki hinterher. »Wieso?«, fragte sie vor der Tür.

»Na, wenn du das selbst nicht weißt, kann dir wirklich niemand helfen«, fauchte Vicki kopfschüttelnd und stürmte die Treppe hinunter.

Die meisten Weiber sind einfach so was von blöd, zeterte sie, als sie im Erdgeschoss des Ärztehauses ankam. Die lassen sich von diesen Mackern viel zu viel gefallen. Kraftvoll zog sie die Außentür auf und trat ins Freie. Es hatte zu nieseln begonnen, aber das registrierte sie nicht. Sie hatte nur ihr Rezept im Sinn.

Zielgerichtet steuerte sie eine Apotheke in der Fußgängerzone an. Mit einer energischen Handbewegung knallte sie das Rezept auf den Tresen. Wie ein eingesperrter Tiger lief sie zwischen dem Tresen und einer Personenwaage hin und her. Nach Sekunden, die ihr wie Minuten vorkamen, kehrte die Apothekerin aus dem Medikamentenlager zurück und übergab ihr die rot-weiße Packung.

An einem zentral platzierten Trinkwasserspender zapfte sich Vicki einen Becher und warf gleich drei Pillen auf einmal ein. Die Apothekerin beobachtete sie dabei.

»Sie haben eben bereits die gesamte Tagesration eingenommen«, gab sie zu bedenken. »Ich empfehle Ihnen dringend, die Tabletten über den Tag zu verteilen. Am besten nehmen Sie immer eine zu den Hauptmahlzeiten.«

»Danke für den Tipp«, rief Vicki über die Schulter hinweg.

Du hast doch überhaupt keine Ahnung, du bescheuerte Pillendreherin, fügte sie tonlos hinzu. Ich bin so was von abgehärtet, kann ich dir flüstern. Ich brauche das Dope in einer Dosis, bei der ein Elefant sofort Pirouetten drehen würde.

Sie kicherte derart laut und affektiert, dass sich mehrere Passanten nach ihr umdrehten.

Was soll dieser Blödsinn, du dusselige Kuh!, beschimpfte sie sich selbst. Du musst dich völlig normal benehmen! Du darfst nicht auffallen! Reiß dich zusammen, sonst gefährdest du den genialen Plan!

Vicki verlangsamte ihre Schritte, blieb in der Fackelstraße vor einigen Schaufenstern stehen und betrachtete die Auslagen. Dann schlenderte sie durch die Kerststraße, wo sie sich in einem Handyladen die neuesten Smartphone-Modelle zeigen ließ.

Anschließend suchte sie eine nahegelegene Buchhandlung auf. Pro forma durchstöberte sie den alphabetisch geordneten Taschenbuchbestand nach ihrem Namen, wurde aber nicht fündig. So wie immer in größeren Buchhandlungen. Ihre literarischen Werke fanden sich nur in einigen wenigen alternativen Frauen-Buchläden, die sich zum Ziel gesetzt hatten, feministischen Schriftstellerinnen ein Forum zu bieten. Mit einem kurzen, verächtlichen Blick auf die im Eingangsbereich präsentierten Bestseller verließ sie den Laden.

Am Union-Kino überquerte sie die Alleestraße und schwenkte an der nächsten Ampel in die Richard-Wagner-Straße ein. Nach nur fünf weiteren Gehminuten erreichte sie den Kaiserslauterer Hauptbahnhof.

Sie kaufte sich ein Päckchen Zigaretten und steuerte den erstbesten Bahnsteig an. Dort setzte sie sich auf eine Wartebank. Während sie die hektisch ein- und aussteigenden Zugpassagiere beobachtete, zündete sie sich einen Glimmstängel nach dem anderen an.

Was für ein Wahnsinn!, dachte sie bei sich. Stress, Hektik, Drängeln, Schubsen, Fluchen … Und warum das alles? Nur um noch mehr Kohle zu scheffeln.

Vicki legte den Kopf ins Genick und presste den Rauch in kleinen Wölkchen in die Luft. Doch der schneidende Fahrtwind eines ankommenden ICEs bereitete diesem Spiel ein schnelles Ende.

Wie Rennmäuse in einem goldenen Käfig. Und wer sind die Chefs in diesem großen Monopoly?, sinnierte sie. Die Männer natürlich mit ihren Seilschaften, mit denen sie ihre Freunde auf die besten Jobs hochziehen. Völlig egal, ob die überhaupt dafür qualifiziert sind.

Wir Frauen hängen unten am Seil und können so viel strampeln, wie wir wollen. Wir haben keine Chance hochzukommen. Keiner von diesen Machos zieht uns hoch, keiner. Ein bitteres, abschätziges Grunzgeräusch. Die schneiden eher noch das Seil durch und lassen uns in den Abgrund stürzen. Verdammte Männerwelt!

Vicki schloss die Augen.

»This is a man's world, this is a man's world, but it wouldn't be nothing, nothing without a woman or a girl«, sang sie leise.

Während ihre Lippen die Worte des Songtextes formten, schnitt sie Grimassen wie ein zugedröhnter Rocksänger auf der Bühne. Als sie die Augen wieder aufschlug, stand ein pausbäckiges Mädchen vor ihr. Die Kleine zupfte am Mantel ihrer Mutter und zeigte auf die merkwürdige Frau. Wie von einer Tarantel gestochen sprang Vicki auf und machte sich aus dem Staub.

Verdammt, verdammt, hör endlich auf mit diesem Scheiß! Oder willst du etwa riskieren, dass die Bahnbullen auf dich aufmerksam werden?, beschimpfte sie sich selbst.

Kopfschüttelnd blieb sie auf der Treppe stehen. Plötzlich spürte sie ein flaues Gefühl im Magen. Sie schaute hoch zu einer der Bahnhofsuhren.

Ja, ja, schon gut. Ich weiß, es ist schon 12 Uhr durch, Zeit, mal wieder etwas zwischen die Kiemen zu schieben, führte sie ihr Selbstgespräch fort.

In der Fußgängerunterführung schlug sie diesmal den entgegengesetzten Weg ein. Sie hatte noch viel Zeit bis zu ihrem nächsten Einsatz und musste sich dringend Ablenkung verschaffen.

Ein schöner Fußmarsch macht den Kopf klar, baut Aggressionen ab und frisst die Wartezeit auf, feuerte sie sich selbst an.

Sie hatte keine Lust, wie fast jeden Tag zu Hause eine Fertigpizza in den Ofen zu schieben. Spontan beschloss sich, ihren Twingo am Stadtpark stehen zu lassen und in der Cafeteria der Universität zu Mittag zu essen. Sie nahm den Weg über die Zollamt- und die Pfaffenbergstraße, dann die Abkürzung an der Pestalozzischule.

Obwohl seit zwei Wochen Semesterferien waren, fand Vicki erst nach längerer Suche einen freien Platz an einem der Cafeteriatische. Verwundert stellte sie fest, dass die zumeist männlichen Studenten nichts aßen oder tranken, sondern über ihren Collegeblöcken brüteten oder konzentriert an ihren Netbooks arbeiteten.

Den überall zu lesenden Hinweis des Cafeteriabetreibers, dass dieser Raum kein Arbeits- und Lernbereich sei und deshalb ab 11 Uhr die Tische nur zum Verzehr von Speisen und Getränke benutzt werden durften, ignorierten die fleißigen Studenten.

Erst als eine Mitarbeiterin der Cafeteria einen Platz freimachte, konnte Vicki ihr Tablett abstellen. Sie zerteilte das Seelachsfilet in kleine Stücke und schob sich gerade den ersten Happen in den Mund, als sich direkt hinter ihr zwei lauthals palavernde Doktoranden niederließen.

Die beiden Männer redeten sich derart in Rage, dass sie ihre Umgebung überhaupt nicht mehr wahrzunehmen schienen. Ihr Gespräch drehte sich um ein einziges Thema: die Frauenquote. Vicki spitzte die Ohren.

»Was für eine Granatensauerei«, spie der Blonde förmlich aus. »Jonas hat die Mitarbeiterstelle nur deshalb nicht bekommen, weil er das falsche Geschlecht hat. Das muss man sich einmal vorstellen! Was für eine Sauerei! Dabei ist er objektiv weitaus qualifizierter als diese dumme Tussi.«

»Das ist wirklich unglaublich! Diese Frauenquote ist so was von ungerecht und demotivierend. Da würde man am liebsten die Brocken hinwerfen«, stieß sein Gegenüber in dasselbe Horn.

»Männerfeindlich ohne Ende ist das!«

»In der Wissenschaft und in der freien Wirtschaft muss es doch einzig und allein um die Qualifikation eines Bewerbers gehen, und nicht um irgendwelche Attribute, egal ob Geschlecht, Konfession, Körpergröße …«

»… oder Gewicht«, ergänzte der korpulentere der Männer.

»Die größte Sauerei an der ganzen Sache ist ja wohl, dass Jonas den werten Herrn Professor vor einem Monat noch gefragt hat, ob er an seinem Lehrstuhl auf einer Mitarbeiterstelle promovieren könne. Jonas hat schließlich eine junge Familie zu ernähren und braucht die Kohle dringend.«

»Zwei kleine Kinder zu Hause und …«

»… eine Frau«, fiel ihm der andere Doktorand ins Wort, »die ihre Kinder nicht abgetrieben, sondern ihr Studium wegen der Familiengründung unterbrochen hat.«

Sein Gegenüber nahm den Teller vom Tablett und legte das Besteck daneben. Danach breitete er die Arme aus und äffte den betreffenden Professor nach. »›Nein, mein lieber Herr Wagner, eine solche Stelle kann ich Ihnen leider nicht anbieten. Ich habe schlicht und ergreifend keine Mitarbeiterstelle zu vergeben.‹ Das war Originalton Aschenbacher. Exakt diese Worte hat der widerliche Frauenschleimer Jonas grinsend vor den Latz geknallt.«

»Und drei Wochen später schlägt Jonas am Samstagmorgen die Zeitung auf – und entdeckt eine Anzeige ausgerechnet mit der Stelle, auf die er so scharf war und die, wie wir inzwischen wissen, zu diesem Zeitpunkt bereits an diese unqualifizierte Tussi vergeben war. Natürlich inoffiziell!«

»Die totale Verarsche war das!«, echauffierte sich der andere. »Da wird eine Stelle bundesweit ausgeschrieben und zig qualifizierte Akademiker bewerben sich darauf – alles rausgeworfene Zeit, weggeschmissenes Geld, eine irre Farce!«

»So ist es«, stimmte sein Kollege zu. »Natürlich versteht Jonas die Welt nicht mehr. Er ruft seinen potenziellen Doktorvater an.«

»Der was von sich gibt?«, spielte der Schwarzhaarige seinem Begleiter den Ball zurück.

»›Wir suchen eine Frau, Herr Wagner, keinen Mann‹«, sagte der andere Doktorand. »›Männer habe ich wirklich schon genug an meinem Lehrstuhl.‹« Seine Halsschlagader schwoll an und er schlug mit der Faust auf den Tisch. »So eine Riesensauerei!«, brüllte er so laut, dass einige Studenten die Hälse nach ihm reckten.

»Wenn Jonas eine Frau wäre, hätte er hundertprozentig die Stelle bekommen. Schließlich kann er ein Spitzenexamen und eine lange Veröffentlichungsliste vorweisen. Außerdem ist er seit drei Semestern Tutor an Aschenbachers Lehrstuhl.«

»Ja klar, ganz sicher hätte er diesen Superjob bekommen. Aschenbacher hat ihm das ja sogar unter vier Augen bestätigt. Aber es gäbe nun einmal die Frauenquote, an die er sich zu halten habe.«

»Ausflüchte, nichts als Ausflüchte«, polterte der andere. »Dieser eitle Fatzke lässt sich eben lieber von einem aufgemotzten Püppchen anhimmeln, als von einem selbstbewussten Spitzendoktoranden seine Grenzen aufzeigen.«

»Na, warte, mein liebes Mädchen, dich lassen wir auflaufen. Du wirst den Tag noch verfluchen, an dem du unserem Kumpel die Promotionsstelle weggeschnappt hast.«

»Darauf kannst du Gift nehmen, du süßes Zuckerpüppchen«, drohte sein erboster Kollege.

Vicki hatte genug von diesen frauenfeindlichen Sprüchen und dem unerträglichen Machogehabe. Schlagartig war ihr der Appetit vergangen. Am liebsten hätte sie ihren Hintermännern einen Strick um den Hals gelegt oder ein Besteckmesser in den Rücken gerammt.

Aber sie musste unbedingt ihre Aggression im Zaum halten. Unter keinen Umständen durfte sie einen Eklat provozieren und damit möglicherweise ihre Mission gefährden.

Angewidert schob sie ihren Teller von sich. Als sie das mausgraue Tablett auf das Förderband stellte, wäre fast das halbvolle Wasserglas umgefallen, so sehr zitterten ihre Hände.

Sie wandte sich um und beobachtete eine Weile mit hasserfülltem Blick die beiden Doktoranden. Sie überlegte, ob sie nicht versuchen sollte, den Namen dieser Widerlinge in Erfahrung zu bringen und Lotte zu bitten, sie ebenfalls auf die Todesliste zu setzen.

Doch dann verwarf sie den Gedanken, schließlich geisterten gerade an einer naturwissenschaftlichen Universität unzählige dieser frauenfeindlichen Gestalten herum. Sie alle zu erlegen, wäre eh unmöglich gewesen.

Außerdem waren ja auch viele von ihnen nur armselige Mitläufer, die nie in ihrem Leben zu den Schaltstellen der Macht vordringen würden. Dorthin, wo in abgeschotteten Männerzirkeln über die Karrierechancen von Frauen entschieden wurde, besser gesagt, wo sie verhindert wurden.

Da war es doch bedeutend sinnvoller, sich nicht mit diesen armen Würstchen zu beschäftigen, sondern sich direkt um die Entscheider zu kümmern. Am effektivsten mit einem Teilmantelgeschoss.

Von diesen Gedanken beschwingt, wanderte Vicki zurück zum Stadtpark, wo sie ihren Renault direkt vor der Kröckel'schen Villa abgestellt hatte. Einen Moment lang war sie versucht, nach Landstuhl zu fahren und ihren nächsten Anschlagsort in Augenschein zu nehmen. Doch das war keine gute Idee, zumal ihr Lotte strikt verboten hatte, sich auch nur in der Umgebung blicken zu lassen.

Und mit Lotte durfte man sich nicht anlegen. Sie war schon in ihrer gemeinsamen Schulzeit die mit Abstand autoritärste, cleverste und coolste der unheimlichen Schwestern gewesen.

Na ja, jede Gang braucht eben einen Anführer, der den anderen den Weg weist. Jeder Indianerstamm hat schließlich einen Häuptling, dachte Vicki, als sie ihren Twingo startete.

»Scheiß Machosprache! Immer ist der Boss ein Mann!«, zischte sie derart geräuschvoll vor sich hin, dass eine ältere Dame, die gerade mit ihrem Hund den Bürgersteig entlangwackelte, stehenblieb und neugierig durch die halb heruntergelassene Seitenscheibe schaute.

Vicki legte den ersten Gang ein und raste mit quietschenden Reifen los. Zu Hause fläzte sie sich auf die Couch und hörte Rockmusik. Die restliche Zeit bis zu ihrem nächsten Einsatz stöberte sie im Internet nach tagesaktuellen Presseartikeln über die heimtückische Anschlagserie, die seit Tagen die Pfalz in Atem hielt.

Erfreut stellte sie fest, dass die Suchmaschine immer mehr Meldungen darüber ausspuckte. Sie druckte alle neuen Berichte aus und heftete sie zu den anderen an die Wand hinter ihrem Schreibtisch.

Ich bin gerade dabei, richtig berühmt zu werden, jubilierte sie voller Stolz. Die Reputation, die mir diese Scheiß-Männergesellschaft all die Jahre über bewusst vorenthalten hat, heimse ich jetzt quasi mühelos ein.

Zwar gehe ich mit meinen perfekten Morden nicht in die Literaturgeschichte ein, dafür aber garantiert in die Kriminalgeschichte. Ist doch auch ein Riesenerfolg, oder? Zudem habe ich immer noch die Option, aus meinem vernichtenden Amazonenritt ein richtig gutes Buch zu machen. Vielleicht wird es sogar ein Bestseller.

Um 17 Uhr warf sie zwei weitere Tabletten ein. Anschließend vertiefte sie sich sicherheitshalber noch einmal in die Unterlagen, die ihre Schwestern für sie zusammengestellt hatten. Eigentlich überflüssig, denn Vicki hatte inzwischen den Text und die Ortsbeschreibung auswendig gelernt. Die Fotos des nächsten Opfers, seines Gartens und von der Umgebung seines Wohnhauses waren ihr schon mehrfach im Traum erschienen.

Nach der Lektüre des kleinen Dossiers trank sie hastig ein Glas Wasser. Dann schnappte sie sich ihren Rucksack, in dem sich die zerlegte Waffe, die präparierten Wanderschuhe und ein Ansitzmantel befanden, und machte sich auf den Weg.

Während der Autofahrt nach Landstuhl achtete sie pedantisch darauf, die Geschwindigkeitsbegrenzungen einzuhalten. An dem ›Starenkasten‹ kurz vor dem Wohngebiet Vogelweh verlangsamte sie ihr Tempo so, dass sie unmöglich geblitzt werden konnte. Hinter der Radarfalle hob sie die Hand und bedachte den grünen Kasten mit einem ausgestreckten Mittelfinger.

Vicki stellte ihr Auto auf demselben Parkplatz ab, den Lotte tags zuvor benutzt hatte. Sie wählte auch denselben Wanderweg hinauf auf den Hörnchenbergtunnel. Von ihrer Spähposition aus konnte sie ausgezeichnet beobachten, wie sich Heribert Waldner in seinem mausgrauen, ausgebeulten Jogginganzug eine Anhöhe hinaufquälte, am höchsten Punkt kurz verschnaufte und dann zu seiner Schlussrunde startete.

In aller Seelenruhe schlüpfte Vicki in die überdimensionierten Wanderschuhe und ging die letzten Schritte zu der Schussposition, die Lotte mit zwei gekreuzten Tannenzweigen markiert hatte.

Dort steckte sie die Einzelteile des Jagdgewehrs ineinander, befestigte das Zielfernrohr und lud die Waffe durch. Mit dem Fuß scharrte sie das Laub beiseite und drückte ihre Schuhsohlen so in die lockere Walderde, dass sie einen gut erkennbaren, profilierten Abdruck hinterließen.

Im gestrichelten Fadenkreuz ihres Jagdgewehrs tauchte Waldners hellgrünes Gartentürchen auf. Vicki spielte mit der Scharfstellung des Zielfernrohrs, visierte die Rosensträucher, den Rasen und die Sandsteintreppe an. Dann kehrte das Fadenkreuz zum Ausgangspunkt zurück.

Vicki streichelte mit dem rechten Zeigefinger das kalte Metall des Abzugshahns. Ihre Anspannung stieg. Sie musste nicht mehr lange warten. Aus westlicher Richtung vernahm sie Waldners geräuschvolles Schnauben. Sekunden später stand er vor seinem Gartentor und schob es quietschend nach innen. Vicki hatte seine Lendengegend genau im Visier.

Du musst unbedingt warten, bis er stehen bleibt, und dann sofort schießen, bevor er mit seinen Dehnübungen beginnt, klingelte ihr Lottes eindringlicher Appell im Ohr. Nicht schießen, solange er noch geht, warten bis er steht!, wiederholte Vicki litaneiartig in Gedanken.

Heribert Waldner spreizte die Beine einen schrittweit und stemmte die Arme in die Hüften.

»Fahr zur Hölle, du Scheißkerl«, zischte Vicki, dann drückte sie ab. Ein Schuss peitschte durch die friedliche Stille.

»Was machen Sie hier?«, ertönte urplötzlich eine barsche Männerstimme in ihrem Rücken.

Reflexartig riss Vicki die Waffe herum und schoss, ohne

nachzudenken, zweimal kurz hintereinander. Mit dem ersten Schuss streckte sie den Mann nieder, mit dem zweiten seinen Hund.

»Verdammte Schuhe«, fluchte sie, während sie die viel zu großen Wanderschuhe wegkickte und in den Hüttenschuhen weiterrannte.

Die Spitzen von kleinen Aststücken und Tannenzapfen, die durch ihre dünnen Wollsohlen drangen, spürte sie nicht. Als sei der leibhaftige Teufel hinter ihr her, stürmte sie durch den Wald. In ihrer Panik verlor sie die Orientierung.

Völlig außer Atem blieb sie stehen und lauschte angestrengt. Von links hörte sie Schreie und Hilferufe, hinter sich vernahm sie das Brummen eines sich nähernden LKWs. Plötzlich verstummte dieses Geräusch, ein untrügliches Anzeichen dafür, dass der Lastwagen in den Hörnchenbergtunnel eingefahren war.

Vickis aufgeputschtes Gehirn schaltete blitzschnell: Ihr Twingo stand folglich rechts von ihr, also in östlicher Richtung. Somit musste sie nur die Landstraße überqueren und sich im Sichtschutz des Waldrandes so lange nach Nordosten bewegen, bis sie den Waldparkplatz erreichte.

Bevor sie sich aus der Deckung wagte, spähte sie nach allen Seiten. Doch da war niemand.

9

Dr. Schönthaler maß gerade die Rektaltemperatur des leblosen Heribert Waldner, der neben ihm auf den Sandsteinstufen lag. Die Körperhaltung des ermordeten Ministerialdirektors erinnerte an einen Schwimmer, der vor seinem gestreckten Hechtsprung nicht bemerkt hatte, dass sich kein einziger Tropfen Wasser im Becken befand.

»Und hast du schon etwas Interessantes für mich?«, rief Tannenberg von der Verandatür aus.

Der Rechtsmediziner ließ sich bei seiner Arbeit zunächst nicht stören. Erst als sein Freund die Terrasse überquert hatte und unmittelbar vor ihm stand, hob er den Kopf.

»Na klar habe ich bereits etwas Sensationelles entdeckt«, behauptete er. Doch dann verfiel er wieder in Schweigen. In aller Seelenruhe las er den Skalenwert des Spezialthermometers ab und murmelte anschließend einige medizinische Fachausdrücke in sein Diktiergerät.

»Mann, jetzt red schon!«, bedrängte ihn der Kriminalbeamte.

»Komm, hilf mir erst mal auf die Beine«, erwiderte Dr. Schönthaler und streckte ihm die Hand entgegen.

»Ich kann nicht, ich hab's noch immer tierisch im Kreuz«, wies ihn Tannenberg mit Leidensmiene ab.

»Ach Gott, du armer Kerl hast ja einen Hexenschuss. Das hatte ich doch glatt vergessen«, spottete der Rechtsmediziner und richtete sich allein auf. »Solche Probleme sind für unseren Sportsfreunds hier Vergangenheit. Der wird sich nie mehr mit Rückenschmerzen herumplagen müssen. Wäre das keine Alternative für dich?«

»Nee, danke für den tollen Tipp, aber da halte ich doch lieber meine Schmerzen aus«, erwiderte der Leiter des K 1 und rang sich ein gequältes Lächeln ab.

Tannenberg zeigte auf einen blutgetränkten Fleck, der auf Waldners Joggingjacke die Stelle markierte, wo das Projektil den Körper durchbohrt hatte. »Auf den ersten Blick ähnelt die Lage der Leiche und die Art der Tatausführung doch stark den beiden anderen Anschlägen, oder etwa nicht?«, fragte er.

»Doch.«

»Und was hast du dann Neues für mich?«

Dr. Schönthaler formte mit seinen langen, knochigen Händen einen Trichter schaute sich verstohlen um und wisperte dann in verschwörerischem Ton: »Das Opfer war im dritten Monat schwanger. Aber behalte diese Info bitte noch eine Weile für dich. Um endgültige Sicherheit darüber zu haben, möchte ich erst noch die Obduktion abwarten.«

»Idiot«, schimpfte Tannenberg.

»Damit du mir jetzt nicht vor meinen Augen mit einem Herzkasper zusammenbrichst und ich dich nachher aufschneiden muss, lausche nun meinen ernsthaften Worte, liebes Wölfchen«, fabulierte der Pathologe.

Verzweifelt legte Tannenberg eine Hand auf die Stirn und ließ seine Lippen knattern. »Oh Herr, lass einen Blitz hernieder fahren und befreie mich von diesem Quälgeist«, flehte er inbrünstig zum eingetrübten Himmelsgewölbe empor.

»Bei unserem sportlichen Oldtimer hier habe ich bislang keinerlei Auffälligkeiten entdecken können«, verkündete sein bester Freund. »Alles stellt sich exakt so dar wie bei den anderen Attentaten: Wieder handelt es sich bei dem Opfer um einen Mann älteren Semesters, wieder haben wir es mit einer einzigen Kugel zu tun, die die tödliche Verletzung herbeigeführt und eine große Austrittswunde hervorgerufen hat. Wieder …«

»… hat der Schütze die Lendengegend anvisiert«, riss Tannenberg das Wort an sich. »Wieder erfolgte der Anschlag in den frühen Abendstunden.«

Dr. Schönthaler nickte zustimmend, während er einen prüfenden Blick auf das Thermometer warf, das er noch immer in der rechten Hand hielt. »Nach meinen Berechnungen erfolgte der Mordanschlag vor etwa einer dreiviertel Stunde, also gegen 18.15 Uhr.«

»Trotzdem existiert ein gravierender Unterschied zu den bisherigen Morden«, behauptete Michael Schauß, der sich gerade zu den beiden gesellte. Er hatte sich in der Zwischenzeit mit seinen uniformierten Kollegen unterhalten, die bereits eine gute halbe Stunde vor der Kriminalpolizei am Tatort eingetroffen waren.

»Und welchen?«, wollte sein Vorgesetzter wissen.

»Komm mit, ich zeig's dir.«

Obwohl er nicht dazu aufgefordert worden war, folgte Dr. Schönthaler den Ermittlern auf dem Fuße. Die Männer stapften über den englischen Rasen zum angrenzenden Waldrand.

»Diesmal wurde nicht von der Grundstücksgrenze aus geschossen«, erklärte der junge Kommissar.

»Wahrscheinlich, weil dieser Spazierweg unmittelbar am Grundstück des Opfers vorbeiführt«, meinte der Chef-Ermittler.

Kommissar Schauß wies zu einem Hügel hin. »Zudem ist die Sicht auf den Anschlagsort von dort oben bedeutend besser, weil man über die Hecken hinweg in den Garten und auf die Treppe und die Terrasse schauen kann. Und diese Position bot dem Täter noch den Vorteil, dass er aus sicherer Deckung heraus zuschlagen konnte.«

Die Kriminalbeamten und der Rechtsmediziner quälten sich eine kleine Anhöhe hinauf. Oben auf der Kuppe stellten gerade Kriminaltechniker Stative mit Halogenscheinwerfern auf.

»Wieso haben die Kollegen denn diese beiden Stellen abtrassiert?«, wollte Tannenberg wissen.

Wie ein Verkehrspolizist auf einer Straßenkreuzung baute sich Michael Schauß vor seinen Begleitern auf. Er streckte einen Arm aus und zeigte in südliche Richtung. »Dort vorne stand der Todesschütze«, erläuterte er. »An der Eiche befinden sich an einem Ast Abschabungen, die wahrscheinlich von der Auflage des Gewehrs stammen.«

»Hatten wir auch schon mal«, grummelte Tannenberg.

»Stimmt, Wolf«, bestätigte sein junger Mitarbeiter. Er drehte seinen Oberkörper um 90 Grad und durchschnitt mit seinem Arm erneut die Luft. »Und dort, zehn Meter vom Standort des Schützen entfernt, haben unsere Kollegen Kreilinger und seinen Hund entdeckt.«

Tannenberg zog die Nase kraus. »Wie, Kreilinger und sein Hund?«, fragte er ungläubig.

»Dein alter Busenfreund Kreilinger muss den Schützen überrascht haben.«

Obwohl Tannenberg dem verhassten Revierförster schon alles Mögliche an den Hals gewünscht hatte, versetzte ihm der Anblick der weißen Plastikplane einen Stich ins Herz.

Michael Schauß erriet seine Gedanken. »Darunter liegt nur sein toter Hund, Wolf«, beruhigte er. »Kreilinger wurde von einem Notarztwagen in die Klinik gebracht. Das Sankt-Johannis-Krankenhaus ist ja nur drei Minuten von hier entfernt. Deshalb war der Notarzt sehr schnell hier. Aber wie's aussieht, hat Kreilinger schwerste Verletzungen erlitten, und es scheint sehr fraglich, ob er den Schuss überleben wird.«

»Würde mich nicht wundern, wenn der geschätzte Herr Oberförster angesichts dieser Munition inzwischen schon ins Gras gebissen hätte, besser gesagt in den Waldboden«, präsentierte Dr. Schönthaler wieder einmal eine Kostprobe seines berühmt-berüchtigten Pathologenhumors.

»Hat Kreilinger noch irgendetwas gesagt, bevor er abtransportiert wurde?«, fragte Tannenberg sichtlich betroffen.

»Nein, die Kollegen, die als Erste vor Ort waren, haben mir erzählt, dass er bereits bewusstlos war, als er gefunden wurde. Kurz darauf sei auch schon der Notarzt eingetroffen. Zufall, dass die Kollegen so schnell hier waren. Sie haben unmittelbar in der Nähe in einem Schützenhaus wegen eines Einbruchs ermittelt.«

»Wann war dieser Einbruch?«

»Gestern Nacht«, entgegnete der Kommissar. »Es wurde anscheinend nur Geld und ein Laptop gestohlen, aber keine einzige Waffe.«

Tannenberg seufzte. »Also steht diese Tat sehr wahrscheinlich nicht in unmittelbarem Zusammenhang mit unserer Attentatsserie.«

Michael Schauß sog die Oberlippe ein und nickte. »Möchtest du den Hund sehen?«

Sein Chef winkte ab.

»Ich schon«, sagte Dr. Schönthaler und lief zur Abdeckplane.

Tannenberg verzog sein Gesicht, als habe er gerade einen üblen Geruch wahrgenommen. »Ist das einer dieser blutrünstigen Köter, die Kreilinger neben seinem Forsthaus züchtet?«

»Ja, der sieht aus wie einer aus seinem Riesenzwinger auf dem Antonihof«, bestätigte Schauß.

Nach mehreren unangenehmen Besuchen erinnerte er sich noch sehr gut an die aggressiven Jagdhunde, die Kreilinger absichtlich scharf machte. Er blickte sich in alle Richtungen um. Als er sich sicher war, dass seine Kollegen entweder außer Hörweite waren oder durch ihre Arbeit abgelenkt wurden, raunte er in verschwörerischem Ton zu Tannenberg hinunter, der sich gerade auf einem Baumstumpf die Schnürsenkel band:

»Karl hat übrigens auch noch etwas sehr Interessantes für dich. Allerdings etwas, das er nicht gerne an die große Glocke hängen möchte.«

»Und was?«

Schauß antwortete nicht, sondern bedeutete seinem Vorgesetzten mit einer Kopfbewegung, ihm zu folgen. Einige Meter vom Fundort des Hundes entfernt saß Mertel auf einem am Boden liegenden Baumstamm. Von Weitem sah es so aus, als ob der Spurenexperte in einer Plastiktüte herumstöberte.

»Da seid ihr ja endlich. Das hat ja ewig gedauert«, beschwerte sich Mertel. »Setzt euch links und rechts neben mich.«

Die beiden Ankömmlinge ließen sich neben dem senkrecht aufgerichteten Wurzelteller nieder und nahmen ihren Kollegen in die Mitte.

Als wollte er einen wertvollen Schatz vor aufdringlichen Blicken schützen, hielt Mertel eine größere Plastiktüte am offenen Ende mit beiden Händen umschlossen. »Schaut mal, was ich hier im Gebüsch gefunden habe.«

»Na, dann zeig's uns halt«, raunzte Tannenberg.

»Nur, wenn ihr mir versprecht, dass ihr euren Schnabel haltet.«

»Versprochen«, kam es im Chor zurück.

Der Kriminaltechniker lockerte seinen Griff und gewährte seinen Kollegen einen Blick in die Tüte. Sicherheitshalber legte er einen Finger auf die Lippen. »Pssst.«

»Wanderschuhe«, flüsterte Tannenberg kaum hörbar.

»Und zwar welche in Schuhgröße 45. Allerdings …« Mertel brach ab und sondierte die Umgebung mit einem verstohlenen Blick, »wurden sie offenbar mit mehreren Einlagesohlen so präpariert, dass auch jemand mit bedeutend kleineren Füßen darin gehen konnte.«

Schauß pfiff anerkennend durch die Zähne. »Interessant.«

Mertel räusperte sich. »Zumindest über eine kurze Distanz. Ich kann hier an Ort und Stelle die Schuhe natürlich nicht genauer untersuchen, aber wenn mich meine Lupe und meine Erfahrung nicht täuschen, befinden sich Filzreste unter den Lederlaschen. Und wenn dem so ist, deutet das ganz klar auf die Verwendung von zusätzlichen Innenschuhen hin.«

Wolfram Tannenberg stützte sein Kinn mit der Hand ab. »Das würde ja bedeuten, dass deine verrückte Theorie stimmt und wir es höchstwahrscheinlich mit einer Täterin zu tun haben«, schlussfolgerte er leise.

»Sieht ganz danach aus«, entgegnete Mertel mit stolzgeschwellter Brust. »Obwohl es sich zugegebenermaßen auch um einen Mann mit kleinen Füßen handeln könnte, der uns auf eine falsche Fährte locken will«, schob er kleinlaut nach. »Zumindest theoretisch.«

»Quatsch«, zischte der Leiter des K 1. Er tätschelte seinen Oberschenkel. »Das glaube ich nicht. Warum sollte ein Täter für so eine Lappalie solch einen Aufwand treiben? Der hätte doch ohne diese Präparierung den Tatverdacht direkt auf eine Frau lenken können. Dazu hätte er einfach nur Frauen-Wanderschuhe anziehen müssen.« Tannenberg klopfte Mertel mit der flachen Hand auf den Rücken. »Nee, Karl, du liegst bestimmt richtig. Wenn wir dich nicht hätten, alter Junge.«

Doch plötzlich verfinsterte sich Tannenbergs Miene. »Aber warum machst du denn solch ein Geheimnis um deinen spektakulären Ermittlungserfolg? Eigentlich kannst du ihn doch laut in die Welt hinausposaunen.« Er boxte ihm anerkennend auf den Oberarm. »Das ist doch der Durchbruch!«

»Das an die große Glocke zu hängen, wäre meines Erachtens das Falscheste, was wir tun könnten«, betonte Mertel mit abgesenkter Stimme. »Da bin ich mir ganz sicher.«

Tannenberg nickte.

»Ich denke, wir sollten unser Wissen noch eine Weile für uns behalten. Meinetwegen könnt ihr noch Rainer darüber informieren, aber sonst bitte niemanden. Ihr wisst aus jüngster Vergangenheit, dass bei uns die Wände Ohren haben. Wir haben ja immer noch den Geiger in Verdacht, konnten ihm nur nichts nachweisen. Aber wenn der etwas davon mitkriegt, gibt er seine Informationen bestimmt sofort an die Presse.«

»Ich finde, Karl hat vollkommen recht«, bemerkte Michael Schauß. »Wenn wir dichthalten, lassen wir den Täter«, er korrigierte sich, »pardon, die Täterin, im guten Glauben, dass ihre Finte von uns nicht entdeckt wurde.«

»Genau so machen wir das«, stimmte Tannenberg zu. »Es geht einfach nichts über topfite Mitarbeiter.«

»Vielleicht kehrt die Mörderin auch hierher zurück, um ihre Wanderschuhe zu suchen«, orakelte der Spurensicherer.

»Ja, das könnte durchaus sein«, sagte Tannenberg. »Wobei ich eher glaube, dass sie dieses Risiko nicht eingehen wird.«

»Sicher ginge sie damit ein relativ unnötiges Risiko ein, Wolf, zumal sie damit rechnen muss, dass wir den Tatort überwachen und die Wanderschuhe als Köder benutzen«, bestärkte ihn Mertel. Er machte eine vage Handbewegung und kippte den Kopf zur Seite. »Andererseits muss sie befürchten, dass wir in diesen Schuhen Täterspuren entdecken, womöglich sogar ihre DNA.«

»Nur was nützt uns die, wenn wir kein Vergleichsmaterial besitzen?«, wandte Schauß ein.

»Stimmt auch wieder«, seufzte Mertel und schob mit der Fußspitze einige Eicheln zur Seite.

»Vielleicht finden wir die DNA ja zufälligerweise in irgendeiner unserer Datenbanken«, sagte der Kommissariatsleiter.

Karl Mertel zuckte mit den Schultern. »Dazu muss ich überhaupt erst einmal genetisches Material finden. Und das, ohne dass irgendjemand Wind davon bekommt.«

Aus Richtung von Waldners Grundstück ertönte plötzlich eine wohlbekannte Männerstimme.

Tannenberg stöhnte auf. »Vor allem der da unten nicht.«

»Bitte haltet mir diesen Nervsack vom Leib«, bettelte Mertel.

Seine beiden Kollegen legten ihm jeder eine Hand auf die Schulter und drückten sich darüber in die Höhe.

»Gott sei Dank sind wir den bald los«, sagte Michael Schauß. »Eigentlich müsste heute sein letzter Arbeitstag sein.«

Wolfram Tannenbergs Laune besserte sich schlagartig. »Stimmt. Daran habe ich noch gar nicht gedacht. Eigentlich ein triftiger Grund für eine kleine Spontanfeier.«

»Apropos Feier: Bist du eigentlich morgen Abend zu seiner Abschiedsfeier eingeladen?«, frotzelte Schauß.

»Nee«, grunzte Tannenberg. »Du etwa?«

»Klar, wir alle, sogar der Geiger-Arsch.«

»Na ja, kein Wunder, mit dem hat sich der Hohl-Hohl-Hollerbach schließlich auch immer gut verstanden.«

»Weil dieser Mistkerl ihm laufend Insiderinformationen über uns und unsere Arbeit geliefert hat.«

Wolfram Tannenberg rieb sich die Hände. »Damit ist ab morgen Schluss. Ich denke, dass ich in dieser leidigen Angelegenheit Anfang nächster Woche mit seiner Nachfolgerin mal Tacheles reden werde. Ich hoffe, sie unterstützt meinen Antrag auf Versetzung Geigers. Ich kann diesen sexistischen Denunzianten einfach nicht mehr sehen.«

»Ich auch nicht«, pflichtete ihm der junge Kommissar bei. Er würgte demonstrativ. »Dieser elende Kotzbrocken!«

Sein Vorgesetzter konnte sich eines dezenten Schmunzelns nicht erwehren. »Keine Bange, Mischa. Geigers Tage im K 1 sind gezählt.«

Kommissar Schauß strahlte über das ganze Gesicht. »Es wäre so dermaßen super, wenn du das mit seiner Versetzung hinkriegen würdest. Sabrina und ich würden dir gleichzeitig um den Hals fallen und dich aus Freude erwürgen.«

Wolfram Tannenberg seufzte. »Na, das sind ja wahrlich verlockende Aussichten.«

»Wie findest du eigentlich die Neue?«

»Irgendwie habe ich das Gefühl, dass diese Frau gar nicht so verkehrt ist. Ich denke, mit der können wir durchaus klarkommen. Die macht einen ziemlich handfesten und vernünftigen Eindruck auf mich.«

»Deine Worte in Gottes Ohr«, erwiderte Schauß.

Er nickte hinunter zu Agnes Rottmüller-Klomann, die es anscheinend vorzog, am Gartentürchen zu warten, wohingegen ihr nach Afrika abgeordneter Kollege den Kriminalbeamten diensteifrig entgegenstapfte.

»Gibt es diesmal wirklich einen Tatzeugen?«, keuchte Dr. Hollerbach wie die alte Dampflokomotive des Neustadter Kuckucksbähnels.

»Sieht so aus«, grummelte Tannenberg.

»Das wäre endlich der erhoffte Durchbruch bei unseren Ermittlungen«, schob der ranghöchste Vertreter der Kaiserslauterer Staatsanwaltschaft hechelnd nach. »Und wieso weiß ich noch nichts von dieser sensationellen Wende?«

»Weil ich es selbst erst vor fünf Minuten erfahren habe.«

Dr. Sigbert Hollerbach pumpte wie ein Maikäfer den Oberkörper auf. Dabei durchfurchte er seine Haare mit den

Fingern und legte sie in Form. Wie immer war er nobel gekleidet: anthrazitfarbener, maßgeschneiderter Designeranzug, silberne Seidenkrawatte, individuell angefertigte italienische Schuhe. Aus seinen tiefliegenden, dunkel umrandeten Augen funkelte es bedrohlich.

»Hab ich nicht schon mehrfach betont, dass ich *sofort* informiert werden möchte, wenn sich etwas Entscheidendes tut?«, blökte er. Als sein Gegenüber nicht reagierte, legte er nach: »Und sofort heißt sofort, und nicht erst in fünf Minuten oder zwei Tagen!«

»Regen Sie sich ab«, konterte sein Erzfeind. »Sonst streckt sie noch direkt vor meinen Füßen ein Herzinfarkt nieder und Sie müssen mich um Hilfe anflehen, ausgerechnet mich. Und das kurz vor Ihrer wichtigen neuen Aufgabe. Stellen Sie sich das einmal bildlich vor: Sie hier langgestreckt auf dem Waldboden. Nichts mit Afrika und dem Geruch der großen weiten Welt, sondern weiter tiefster Pfalz-Wald-Provinz-Mief.«

Die Gesichtszüge des Oberstaatsanwaltes entspannten sich und ein zufriedenes Lächeln umspielte seine schmalen Lippen. Er dachte gerade an seine gestrige Audienz beim rheinland-pfälzischen Justizminister, der ihn offiziell zu seiner neuen Aufgabe ernannt hatte.

Sogar ein Fernsehteam war extra wegen ihm angereist. Noch am selben Abend hatte der SWR einen ausführlichen Beitrag darüber in den Landesnachrichten ausgestrahlt, der sogar ein längeres Interview mit ihm enthielt.

»Ausnahmsweise haben Sie recht, mein lieber Herr Hauptkommissar«, flötete Dr. Hollerbach, eingedenk dieses medialen Ereignisses. »Ich sollte mich nicht mehr aufregen, sondern meinen letzten Arbeitstag genießen. Es ist ja schließlich ein Freudentag für uns beide.«

»So ist es.«

Tannenbergs Erzfeind räusperte sich hinter vorgehaltener Hand. Anschließend säuselte er: »Es wäre doch schön, wenn wir zum Abschluss unserer langjährigen, erfolgreichen Zusammenarbeit gemeinsam die spektakuläre Wende in unserem letzten Mordfall präsentieren würden, zum Beispiel im Rahmen einer eilig einberufenen Pressekonferenz. Na, was halten Sie von diesem Friedensangebot?«

Der Leiter des K 1 zog die Oberlippe zur Nase. »Spektakuläre Wende?«

»Aber sicher doch. Sie haben schließlich einen Tatzeugen. Jetzt müssen Sie ihn nur noch intensiv befragen. Was hat der Tatzeuge genau beobachtet? Hat er das Gesicht des Täters gesehen? Reichen seine Angaben für eine Personenfahndung aus?« Er knuffte den Kriminalbeamten kameradschaftlich in die Schulter.

Tannenberg wich so panikartig zurück, als ob gerade eine Stichflamme aus Dr. Hollerbachs Hand herausgeschossen wäre. »Bitte keine Intimitäten, sonst muss ich kotzen«, brach es ungeprüft aus ihm heraus.

Sichtlich irritiert ging Dr. Hollerbach einen Schritt zurück. Seine Miene verfinsterte sich. »Was hat der Tatzeuge ausgesagt?«, fragte er in scharfem Ton an beide Ermittler gerichtet.

»Nichts«, antwortete Michael Schauß.

»Wie, nichts?«

»Nichts eben«, wiederholte der Leiter des K 1 wahrheitsgemäß. »Der Täter hat einen Schuss auf den vermeintlichen Tatzeugen abgegeben und ihm dabei schwerste Verletzungen zugefügt. Womöglich ist er inzwischen bereits daran verstorben«, fügte Wolfram Tannenberg hinzu, obwohl es sich bei Letzterem um eine reine Spekulation handelte.

Dr. Hollerbach entgleisten einen Moment lang die Gesichtszüge. »Steht es tatsächlich so ernst um ihn?«

Die beiden Ermittler nickten synchron.

»So ein verdammter Mist«, fluchte der leitende Oberstaatsanwalt und machte auf dem Absatz kehrt.

»Seinen Hund können wir übrigens auch nicht befragen, der ist nämlich schon tot«, rief Tannenberg seinem Widersacher hinterher. Schadenfroh zog er einen Mundwinkel hoch.

»Dem hast du's aber mal wieder richtig gegeben«, freute sich Michael Schauß.

»Jedem so, wie er's verdient.«

»Du wirst ihm in Afrika bestimmt fehlen.«

»Sicherlich genau so wenig, wie er mir hier in der Pfalz.« Tannenberg riss einen kleinen Fichtenzweig ab, zerrieb einige Nadeln zwischen den Fingern und schnüffelte mit geschlossenen Augen daran. »Hm, wie das duftet«, schwärmte er und hielt seinem Mitarbeiter das Ästchen hin. »Willst du auch mal riechen?«

»Nee, nee, das erinnert mich zu sehr an ein Fichtennadelschaumbad. Dazu hat mich meine Mutter immer samstags gezwungen. Das hat mich anscheinend traumatisiert.«

»Das Fichtennadelschaumbadtrauma«, sagte sein väterlicher Freund und Trauzeuge, wobei er das Monsterwort in seine einzelnen Silben zerlegte.

Die beiden Kriminalbeamten stiegen die Anhöhe hinunter, wo sie von Dr. Hollerbachs Nachfolgerin erwartet wurden.

»Guten Abend, meine Herren«, begrüßte sie Agnes Rottmüller-Klomann, als sie an der Sandsteintreppe eintrafen, auf der Heribert Waldner leblos aufgefunden worden war.

»Guten Abend, Frau Staatsanwältin«, tönte es zweistimmig zurück.

»Sie beide hatten garantiert heute Abend auch etwas Angenehmeres vor, als schon wieder zu einem brutalen Mord gerufen zu werden, nicht wahr?«

Während die Ermittler nickten, zeigte Agnes Rottmüller-Klomann mit hochgezogenen Brauen auf das Mordopfer. »Deshalb kann man es nicht oft genug betonen: Augen auf bei der Berufswahl.«

»Wahre Worte«, entgegnete Tannenberg.

Ein Lächeln huschte über das Gesicht der Staatsanwältin. »Aber da müssen wir nun eben gemeinsam durch. Das Mannheimer Staatstheater muss dann wohl heute Abend auf meine Anwesenheit verzichten.«

Einen richtig schönen schwarzen Humor besitzt die Dame anscheinend auch, dachte der Kommissariatsleiter. Du wirst mir immer sympathischer, mein altes Mädchen.

Tannenberg sog die würzigfrische Waldluft tief ein.

Das ändert aber nichts an der Tatsache, dass ich jetzt viel lieber im Fritz-Walter-Stadion auf der Nordtribüne sitzen und dem Anpfiff des Schiedsrichters entgegenfiebern würde, als mir in Landstuhl die Beine in den Bauch zu stehen. Aber du mit deiner schicken Abendgarderobe wirkst hier noch ein bisschen deplatzierter als ich.

»Während Sie oben im Wald Dr. Hollerbach ins Bild gesetzt haben, war ich hier unten aktiv. Ich habe mir einen Überblick verschafft und außerdem Ihre uniformierten Kollegen gebeten, in der Nachbarschaft Erkundigungen über das Privatleben des Opfers einzuholen.«

Die nobel gekleidete Staatsanwältin feuerte ein gewinnendes Lächeln ab. »Ich hoffe, Sie betrachten dies nicht als Einmischung in Ihre Ermittlungsarbeit, Herr Hauptkommissar.« Sie breitete ihre Arme zu einer entschuldigenden Geste aus. »Falls doch, bitte ich dies zu entschuldigen. Ich wollte wirklich nur helfen.«

»Nein, nein, das war schon okay«, erwiderte Tannenberg, sichtlich beeindruckt vom Charme der aparten Mittfünfzigerin. »Darum hätten wir uns jetzt gleich gekümmert. Umso besser, wenn Sie das schon für uns erledigt haben.«

»Das freut mich zu hören, Herr Hauptkommissar«, erwiderte Agnes Rottmüller-Klomann. Sie stellte einen Fuß auf die unterste Treppenstufe und wies auf den Toten.

»Ministerialdirektor Heribert Waldner wurde 61 Jahre alt und arbeitete als Abteilungsleiter im Bildungsministerium. Dort war er für die Einstellung von Referendaren in den Schuldienst, Beförderungen, Stellenausschreibungen und so weiter zuständig. Er wurde zweimal geschieden und hat einen Sohn aus erster Ehe, der in Amerika lebt.«

»Den werde ich so schnell wie möglich benachrichtigen«, erklärte Michael Schauß.

»Sehr schön, Herr Kommissar, dass Sie Eigeninitiative entwickeln«, lobte sie. »Die Nachbarn haben den uniformierten Kollegen erzählt, dass Herr Waldner nie Anlass zu Klagen gegeben habe und immer freundlich und hilfsbereit gewesen sei.«

Michael Schauß machte sich Notizen, während Tannenberg konzentriert den Worten der Staatsanwältin lauschte.

Agnes Rottmüller-Klomann fing Tannenbergs Blick auf, woraufhin der Chef-Ermittler irritiert den Kopf abwandte und den Kopf des Toten fixierte. Die Staatsanwältin fuhr derweil fort: »Heribert Waldner hat dem Anschein nach sehr zurückgezogen und diszipliniert gelebt. Der Sport war offenbar seine große Leidenschaft. Er war sowohl Mitglied in einem Golfclub als auch in einem Tennisverein. Um sich für diese Aktivitäten fit zu halten, hat er jeden Tag zur selben Uhrzeit einen Waldlauf gemacht. Dafür hat er anscheinend immer dieselbe Route gewählt.«

Sie schmunzelte, als ob sie sich gerade über ihre abschweifenden Gedanken amüsierte. »Nur in der Winterzeit hat er diesen festen Termin wegen der Lichtverhältnisse vorverlegt.«

»Gute Ermittlungsarbeit, Frau Staatsanwältin«, lobte der Leiter der Kaiserslauterer Mordkommission.

Allmählich übertreibst du aber deine Schleimerei, kommentierte Michael Schauß tonlos die Äußerung seines Vorgesetzten. Das ist ja richtig peinlich.

»Welche Verbindung existiert zwischen den drei Mordopfern?«, fragte Agnes Rottmüller-Klomann an beide Ermittler gerichtet.

Wolfram Tannenberg knetete nachdenklich sein Kinn und stellte einen Fuß auf die Sandsteintreppe. »Unsere Recherchen haben bislang keinerlei Querverbindungen zwischen den ersten beiden Toten erkennen lassen«, antwortete er. »Wir wissen bislang noch nicht einmal, ob sie sich überhaupt gekannt haben. Vielleicht sind sie sich niemals begegnet.«

»Das wäre wichtig zu wissen.«

»Ja, natürlich«, stimmte Tannenberg zu. »Vielleicht haben wir Glück und Herr Waldner ist das fehlende Verbindungsglied zu den beiden anderen Männern.« Er seufzte und zuckte mit den Schultern. »Aber zum gegenwärtigen Zeitpunkt könnten wir über mögliche Zusammenhänge allerhöchstens spekulieren.«

»Dann tun Sie das doch bitte mal«, forderte Agnes Rottmüller-Klomann.

Tannenberg schüttelte den Kopf. »Nein, Frau Staatsanwältin, das bringt uns nicht voran. Wir konzentrieren uns besser weiterhin auf unsere Routinearbeit und suchen nach handfesten Fakten. Doch das braucht eben leider seine Zeit.«

»Gut. Gibt es inzwischen Informationen zum Zustand des möglichen Tatzeugen?«

»Nein, auch das noch nicht«, erwiderte der Chef-Ermittler und warf seinem Begleiter einen auffordernden Blick zu. »Darum kümmern wir zwei uns jetzt gleich.«

Tannenberg winkte die Bestatter herbei, die seit geraumer Zeit in der Garageneinfahrt neben einem Zinksarg standen und auf ihren Einsatz warteten. Anschließend verabschiedeten sich die beiden Kriminalbeamten von Dr. Hollerbachs Nachfolgerin und machten sich auf den Weg zum nahegelegenen Sankt-Johannis-Krankenhaus.

An der Rezeption erhielten sie lediglich die lapidare Auskunft, dass sich der Revierförster Manfred Kreilinger gerade einer komplizierten Notoperation unterziehen müsse und sein Zustand als ausgesprochen kritisch zu beurteilen sei.

10

Mit einer gut viertelstündigen Verspätung traf Vicki am Gelterswoog ein. Der von mehreren kleinen Flüsschen gespeiste, circa 15 Hektar große Badesee war an allen Seiten von Wald umrahmt und wartete mit einem breiten Sandstrand auf, der in der weiteren Umgebung seinesgleichen suchte.

Bereits beim Abbiegen von der Landstraße entdeckte sie die PKWs ihrer Freundinnen. Die Autos standen etwa 50 Meter voneinander entfernt am Zaun des Strandbades.

Vicki parkte ihren Twingo mit gehörigem Abstand zu den anderen Wagen. Sie stieg aus und inspizierte gründlich die Umgebung, doch sie konnte ihre unheimlichen Schwestern auf dem weitläufigen Parkplatzareal nicht ausmachen.

Plötzlich ertönte aus westlicher Richtung der Ruf eines Kuckucks und kurz danach eine tirilierende Vogelstimme.

Ach, da seid ihr, dachte Vicki. Schnellen Schrittes marschierte sie los.

Sie erinnerte sich daran, wie unendlich lange es damals gedauert hatte, bis ihnen ein Klassenkamerad das Pfeifen mit den Fingern und die Nachahmung von Vogelstimmen beigebracht hatte.

Vor allem Rolla war an dieser Aufgabe fast verzweifelt. Doch irgendwann imitierte sie mehrere Vogelstimmen so perfekt, dass selbst die Jungs Bauklötze staunten, wenn sie ihre Hände geschickt zu einem Hohlraum formte, Atemstöße hineinjagte und dadurch alle nur erdenklichen Töne und selbst kleine Melodien zustande brachte.

»Alte Tranfunzel«, schnaubte Rolla, als Vicki endlich vor

ihr stand. Sie saß mit übereinandergeschlagenen Beinen neben Lotte auf einer Wegschranke und paffte eine Zigarette.

»Wir dachten schon, du kämst überhaupt nicht mehr«, fügte Lotte in vorwurfsvollem Ton hinzu.

»Jo, Mädels, keine Panik«, wiegelte Vicki lässig ab und musterte ihre Freundinnen. »Findet ihr eure Verkleidung nicht ein wenig albern?« Sie ließ ein höhnisches Grunzgeräusch verlauten. »Perücken und Sonnenbrillen? Eigentlich fehlen euch nur noch die falschen Bärte, Schwestern.«

»Nein, wir finden unsere Maskerade ganz und gar nicht albern«, fuhr Lotte sie scharf an. »So erkennt uns wenigstens niemand.«

»Aber warum diese übertriebenen Vorsichtsmaßnahmen?«, fragte Vicki belustigt. »Es läuft doch nach wie vor alles wie geschmiert.«

Lotte senkte ihre Stimme. »Das sehe ich nicht unbedingt so, liebes Schwesterherz. Dieser Vorfall gestern Abend war nicht eingeplant. Diese Sache kann uns noch gewaltige Probleme bereiten.«

Vicki zog das Kinn zum Hals und winkte ab. »Wegen dem bescheuerten Jäger und seinem blöden Köter müsst ihr euch doch nicht gleich ins Hemd machen.«

»Nichts so laut«, fauchte Rolla.

Vicki schaute sich demonstrativ nach allen Seiten um. »Aber hier ist doch weit und breit keine Menschenseele.«

»Trotzdem«, betonte Lotte. »Vorsicht ist die Mutter der Porzellankiste.«

»Vater der Porzellankiste«, korrigierte Vicki grinsend. »Wollten wir nicht einmal alle Relikte der Machosprache radikal verändern, um diesen frauenfeindlichen Sprachmüll auch als solchen zu brandmarken?«

Rolla inhalierte tief und sagte in den ausströmenden Zigarettenqualm hinein: »Das ist nun wirklich ein Thema, das uns im Moment völlig am Arsch vorbeigeht.«

Vicki zeigte beschwichtigend ihre Handflächen. »Okay, okay, Schwestern. Aber ihr braucht euch wirklich keine Gedanken zu machen. Diesen Typ und seinen Köter habe ich plattgemacht.«

»Von wegen. In den Nachrichten wurde gemeldet, dass der Mann nicht tot ist«, wandte Rolla ein.

»Aber er ist schwer verletzt, wurde mehrere Stunden lang notoperiert und liegt seitdem im Koma«, sagte Lotte. »Das habe ich jedenfalls eben im Radio gehört.«

»Na, also, was wollt ihr denn? Halbtot im Koma ist doch so gut wie tot«, meinte Vicki betont gelassen. »Aber vielleicht ist er ja doch längst abgekratzt und die Meldung ist nur eine Finte der Bullen, mit der sie uns Angst einjagen wollen.«

»Du meinst, sie wollen uns im Glauben lassen, dass der Zeuge noch am Leben ist und demnächst aussagen könnte?«, fragte Rolla. Sie warf ihren Zigarettenstummel auf die Erde und zertrat ihn.

»Ja, klar, diese Bullenschweine arbeiten mit solchen fiesen Tricks«, spukte Vicki angewidert aus. »Aber ich kann euch versichern, selbst wenn dieser Drecksack von Förster oder Jäger meinen Schuss überleben sollte, nutzt das den Bullen überhaupt nichts.« Vicki ließ ihre beiden Mittelfinger hervorschnellen und fletschte die Zähne wie ein aggressives Raubtier. »Fuck you, fucking Cops!«

»Du hast hoffentlich die Sturmhaube getragen, oder?«, wollte Lotte wissen.

»Klar, mein Schätzchen, natürlich hab ich das.« Die Todesschützin grinste breit. »Außerdem habe ich auf dem Rückweg zu meinem Auto wie ein Luchs aufgepasst, dass mich keiner sieht. Da war auch niemand, weder im Wald noch auf dem Forstweg, wo mein Auto stand. Echt nicht.«

Unvermittelt verdüsterte sich Vickis Miene. Sie hüstelte nervös und schob kleinlaut nach: »Nur diese bescheuerten Riesenlatschen musste ich notgedrungen im Wald zurücklassen.«

Lotte fuhr der Schreck in alle Glieder. »Was?«, stieß sie entgeistert aus. Sie raufte sich die Haare. »Das ist ja eine Katastrophe.«

»Quatsch«, zischte Vicki. »Warum denn? So schlimm ist das nun auch wieder nicht. Ich musste diese Scheiß-Dinger loswerden. Mit denen konnte ich nicht schnell genug wegrennen.«

»Aber du hättest sie doch in den Rucksack stecken können«, schimpfte Rolla.

Vicki verzog das Gesicht zu einer grimmigen Fratze. »Daran hab ich in diesem Stress nicht gedacht. Aber was sollen die Bullen denn mit diesen blöden Wanderschuhen?« Sie grinste überheblich. »Mein Name steht ja zum Glück nicht drin.«

»Bist du denn so naiv oder tust du nur so?«, polterte Rolla. »Die wissen doch jetzt, dass die Schuhe präpariert waren.«

»Na und? Sollen sie doch«, blaffte Vicki trotzig zurück. »Erst müssen sie die mal finden. Ich hab sie weit genug entfernt in eine Kuhle geworfen.«

»Die finden sie garantiert«, behauptete Lotte. »Die stellen dort in weitem Umkreis alles auf den Kopf.«

Vicki klaubte Rolla deren gerade angezündete Zigarette aus dem Mund, saugte gierig daran und steckte sie ihrer verdutzten Freundin zurück zwischen die Lippen.

»Ja und?«, tönte die dreifache Mörderin. »Dann wissen die Bullen eben, dass eine Frau hinter den Anschlägen steckt. Ist doch scheißegal!« Vicki rieb sich die Hände. »Geil, diese Bullenfressen würde ich gerne sehen, wenn ihnen das klar wird. Selbst wenn sie an den Schuhen meine DNA finden sollten, nutzt die ihnen absolut überhaupt nichts, schließlich haben sie von mir kein Vergleichsmaterial.«

Plötzlich bellte Lottes Hund. Die unheimlichen Schwestern zuckten wie von einem Blitz getroffen zusammen. Der pechschwarze Labradorrüde schoss in die Höhe und jagte hinter einem Eichhörnchen her.

Doch er hatte keine Chance, denn der putzige braune Nager hechtete an einen Baumstamm und kletterte geschwind in für den Hund unerreichbare Höhen. In sicherem Abstand legte das Eichhörnchen eine Pause ein und putzte sich. Es sah aus, als wollte es seinem Häscher eine lange Nase zeigen.

»Kommt, lasst uns ein paar Schritte gehen«, schlug Lotte vor. »Tiefer im Wald sind wir ungestörter als hier in unmittelbarer Nähe zum Parkplatz.«

Sie steckte zwei Finger zwischen die Zähne und pfiff nach dem Labradorrüden, der immer noch die hohe Buche anbellte, in deren dichtbelaubten Krone das Eichhörnchen inzwischen verschwunden war. Nach dem dritten gellenden Pfiff gab sich Leo endgültig geschlagen und trottete zu seiner Herrin, die ihn schimpfend anleinte. Dann wanderten die unheimlichen Schwestern auf dem Rundweg los. Jede in ihre eigenen Gedanken versunken, gingen sie eine Weile schweigend nebeneinander her.

Rolla, die unsportlichste und lauffaulste der drei Frauen, blieb auf Höhe einer Sitzbank stehen, die unmittelbar am schilfbewachsenen Ufer des Gelterswoog aufgestellt war.

»Ist das nicht ein wunderschönes, romantisches Plätzchen für eine kleine Rast?«, fragte sie ihre Freundinnen. »Hier können wir die Beine ausstrecken und in aller Ruhe klönen.«

Die Frauen kamen Rollas Vorschlag nach und ließen sich auf der Holzbank nieder. Leo legte sich neben seinem Frauchen ab.

»Wisst ihr was, Mädels, ich bin mächtig stolz auf uns«, posaunte Vicki lauthals heraus.

»Nicht so laut!«, rüffelte diesmal Lotte.

Vicki legte eine Hand auf den Mund, so als wollte sie sich einen Maulkorb verpassen. Dann blickte sie sich verstohlen um und schob flüsternd nach: »Endlich haben ein paar mutige Frauen den Schneid aufgebracht, diesen Machos das zu geben, was sie verdient haben. – Und das wäre?«

Bevor die anderen etwas sagen konnten, schob die Todesschützin schnell nach: »Nichts anderes als den Tod. Das ist die gerechte Strafe dafür, dass sie uns und unsere Schwestern ausgenutzt, gemobbt und aussichtsreiche Karrieren versaut haben.«

Rolla nickte eifrig. »Ja, ich bin auch total stolz auf uns«, stieß sie in dasselbe Horn. »Es war wirklich mehr als an der Zeit, dass endlich jemand etwas gegen diese ungerechten, frauenfeindlichen Mistkerle unternommen hat.«

»Die mit ihren Männerseilschaften trotz allem Frauenquoten-Gerede bis zum heutigen Tag erfolgreich verhindern, dass wir Frauen in Machtpositionen gelangen, die uns aufgrund unserer hervorragenden Qualifikationen unzweifelhaft zustehen«, legte Lotte nach.

»Aber damit ist jetzt Schluss«, zischte Vicki wie eine aggressive Klapperschlange. »Mit unseren Bestrafungsaktionen setzen wir ein grandioses Fanal, von dem noch Generationen von Frauen als Beginn einer Zeitenwende der Menschheitsgeschichte schwärmen werden. Einer Zeitenwende hin zu einem militanten Feminismus, der mit aller Macht die Herrschaftsstrukturen des Patriarchats bekämpft …«

Vicki ballte ihre Fäuste, riss sie hoch und schwang sie dynamisch nach unten. »Und die eisernen Ketten zerschlägt, mit denen sie uns an den Herd und in die Kinderzimmer gefesselt haben«, fuhr sie fort.

Um sie zu mäßigen, legte ihr Lotte eine Hand auf den Oberschenkel.

Doch Vicki ließ sich nicht bremsen. »Die Tage der Männerherrschaft sind gezählt«, spie sie so energisch aus, dass sich weiße Spuckefädchen in ihren Mundwinkeln bildeten. »Auf der ganzen Welt stehen Milliarden von Frauen vor den Prunkbauten des Patriarchats«, tönte sie wie eine Gewerkschaftsfunktionärin am Maifeiertag.

Sie reckte einen Zeigefinger in die Luft und fuchtelte hektisch damit herum. »Sie klopfen aber nicht höflich an, nein, sie schlagen die Türen ein.«

Während Vicki die Hände ihrer Freundinnen packte, schossen ihr Tränen in die Augen und sie vollendete mit zitternder Stimme: »Schwestern, die Verheißungen des Matriarchats sind nicht mehr allzu fern. Wir sind die Scharfrichter des Matriarchats! Die Männer liegen bereits auf unseren Guillotinen. Wir müssen nur noch die Fallbeile auf ihren todbringenden Weg schicken.« Sie schnaufte wie eine Mittelstreckenläuferin bei der Zielankunft.

»Schön formuliert, Frau Dichterin«, kommentierte Rolla. »Aber vielleicht sollten wir die ganze Sache zurzeit doch noch ein klein wenig tiefer hängen.«

»Sehe ich auch so«, pflichtete ihr Lotte bei. »Inhaltlich hast du natürlich vollkommen recht. Aber ich denke, wir sollten uns bewusst sein, dass wir erst am Beginn eines langen Weges stehen.«

Vicki war nur kurz irritiert. Voller Vorfreude rieb sie sich die Hände. »Eines Weges, den wir mit vielen weiteren Männerleichen pflastern werden.«

»Genau das sieht unser genialer Plan vor«, bestätigte Lotte.

»Was ist ein Mann in Salzsäure?«, fragte Vicki in die kurzzeitig eingekehrte Stille hinein, in der man nur den entfernten Autoverkehr hörte.

Rolla zuckte mit den Schultern. »Keine Ahnung.«

»Ein gelöstes Problem.«

»Der ist gut, der ist wirklich gut«, feixte Rolla. »Aber ich hab auch eine neue Quizfrage für euch: Was macht eine Frau, wenn ein Mann zickzack durch ihren Garten rennt?«

»Weiterschießen«, ertönte es im Duett.

»Ach, den kennt ihr schon?«

»Klar, der hat bereits in unserer Schulzeit die Runde gemacht«, behauptete Lotte.

Eine Stockente und ihre flauschige Kükenarmada waren von einem Schilfdickicht aus gestartet und passierten nun die Freundinnen.

»Schaut mal. Ach Gott, sind die putzig«, rief Vicki begeistert aus. Sie zeigte auf die neunköpfige Entenfamilie, die wie an einer unsichtbaren Schnur aufgereiht in Ufernähe vorbeischwamm.

»Natürlich ohne Erpel«, bemerkte Rolla trocken.

Lotte grinste breit. »Der sitzt garantiert irgendwo im Schilf, trinkt ein Bier und schaut sich mit seinen Kumpels ein Fußballspiel an.«

Herzhaftes Gelächter.

Eine frische Brise kam auf und kräuselte die Wasseroberfläche. Vicki jagte ein kalter Schauer über den Rücken. Sie schlug ihren Mantelkragen hoch, zog den Hals ein und erhob sich. »Brrr, mir ist plötzlich saukalt«, schnatterte sie und schüttelte sich dabei wie ein nasser Eisbär. »Sollen wir nicht besser weitergehen?«

»Nein, jetzt noch nicht«, lehnte Lotte in barschem Tonfall ab. »Komm, setz dich wieder hin, ich will euch erst noch etwas zeigen.«

Vicki befolgte die Anweisung nicht. Sie bückte sich und klaubte einen flachen Kieselstein von der Uferböschung. »Guckt mal, Mädels, was ich hier gerade entdeckt habe«, rief sie freudig.

Wie beim Bowlingspielen ging sie ein wenig in die Knie, beugte sich nach vorn, holte aus und schleuderte den Stein so flach über die Wasseroberfläche, dass er ein paarmal über den See hüpfte.

»Juhu, ich kann's immer noch«, jubilierte die Dreifachmörderin wie ein kleines Kind. »Erinnert ihr euch noch daran, wie eisern wir damals am Vogelwoog trainiert haben? Wie die Bekloppten haben wir flache Steine gesucht und über den Weiher springen lassen. Wie viele Nachmittage haben wir wohl mit diesem albernen Stumpfsinn zugebracht?«

Als Vicki keine Antwort erhielt, ergänzte sie: »Nur damit wir bei dem Zeltlager am Clausensee besser waren als die Kerle aus unserer Klasse.« Sie grunzte amüsiert. »Wir waren schon komische Hühner damals.«

Sie schüttelte den Kopf und atmete tief ein und aus. »Kommt, Schwestern, probiert es auch mal wieder«, forderte sie.

Doch ihre Freundinnen machten keinerlei Anstalten, sich von der Bank zu erheben. Resigniert nahm sie wieder auf den kalten Holzplanken Platz.

Während Vicki vor sich hin schmollte, wandte sich Rolla an Lotte: »Was willst du uns eigentlich zeigen?«, fragte sie.

»Etwas sehr Interessantes«, erwiderte Lotte. »Und außerdem möchte ich noch etwas enorm Wichtiges mit euch besprechen«, schob sie in einem Ton nach, der keinerlei Widerspruch duldete.

Sie warf Vicki einen Blick zu, doch die scharrte trotzig mit ihren Schuhen im Sand. »Und das geht beim Wandern nicht so gut«, sagte sie an ihre beleidigte Freundin adressiert.

Lotte kramte in ihrer Handtasche herum, fischte ein DIN-A5 großes tagebuchähnliches, schwarz eingebundenes Büchlein heraus. ›Nemesis-Projekt‹ prangte in roten Lettern auf einem weißen Aufkleber.

»›Nemesis-Projekt‹«, las Rolla vor, wobei sie die beiden Worte in ihre Silben zerlegte. Der Klangfärbung ihrer Stimme konnte man entnehmen, dass sie mit dieser Bezeichnung nichts anzufangen wusste.

Ein Ruck ging durch Vickis Körper. Sie straffte sich und erläuterte: »Nemesis, Rachegöttin in der griechischen Mythologie, auch Göttin des gerechten, vergeltenden Zorns genannt. Sie bestraft vor allem die menschliche«, sie verzog ihren Mund zu einem schiefen Grinsen, »mithin *männliche* Selbstüberschätzung.«

»Wenn wir dich und deine literarische Bildung nicht hätten«, frotzelte Rolla.

Vicki überging die Bemerkung. »Der Name ist absolute Spitze und passt haargenau zu unserem Rachefeldzug. Warum hast du uns denn noch nie etwas über diese geniale Wortschöpfung gesagt?«, wunderte sie sich.

»Weil mir der Name erst vor zwei Stunden eingefallen ist«, behauptete Lotte.

»Dieses Büchlein habe ich noch nie zuvor bei dir gesehen.«

»Kein Wunder, Rolla. Ich habe es mir erst heute Morgen in der Stadt gekauft.«

»Tolle Idee, die gute alte Tradition des Schwarzbuches wiederzubeleben«, schwärmte Vicki.

»Finde ich auch«, stimmte Lotte zu.

Verständnislos schürzte Rolla die Lippen. »Schwarzbuch?«, fragte sie.

»Ja, ein Schwarzbuch gilt als symbolische Anklagesammlung, in der bestimmte Sauereien angeprangert werden«, klärte sie Vicki auf.

»Ein schöner Nebeneffekt, ja sicher«, meinte Lotte. »Aber vor allem wollte ich endlich eine gewisse Systematik in meine Unterlagen und in unser Projekt bringen.« Sie grinste schelmisch. »Sonst verlieren wir womöglich noch irgendwann den Überblick.«

»Und das wollen wir doch nicht«, grinste Rolla.

»So ist es«, bestätigte Lotte. »Ich hatte vorher alles in einem Ordner abgeheftet. Aber in meinem kleinen Schwarzbuch sind die wichtigen Dinge bedeutend handlicher und anschaulicher untergebracht.«

»Aber pass gut darauf auf«, mahnte Vicki. »Wenn diese Unterlagen in die falschen Hände kämen, dann …«

»Keine Sorge, meine Liebe, dieses Kleinod hüte ich wie meinen Augapfel«, schnitt ihr Lotte das Wort ab. »Aber selbst wenn die Bullen das Buch in die Fingern kriegten, kämen sie uns damit niemals auf die Schliche.«

»Klar, wegen unserer Decknamen.«

Lotte bestätigte mit einem Nicken.

Rolla konnte ihre Neugierde kaum mehr zügeln und rutschte nervös auf der Bank herum, als habe ihr jemand Juckpulver zwischen die Pobacken gestreut. Sie legte eine Hand auf das dünne schwarze Buch.

»Was steht denn nun genau drin? Sag's uns doch endlich«, drängte sie.

Geradezu feierlich schlug Lotte das Büchlein auf. Auf das erste, dickere Blatt hatte sie einen Untertitel geschrieben, den Rolla nun vorlas: »›Eine gemeinsame Aktion der unheimlichen Schwestern Rolla, Vicki und Lotte.‹«

Die erste Doppelseite war Norbert Basler gewidmet. Auf der linken Seite strahlte den Betrachterinnen das Konterfei des ersten Mordopfer entgegen. Auf der gegenüberliegenden Seite waren alle möglichen persönlichen Angaben über den Personalchef der Pfalzbank aufgelistet.

Die angeblichen Verfehlungen des mit einem gezielten Schuss in die Lendengegend getöteten Mannes hatte Lotte mit Rotstift hervorgehoben: Ausgeprägtes frauenfeindliches und chauvinistisches Verhalten, extremer Männer-Protektionismus in Personalangelegenheiten, radikale Torpedierung der Karrierechancen von Frauen, Mobbing und sexuelle Nötigung bis hin zu einer ungesühnten Vergewaltigung.

Nach einer Leerzeile stand abgesetzt und in dicken roten Buchstaben zu lesen: Strafmaßnahme: TdH.

Rolla legte die Stirn in Falten. »TdH?«, fragte sie.

Bevor Lotte antwortete, schaute sie sicherheitshalber links und rechts den Weg hinunter. Es war niemand zu sehen. »Tod durch Hexenschuss«, erläuterte sie die Abkürzung.

Rolla tippte sich an die Stirn. »Klar, logo.«

»Dieser Basler war ein richtig gemeiner Drecksack«, sagte Lotte. »Nach außen hin nett, höflich und verständnisvoll. Und …«

»Diese Frauenversteher-Typen sind die Allerschlimmsten«, schimpfte Rolla dazwischen. »Die schmachten einen mit treudoofem Dackelblick an, schreiben Gedichte, schütten die tollsten Komplimente über einen aus, beschenken einen mit Blumen und Nippeskram.«

»Hört, hört, es spricht die Fachfrau«, spottete Vicki.

Rolla hatte für diesen provokanten Einwurf nur ein müdes Lächeln übrig. »Aber wehe, wenn sie mit ihrer Schleimertour nicht gleich von uns bekommen, was sie wollen«, legte sie nach. Sie fletschte die Zähne und fauchte: »Dann werden sie von der einen zur anderen Sekunde zu brutalen Tieren und fallen rücksichtslos über einen her. Ich kann euch ein Lied davon singen.«

Lotte nickte verständnisvoll und seufzte tief. »Bei diesem Basler war das genauso. Und wenn er bekommen hatte, was er wollte, ließ er anschließend seine Gespielinnen wie heiße Kartoffeln fallen und mobbte sie aus der Bank.« Grunzend stieß sie Luft durch die Nase. »Bei seinen Freunden hat er sich dann auch noch darüber lustig gemacht, dass sich diese naiven Lämmchen freiwillig dem Alphawolf zum Fraß vorgeworfen haben.«

»Geil, dann habe ich ja ein richtiges Alphatier erlegt«, strahlte die Todesschützin schadenfroh. »Weidfrausheil!«

Zufrieden blätterte Lotte zum zweiten Opfer der unheimlichen Schwestern. Die Informationen über Richard Blessing ähnelten stark denen seines Vorgängers, wiesen aber eine Besonderheit auf.

»Dieser Verbrecher in Nadelstreifen war ein Experte für Konkurrentenklagen«, verkündete Lotte. »Mindestens fünfmal hat er in der jüngsten Vergangenheit einen unterlegenen Bewerber dazu motiviert, gegen seine Konkurrentin zu klagen.« Sie hob die gespreizte Hand. »Und fünfmal hat unsere Macho-Justiz dieser Klage stattgegeben. Was für ein Skandal!«

»Na ja, und jetzt liegt er im Leichenschauhaus neben seinen Kumpels«, bemerkte Vicki trocken. »Vielleicht wird er ja von einer Pathologin obduziert, die ihm das eine oder andere Teilchen abschneidet.«

Bei diesem Gedanken huschte ihren Freundinnen ein süffisantes Lächeln über die Lippen.

»Irgendwelche weiteren Bemerkungen zu Blessing?«, fragte Lotte.

Rolla schüttelte den Kopf, während Vicki zunächst nicht reagierte. Doch plötzlich sprang sie auf, stellte sich mit gespreizten Beinen vor die Bank, ballte eine Faust und hielt sie sich wie ein Mikrophon vor den Mund.

»Hallo, hallo, Schwestern«, sagte sie mit abgesenkter Stimme. »Hört ihr mich?«

»Was soll der Quatsch?«, zischte Rolla. »Los, setz dich wieder hin.«

Doch die dreifache Mörderin blieb stehen. »Vicki an Basisstation«, rief sie. »Habe wichtige Information mitzuteilen: Strafmaßnahme TdH zum dritten Mal erfolgreich durchgeführt, warte auf weitere Instruktionen.«

»Die kriegst du gleich, meine Liebe«, entgegnete Lotte und forderte sie mit einer Geste zum Hinsetzen auf.

Brav befolgte Vicki die Anweisung.

»Bevor du deine weiteren Instruktionen erhältst, erst noch zu diesem Herrn hier«, entschied Lotte und blätterte die nächste Seite um. »Fragen oder Anmerkungen zu unserem lieben Heribert Waldner?«

»Da steht: ›Informantin: Betty Tannenberg‹. Die kenne ich nicht«, platzte es aus Vicki heraus. Sie schob die Augenbrauen so eng zusammen, dass sich über ihrer Nasenwurzel eine tiefe, senkrechte Furche bildete.

»Hat die etwas mit dem Oberbullen zu tun, der in dieser heimtückischen Anschlagsserie ermittelt, die seit Tagen die Pfalz erschüttert und bei der die Bullen nach wie vor völlig im Dunkeln tappen?«, fragte sie mit einem schelmischen Grinsen.

»Ja, sie ist seine Schwägerin«, antwortete Rolla.

»Und woher kennst du sie?«

»Aus unserer Frauengruppe.«

»Und die hat dir den heißen Tipp mit diesem Waldner gegeben?«

»Ja, aber nicht nur sie. Der Waldner stellte besonders für die gewerkschaftlich organisierten Lehrerinnen ein rotes Tuch dar. Waldner hasste die Gewerkschaften. Wie schon bei vielen anderen Lehrerinnen zuvor hat der Herr Ministerialdirektor auch Bettys Karriere erfolgreich verhindert. Sie wollte Schulleiterin werden, aber dieser widerliche Frauenfeind hat ihr eine schlechte Beurteilung reingedrückt und dadurch erfolgreich ihre Bewerbung torpediert.«

»Saukerl«, fauchte Vicki. »Der hat den Tod ja wohl mehr als verdient.« Ein gehässiges Lachen. »Es war wirklich ein schöner Anblick, wie dieser Macho so wunderbar saft- und kraftlos in sich zusammengesackt ist.«

Lotte legte eine Hand auf die aufgeschlagene rechte Seite. »Ich möchte, dass wir schon heute Abend den nächsten Kandidaten folgen lassen. Ich hab schon alles dafür vorbereitet.«

»Warum?«, fragte Vicki verdutzt. »Ich sollte doch erst morgen Abend wieder zuschlagen. Du hast mir doch für Sonntag diesen widerlichen Baulöwen-Macker ausgesucht.«

»Stimmt, Schwester, aber ich habe kurzfristig umdisponiert«, erwiderte Lotte. Sie spreizte ihre Finger zu einem Peace-Zeichen. »Zwei Gründe sprechen dafür: Erstens erhöhen wir für die Bullen damit den Zeitdruck noch einmal. Dadurch wissen sie überhaupt nicht mehr, wo vorne und hinten ist.«

»Und ob sie Männlein oder Weiblein sind«, warf Vicki ein.

Ihre Freundin schenkte ihr ein amüsiertes Lächeln. »Und zweitens ist heute Walpurgisnacht«, fuhr sie fort. »Die sollten wir gebührend feiern. Dazu gehört meines Erachtens, dass wir der Heiligen Walburga ein neues Opfer darbringen. Natürlich am besten durch einen weiteren präzisen Hexenschuss.«

Vicki verzog ihren Mund zu einem schiefen Grinsen. »Also, an mir soll's nun wirklich nicht liegen«, erklärte sie sich mit ihrem neuen Auftrag einverstanden.

»Schön«, meinte Lotte.

»Je mehr dieser Drecksäcke ich plattmachen kann, umso besser«, ergänzte Vicki. Pantomimisch legte sie ein imaginäres Gewehr an, zielte und krümmte den Zeigefinger. »Bumm. Und wieder einer weniger.«

»Ich habe übrigens einen tollen Platz für unsere kleine Hexennachtfeier auserkoren. Er ist zwar nicht so hoch wie der legendäre Blocksberg, aber es handelt sich ebenfalls um einen sagenumwobenen Ort.«

»Und um welchen?«, wollte Rolla wissen.

»Das verrate ich euch noch nicht. Erst wenn Vicki ihren Auftrag erfolgreich erledigt hat, teile ich euch mit, wo wir uns treffen, um die Hexennacht mit Champagner zu begießen.«

Rolla nickte. »Wow, nicht wie sonst immer mit Bier, sondern diesmal mit echtem Schampus.«

»Ja, das ist diesem Opfer auch durchaus angemessen«, sagte Lotte. Ihr Blick hüpfte hinüber zu ihrer anderen Freundin. »Und, Vicki, bist du zu einer weiteren Schandtat bereit?«

»Natürlich bin ich das«, freute sie sich. »Und wer soll diesmal ins Gras beißen?«

Lotte blätterte die Seite um.

»Wieso denn ausgerechnet der?«, stieß Rolla verwundert aus.

»Das hat seine Gründe«, erwiderte Lotte.

11

Nach dem Stress der vergangenen Tage verordnete der Leiter der Kaiserslauterer Mordkommission sich und seinen Mitarbeitern kollektive Entspannung in Form eines gemeinsamen Kaffeekränzchens. Am Samstag pilgerte er frühmorgens zum Stiftsplatz und kaufte auf dem Wochenmarkt im ›rollenden Backparadies‹ der Familie Schäfer mehrere Mohnschnitten ein.

Bereitwillig hatte Dr. Schönthaler sein Haus in der Glockenstraße als Ort der Zusammenkunft zur Verfügung gestellt. Bis auf den ungeliebten Kriminalhauptmeister Geiger saßen um 15 Uhr alle Mitarbeiter des K 1 in der rustikalen Wohnküche des Rechtsmediziners beisammen und machten sich über den delikaten Kuchen her.

Karl Mertel zählte nicht zu Tannenbergs Team, denn als Leiter der kriminaltechnischen Abteilung arbeitete er allen Kommissariaten zu. Außerdem war Tannenberg nicht sein Vorgesetzter und konnte ihn folglich auch nicht zu einem dienstlichen Entspannungsnachmittag nötigen.

Trotzdem hatte er ihn natürlich eingeladen, schließlich waren die beiden kriminalistischen Haudegen schon lange miteinander befreundet. Doch Mertel hatte dankend abgelehnt, weil er an diesem sonnigen Frühlingstag bereits etwas anderes vorhatte.

»Mmm, so etwas Feines bekommt man nicht alle Tage auf den Teller«, schwärmte Dr. Schönthaler, während er mit der Fingerkuppe Mohnkörner von seinem Kuchenteller pickte.

»Dafür lasse ich glatt jede Sahnetorte stehen«, pflichtete ihm Michael Schauß bei.

»Mit zwei Cappuccino und dieser köstlichen Unterlage im Bauch bin ich jetzt genau in der richtigen Stimmung, um unseren FCK anzufeuern«, posaunte Tannenberg heraus. »Ich bin fast so aufgeregt, als ob ich bei diesem wichtigen Auswärtsspiel in der Fankurve stehen würde.«

»Ein Sieg heute und wir wären die Abstiegssorgen endgültig los«, meinte Sabrina, ebenfalls ein leidenschaftlicher Fan des 1. FCK.

Tannenberg machte eine beschwörende Geste zur Zimmerdecke hin. »Das wäre so traumhaft.« Er faltete die Hände. »Bitte, bitte, lieber Fußballgott, lass uns dieses eine Spiel noch gewinnen. Danach können wir von mir aus alle restlichen verlieren. Aber bitte, bitte, bitte, lass uns dieses Sechs-Punkte-Spiel gewinnen. Ich will nie wieder in die 2. Liga absteigen.« Er schüttelte den Kopf. »Das würde ich nicht verkraften.«

»Das würde kein Pfälzer verkraften«, ergänzte Michael Schauß.

Der Pathologe schaute auf die mit aufwändigen Holzschnitzereien verzierte Pendeluhr, eines der Schmuckstücke seiner Wohnung. »Oha, schon Viertel nach drei durch«, sagte er. Dabei wedelte er mit der Hand, als hätte er sich gerade an einer Herdplatte verbrannt. »Dann sollte ich schleunigst meinen HD-Kasten anwerfen. Und ihr sichert euch schon mal ein gutes Plätzchen auf meiner Couch. Möchte jemand noch einen Cappuccino?«

Wie in der Schule schnellten drei Arme in die Höhe.

»Kommt sofort«, versprach Dr. Schönthaler. »Ich mach nur schnell die Glotze an.« Eilig lief er zu seinem 55-Zoll-Sony-Fernsehgerät, schaltete es ein, drückte Tannenberg die Fernbedienung in die Hand und kümmerte sich dann um seinen edlen Espressoautomaten.

In der 19. Spielminute ging der 1. FC Kaiserslautern mit

einem wunderbar herausgespielten Kontertor 1:0 in Führung. Jubelnd lagen sich die Kriminalbeamten und ihr Gastgeber in den Armen.

»Hat es eben nicht geklingelt?«, fragte Michael Schauß, legte demonstrativ eine Hand hinters Ohr und bog es nach vorn.

»Quatsch«, zischte Tannenberg. »Das war bestimmt ein Geräusch im Fernseher. Welcher Lauterer sitzt denn jetzt nicht vor der Glotze?«

Doch als Sabrina die Lautsprecher stummschaltete, hörten die Fußballfans deutlich das Sturmläuten an der Haustür.

»Wer kann das nur sein?«, fragte der Kommissariatsleiter.

»Keine Ahnung, Wolf«, entgegnete Dr. Schönthaler, während er seinen hageren Körper von seinem Fernsehsessel in die Höhe schraubte. »Aber eins steht fest: Das kann wirklich nur ein totaler Fußball-Banause sein.« Der Rechtsmediziner eilte zur Tür.

»Ja, Karl, was willst du denn hier?«, rief er so laut, dass es auch seine Gäste mitbekamen. »Wolf hat vorhin gesagt, dass du nicht zum Fußballgucken kommen kannst, weil ihr heute Nachmittag zu eurer Tochter nach Frankenthal fahrt.«

»Das war gelogen, mein lieber Rainer«, verkündete Mertel grinsend, als er im Türrahmen des Wohnzimmers auftauchte.

Tannenberg reagierte sichtlich betroffen. »Und warum hast du mich so dreist angelogen, wenn ich fragen darf?«

»Ganz einfach, mein liebes Wölfchen«, flötete der Kriminaltechniker. »Ich wollte meine Ruhe vor dir«, er machte eine ausladende Handbewegung über die Köpfe der Fußballfans hinweg, »und diesen anderen Nervensägen haben.«

»Und wofür hast du deine Ruhe gebraucht?«, wollte Michael wissen.

»Ihr werdet es nicht glauben: Ich wollte einfach mal ungestört in meinem Labor arbeiten. Und deshalb habe ich überall die Geschichte mit dem Ausflug zu unserer Tochter verbreitet.«

»Mensch, du Penner, das war doch nie und nimmer Abseits«, echauffierte sich Dr. Schönthaler angesichts einer nicht nachvollziehbaren Schiedsrichterentscheidung. »Du hast doch Tomaten auf den Augen, du Pfeife.« Er war derart angespannt, dass er die ganze Zeit über an seinen Lippen herumgeleckt hatte. Als er nun bemerkte, wie spröde diese inzwischen geworden waren, zog er einen Fettstift aus der Hose und schmierte sie sich gleich fünfmal hintereinander ein.

»Dem gehört doch eine Binde mit drei schwarzen Punkten um den Arm«, polterte der Pathologe weiter.

Auch Tannenberg war offensichtlich weit mehr an dem Fußballspiel interessiert als an der Arbeit des Spurenexperten, denn er starrte ebenfalls wie von Magneten angezogen auf den Bildschirm.

Karl Mertel klopfte ungehalten mit dem Fuß auf den Parkettboden. »Leute, wollt ihr denn gar nicht wissen, woran ich gearbeitet habe und was ich möglicherweise entdeckt habe?«, fragte er.

»Do-och«, knurrte Tannenberg zurück. »Aber jetzt hock dich endlich mal hin. Du versaust uns noch die Stimmung.«

»Ich kann auch wieder gehen«, gab der Spurenexperte pampig zurück.

»Mann, sei nicht gleich eingeschnappt und setz dich zu uns«, forderte der Leiter des K 1 erneut. »Unser FCK kann bei diesem wichtigen Spiel einen zusätzlichen Daumendrücker sehr gut gebrauchen.«

Doch Karl Mertel machte weiterhin keinerlei Anstalten, sich hinzusetzen. Er zog eine durchsichtige Plastiktüte aus seinem dunkelbraunen Stoffblouson, stellte sich direkt vor

Tannenberg hin und hielt ihm den Asservatenbeutel vor die Nase. Der wischte die Tüte mit einer abrupten Handbewegung beiseite.

»Mensch, Karl, was soll das?«, blaffte er wie ein angeketteter Hofhund. »Das Spiel ist gerade so was von mordsspannend und du fuchtelst mit diesem blöden Ding vor meinen Augen herum.«

»Das hier ist auch mordsspannend«, behauptete der Kriminaltechniker.

»War dein Vater Glaser, oder was?«, schimpfte Tannenberg. »Mann, Karl, geh endlich aus dem Bild!«

Mit säuerlichem Gesichtsausdruck machte der Kriminaltechniker einen Schritt zur Seite. »Würde mir dann vielleicht jemand der anderen Herrschaften bitte kurz seine Aufmerksamkeit schenken?«, fragte er in die Runde.

Bis auf Tannenberg, der demonstrativ weiter seinen Blick in den Flachbildschirm hineinbohrte, schauten die anderen nun zu Mertel.

»In diesem Asservatenbeutel hier befindet sich ein langes, blondgefärbtes Menschenhaar«, erläuterte der Kriminaltechniker. Um die Bedeutung seiner Entdeckung ins rechte Licht zu rücken, ließ er einen Moment verstreichen.

Erst danach fuhr er fort: »Ohne der DNA-Analyse vorgreifen zu wollen, behaupte ich tollkühn, dass dieses Haar entweder von der Täterin selbst oder von einer weiblichen Person aus ihrem unmittelbaren Umfeld stammt. Und zwar von der Person, welche die Wanderschuhe präpariert hat.«

»Wieso?«, fragte Sabrina. »Heutzutage färben sich doch auch Männer die Haare.«

»Ja, das schon. Aber welcher Mann lässt sich seine dunkelbraunen Haare blond färben? Und welcher Mann lässt sich Dauerwellen verpassen? Das dürften wohl nur wenige tun. Wenn überhaupt, lässt sich ein Mann seine angegrauten Haare im ursprünglichen Farbton auffrischen, und vor allem lässt er seine Haare nicht mit aggressiven giftigen Chemikalien behandeln, nur damit sie lockiger werden.«

»Das sehe ich auch so. Ich denke, dass wir diese theoretische Möglichkeit vernachlässigen sollten«, kommentierte Wolfram Tannenberg. Er schnappte sich die Plastiktüte und hielt sie gegen das Sonnenlicht, das durch das Wohnzimmerfenster den Raum flutete. »Das Haar hast du alter Dreckschnüffler in einem der Wanderschuhe gefunden, nehme ich mal an. Stimmt's?«, fragte er.

Karl Mertel nickte. »Ja, aber erst ganz am Ende meiner Arbeit. Ich wollte schon aufgeben, doch dann habe ich die eingeklebten Innensohlen vorsichtig herausgelöst und bin auf dieses …«, ein triumphaler Blick zur jungen Kriminalbeamtin, »… Frauenhaar gestoßen.«

Der Pausenpfiff ertönte, wodurch dem Spurenexperten urplötzlich die volle Aufmerksamkeit der Anwesenden zuteilwurde.

Tannenberg schaltete per Fernbedienung den Ton aus. »Okay, Leute, dann gehen wir also definitiv von einem weiblichen Täter aus.«

»Soweit waren wir doch gestern schon«, bemerkte Michael Schauß trocken.

»Sicher, aber Karls Entdeckung erhärtet diese Hypothese beträchtlich«, erwiderte sein Vorgesetzter. »Wobei sich leider weiterhin kein konkretes Tatmotiv erkennen lässt, das uns darüber Aufschluss geben könnte, wieso eine Frau diese Wahnsinnstaten begangen hat.«

»Der möglicherweise weitere folgen werden«, warf Dr. Schönthaler dazwischen.

Tannenberg nickte mit verkniffener Miene. »Bislang haben

wir noch immer keine direkte Verbindung zwischen den drei Anschlagsopfern entdeckt«, resümierte er.

»Wir hatten ja gehofft, dass der dritte Tote, also dieser Ministerialdirektor Waldner, das gesuchte Verbindungsglied ist.« Der Chef-Ermittler nippte an seinem Cappuccino. »Aber alle Personen aus dem Umfeld der beiden ersten Toten, die wir nach Waldner befragt haben, konnten mit seinem Namen nichts anfangen.« Resigniert zuckte er mit den Schultern. »Wo ist das Motiv, das hinter solch einer Mordserie steckt?«, stellte er in den Raum.

Betretenes Schweigen.

»Ich habe nicht den blassesten Schimmer«, seufzte Sabrina nach einer Weile. »Dieser Norbert Basler war anscheinend ein ziemlich widerlicher Schürzenjäger, der einigen Frauen übel mitgespielt hat.«

Die Kommissarin strich mit ihrem Finger über den wulstigen Rand der Kaffeetasse. »Über Blessing und Waldner hingegen haben die Personen, die ich befragt habe, in dieser Hinsicht nichts Negatives berichtet«, fuhr sie fort.

Sabrina nahm einen Butterkeks aus der Packung, die Dr. Schönthaler vorhin ziemlich unorthodox aufgerissen und auf den Couchtisch gestellt hatte, und steckte ihn in den Mund. »Diese beiden Männer scheinen sich ihren Kolleginnen gegenüber eher ausgesprochen defensiv verhalten zu haben und wurden, jedenfalls nach allem, was ich erfahren habe, niemals zudringlich.«

»Drei jeweils tödliche Schüsse von einem Heckenschützen in die Lendengegend der männlichen Opfer. Und wir sehen nach wie vor kein konkretes Tatmotiv«, lamentierte Tannenberg zum x-ten Mal.

Er drückte sich von der Ledercouch in die Höhe und stapfte wie Rumpelstilzchen durch das geräumige Wohnzimmer seines Freundes. Beschwörend warf er die Hände zur Zimmerdecke empor. »Auch fünf Tage nach dem ersten Mordanschlag stehen wir noch vor einem riesigen Rätsel. Was für ein Wahnsinn! Warum muss immer ich solche verzwackten Fälle bearbeiten?«

»Jedem so, wie er's verdient«, frotzelte Dr. Schönthaler. »Vielleicht hast du es ja diesmal mit perfekten Morden zu tun.«

»Perfekte Morde gibt es nicht.«

»Und wenn doch?«

Tannenberg wischte die Bemerkung mit einer energischen Geste beiseite. Seine Augen leuchteten plötzlich auf. »Ach, übrigens, werte Kollegen, damit es erst gar nicht so weit kommt, habe ich mir vorhin etwas Geniales einfallen lassen«, tönte er.

»Zu was soll es nicht kommen?«, hakte Michael verständnislos nach.

»Zu«, Tannenberg malte Gänsefüßchen in die Luft, »perfekten Morden.«

Der Rechtsmediziner zog spöttisch einen Mundwinkel nach oben. »Du und genial? Na ja, wir wissen alle, dass die Selbstüberschätzung dein bester Freund ist.«

Der Leiter des K 1 ließ den Kommentar des Gastgebers an sich abprallen. »Nachdem ich heute Morgen den Mohnkuchen gekauft hatte, wurde ich mitten auf dem Wochenmarkt von einer Inspiration heimgesucht«, prahlte er unverdrossen.

Tannenberg grinste wie ein Honigkuchenpferd. »Nach dieser göttlichen Eingebung bin ich nach Hause gespurtet, habe mein Auto gestartet und bin nach Landstuhl ins Sankt-Johannis-Krankenhaus gefahren, wo ich mit den behandelnden Ärzten ein intensives Gespräch geführt habe.«

Dr. Schönthaler konnte nicht glauben, was ihm da gerade

zu Ohren gekommen war. »Was, du bist freiwillig zu Kreilinger gefahren? Und hast ihm womöglich auf der Intensivstation das Händchen gehalten? Nee, das glaube ich nicht.«

Wie bei einer Marionette pendelte der Kopf des Pathologen wild hin und her. »Nee, Wolf, also wirklich. Das ist für mich genauso unvorstellbar wie deine Mitgliedschaft in einem Bayern-Fanclub.«

»Bayern-Fanclub?« Tannenberg schüttelte sich. »Bäh, bei dieser Vorstellung wird mir kotzübel. Nein, ich war nicht bei Kreilinger, sondern bei seinen Ärzten«, stellte er klar.

»Und wie geht's ihm?«, fragte Sabrina.

»Besser. Jedenfalls bedeutend besser als offiziell bekannt ist. Er wird seine schwere Schussverletzung wohl mit hoher Wahrscheinlichkeit überleben.«

»Unkraut vergeht eben nicht«, kommentierte Dr. Schönthaler.

Tannenberg lächelte verschmitzt. »Ich habe den Ärzten ein Versprechen abgenommen.«

»Und welches?«, fragte der Rechtsmediziner. »Haben dir meine Kollegen von der Frischfleischfraktion etwa versprochen, dass sie doch noch einen tödlichen Kunstfehler begehen werden?«

Genervt verdrehte Tannenberg die Augen. »Die Ärzte haben mir absolute Diskretion in jegliche Richtung zugesichert.«

Michael Schauß roch den Braten. »In welcher Beziehung?«

Sein Chef gestattete sich ein schalkhaftes Lächeln. »Eigentlich müsste inzwischen schon die Meldung von Kreilingers Ableben über die Nachrichtensendungen verbreitet werden.«

»Was hast du?«, stieß Mertel entgeistert aus.

»Da staunst du, Karl, was? Meinst du etwa, nur du könntest mit Überraschungen aufwarten?«, höhnte Tannenberg.

Er stopfte sich zwei Kekse auf einmal in den Mund und bewässerte sie mit einem kräftigen Schluck Cappuccino. Nachdem er die Masse hinuntergeschluckt hatte, ließ der Leiter des K 1 schmatzend die Katze aus dem Sack: »Ja, liebe Kollegen, ich habe die Ärzte überzeugen können, dass wir aus ermittlungstaktischen Gründen unbedingt die Falschmeldung von Kreilingers Tod lancieren müssen, um den Täter in Sicherheit zu wiegen. Nach anfänglicher Weigerung haben sie schließlich eingelenkt. Natürlich habe ich sie ganz offiziell zu striktem Stillschweigen verdonnert.«

Dr. Schönthaler schob die Unterlippe vor und nickte anerkennend. »Gar keine schlechte Idee, Wolf. Dadurch wiegen wir die Täterin in Sicherheit und sie begeht aus Erleichterung oder Übermut vielleicht einen folgenschweren Fehler.«

»Genau darauf hoffe ich«, entgegnete Tannenberg. »Egal, was daraus wird, es ist auf alle Fälle einen Versuch wert. Selbstverständlich nehme ich die Sache ganz auf meine Kappe!« Er seufzte. »Wenn der Schuss nach hinten losgeht, habe ich eben Pech gehabt und kann nur darauf hoffen, dass mir unsere neue Staatsanwältin die Stange hält.«

»Apropos Staatsanwaltschaft«, mischte sich Michael Schauß ein. »Rainer, wir müssen uns auf die Socken machen. Um 18 Uhr beginnt Hollerbachs Abschiedsfeier.«

Der junge Kommissar deutete zuerst auf seine Jeans und dann auf seine schwarze Lederjacke. »In solchen Klamotten können wir dort nicht aufkreuzen, sonst wirft uns der Polizeipräsident höchstpersönlich raus.« Sein Blick schwenkte hinüber zu seinem Chef. »Du hast dich ja erfolgreich von dieser Veranstaltung gedrückt.«

»Indem er sich freiwillig den Wochenend-Bereitschaftsdienst aufgehalst hat«, erklärte Mertel.

»Das ist für mich bei Weitem das kleinere Übel, kann ich

dir versichern. Außerdem gab es absolut keine Alternative dazu. Soweit käm's noch, dass ausgerechnet ich an Hollerbachs Selbstdarstellungsshow teilnehme!«, polterte Tannenberg.

Der Chef-Ermittler schnaubte wütend. »Mir eine Einladung zu schicken war eh die reinste Provokation.« Er grinste breit. »Den Fetzen habe ich in tausend Stücke gerissen und ins Klo geworfen.«

Tannenberg redete sich richtig in Rage: »Dieser Depp hat doch nicht alle Tassen im Schrank«, spie er wie Feuer aus. »Wieso riskiert er durch die Einladung an seinen Erzfeind, dass der ihm mit einem Rieseneklat die Jubelfeier versaut? Weshalb holt er sich freiwillig potenziellen Ärger ins Haus? Das verstehe wer will, ich jedenfalls nicht.«

»Ich schon«, sagte Dr. Schönthaler. »Der Hohl-Hohl-Hollerbach hat damit genau das erreicht, was er wollte: Er wollte dich ein allerletztes Mal richtig verärgern. Was er ja geschafft hat, wie man gerade deutlich erkennen kann.«

»Woran?«

»An deiner knallroten Birne, mein Freund. Eine Fleischtomate ist dagegen blass wie ein Leichentuch.«

12

Unmittelbar nach Abpfiff des Spiels, das erfreulicher Weise mit einem Auswärtssieg des pfälzischen Traditionsclubs endete, setzte Dr. Schönthaler seinen Freund vor die Tür, schließlich musste er sich für die Abschiedsfeier des Oberstaatsanwaltes noch angemessen in Schale werfen.

Augenzwinkernd wünschte ihm der fußballbegeisterte Leiter der Kaiserslauterer Mordkommission einen wunderschönen Abend, dann verließ er das Haus des Rechtsmediziners und machte sich auf den Weg zu seinem nur einen Steinwurf entfernten Elternhaus in der Beethovenstraße.

Kurt, der tapsige, aber nichtsdestotrotz aufmerksame Familienhund der Tannenbergs, hatte sein Herrchen bereits auf dem Bürgersteig identifiziert. Diese schlurfenden Schritte waren Musik in seinen Ohren. Schwanzwedelnd und jaulend erwartete er ihn vor der Tür der Parterrewohnung.

»Herzlichen Glückwunsch zum Klassenerhalt, Junior«, empfing Jacob seinen jüngsten Sohn und umarmte ihn wie einen Kriegsheimkehrer nach jahrelanger russischer Gefangenschaft.

»Glückwunsch zurück.«

»Gott sei Dank ist dieser verfluchte Abstiegskelch noch einmal an uns vorübergegangen.« Erst jetzt lockerte der kräftige alte Herr seinen schraubstockartigen Griff, beließ aber die Hand auf der Schulter seines Sohnes.

»Komm zu uns rein«, lud der Senior ein. »Wir feiern den grandiosen Triumph mit einem Weizenbier und gucken uns gemeinsam in der Sportschau die Zusammenfassung der Spiele an. Heiner und Tobi sind auch da.«

Im Wohnzimmer klatschte sich Tannenberg mit seinem Bruder und seinem Neffen ab. Dann schenkte er sich ein Kristallweizen ein, veredelte es mit einer Zitronenscheibe und stieß mit den anderen FCK-Fans auf den sicheren Tabellenplatz an, der in dieser Saison den Nicht-Abstieg garantierte.

»Vorhin haben sie im Radio gemeldet, dass dein alter Freund Kreilinger im Landstuhler Krankenhaus seine schwarzen Essenmarken abgegeben hat«, verkündete Jacob, nachdem er sich mit dem Handrücken den Schaum von seinem grauen Schnurrbart gewischt hatte. »Und zwar ohne, dass er vorher noch einmal das Bewusstsein erlang hätte.«

Wenn unser Sherlock Holmes aus der Beethovenstraße diese Falschmeldung schluckt, tun es die anderen bestimmt auch, freute sich Tannenberg im Stillen.

»Für eure Ermittlungen ist es richtig saublöd, dass der Kerl sich so schnell vom Acker gemacht hat, oder?«, legte Jacob nach. »Er ist schließlich bisher der Einzige, der den Pfälzerwald-Killer mit eigenen Augen gesehen hat.«

»Den Pfälzerwald-Killer?«, wiederholte Tannenberg.

Sein Vater zog die Bildzeitung vom Couchtisch, fuchtelte kurz damit herum und hielt sie in die Höhe »Da auf der Titelseite steht's ganz dick. Guck dir's an!«

»Tu doch mal die Hand weg, ich seh ja gar nichts«, grummelte der Kriminalbeamte.

Jacob knurrte, tat aber, was von ihm verlangt wurde. »›Der Pfälzerwald-Killer hat schon wieder zugeschlagen‹«, las er laut vor. »Untertitel: ›Die Kriminalpolizei tappt noch immer völlig im Dunklen. Wann schlägt der heimtückische Killer erneut zu?‹«

Sein Sohn grunzte abschätzig. »Der Pfälzerwald-Killer.«

»Na ja, aber es stimmt doch. Und ihr tappt auch noch immer im Dunkeln, oder?«, nahm der Senior seine Lieblingszeitung in Schutz.

»Kein Kommentar«, erwiderte Tannenberg.

Jacob machte eine wegwerfende Handbewegung. »Jedenfalls war's um den Kreilinger, diesen elenden Hundsfott, nun wirklich nicht schade.«

»Jacob, über Tote darf man nicht schlecht reden«, rüffelte seine Ehefrau vom Flur aus.

»Über den schon«, knurrte der Senior zurück. »Die Toten sollten sich eben zu Lebzeiten besser benehmen, dann verhindern sie, dass nach ihrem Tod über sie hergezogen wird.« Er trank einen großen Schluck Weizenbier. »Oder glaubt hier in meinem schönen Wohnzimmer vielleicht irgendeiner, dass dem auch nur ein einziger Mensch eine Träne nachweint?«

Während Heiner und Tobias betreten auf ihre Füße starrten, schüttelte Tannenberg den Kopf. »Also ich jedenfalls nicht«, murmelte er so leise, dass seine Mutter es nicht hören konnte.

»Ach, da sitzen ja die Herren der Schöpfung vereint vor der Glotze«, erklang Betty Tannenbergs schneidende Stimme. Sie lehnte sich an den Türrahmen und nölte weiter: »Ihr immer mit eurem stumpfsinnigen Macho-Hobby. Was kann man nur gut daran finden, wenn 22 schwitzende Männer einem Ball hinterherrennen und andauernd auf den Rasen spucken?«

»Nur 20 Machos rennen dem Ball hinterher, herzallerliebste Schwägerin«, korrigierte Tannenberg grinsend. »Zwei Männer stehen zwischen jeweils drei Alubalken und warten, bis die jeweils zehn Männer des anderen Fußballteams mit einem komischen runden Ding auf sie schießen, das man gemeinhin Fußball nennt.«

»Hört sofort auf zu streiten!«, sprach Margot, die ihrer Schwiegertochter in weiser Voraussicht gefolgt war, ein energisches Machtwort.

»Schon gut, Mutter, dann halte ich mich eben ab sofort

zurück«, gelobte Tannenberg Besserung. »Ich will es mir ja auch nicht mit Betty verscherzen …«

»Das hast du bereits vor 20 Jahren geschafft«, fauchte Betty.

»… schließlich möchte ich meine Schwägerin höflichst um zwei Auskünfte bitten«, vollendete der Kriminalbeamte seinen begonnenen Satz.

Betty Tannenberg krauste die Stirn, entschloss sich aber spontan, zunächst auf weitere Spitzen zu verzichten. Sie war zu neugierig, was ihr Schwager von ihr wissen wollte. »Die da wären?«, fragte sie.

»Kennst du zufällig eines der drei Mordopfer?«

»Klar, den Waldner kenne ich sogar persönlich.«

»Woher?«

Man merkte Betty deutlich an, dass ihr dieses Thema noch immer wie ein glühender Dolch in der Seele steckte. Wütend stemmte sie die Arme in die Hüften. »Dieser feine Herr Ministerialdirektor hat vor ein paar Jahren meine Bewerbung zur Schulleiterin erfolgreich verhindert«, antwortete sie mit bebender Stimme.

»Ach, jetzt erinnere ich mich wieder an diese Geschichte«, mischte sich ihr Ehemann ein. »Stimmt, dem Waldner hast du damals die Pest an den Hals gewünscht.«

»Aus gutem Grund«, keifte seine rothaarige Ehefrau

Heiner schmunzelte. »Du warst damals ja so was von aufgebracht. So hab ich dich noch nie erlebt. Du hast sogar damit gedroht, in den nächsten Ferien nach Osteuropa zu fahren, um einen Auftragskiller anzuheuern, der Waldner seiner gerechten Strafe zuführen und ihn ermorden soll.«

Betty fuhr der Schreck in die Knochen. Entsetzt riss sie die Augen auf. »Das … das war doch alles nur … nur Spaß«, stammelte sie. »So etwas hätte ich doch niemals wirklich getan. Ich hatte nur so eine unheimliche Wut auf diesen intriganten Mistkerl.« Sie schniefte. »Das war so gemein, wie er mich damals eiskalt abserviert hat.«

»Waldner hat dir also deine Karriere versaut?«, hakte Tannenberg nach.

»Ja, das kann man guten Gewissens behaupten«, bestätigte Betty. »Aber nicht nur mir. Mir sind noch eine Handvoll andere Kolleginnen bekannt, die sich erfolglos beworben hatten Diesem Hundsfott hat es eine unheimliche Freude bereitet, kompetente Frauen am beruflichen Aufstieg zu hindern.«

Schimmert da gerade ein ernstzunehmendes Mordmotiv durch?, grinste der Leiter des K 1 in sich hinein. »Sag mal, Betty, du nimmst doch öfter an so einem komischen Emanzenzirkel teil, um bei grünem Tee und Vollkornplätzchen gegen die Auswüchse des Patriarchats zu wettern, oder?«, provozierte Tannenberg.

Die Englischlehrerin hatte sich erstaunlich schnell wieder unter Kontrolle. Sie verengte die Augen und feuerte Giftpfeile in Richtung ihres kecken Schwagers ab. »Falls du damit unseren feministischen Arbeitskreis meinst, kann ich deine Frage bejahen«, erwiderte sie betont emotionslos.

»Du gestattest mir eine vielleicht etwas merkwürdig klingende Frage, Betty, oder?« Ohne eine Reaktion abzuwarten, fügte der Ermittler sogleich hinzu: »Würdest du einer deiner Gesinnungsgenossinnen zutrauen, dass ihr der ideologische Kampf nicht mehr reicht und sie militant wird? Also ich meine, so richtig militant. In der Form, dass sie sogar bereit wäre, einen Mann zu töten, der ihrer Karriere im Wege steht?«

Betty zeigte ihrem Schwager den Vogel. »Jetzt spinnst du aber total, Wolf. Wir sind doch keine Terroristinnen. Niemals würde jemand von uns mit Gewalt versuchen, seine Interessen durchzusetzen oder Rache für irgendwelche Ungerechtigkeiten zu nehmen, seien sie auch noch so extrem. Wir sind leidenschaftliche Pazifistinnen, keine Mörderinnen.«

»Gerade die Leidenschaften haben schon viel Leid erschaffen«, gab Jacob seinen Senf hinzu.

»Guter Spruch«, lobte sein jüngster Sohn.

In Kopf des Seniors machte es plötzlich klick. »Wolfram, glaubst du etwa, eine Frau hat die drei Männer erschossen?«, fragte er. »Der Rachefeldzug eines durchgedrehten Kampfweibes, die Männer für deren frauenfeindliche Untaten bestraft? Eine Frau, die für ihre Karriere buchstäblich über Leichen geht?«

»Keine Ahnung, Vater, wer hinter dieser Mordserie steckt«, entgegnete der Kriminalbeamte. »Deshalb müssen wir auch zum gegenwärtigen Zeitpunkt alle nur erdenklichen Möglichkeiten in Betracht ziehen.«

»Diese Vorstellung ist doch völlig abstrus«, beharrte Betty.

»Leider können wir überhaupt nichts definitiv ausschließen«, verkündete der Leiter des K 1.

Tannenberg ging zu einem Sideboard, zog eine Schublade heraus und kehrte mit einem Block sowie einem Kugelschreiber zu seiner Schwägerin zurück. »Deshalb bist du jetzt bitte so nett und schreibst mir die Namen aller Mitglieder …«

»Mitgliederinnen!«, schnitt ihm Jacob das Wort ab.

»… deiner Frauengruppe auf«, fügte Tannenberg unbeeindruckt hinzu.

Empört schüttelte Heiners Ehefrau ihre kupferrote Löwenmähne. »Nie und nimmer werde ich das tun«, stellte sie unmissverständlich klar.

»Auch nicht angesichts der Tatsache, dass drei Menschen – und Männer sind meines Wissens auch Menschen! – heimtückisch und brutal ermordet wurden?«

»Trotzdem, Wolf: Ich bin keine Denunziantin!«, spie Betty regelrecht in das Wohnzimmer ihrer Schwiegereltern hinein.

»Der größte Lump im ganzen Land, das ist und bleibt der Denunziant – Kurt Tucholsky«, warf Jacob ein.

Heiner, seines Zeichens Deutschlehrer, sah sich zu einer Berichtigung veranlasst. »Nein, Vater, da irrst du. Dieses Zitat wird nicht Tucholsky zugeschrieben, sondern Hoffmann von Fallersleben.«

Der Senior winkte ab. »Ist doch völlig egal, von welcher Frau es stammt.«

13

Dr. Sigbert Hollerbach hatte alle notwendigen Vorbereitungen bis ins Detail geplant, aber er hielt sich dezent im Hintergrund. Es sollte so aussehen, als hätte nicht *er*, sondern *man* diese Jubelfeier organisiert. Aus gutem Grund natürlich, schließlich musste man seine herausragenden Verdienste in einem angemessenen Rahmen würdigen.

Sein genialer Schachzug bestand darin, zwei willfährige Rechtsreferendare als Festorganisatoren zu verpflichten. In einem Sechs-Augen-Gespräch köderte er sie mit aussichtsreichen Karrierechancen, schließlich wurde er in den Medien bereits als künftiger Staatssekretär im Justizministerium gehandelt.

Seine bescheidene Vorgabe an das Duo lautete, dass die Feierlichkeit zur Verabschiedung des leitenden Oberstaatsanwaltes alle bisher in der Kantine des Kaiserslauterer Justizzentrums durchgeführten Veranstaltungen weit in den Schatten stellen sollten.

Bereitwillig sprangen die Rechtsreferendare auf den anfahrenden Karrierezug auf und setzten den erteilten Auftrag engagiert in die Tat um. In strenggeheimer Mission verschickten sie Einladungskarten, informierten die Presse, organisierten den Auftritt des Polizeiorchesters Rheinland-Pfalz und stimmten die zahlreichen Grußworte und Laudationes der Festgäste zeitlich sowie inhaltlich aufeinander ab.

Selbstredend kümmerten sie sich darüber hinaus um das kalte Buffet, die Getränkeversorgung und die Ausschmückung des Festsaals. Außerdem fuhren sie nach Enkenbach, wo sie in der dortigen Polizeischule ein kleines Casting veranstalteten und mehrere attraktive Polizeischülerinnen als Hostessen für die optische Würze des Festaktes gewannen.

Die Referendare leisteten wahrlich ganze Arbeit. Die Mühe lohnte sich. Am Vorabend des großen Festtages, an dem eine Generalprobe stattfand, bedankte sich Dr. Hollerbach bei einem anschließenden Treffen überschwänglich bei ihnen und erneuerte seine Karriereversprechungen.

Somit waren alle Beteiligten zufrieden und blickten der Galaveranstaltung freudig entgegen, die dem aus dem Amt scheidenden leitenden Oberstaatsanwalt den ihm gebührenden Abgang zuteilwerden lassen sollte.

Der erste Teil der akribisch geplanten Inszenierung bestand darin, einen angeblich völlig überraschten Dr. Hollerbach zu Hause mit einer eigens angemieteten Luxuskarosse abzuholen. Und zwar aus dem fadenscheinigen Grund, dass ihn der Landgerichtspräsident in einer dringlichen dienstlichen Angelegenheit sofort an seinem Arbeitsplatz zu sprechen wünsche.

Wegen des angeblich geplanten Besuchs eines Symphoniekonzerts trug Dr. Hollerbach zufälligerweise das passende Outfit, nämlich einen schwarzen Smoking. Die beiden Organisatoren brachten den vermeintlich Ahnungslosen zum Justizzentrum. Dort geleiteten sie ihn allerdings nicht zu seinem Büro, sondern zur Kantine, wo er sich vor der geschlossenen Tür einen Augenblick gedulden musste.

Auf ein verabredetes Zeichen hin spielte das Polizeiorchester einen Tusch, während gleichzeitig die Rechtsreferendare wie Kammerdiener das zweiflügelige Portal der Justizkantine öffneten.

Schlagartig verstummten die Gespräche der Festgäste und wurden durch brausenden Applaus ersetzt. Während Dr. Hollerbach zu seinem Ehrenplatz in der ersten Reihe eskortiert wurde, nahm er huldvoll nickend die stehenden Ovationen all derjenigen entgegen, die in der Barbarossastadt Rang und Namen hatten.

»Irgendwie erinnert mich dieses Gedöns an eine Krönungszeremonie«, raunte Sabrina dem Rechtsmediziner zu, der nach den minutenlangen Standing Ovations gerade wieder links neben ihr Platz nahm.

»Quatsch, die meisten der Leute hier wissen Bescheid und spielen dieses Affentheater nur mit, weil es sich eben so gehört«, behauptete Dr. Schönthaler.

»Glaubst du?«

»Ja, sicher. Aber insgeheim lachen sie sich ins Fäustchen und freuen sich darüber, dass sie endlich wieder ein großes Thema für ihre nächsten Dinner- und Cocktailpartys haben, auf denen sie sich das Maul über diesen arroganten Schnösel zerreißen werden.«

Seine junge, attraktive Begleiterin schmunzelte vor sich hin.

»Die meisten kennen doch Hohl-Hohl-Hollerbachs wahres Gesicht. Er ist nun mal ein absolut peinlicher Selbstdarsteller und Profilneurotiker, der sich immer und überall in den Vordergrund spielen muss. Und genau dieses Vorurteil bedient er mit dieser peinlichen Show zu hundert Prozent.«

Sabrina Schauß blickte sich verstohlen um. »Wenn ich mich so umschaue, werde ich den Eindruck nicht los, dass du recht haben könntest.«

»Wie immer«, erwiderte Dr. Schönthaler in gewohnter Bescheidenheit. »Die Kaiserslauterer Hautevolee ist doch nur heilfroh, dass sie ihn endlich los ist und er sich in den afrikanischen Busch verzieht.«

»Ich bin sehr gespannt, wie lange er es dort unten aushalten wird«, flüsterte Michael, der auf der anderen Seite des Rechtsmediziners saß.

»Genau so lange, bis ihn sein Herrchen zurückruft und zum Staatssekretär adelt«, frotzelte Dr. Schönthaler.

»Bis dahin läuft aber noch sehr viel Wasser die Lauter runter«, bemerkte Sabrina. »Vielleicht kommt ja noch irgendetwas dazwischen, das ihm einen gewaltigen Strich durch seine Pläne macht. Bei politischen Ämtern weiß man das ja nie.«

»Das wollen wir nicht hoffen«, wandte der Pathologe ein. »Am Ende muss unser allseits beliebter Kosmopolit zurück in die von ihm so ungeliebte pfälzische Provinz. Gnade uns Gott, was der dann aus Frust bei uns veranstalten wird.«

»Warum geht's denn eigentlich nicht los?«, fragte Sabrina. Sie faltete einen Zettel mit dem geplanten Ablauf der Veranstaltung auseinander und warf einen raschen Blick auf ihre Armbanduhr. »Eigentlich sollte der Landgerichtspräsident schon vor fünf Minuten mit seiner Eröffnungsrede begonnen haben.«

»Ach, diese läppischen fünf Minuten«, meinte ihr Mann gelassen. »Die Superstars kommen doch immer ein bisschen später.«

Sabrina reckte den Hals und sah sich suchend um. »Wo ist er eigentlich?«, murmelte sie. »Habt ihr ihn heute Abend überhaupt schon mal gesehen?«

Ihr Ehemann schüttelte den Kopf. »Nee, ich jedenfalls nicht.«

»Ich auch nicht«, pflichtete ihm der Rechtsmediziner bei.

»Aber seine Gattin ist da«, ergänzte Michael.

Dr. Schönthaler reckte seinen Hals. »Wo?«

Der junge Kommissar wies mit dem Kinn in Richtung einer apart gekleideten Frau, die mit dem Handy am Ohr rechts neben dem Podium stand. Sie zuckte mit den Schultern, sagte etwas zu einem der Rechtsreferendare und nahm wieder in der ersten Reihe Platz.

»Sieht so aus, als ob sie ihren Mann nicht erreicht«, interpretierte Sabrina Schauß ihr Verhalten.

»Vielleicht steckt er irgendwo im Stau oder hat eine Reifenpanne«, spekulierte Michael.

Dr. Schönthaler grinste über beide Ohren. »Oder er steckt gerade stöhnend in seiner jungen Geliebten und pfeift auf diese alberne Hohl-Hohl-Hollerbach-Show.«

»Glaubst du etwa, der Kantinentratsch stimmt und er geht fremd?«, wollte die Kommissarin wissen.

»Er wäre nicht das erste Mal, dass sich der feine Herr Gerichtspräsident mit knackigem Frischfleisch vergnügt und auf seine Alte pfeift.«

Sabrinas Miene drückte Missbilligung aus. »Also manchmal hast du eine Ausdrucksweise, die hart an der Grenze ist«, rüffelte sie.

»Aber eben nur hart«, konterte ihr Nebenmann. Grinsend rückte er seine Fliege zurecht und zupfte anschließend die Hemdärmel aus seinem Sakko.

Der Oberbürgermeister der Barbarossastadt betrat die Bühne und begann mit einer Laudatio. In höchsten Tönen lobte er den scheidenden Oberstaatsanwalt und bezeichnete Dr. Sigbert Hollerbachs Abgang als nicht zu kompensierenden Verlust für die Kaiserslauterer Justizbehörden.

»Was will denn ausgerechnet der Kerl jetzt hier?«, stieß Dr. Schönthaler verwundert aus, als er Tannenberg in seinem linken Augenwinkel auftauchen sah.

Seine Begleiter rissen die Köpfe herum.

»Vielleicht hat er Sehnsucht nach uns gehabt«, meinte Michael.

»Oder nach seinem Busenfreund«, ergänzte der Pathologe.

»Aber umziehen hätte er sich wenigstens können, oder?«, lästerte Sabrina Schauß.

»Dieser Bauerntrampel passt in dieses noble Ambiente wie ein Penner zum Wiener Opernball«, spottete Tannenbergs bester Freund.

Die Augen der beiden Mitarbeiter des K 1 verfolgten ihren mit Jeans, Turnschuhen und Sweatshirt bekleideten Vorgesetzten, wie er an der Wand entlang zur Ehefrau des Gerichtspräsidenten eilte, sich zu ihr hinabbeugte und ihr irgendetwas zuflüsterte.

Die Frau stieß einen spitzen Schrei aus. Dann kippte sie zur Seite, wo sie geistesgegenwärtig von der Lebensgefährtin des Oberbürgermeisters aufgefangen wurde.

Mit flackerndem Blick scannte Wolfram Tannenberg die Reihen der geschockten Gäste. Als er in einer der hinteren Reihen seine Kollegen entdeckte, versuchte er sie mit wild fuchtelnden Armen auf sich aufmerksam zu machen. Sabrina winkte zurück. Mit einer eindeutigen Geste signalisierte er, dass sie und ihre Begleiter ihm nach draußen in den Flur folgen sollten.

»Was ist denn passiert, Wolf?«, stürmte die junge, sportliche Kommissarin auf ihn zu.

»Es gibt ein weiteres Opfer.«

»Etwa der Gerichtspräsident?«, fragte Michael Schauß.

Tannenberg nickte.

»Es besteht kein Zweifel?«, hakte der junge Kommissar nach.

»Nein, Mischa, ich habe ihn vorhin selbst identifiziert«, entgegnete sein Vorgesetzter. »Außerdem wurde er in seinem eigenen Haus erschossen.«

»Genau wie in den anderen drei Fällen«, bemerkte Dr. Schönthaler sichtlich betroffen. »Das gibt es doch gar nicht. Warum muss denn auch noch dieser Mann dran glauben? Er war doch gar kein so übler Kerl.«

Deprimiert schüttelte Tannenberg den Kopf. »Keine Ahnung, Rainer. Das ist nun schon der vierte Mord innerhalb von nur sechs Tagen. Und wir kommen immer zu spät, können immer nur reagieren. Das ist der blanke Wahnsinn!«

Nach einer Phase betretenen Schweigens ergriff der Rechtsmediziner das Wort: »Wieso ist er eigentlich nicht gemeinsam mit seiner Frau auf Hollerbachs Feier erschienen?«

Sein Freund zuckte mit den Schultern. »Vielleicht hatte sie kurz vorher in der Stadt etwas Wichtiges zu erledigen und ist deshalb nicht mehr nach Hause gefahren.«

»Warum hast du sie nicht danach gefragt?«

»Das ging nicht mehr. Sie ist gleich ohnmächtig geworden. Die arme Frau ist verständlicherweise total fertig und braucht dringend ärztliche Hilfe.«

Sabrina nickte voller Mitgefühl. »Wer hat ihren Mann denn gefunden?«

»Ein Nachbar wollte sich von ihm einen Korkenzieher ausleihen«, erläuterte Tannenberg. »Er ging zum Haus und klingelte. Obwohl überall Licht brannte und laute klassische Musik erklang, öffnete ihm niemand. Der Nachbar dachte, dass wegen der Musik die Klingel nicht zu hören sei, und ging durch den Garten zur Veranda. Von dort aus schaute er ins Wohnzimmer und entdeckte den toten Gerichtspräsidenten. Der Mann lief zurück in sein Haus und verständigte die Zentrale, die sofort eine Streife dorthin beorderte. Die Kollegen hebelten die Verandatür auf, aber dem armen Mann war leider nicht mehr zu helfen. Wie bei den anderen Opfern auch: Bauchlage, ein einziger gezielter Schuss in den unteren Rücken.«

»Diese verfluchte Killermunition«, schimpfte Dr. Schönthaler.

In Tannenbergs Hosentasche vibrierte sein Handy. Er hielt es ans Ohr und hörte schweigend eine Weile zu. »Vielen Dank, dass Sie sich so schnell melden. Ich kann leider nicht selbst kommen, aber ich schicke Ihnen gleich einen Kollegen vorbei.«

»Wer war das denn?«, fragte Sabrina neugierig.

»Einer der Ärzte, die Kreilinger behandeln. Er ist aus dem Koma aufgewacht und kann kurz befragt werden. Erledigst du das bitte, Michael?«

»Klar, ich fahre sofort nach Landstuhl.«

»Gut. Und du, Sabrina, bleibst bitte hier und kümmerst dich um die Frau des ermordeten Gerichtspräsidenten«, bat Tannenberg. »Vielleicht kannst du ja schon die eine oder andere Information aus ihr rausholen. Zum Beispiel würde mich brennend interessieren, wieso sie ohne ihren Mann hierher gekommen ist«

»Okay, Wolf, ich werde mein Möglichstes tun. Wobei ich allerdings befürchte, dass die arme Frau, wenn sie wieder bei Bewusstsein ist, unter Schock steht und nicht vernehmungsfähig ist. Ich befürchte eh, dass mich der Notarzt erst gar nicht an sie ranlässt.«

»Dann versuch's doch schnell noch, bevor der eintrifft. Du hast bestimmt noch ein paar Minuten.«

»Und was machst du?«

»Ich fahre mit Rainer nach Dansenberg«, antwortete ihr Vorgesetzter. »Sei so gut und ruf mich gleich an, wenn sie dir irgendetwas Interessantes erzählt.«

Sabrina nickte und kehrte in die festlich dekorierte Justizkantine zurück, wo angesichts der dramatischen Ereignisse natürlich große Betroffenheit herrschte.

Vor dem Justizgebäude wartete der Streifenwagen, der den Leiter des K 1 in die Stadt gebracht hatte. Mit Blaulicht und Sirenengeheul raste das Polizeiauto über die Trippstadter- und die Hohenecker Straße stadtauswärts. Nach den Serpentinen, die das Polizeiauto von der L 502 hinauf nach Dansenberg führten, bog der Fahrer in die Eckstraße ab und schwenkte dann in die Straße ›Im Birngarten‹ ein.

Die kreisenden Blaulichter und die Halogenstrahler der Einsatzfahrzeuge erzeugten ein bizarres nächtliches Lichtspektakel und verwandelten die ruhige Villengegend in eine unfreiwillige Theaterbühne, vor deren Absperrbändern sich bereits Dutzende Schaulustige eingefunden hatten.

Darunter befanden sich natürlich auch Pressefotografen und sogar zwei Kameraleute mit den dazugehörigen Fernsehreportern, die sich mit allen möglichen Fragen sofort auf Tannenberg stürzten. Äußerlich gelassen schob er die Mikrofone beiseite und eilte kommentarlos an der neugierigen Meute vorbei in das quadratische Flachdachgebäude.

»Aasgeier«, fluchte er vor sich hin, als er einen uniformierten Kollegen passierte, der als Posten an der Eingangstür abgestellt war.

»Ich kann diese Schmeißfliegen auch nicht ausstehen«, stimmte der hochgeschossene Beamte zu.

Tannenberg blieb so abrupt stehen, dass der Rechtsmediziner ihn von hinten rammte.

»Mensch, Wolf, pass doch auf«, schimpfte Dr. Schönthaler und drückte sich an ihm vorbei in den langen Flur.

»Schmeißfliegen ist gut, Kollege, sogar sehr gut«, lobte Tannenberg und klopfte dem verdutzten Streifenpolizisten anerkennend auf die Schulter. Der rothaarige junge Mann strahlte über das ganze Gesicht.

In dem gut 60 Quadratmeter großen Wohnzimmer bot sich den Ermittlern ein ähnliches Bild wie tags zuvor an den anderen Tatorten. Diesmal lag das Mordopfer zwar weder auf einem Couchtisch noch auf einer Terrassentreppe oder hing gar von Eisenstangen aufgespießt neben einem Koiteich. Die

Körperhaltung des Anschlagsopfers war allerdings nahezu identisch mit der der anderen. Und die Art der Tatausführung war ebenfalls die gleiche: Ein einziger Schuss in den Lendenbereich hatte aufgrund der verheerenden Wirkung der verwendeten Teilmantelmunition ausgereicht, um auch diesen Mann auf brutalste Art und Weise ins Jenseits zu befördern.

Der Smoking ließ darauf schließen, dass der Gerichtspräsident nicht, wie von Dr. Schönthaler vermutet, Zeit mit einer vermeintlichen Geliebten verbracht hatte, sondern wie geplant vorgehabt hatte, die Eröffnungsansprache für seinen scheidenden Kollegen Dr. Sigbert Hollerbach zu halten.

Als der Leiter der kriminaltechnischen Abteilung die herrische Stimme seines Kollegen vernahm, unterbrach er seine Arbeit im Garten und lief zur Terrasse. Im angrenzenden Wald hatte er bereits die Fußspuren des Täters gesichert, der wieder aus sicherem Hinterhalt durch die Verandatür geschossen hatte.

Mertel winkte Tannenberg herbei und zog ihn in eine vom Wohnzimmer aus nicht einsehbare Ecke, die von einer Außenleuchte in fahles Licht getaucht wurde. In Händen hielt er einen Gipsabdruck, den er seinem Kollegen wie auf einem Silbertablett präsentierte.

»Fällt dir daran etwas auf, Wolf?«, fragte der Spurenexperte, während er unruhig auf der Stelle herumtrippelte.

»Ähm«, machte Tannenberg, »auf den ersten Blick nicht.«

»Du wirst es nicht glauben, aber das hier ist ein völlig anderes Profil als das, das ich bei den anderen drei Anschlägen sichergestellt habe. Und die Schuhgröße stimmt auch nicht überein. Das hier ist Größe 43.« Ein verschwörerisches Augenzwinkern. »Komisch, gell?«

Der Chef-Ermittler klatschte sich an die Stirn. »Logo, Karl. Entschuldige, ich war eben mit meinen Gedanken völlig woanders.« Wolfram Tannenberg senkte die Stimme zu einem Flüstern. »Du hast ja die anderen Wanderschuhe sichergestellt. Also musste sich die Täterin neue Männerschuhe besorgen.«

»So ist es.« Über Mertels Gesicht huschte ein verschmitztes Lächeln. »Aber es kommt noch besser, Wolf.« Der Kriminaltechniker richtete den Leuchtstrahl seiner Taschenlampe auf den Rand des Schuhabdrucks und erklärte: »Die Sohlenprofile und die Ränder sind auffällig scharf gezeichnet. Und das bedeutet?«

Tannenberg schob seine Hände in die Hosentaschen. »Gute Trittfestigkeit«, war das Einzige, was ihm spontan zu dieser Frage einfiel.

»Das auch, ja«, seufzte Mertel mit einem genervten Unterton versetzt. »Aber etwas anderes ist viel bedeutsamer: Ich vermute, dass es sich um neue Schuhe handelt, wenn nicht sogar um nagelneue.«

Endlich fiel bei seinem Kollegen vom K 1 der Groschen. »Die womöglich erst vor Kurzem gekauft wurden.«

Mertel hob die Brauen und nickte eifrig.

»Vielleicht ist das ja bereits der große Fehler der Täterin, auf den wir so inständig gehofft haben«, orakelte Tannenberg.

»Ja, vielleicht ist das unser Ermittlungsdurchbruch«, freute sich Mertel.

»Hoffentlich. Zumindest ist es ein neuer Ermittlungsansatz.«

»Außerdem haben wir ja noch den Kreilinger. Bin gespannt, was er aussagt.«

»Stimmt, Karl, den haben wir ja auch noch in der Hinterhand.«

Tannenberg ging zwei Schritte zur Veranda und schaute um die Ecke in das Wohnzimmer. Ein hämischer Blick hin zu Dr. Schönthaler, der ihm den Rücken zugewandt hatte und gerade die tödliche Bauchwunde des Gerichtspräsidenten inspizierte. »Von wegen perfekte Verbrechen, du pessimistischer Leichenschinder!«

»Daran habe ich eh nicht geglaubt«, sagte Mertel.

»Ich auch nicht«, stimmte Tannenberg zu. »Karl, du denkst bitte weiterhin daran, dass wir unser Wissen unbedingt noch eine Weile für uns behalten müssen.«

»Auf alle Fälle tun wir das. Und die Finte mit Kreilingers Tod halten wir auch geheim. Eine klasse Idee war das, Wolf«, kam dem Kriminaltechniker ein seltenes Lob über die Lippen. »Damit locken wir dieses Miststück aus der Reserve. Die Sache mit den Wanderschuhen ist schon mal ein viel versprechender Anfang.«

»Das sehe ich auch so.«

Karl Mertel sog die kühle, feuchte Abendluft ein und ließ sie knatternd über die Lippen entweichen. Das Geräusch erinnerte an einen tuckernden Rasenmäher. »Dir ist hoffentlich klar, dass wir mit dem Feuer spielen.«

»Sicher machen wir das«, bestätigte sein Kollege. »Aber das müssen wir riskieren. Die Mordserie muss umgehend beendet werden. Wir können nicht akzeptieren, dass diese Irre direkt vor unseren Augen Männer abschlachtet, grade so, wie es ihr gefällt.«

Tannenberg presste die Kiefer so fest aufeinander, dass sich unter seiner geröteten Wangenhaut kleine Hügel abzeichneten. »Ich werde sie kriegen. Und wenn es das Letzte ist, was ich als Leiter des K 1 tue.«

»Hoffentlich verbrennen wir uns daran nicht gewaltig die Finger«, brachte Mertel noch einmal seine Bedenken zum Ausdruck.

»Und wenn schon, Karl. Ich muss dir ganz ehrlich sagen,

dass mir irgendwelche dienstrechtlichen Konsequenzen inzwischen ziemlich egal sind. Erstens will ich die Pfälzerwald-Killerin so schnell wie möglich unschädlich machen. Und wenn ich mir etwas vorgenommen habe, tue ich das auch, koste es, was es wolle.«

»Auch Bildzeitung gelesen, was?«

»He?«

»Pfälzerwald-Killerin.«

»Ach so. Nee, aber mein Vater hat mir die Schlagzeile gezeigt.«

»Und zweitens?« Als der Chef-Ermittler nicht sofort reagierte, schob Mertel erläuternd nach: »Du hast erstens gesagt, also musst du auch zweitens sagen.«

»Und zweitens könnten wir beide auch jetzt schon die Hacke rausmachen. Wir haben inzwischen genügend Dienstjahre auf dem Buckel. Wir müssen lediglich unsere Frühpensionierung beantragen.«

»Stimmt, Wolf. Das ist eigentlich ein ziemlich beruhigender Gedanke.«

»Der ist nicht nur beruhigend, sondern extrem verlockend, wie ich finde, mein alter Junge. Es gibt schließlich noch ein Leben nach unserem Job. Ein Leben geprägt von absoluter Freiheit und Selbstbestimmung«, schwärmte der altgediente Kriminalbeamte. »Ohne Bereitschaftsdienste, ohne Überstunden und ohne bescheuerte Oberstaatsanwälte.« Tannenberg klatschte in die Hände. »Aber vorher schnappen wir uns noch diese durchgeknallte Amazone.«

Zur gleichen Zeit erledigte Michael Schauß im Sankt-Johannis-Krankenhaus seinen Ermittlungsauftrag.

Der leitende Oberarzt der Intensivstation stand vor der Hydrauliktür zu Kreilingers Zimmer und hielt dem Kripobeamten eine Handfläche entgegen. »Sie haben genau fünf Minuten«, sagte er. »Keine Minute länger.«

Der junge Kommissar nickte brav. »Wie geht es ihm denn?«, wollte er wissen.

»Den Umständen entsprechend. Er hat wahnsinniges Glück im Unglück gehabt. Das größte Problem war der enorme Blutverlust, hervorgerufen durch eine faustgroße Schussverletzung im Schulterbereich. Die Kollegen aus der Unfallchirurgie haben ihn so gut es ging zusammengeflickt. Allerdings wagen sie keine Prognose darüber, ob er jemals seinen linken Arm wieder bewegen können wird. Inzwischen ist er stabil genug, dass Sie ihn befragen können.«

Noch einmal zeigte er Schauß seine gespreizten Finger. »Aber wie gesagt: Nach fünf Minuten ist Schluss.«

»Alles klar, Herr Doktor«, sagte der Ermittler. »Und vielen Dank, dass Sie uns diese kurze Befragung ermöglichen. Sie ist sehr wichtig für uns. Vielleicht kann uns Herr Kreilinger einen entscheidenden Hinweis geben, schließlich ist er bislang der einzige Tatzeuge, den wir haben.«

Nachdem Schauß sich die grüne Spezialkleidung übergestreift hatte, führte ihn der Oberarzt in ein Krankenzimmer, das vor moderner Medizintechnik förmlich überzuquellen schien. Überall blinkte und piepste es ohne Unterlass. Der junge Kommissar schnappte sich einen Schemel und setzte sich an das Krankenbett. Der Mediziner stellte sich neben ihn und ließ seinen Patienten sowie die medizinischen Gerätschaften nicht aus den Augen.

»Du warst wohl gerade auf dem Weg zu meiner Beerdigung, he?«, fragte Kreilinger, ohne sich die Mühe einer Begrüßung zu machen.

Aufgrund früherer Ermittlungen war der Förster für alle Mitarbeiter des K 1 ein rotes Tuch. – Mit einem derart harschen Empfang hatte Schauß trotzdem nicht gerechnet. Außerdem wusste er im ersten Augenblick nichts mit diesem bissigen Kommentar anzufangen. Doch dann wurde ihm schlagartig klar, dass der schwer lädierte Förster auf seinen schwarzen Anzug anspielte, den er natürlich immer noch am Körper trug.

»Richte deinem blöden Chef einen schönen Gruß von mir aus«, tönte Kreilinger weiter. »Ich werde noch lange nicht ins Gras beißen. Die Kreilingers sind zäh wie Leder.«

»Könnten Sie sich bitte einen Augenblick zusammenreißen, Herr Kreilinger?«, bat der Kommissar. »Es gibt zurzeit wirklich wichtigere Dinge als diese alten Streitereien.«

Doch Kreilinger zeigte sich von dem Appell unbeeindruckt. »Hat er sich nicht hergetraut, der alte Hosenscheißer?«, legte er nach.

Wegen dieses unsinnigen Geplänkels rennt mir die Zeit davon, dachte Schauß. »Könnten wir nun bitte zur Sache kommen, Herr Kreilinger?« Demonstrativ blickte er auf seine Armbanduhr, die unerbittlich weiterlief. »Wir haben nicht viel Zeit.«

»Mann, Kreilinger, stellen Sie sich nicht so kindisch an und beantworten Sie die Fragen des Kommissars. Schließlich geht es hier um die Ergreifung eines gemeingefährlichen Psychopathen! Ich hab nicht die geringste Lust, dass noch mehr von Ihrer Sorte meine Station belegen«, blaffte der Oberarzt. »Ich brauche dringend jedes Bett.«

Dieser Anpfiff zeigte Wirkung. »Von mir aus«, machte Manfred Kreilinger eine Kehrtwende.

Schauß bedachte den Mediziner mit einem dankbaren Nicken. Anschließend wandte er sich wieder dem Schwerverletzten zu. »Da es Ihnen erfreulicherweise schon wieder recht gut zu gehen scheint, könnten Sie mir nun bitte einige wichtige Fragen beantworten. Ja?«

Ein knappes Nicken als Antwort.

»Haben Sie den Täter erkannt?«

»Täter?«, spuckte der Förster aus. »Ihr Bullen seid solche Blindfüchse! Dieser Killer ist kein Mann, sondern eine Frau.«

»Kein Zweifel?«

»Nicht den geringsten.«

»Wieso?«

»Weil dieses Dreckstück, das mich wie einen räudigen Köter abknallen wollte, nur etwa 1,60 Meter groß ist und sich eindeutig wie eine Frau bewegt hat. Außerdem hat sie mich mit den netten Worten ›Was willst denn du grüne Sau von mir?‹ begrüßt. Und das war eindeutig die Stimme einer Frau.«

»Konnten Sie ihr Gesicht erkennen?«

Stummes Kopfschütteln.

»Überhaupt nichts davon? Nase? Mund? Ohren? Bitte erinnern Sie sich. Jede Kleinigkeit kann uns entscheidend weiterhelfen.«

»Nein, sie trug eine Sturmhaube.«

»Ist Ihnen irgendetwas an ihr aufgefallen? Vielleicht eine Gehbehinderung oder sonst was?«

»Nee.«

»Und im Wald, ehe Sie auf die Schützin trafen? Ein geparktes Auto vielleicht oder vermeintliche Komplizen, die sich in der Gegend herumgetrieben haben?«

»Nee.«

»Haben Sie, nachdem auf Sie geschossen wurde, noch irgendetwas mitgekriegt?«

»Nee, ich hab nur den Schuss gehört, dann war alles dunkel.«

»Schade, wirklich schade.«

»Aber jetzt wisst ihr wenigstens, dass eine Frau hinter den Anschlägen steckt. Ist doch ein Durchbruch für euch, oder?«

»Das wussten wir vorher schon.«

»Glaub ich nicht.«

»Ist aber so.«

»Wie wollt ihr das denn erfahren haben?«

Der junge Kommissar war nicht bereit, dem Revierförster Details über die kriminalpolizeilichen Erkenntnisse mitzuteilen. »Kein Kommentar«, sagte er deshalb kurz und bündig.

»Was ist eigentlich mit Dona passiert?«, wollte der Förster mit belegter Stimme wissen.

»Dona?«, fragte Schauß.

»Mein treuer Jagdhund«, erläuterte Kreilinger.

»Der hatte leider nicht so viel Glück wie Sie.«

Der Revierförster schniefte, drehte den Kopf weg und blaffte: »Ich hab nichts mehr zu sagen. Los, verschwinde endlich.«

Michael Schauß erhob sich von seinem Hocker. »Nichts lieber als das, Herr Kreilinger. Trotzdem gute Besserung.«

»Die fünf Minuten sind eh um, Herr Kommissar«, sagte der Oberarzt.

»Einen wirklich netter Patienten haben Sie da auf Ihrer Station«, meinte Schauß draußen auf dem Flur.

Der Intensivmediziner lächelte. »Sie hätten ihn vorhin erleben müssen, als eine unserer jungen Krankenschwestern in seinem Zimmer auftauchte.« Das Grinsen wurde breiter. »Da hat er sich völlig anders verhalten als eben bei Ihnen. Da war er nett und höflich, ja, er hat sogar richtig mit ihr herumgeschäkert.«

»Das kann nur an irgendwelchen starken Psychopharmaka liegen, die Sie ihm verabreicht haben.«

»Daran wird es wohl liegen«, erwiderte der Oberarzt. Sein Gesicht verfinsterte sich. »Steckt tatsächlich eine Frau hinter diesen Anschlägen?«

»Ja, es sieht ganz danach aus.«

14

Per Handy hatte Lotte ihren unheimlichen Schwestern den Ort der gemeinsamen Walpurgisfeier mitgeteilt. Wie verabredet fuhr jede der Freundinnen mit ihrem eigenen PKW in die Südwestpfalz, wo sie in Dahn ihre Autos an verschiedenen Stellen parkten.

Von dort aus spazierten sie durch die trotz der späten Stunde recht belebte Stadt, in der mehrere Maifeiern stattfanden. Gegen 23 Uhr trafen die Frauen mit nur kurzem zeitlichem Abstand auf dem stockfinsteren Wanderparkplatz am Fuße des Jungfernsprungs ein.

Vicki kam als Letzte an.

»Und? Hat alles geklappt?«, stürzte sich Lotte sofort auf sie.

»Aber logo, Schwesterherz«, erwiderte Vicki betont cool. »Im Gegensatz zum letzten Mal ging diesmal wieder alles total reibungslos über die Bühne. Zum Glück ist mir nicht wieder so ein abgefuckter Jäger mit Köter begegnet.«

»Nicht so laut«, schimpfte Lotte. »Oben auf dem Felsen kannst du uns deine Heldentat in aller Ausführlichkeit schildern. Aber jetzt müssen wir erst mal schauen, dass wir hier wegkommen.«

»Aber hier unten ist doch weit und breit kein Mensch«, konterte Vicki.

Die Todesschützin zog gierig an ihrer Zigarette, dann schnippte sie den filterlosen Stummel achtlos beiseite. Sie grunzte und verzerrte angewidert das Gesicht. »Vielleicht sollte ich allmählich auf Filterkippen umsteigen«, brabbelte sie vor sich hin.

»Auch wenn hier niemand zu sehen ist, sollten wir trotzdem in die Gänge kommen, Schwestern«, beharrte Lotte. Sie bückte sich zu ihrem großen Wanderrucksack, öffnete ihn und verteilte Halogen-Stirnlampen an ihre Freundinnen. Sie erläutert kurz die Funktionsweise und drückte anschließend jeder zur Sicherheit zusätzlich noch eine leuchtstarke Taschenlampe in die Hand.

»Für alle Fälle«, erläuterte Lotte. »Doppelt genäht hält besser.«

»Blöder Spruch«, raunzte Vicki.

Ihre Freundin ignorierte die abschätzige Bemerkung. »Denkt dran, Mädels, haltet euch auf dem Pfad immer schön dicht hinter mir und setzt nur sichere Tritte«, mahnte sie eindringlich. »Gerade in der Nacht ist die Absturzgefahr nicht zu unterschätzen.«

»Geil, endlich mal wieder ein gemeinsames Abenteuer für die unheimlichen Schwestern«, freute sich Vicki auf die Herausforderung.

Rolla dagegen schien nicht unbedingt begeistert von diesem Vorhaben zu sein. Sie deutete zum Gipfelgrat des mächtigen, 60 Meter hohen, steil in den Nachthimmel hineinragenden Felsmassivs, das wie ein riesiger Keil das Dahner Tal in zwei Hälften teilte.

»Müssen wir wirklich da rauf?«, fragte sie mit dünner Stimme. »Könnten wir uns nicht auch hier unten ein schönes Plätzchen suchen und dort Hexennacht feiern? Hier steht bestimmt irgendwo eine Bank herum, wo …«

»Halt den Schnabel, du Angsthäsin«, würgte sie Vicki brüsk ab. »Na, ja, du warst ja schon früher nicht gerade die Mutigste von uns dreien.«

Lotte legte Rolla den Arm auf die Schulter. »Wenn du dich an meine Anweisungen hältst, kann dir überhaupt nichts passieren«, versprach sie. »Glaub mir, der Aufstieg lohnt sich. Der Panoramablick über die Lichter der Stadt hinweg ist einfach fantastisch. In dieser klaren Sternennacht werden wir auch bestimmt einige Sternschnuppen sehen. Bei denen kannst du dir etwas wünschen. Diese Wünsche gehen immer in Erfüllung.«

»Ha, ha«, kommentierte Rolla.

»Außerdem schmeckt der Schampus dort oben auf der Aussichtsplattform viel besser als hier unten im dunklen Wald«, schob Lotte nach.

»Wer's glaubt, wird selig«, kam es spöttisch zurück.

»Du wirst sehen, Schwesterherz, wenn du erst einmal oben bist, willst du nicht so schnell wieder hinunter«, behauptete Lotte. »Diese gemeinsame Walpurgisfeier anlässlich unseres erfolgreichen Projektes werden wir alle garantiert nie mehr vergessen. Das verspreche ich euch.«

Vicki hob einen Fuß an und drehte ihn so, als wolle sie ihren Freundinnen stolz ihre neu gekauften, schicken Schuhe präsentieren. Dann setzte sie den Fuß auf den Waldboden zurück und ging einige Schritte.

»Endlich hab ich mal Wanderschuhe an, in denen ich richtig gut laufen kann. Nicht immer diese Riesenlatschen« Sie hielt ihre Taschenlampe unters Kinn und schaltete sie ein. »Und, wie seh ich aus?«, fauchte sie.

Lotte verwandelte ihr Gesicht in eine Fratze. »Gruuuuselig«, entgegnete sie mit zitternder Stimme.

Vicki knipste die Lampe aus, wodurch das furchterregende Gespenstergesicht genauso schnell verschwand, wie es aus der Finsternis aufgetaucht war.

»Dieser Ausflug ist fast genauso gruselig, wie die, die wir damals veranstaltet haben«, sagte die vierfache Mörderin.

»Du meinst, die Mutproben, die wir uns auferlegt haben, um mit den Jungs gleichzuziehen?«, fragte Lotte.

»Genau die meine ich«, bestätigte Vicki. »Am schlimmsten war diese irre Nummer, bei der jede von uns eine Nacht alleine auf einem Hochsitz mitten im Wald verbringen musste.« Sie räusperte sich, spuckte aus.

Bei Rolla lösten diese Erinnerungen einen Anfall von Schüttelfrost aus.

»Jetzt kann ich es euch ja beichten«, verkündete Vicki: »Ich hab mir damals vor Angst fast in die Hosen gemacht und bin vor Mitternacht nach Hause geschlichen.«

»Ich doch auch«, prustete Rolla los.

»Ich hab's auch nicht lange ausgehalten«, beichtete nun auch Lotte.

»Damit haben wir ja nun ein großes Geheimnis der unheimlichen Schwestern gelüftet«, sagte Vicki.

»Aber das andere große Geheimnis, das uns zusammenschweißt, werden wir niemals lüften, das ist uns allen klar, oder?«

»Natürlich, Lotte, wir sind doch nicht verrückt«, stellte Rolla in scharfem Tonfall klar.

»Ich werde dieses Geheimnis mit ins Grab nehmen«, versprach Vicki.

Lotte lachte. »Na ja, bis dahin wird es glücklicherweise noch ein paar Jährchen hin sein.«

»Das will ich doch schwer hoffen«, meinte Vicki. »Schließlich haben wir noch einige Mistkerle auf unserer Liste, die ich alle nacheinander zur Strecke bringen werde. Weidfrausheil!«

»Apropos Liste«, sagte Lotte. »Zur Feier des Tages möchte ich euch oben am Gipfelkreuz einige neue Kandidaten vorschlagen.«

»Am Kreuz?«, fragte Vicki. »Das hat glatt was Symbolisches. Du bist einfach eine Kreativitätsgranate.«

»Danke für die Blumen, geliebtes Schwesterherz. Aber

jetzt müssen wir wirklich los, sonst schaffen wir es nicht mehr bis Mitternacht«, drängte Lotte.

Wie ein ungeduldiges Rennpferd scharrte Vicki mit den Füßen und wieherte plötzlich. »Auf geht's, Mädels, schwingt eure Hufe.«

»Du bist einfach ein verrücktes Huhn«, kommentierte Lotte schmunzelnd. »Wir nehmen den bequemen Weg durch den Wald, der zur Nordseite des Felsens hinaufführt, und gelangen von dort aus über einen Kamm zum Jungfernsprung.«

Rolla war immer noch nicht begeistert. »Ist das wirklich nicht gefährlich?«, fragte sie mit geschürzten Lippen.

»Nein, vertrau mir. Wenn du dich auf dem ausgetretenen Pfad hältst, ist der Aufstieg ein Kinderspiel«, versuchte Lotte, sie zu beruhigen.

Offensichtlich wurde ihr das Jammern der ängstlichen Freundin allmählich zu bunt, denn sie schaltete ihre Stirnlampe ein und marschierte munter drauf los. Schweigend folgten ihr die beiden anderen Frauen. Mit ihren Wanderschuhen durchpflügten sie das aufgehäufte Laub, kleine Äste zerbrachen unter ihren schweren Sohlen.

Die Geräusche schreckten Waldvögel auf. Die spitzen Schreie der Raubvögel zerschnitten die friedliche Stille, vom Felsmassiv her ertönten die lang gezogenen Rufe einer Nachteule, Eichelhäher krächzten.

Rolla lief es eiskalt den Rücken hinunter. Obwohl eigentlich nur für den Notfall gedacht, knipste sie zusätzlich zu ihrer Stirnlampe die Taschenlampe an. Sie versuchte, ihre Angst zu verdrängen, indem sie sich auf Vickis Fersen konzentrierte, die im Schein ihrer beiden Leuchten auf- und abwippten.

»Habt ihr gewusst, dass man Eichelhäher auch ›Polizei des Waldes‹ nennt?«, fragte Lotte über die Schulter hinweg.

»Nein«, kam es zweistimmig zurück.

»Aber uns werden sie garantiert nicht bei der Kripo anschwärzen«, scherzte Lotte. Sie war bestens gelaunt und freute sich auf die Überraschungen, die sie für ihre unheimlichen Schwestern vorbereitet hatte. Zudem hatte die Pressemeldung, nach welcher der Förster Kreilinger inzwischen seinen schweren Schussverletzungen erlegen war, ihrer ausgelassenen Stimmung das Sahnehäubchen aufgesetzt.

Der Forstweg mündete in einen schmalen Pfad, der sich durch einen alten Mischwaldbestand am Nordhang des Berges hinaufwand. Der ausgetretene Fußweg war mit Sandsteinen und Tannenzapfen übersät. Das glitschige Wurzelwerk und die bemoosten, feuchten Steinflächen erforderten volle Konzentration.

Linker Hand schoben sich mächtige Felsblöcke in den Pfad hinein. Deshalb mussten die Frauen nicht nur auf ihre Füße, sondern gleichermaßen auf ihre Köpfe achtgeben. Mit ihrer Stablampe leuchtete Lotte auf einen Buntsandsteinfelsen, der an einen Wachtturm erinnerte. Andere Felsen wiederum sahen aus wie versteinerte Spukgestalten.

Anschließend schickte Lotte den Lichtkegel nach rechts, wo es neben dem Weg steil den Abhang hinunterging. Unwillkürlich drückte sich Rolla nach links und kollidiert mit einem überhängenden Buchenast.

Sie zuckte zurück und rieb sich die Stirn. »Blöde Nachtwanderung!«, fluchte sie vor sich hin, während sie sich duckte und geschwind wieder an Vickis Fersen heftete.

In Lottes Lampenschein tauchte eine Treppe auf, die auf beiden Seiten von einem mausgrauen Metallgeländer gesäumt wurde. Nun hatten die Frauen endlich den Berggrat erklommen.

Lotte blieb stehen und ermahnte ihre Begleiterinnen: »Aufpassen, Mädels! Hier geht's auf beiden Seiten steil den Felsen runter. Wer hier ausrutscht, kann sich anschließend dauerhaft die Pfifferlinge von unten anschauen.«

Mit ihrer Stirnlampe strahlte sie Rollas aschfahles Gesicht an. »Und Schwesterherz, gefällt dir unser kleiner Ausflug?«, fragte sie, während unverhohlener Spott in ihrer Stimme mitschwang.

Rolla hatte es die Sprache verschlagen. Sie schien auf der Stelle festgewachsen zu sein. Nur ihr Oberkörper schwankte leicht hin und her. Sie schluckte hart und fuhr sich mit fahriger Hand über die Kehle.

»Wenn du ausrutschen solltest, musst du versuchen, dich an irgendeiner Wurzel festzukrallen«, legte Lotte nach. »Deine Schwestern retten dich dann aus der Todesgefahr.«

Vicki stimmte in Lottes Hohngelächter mit ein. Doch dann reichte sie ihrer verschreckten Freundin die Hand und zog sie sanft mit sich. Wenige Schritte weiter zerteilte der Wanderpfad hinter einer Wegkehre das Felsmassiv.

Wie eine geduldige Blindenführerin wartete Vicki, bis Rolla neben ihr stand. Dann legte sie Rollas schlaffe Hand auf ein Stahlseil, das rechts an der in den Sandstein gehauenen Furt befestigt war und sicheren Halt bei dem nun erforderlichen kurzen Abstieg bot.

Am Fuße des engen Felsdurchgangs stand eine türkisfarbene Bank, auf der die drei unheimlichen Schwestern eine kurze Rast einlegten.

»Und, geht's noch?«, fragte Lotte, nun plötzlich in bedeutend einfühlsamerem Ton.

»Wie weit ist es denn noch?«, keuchte Rolla.

»Nur noch ein paar Meter, dann hast du's endlich geschafft«, beruhigte Lotte.

Sie erhob sich von der Bank und leuchtete mit ihrer Taschenlampe einen pilzähnlichen Solitärfelsen ab, in dessen zerklüfteter Steilwand sich einige verkrüppelte Kiefern angesiedelt hatten.

»Los, auf, Schwestern, weiter geht's. Sonst schaffen wir es nicht mehr bis Mitternacht«, drängte Lotte.

Vicki schoss wie von einer Tarantel gestochen in die Höhe. Rolla dagegen gehorchte nur widerwillig. Ächzend drückte sie sich von den klammen Holzplanken ab. »Bitte wartet auf mich«, jammerte sie.

»Logo, Schätzchen«, versprach die Todesschützin und reichte ihr wie zuvor die Hand.

Der enge Wanderpfad führte die drei Freundinnen über eine andere, ebenfalls in den Sandstein gemeißelte Treppe einige Höhenmeter den Berg hinauf.

Vicki blieb so unvermittelt stehen, dass Rolla von hinten auf sie auflief. Sanft streichelte sie die grünbemoosten Felswände. Dann berührte sie vorsichtig mit ihrer Wange die fädrige Fläche. Plötzlich riss sie den Kopf herum, rammte ihre Nase in das Moos und sog tief den Atem ein. »Weich wie Samt, dieses sattgrüne Zeug, aber auch saunass wie ein Schwamm«, stieß sie aus und wischte sich mit einem Ärmel ihres Parkas über die feuchte Nase.

Rolla bekam davon nur am Rande etwas mit. Sie hatte zurzeit andere Probleme. Zitternd starrte sie auf den gerademal einen Meter breiten Gratweg, der vor ihr in der Dunkelheit aufgetaucht war.

»Also, da gehe ich nicht drüber«, fauchte sie entsetzt.

Der Pfad zum Gipfelkreuz war zwar auf beiden Seiten mit einem halbhohen Maschendrahtzaun gesichert, doch direkt daneben war nichts mehr, nur noch unendlich tiefer, schwarzer Abgrund.

»Das ist wirklich das absolut ungefährlichste Stück des gesamten Aufstiegs«, beschwichtigte Lotte. »Dieser Zaun ist stabil wie eine Leitplanke. Da kann absolut nichts passieren. Du musst nur an Vickis Hand noch die paar Meter weitergehen.«

»Das kriegen wir zwei Herzchen locker hin, nicht wahr?«, fragte Vicki.

Lotte strahlte mit ihrer Taschenlampe ein circa drei Meter hohes Metallkreuz an, das nur einen Katzensprung entfernt auf der anderen Seite des Gratweges errichtet wurde. »Sicher schafft das unsere liebe Rolla, gell?« Als ihre Freundin nicht antwortete, legte sie ihr aufmunternd eine Hand auf die Schulter. »Wenn du drüben bist, hast du diese kleine Mutprobe bestanden und kannst dein restliches Leben auf dich stolz sein.«

»Ich fühle mich inzwischen zu alt für Mutproben. Ich will da nicht rüber«, wimmerte Rolla wie ein störrisches Kleinkind.

Vicki riss der Geduldsfaden. »Stell dich nicht so an«, schimpfte sie und streckte ihrer schockgefrorenen Freundin die Hand hin.

Rolla schnaufte tief durch, dann gab sie sich einen Ruck, ergriff mit geschlossenen Augen Vickis Hand und ließ sich von ihr langsam über den Grat ziehen. Am Kreuz angelangt, klammerte sie sich an die Stützpfeiler wie an eine Rettungsboje in stürmischer See.

»Gut gemacht, Schwesterherz, wir sind stolz auf dich«, lobte die Organisatorin des nächtlichen Ausflugs und tätschelte Rollas Wange. »Kommt, setzt euch hin und genießt die Aussicht.« Sie breitete ihre Arme zu einer ausladenden Geste aus. »Und ergötzt euch an diesem wahnsinnigen Sternenhimmel.«

Ihre Begleiterinnen taten, wie ihnen geheißen. Rolla entspannte sich merklich, sogar ein zartes, erleichtertes Lächeln huschte über ihr Gesicht. Lotte kramte derweil in ihrem Rucksack herum.

Sie reichte Vicki eine Champagnerflasche und Rolla zwei langstielige Sektkelche. Während Vicki das Drahtgeflecht von dem wulstigen Flaschenhals entfernte und den Korken lockerte, fischte Lotte zwei Päckchen Grissini aus dem Wanderrucksack und riss die Verpackungen der Knabberstangen auf. »Damit wir hier oben nicht verhungern«, sagte sie.

Der Korken verabschiedete sich mit einem dumpfen Knall in Richtung der nahegelegenen Häuser. Ein Hund schlug an und wurde sogleich von einigen anderen unterstützt. Doch nach kurzer Zeit beruhigten sich die aufgeschreckten Hunde wieder und man hörte nur noch das Gegröle von Jugendlichen, die irgendwo in der Stadt mit lauter Musik feierten.

Vicki schenkte die Kelche voll und reichte sie weiter. Feierlich erhoben sich die alten Freundinnen.

»Prost, meine Lieben, lasst uns anstoßen«, sagte Lotte, wobei sie jede Silbe akzentuierte. »Auf die unheimlichen Schwestern und ihr Meisterwerk.«

Mit einem spitzen Klirren stießen die Gläser aneinander.

»Wie immer: ex und hopp!«, forderte Vicki.

»Eigentlich schade um den teuren Schampus«, monierte Lotte.

»Nix da«, blaffte Vicki. »Tradition ist Tradition.« Sie grinste breit. »Von mir aus hättest du auch einen Kasten Bier hier hochschleppen können.«

Ohne abzusetzen, schütteten die einstigen Schulkameradinnen den trockenen Champagner die Kehlen hinunter.

»Geiles Gesöff«, lobte die vierfache Mörderin. Sie schloss die Augen und sog in tiefen Zügen die kühle Waldluft in ihre Lungen. »Ich kann euch gar nicht sagen, was für ein irres Gefühl es jedes Mal ist, wenn ich abdrücke.«

»Pst«, zischte Lotte. »Nicht so laut!«

Vicki zeigte ihre Handflächen. »Diese Macht, Leben auszulöschen. Das ist der blanke Wahnsinn«, fuhr sie mit leiserer Stimme fort. »Einen Mann abzuknallen ist der größte Kick, den es gibt. Ich verstehe inzwischen, wenn Soldaten in einen regelrechten Blutrausch geraten und alles massakrieren, was sich ihnen in den Weg stellt.«

Nervös leckte sich die Heckenschützin ihre spröden Lippen. Während sie den Mund wie für einen gellenden Schrei weit öffnete und die Zunge herausstreckte, atmete sie immer schneller.

Lotte ging zu ihr hin und umarmte sie, woraufhin sich Vickis verkrampfter Körper sofort spürbar entspannte. Sekunden später drückte Vicki ihre Freundin von sich weg und bückte sich. Sie zog gleich drei Gebäckstangen auf einmal aus der Packung, schob sie sich in den Mund und zerhackte sie regelrecht mit ihren Zähnen.

Dann fielen auch ihre Freundinnen über die gewürzten Grissini her, allerdings in deutlich kultivierterer Art und Weise. Lotte lehnte sich mit dem Rücken an das Metallkreuz und streckte die Beine von sich. »Ach, tut das gut. Manchmal merkt man eben doch, dass man nicht unbedingt jünger wird«, seufzte sie.

»Mann vielleicht, Frau dagegen nicht«, konterte Vicki. »Bei mir wirkt diese geile Männer-Abknallerei jedenfalls wie eine Frischzellenkur.«

»Schön für dich, Schwesterherz«, flötete Lotte. »Jetzt könntest du uns eigentlich mal in aller Ruhe von deiner Aktion heute Abend erzählen.«

»Nichts lieber als das.«

»Hast du dich genau an meinen Plan gehalten?«, fragte Lotte mit skeptischem Unterton.

Vicki grinste herausfordernd. »Klar, mein liebes Lottchen«, erwiderte sie keck.

Anschließend steckte sie sich eine Zigarette zwischen die Lippen, zündete sie an und beobachtete die Spitze, wie sie glutrot aufleuchtete. Sie inhalierte tief und sagte in die ausströmende Rauchfahne hinein: »Wie von dir gewünscht, habe ich meinen Twingo oben an der Rothen Hohl auf dem Waldparkplatz abgestellt. Von dort aus bin ich den markierten Wanderweg zur Jammerhalde gegangen und dann am Gedenkstein senkrecht die Falllinie hoch – und schon stand ich direkt hinter eurem Grundstück.«

Lotte hatte den heruntergedimmten Schein ihrer Stirnlampe auf Vicki gerichtet und hing ihr förmlich an den Lippen. Die Todesschützin zog erst noch einmal an ihrer Zigarette und blies den Rauch durch einen Mundwinkel aus, bevor sie endlich weitersprach. »Ich habe mich dort im Gebüsch versteckt und gewartet, bis es einigermaßen dunkel war«, erläuterte Vicki ihre Vorgehensweise. »Dann bin ich zu dem von dir markierten Baum gegangen und habe mich mit der Flinte im Anschlag auf die Lauer gelegt, bis dieser Scheißkerl im Wohnzimmer aufgekreuzt ist.«

Lotte spürte, wie ihr Mund trocken wurde und die Zunge am Gaumen festklebte. »Weiter«, keuchte sie.

»Du hast mir ja gesagt, dass du die Elektrorollläden sabotiert hast«, fuhr Vicki fort. »Es war also alles bestens für meinen Schuss vorbereitet.« Vicki genoss die Anspannung ihrer Freundin. Sie hielt Rolla ihr Glas hin, woraufhin diese ihr wortlos nachschenkte.

»Und dann? Red endlich weiter«, drängte Lotte.

Erst trank Vicki einen großen Schluck Champagner. Anschließend rülpste sie wie ein brünstiger Hirsch. »Bäääääuerchen«, röhrte sie in die Nacht hinein.

Übernervös zupfte Lotte an ihren Ärmeln herum. Dabei rutschte sie so unruhig hin und her, als ob sie auf einem heißen Stuhl säße. Ihr flackernder Blick war nicht in der Lage, das Gesicht ihrer Freundin zu fixieren. »Was hast du getan, als du ihn im Visier hattest?«

»Kannst du dir das nicht denken?«, fragte Vicki, die weiterhin genüsslich ihren Informationsvorsprung auszukosten gedachte.

»Doch, aber ich will es von dir hören.«

»Also gut«, gab Vicki betont gelassen zurück. Urplötzlich schnalzte sie so laut mit der Zunge, dass ihre Begleiterinnen unwillkürlich zusammenzuckten. »Und dann habe ich wie eine heimtückische Muräne zugeschlagen«, zischte sie. »Raus aus der Höhle, tödlicher Biss, zurück in die Höhle.«

»Was hast du genau getan? Was hat er gemacht? Was hast du gesehen? Wie ist es genau passiert?«, prasselte ein wahres Bombardement von Fragen auf Vicki ein. Allerdings nur aus Lottes Mund, Rolla hielt sich diskret zurück.

»Du bist ja total geil auf diese Geschichte«, höhnte Vicki. »So blutrünstig und besessen kenne ich dich ja gar nicht. Sonst bist du immer so cool und kontrolliert. Und nun flippst du richtig aus. Warum denn? Wieso denn? Weshalb denn?«, provozierte sie ihre Freundin.

Lotte zitterte am ganzen Körper. »Du kannst dir nicht vorstellen, wie ich diesen gemeinen Sadisten gehasst habe. Dieser Mistkerl hat mich all die Jahre ausgenutzt, betrogen, tyrannisiert und misshandelt.«

Tränen der Wut schossen ihr in die Augen. Mit einem Taschentuch tupfte sie ihre verschmierte Wimperntusche weg.

»War es wirklich so schlimm?«, wollte Rolla voller Mitgefühl wissen.

»Schlimmer«, schniefte Lotte.

»Ein einziger dieser Gründe hätte schon gereicht, um ihn seiner gerechten Strafe zuzuführen«, sagte Vicki mit eisiger Stimme. Sie schnaubte verächtlich. »Schade, dass du nicht dabei warst, Schwesterherz. Es war wirklich ein Bild für die Götter. Konzentriert liege ich auf der Pirsch, warte auf seinen finalen Auftritt …«

Die Todesschützin brach ab, nahm die Champagnerflasche, setzte sie an und schlürfte den Rest. »Ich hoffe, du hast noch eine dabei?«, fragte sie.

Lotte nickte mechanisch. Sie legte die Grissinipackungen auf die Erde, nestelte an ihrem Rucksack herum und zauberte eine weitere Champagnerflasche hervor.

»Das ist übrigens seine Lieblingssorte«, fauchte sie hämisch. »Wenn ein bisschen Gras über die Sache gewachsen ist, trinken wir seine gesamten teuren Wein- und Schampusvorräte leer. Dann wird er sich bestimmt im Grab umdrehen.«

»Au ja, das wird ein Heidenspaß!«, freute sich Vicki.

In Windeseile hatte sie die grüne Flasche von ihrem Korken befreit. Während sie den Champagner an Rolla weiterreichte, knüpfte sie an die Schilderung ihres letzten Anschlages an.

»Wo war ich stehengeblieben?«, fragte sie.

»Du wartest in sicherer Deckung«, half Lotte ihr.

»Genau. Und dann kommt dein Macker in euer taghell erleuchtetes Wohnzimmer. Er trägt einen todschicken …«, Vicki grunzte amüsiert und wiederholte: »… todschicken schwarzen Smoking mit einer albernen bordeauxfarbenen Bauchbinde. Ich musste ja so an mich halten, damit ich nicht lauthals loslachte und vielleicht beim alles entscheidenden Schuss die Waffe verriss.«

Lotte und Rolla nickten synchron.

»Dann stellt sich dieser eitle Fatzke vor euer großes Terrassenfenster und bewundert sich minutenlang in der Scheibe«, fuhr sie fort. »Nicht gelogen, Lotte, minutenlang wirft er sich in Pose, fummelt an seiner Fliege herum, bläht den Brustkorb auf, begafft sich von allen Seiten. Ich hab schon gedacht, dieser Scheißkerl dreht sich überhaupt nicht mehr um.«

Um die Spannung noch zu steigern, legte sie erneut eine Kunstpause ein, in der sie sich einen großen Schluck Champagner einverleibte.

»Und dann?«, keuchte Lotte.

Vicki grinste wie ein Honigkuchenpferd. »Dann war es Gott sei Dank endlich so weit und er hat mir den Rücken zugewandt. Ein kleiner Druck mit dem Zeigefinger.« Sie klatschte in die Hände. »Und schon konnte er dich nie mehr nerven, nie mehr. Diese Aktion war wirklich total easy und hat so was von Spaß gemacht, kann ich euch flüstern.«

Vicki zog ein Papiertaschentuch aus ihrer Jacke und schnäuzte sich trompetend die Nase. »Eigentlich war's genauso einfach wie dieses Naseputzen. Quatsch, es war bedeutend einfacher.« In hohem Bogen flog das zusammengeknüllte Papiertaschentuch über Rolla hinweg und segelte den Steilhang hinunter.

»Wie kann ich dir nur jemals dafür danken, dass du mich von diesem widerlichen Scheusal befreit hast?«, versetzte Lotte mit bebender Stimme.

Mit ihrer Schuhspitze zeichnete Vicki kleine Kreuze in den Sand. »Schon gut, Schwesterherz. Erstens helfe ich dir sehr gerne und zweitens hat es wie gesagt einen Mordsspaß gemacht. – Mordsspaß«, wiederholte sie und schüttelte kichernd den Kopf. »Unsere Sprache weist schon einige Kuriositäten auf.«

Eine Weile lang wanderte bleiernes Schweigen zwischen den unheimlichen Schwestern hin und her.

»Wolltest du uns nicht eine Liste mit weiteren Kandidaten zeigen?«, brach Vicki als Erste die Stille.

Lotte war völlig in der Welt ihrer Gedanken versunken. Erst als Vicki sie von der Seite her anrempelte und den Satz wiederholte, reagierte sie. Sie räusperte sich ausgiebig.

»Doch, dazu kommen wir gleich«, erklärte die Ehefrau des Ermordeten. Mit einem Mal wirkte sie wieder bedeutend ruhiger und gefasster. »Vorher aber noch etwas anderes. Da wir nun schon mal an solch einem sagenumwobenen Ort sind, möchte ich euch gerne die Sage vom Jungfernsprung vorlesen.«

Rolla hatte die ganze Zeit über schweigend dem Dialog ihrer Freundinnen gelauscht und freute sich nun über den Themenwechsel. »Au ja, das ist eine sehr gute Idee«, lobte sie. »Ich habe schon als Kind gerne Sagen- und Märchenbücher gelesen. Aber diese Sage kenne ich nicht.«

»Möchte auch meine unheimliche Schwester Vicki die unheimliche Sage vom Jungfernsprung hören?«, fragte Lotte.

»Würde es denn etwas nützen, wenn ich nein sagen würde?«, konterte Vicki.

»Nein, das würde es nicht«, entgegnete Lotte, während sie ein Blatt Papier aus dem Rucksack zog und es auseinanderfaltete.

»Das habe ich mir doch glatt gedacht«, meinte Vicki. »Wie ich dich kenne, hast du den Ablauf unseres Hexennachtausfluges bis ins Detail geplant. Auch das mit der Sage. Stimmt's oder habe ich recht?«

»Na klar hab ich alles geplant. Denn gut geplant, ist halb gewonnen.«

»Sagt man nicht ›Frisch gewagt ist halb gewonnen‹?«, wandte Rolla ein. »Na, was meint unsere begnadete Schriftstellerin zu dieser germanistischen Frage?«

»Ich glaube, frau kann beides sagen«, antwortete Vicki. »Nur Mut zur sprachlichen Kreativität, Schwesterherz. Niemand, vor allem kein Mann, kann dir verbieten, irgendwelche Redewendungen nach Gutdünken abzuändern.«

»Klugscheißerin«, polterte Rolla.

»Ruhe, Schwestern!«, beendete Lotte den aufkeimenden Disput. »So lauschet nun der alten Sage vom Jungfernsprung«, verkündetet sie in gestelzter Form. Anschließend gab sie ihren eigens für dieses Treffen aus mehreren Quellen zusammengebastelten Text zum Besten: »›Vor vielen, vielen Jahren litten dereinst im Dahnertal die Menschen unter der Knechtschaft der adligen Herrenhäuser‹«, las sie im Stil einer Märchentante von ihrem Zettel ab. »›Zum Ausgleich für ihr gottgefälliges und rechtschaffenes Leben versprachen die gnädigen Rittersleut und Fürsten ihren Vasallen Schutz vor Mördern, Plünderern und Brandstiftern. Doch die Burgherren des Dahner Felsenlandes waren kaum besser als die Raubritter und marodierenden Söldnerbanden, die in der Gegend ihr Unwesen trieben.

Trotz ihres harten und entbehrungsreichen Frondienstes war die Angst um ihr Leib und Leben ein täglicher Begleiter dieser armen Menschen. Jedes Familienmitglied musste von Kindesbeinen an seinen Betrag zum spärlichen Auskommen leisten.

Die Buben mussten auf den Feldern und Wiesen hart schuften, während die Mädchen neben der Hausarbeit zum Holzsammeln, Beerenpflücken und Pilzsammeln in den Wald geschickt wurden.

Das war nicht ungefährlich, denn überall lauerten Wegelagerer und finstere Gesellen, die außer Morden und Brandschatzen nichts anderes im Sinn hatten, als möglichst viele Jungfrauen zu schänden.‹«

»Ich sag's ja immer: Alle Männer sind Schweine!«, zischte Vicki dazwischen.

Lotte gebot ihr mit einer Geste Einhalt und las weiter: »›Und wenn ein armes junges Mädchen einem dieser Unholde begegnete, halfen nur noch schnelle Beine und der liebe Gott. Daher wurde den Mädchen immer und immer wieder eingetrichtert, im Wald stets die Ohren zu spitzen, sich umzuschauen und auf jedes Geräusch zu achten.‹«

»Sehr vernünftig. Diesen guten Rat sollte sich auch noch heutzutage jede Frau und jedes Mädchen zu Herzen nehmen«, bemerkte die ängstliche Rolla.

Lotte nickte und fuhr fort: »›Eines Tages streifte eine wunderschöne Maid durch den Wald. Frohgemut summte sie ein Liedlein vor sich hin, bückte sich ab und an, nahm Zweige und Reisig auf und schnürte sie zu einem Bündel zusammen. Als sie einen Augenblick verweilte, wurde sie gewahr, dass im Wald eine ungewöhnliche Stille herrschte. Kein Laub raschelte im Wind, kein Vogel zwitscherte, kein Hund war im fernen Dorf zu hören. Während ihr trotz der sommerlichen Hitze Frostschauer den Rücken hinunterjagten, duckte sie sich und schaute sich ängstlich um. Doch sie entdeckte niemanden. Langsam richtete sie sich auf. Im Hals spürte sie ihr Herz hämmern.

Plötzlich knackte hinter ihr ein Ast, zerbrochen von einem schweren Tritt. Zu Tode erschrocken drehte sie sich um. Sie hatte das Gefühl, dass ihr Herzschlag aussetzte. Sie war wie erstarrt, konnte sich nicht rühren, obwohl sie den Wüstling auf sich zukommen sah, der nichts anderes im Sinn hatte, als ihre Unschuld zu rauben. Dieses gemeine Grinsen, diese bedrohlich funkelnden Augen, dieser lüsterne Blick, dieser fordernde Körper, dieses triumphale Lachen. Es war das triumphale Lachen eines Jägers, der seine Beute sicher glaubt.‹«

»Mensch, ist das spannend. Du solltest Kriminalromane schreiben«, schlug Vicki vor.

»Pssst«, fauchte Rolla. »Ich will wissen, wie's weitergeht.«

»›Das Mädchen wusste nicht, wie ihm geschah‹«, las Lotte weiter. »›Sein Verzweiflungsschrei war so spitz und gellend, dass er an einen Peitschenknall erinnerte. Es ließ sein Holzbündel fallen, raffte seinen Rock und rannte los, als sei der leibhaftige Teufel hinter ihm her. Wie aus einem Vulkan brachen aus dem Unhold Drohungen und Beschimpfungen heraus und er nahm die Verfolgung seiner Beute auf. In seiner panischen Angst sprang das Mädchen wie ein junges Rehlein über umgeworfene Baumstämme hinweg, rannte durch Brennnesselfelder und Brombeerbüsche. Dabei riss die zarte Haut seiner nackten Beine auf, doch es spürte nicht den geringsten Schmerz. Es wollte nur weg von seinem Häscher, koste es, was es wolle. Aber der war stark und schnell und kam so nahe, dass es meinte, bereits seinen hechelnden Atem im Genick zu spüren.

Die Jungfrau rannte verzweifelt um ihr Leben. Sie wusste nicht mehr, wo sie war, hatte völlig die Orientierung verloren. Ihre Beine bluteten, brannten wie Feuer und das dünne Sommerkleidchen hing in Fetzen an ihrem Körper herab. Mit letzter Kraft hechtete sie eine Anhöhe hinauf. Dort oben war der Wald zu Ende, gleißendes Sonnenlicht brannte auf sie und den Felsen unter ihren Füßen hernieder. Vor ihr lag die Weite des Dahner Felsenlandes, unter ihr die bescheidenen Hütten des Dorfes. Hinter ihr ertönte ein hässliches, grunzendes Lachen. Sie war völlig außer Atem, vor ihren Augen tanzten Sterne. Trotzdem war ihr sofort ihre aussichtslose Situation klar. Hinter ihr der Mädchenschänder, vor ihr nichts als tiefer, freier Abgrund. Bisher hatte sie den Felsen nur von unten gesehen, niemals hätte sie sich hier hochgewagt. Aber nun stand sie hier oben und es gab keinen Ausweg mehr. Zurück konnte sie nicht. Dort erwarteten sie die starken Arme eines brutalen Mannes, der breit grinsend nur wenige Meter hinter ihr stand und sich lüstern über die Lippen leckte. Nein, lieber wollte sie sterben, als sich von diesem rauen Gesellen die Unschuld rauben zu lassen.

Ihr Verfolger wähnte sich seiner Beute sicher. Genüsslich setzte er einen Fuß vor den anderen, weidete sich an der Todesangst seines ihm schutzlos ausgelieferten Opfers. Doch anstatt sich dem unausweichlichen Schicksal willenlos zu ergeben, auf die Knie zu fallen und um Schonung zu winseln, ging ein Ruck durch den Körper des Mädchens. Es richtete sich zu voller Größe auf und feuerte einen hasserfüllten, trotzigen Blick auf seinen Häscher ab. Verdutzt ob dieser unerwarteten Dreistigkeit blieb der grobschlächtige Mann stehen. Eh er sich versah, schloss die Jungfrau die Augen, legte die rechte Hand auf ihr Herz und schickte ein Stoßgebet in den wolkenlosen Himmel. Dann machte sie auf dem Absatz kehrt, ging zur vorspringenden Ecke des Felsens und stürzte sich in den Abgrund.

Fluchend zog der Wüstling von dannen. Die junge Maid hatte ihr Schicksal in die Hände des Herrn gelegt. Ihr Gottvertrauen wurde belohnt, denn sie stürzte nicht wie ein Stein auf die Erde, sondern setzte sanft mit den Füßen auf einer Sandsteinplatte auf und konnte unbeschadet heim zu ihren Eltern wandern.

Dort, wo sie auf dem Sandstein landete, tat sich noch im selben Augenblick der Felsen auf und eine Quelle sprudelte hervor. Seit diesen fernen Schicksalstagen nennt man diesen hohen Felsen Jungfernsprung.‹«

Rolla, die die ganze Zeit über zugehört hatte, seufzte tief ergriffen. »Ach, was für eine herzergreifende Geschichte.«

»Wie schön wäre es, wenn es auch heute noch solche Wunder gäbe, die uns arme Frauen beschützen würden«, bemerkte Vicki.

»Ja, das stimmt«, meinte Rolla.

»Und was ist die Moral von der Geschicht?«, fragte Vicki ihre Begleiterinnen, die jedoch nicht sofort antworteten. Also schob sie geschwind die Auflösung nach: »Schon damals wussten unsere armen Schwestern: Alle Männer sind potenzielle Vergewaltiger.«

»Tja, das kann man durchaus behaupten«, pflichtete ihr Lotte bei. Sie zog zwei prall gefüllte Klarsichthüllen aus ihrem Rucksack. »Ich war heute am Bahnhof und habe alle möglichen überregionalen Zeitungen gekauft und durchforstet. Die Artikel, die uns und unser Projekt betreffen, habe ich für euch kopiert.«

»Das ist ja eine ganze Menge«, stellte Rolla beeindruckt fest und blätterte die Kopien durch. »Wir sind inzwischen sogar bundesweit bekannt wie ein bunter Hund.«

»Bunte Hündin«, korrigierte Vicki grinsend.

»Darauf können wir unheimlich stolz sein«, sagte Lotte. »Mit unserem Rachefeldzug haben wir das Geschichtsbuch des Feminismus um ein wesentliches Kapitel erweitert. Wir haben Schluss gemacht mit diesem unsinnigen und ungleichen Gefecht mit Worten. Unser Rachefeldzug ist ein Kampf mit tödlichen Waffen. Damit sorgen wir für eine Gerechtigkeit, die ohne unsere militanten Aktionen niemals möglich gewesen wäre. Wir haben den Männern das Heft des Handelns aus den Händen gerissen und unumstößliche Fakten geschaffen.«

»Stimmt. Wenn einer tot ist, ist er eben tot«, stellte Vicki lapidar fest.

Lotte richtete ihre Stirnlampe auf ihr linkes Handgelenk, wo eine goldene Uhr prangte. »Gleich Mitternacht. Der richtige Zeitpunkt für die Erneuerung unseres feierlichen Schwurs. Seid ihr bereit?«

Zustimmendes Nicken.

Lotte schritt zum Maschendrahtzaun. Ihre Freundinnen folgten ihr wie bei einer feierlichen Prozession. Selbst Rolla schien ihre Angst vor dem Abgrund verloren zu haben, vermied aber den Blick nach unten und sah starr über die Lichter der Stadt.

»Kommt, Schwestern, reicht mir eure Hände«, forderte Lotte.

Geduldig wartete sie, bis die beiden Frauen links und rechts neben ihr standen und ihr die Hände reichten. Anschließend sprach sie eine ähnliche Beschwörungsformel wie vor ein paar Tagen am Lagerfeuer:

»Die Zeit ist reif für eine Wende.
Lasst uns an Walpurgisnacht vereinen,
Damit die Geister uns erscheinen.«

»Oh, ihr finstren Mächte, schenkt uns Kraft,
Die Vergeltung bringt und Leiden schafft.
Entflammt in uns die schwelend Glut,
Zu vernichten diese Teufelsbrut.«

15

Völlig übermüdet trafen Tannenberg und Sabrina Schauß am frühen Sonntagmorgen in ihrer Dienststelle am Pfaffplatz ein. Sie waren mitten in der Nacht zu einem neuen Tatort gerufen worden und hatten deshalb kein Auge zugemacht.

Auf der Rückfahrt hatte Tannenberg am Bahnhof Croissants gekauft und braute nun zwei doppelte Espresso, die er anschließend mit aufgeschäumter Milch zu Cappuccinos veredelte.

»So ein Wahnsinn«, sagte er kopfschüttelnd, während er die Spitze seines Croissants in den Milchschaum dippte.

Die junge Kommissarin reckte gähnend ihre Arme über den Kopf. »Ich kann es auch nicht glauben«, entgegnete sie. »Mir kommt das alles total unwirklich vor. Wie in einem Albtraum.«

»Ist es aber nicht«, meinte der Kommissariatsleiter schmatzend. Gedankenversunken schaute er aus dem Fenster, wo sich in einer Platane eine Schar Spatzen eine wilde Verfolgungsjagd lieferte. Urplötzlich hatte das chaotische Treiben ein Ende und die Vögel ließen sich auf dem frisch belaubten Geäst nieder. Kurz darauf stürzten sie sich wie auf Kommando herunter auf den Parkplatz und fielen über ein trockenes Brötchen her.

»Und was machen wir nun mit diesem angebrochenen 1. Mai, dem Tag der Arbeit?«, fragte Sabrina, nachdem sie eine Weile schweigend in ihrer Tasse herumgerührt hatte.

Ihr Vorgesetzter grinste. »Arbeiten natürlich. Was denn sonst. Wir haben schließlich einiges zu tun.« Er reichte seiner

Kollegin noch einmal die Tüte mit den ofenwarmen Croissants, aber Sabrina lehnte dankend ab.

»Und womit fangen wir an?«

»Zuerst fahren wir nach Dansenberg und überbringen eine frohe Kunde. Ich bin sehr gespannt auf die Reaktion einer gewissen Person.«

»Ich auch«, meinte Sabrina.

»Und danach sehen wir weiter.« Tannenberg leckte eine Fingerkuppe an und pickte dann damit Croissantkrümel vom Tisch. »Falls uns nach unserem Überraschungsbesuch überhaupt nichts Sinnvolles mehr einfällt, machen wir einfach Schluss für heute und sehen uns erst wieder morgen um 11 Uhr zur Dienstbesprechung in meinem Büro.«

Sabrina nickte und leerte ihre Tasse. »Ich brauche noch einen Cappuccino. Du auch?«

Ihr Vorgesetzter brummte. »Ja, gerne. Gute Idee! Ohne Koffeindoping werden wir diesen Tag wohl kaum überstehen.«

Bevor die beiden Ermittler losfuhren, telefonierte Sabrina kurz mit der Ehefrau des vierten Anschlagsopfers. Sie war zu Hause, hielt sich allerdings nicht oben in der Villa, sondern unten in der Einliegerwohnung auf.

»Ach, Wolf, zwei Sachen, die unseren armen Herrn Gerichtspräsidenten betreffen, habe ich dir, meine ich, noch gar nicht erzählt«, verkündete Sabrina, als der Dienst-Mercedes in der Dr.-Rudolf-Breitscheid-Straße an einer roten Ampel warten musste.

»Dann schieß mal los.«

»Gestern in der Kantine habe ich seine Frau gefragt, wieso sie eigentlich nicht gemeinsam mit ihrem Mann zu Hollerbachs Abschiedsfeier gekommen sei. Sie hat mir geantwortet, dass sie einige wichtige Dinge abzuarbeiten hatte und deshalb direkt von ihrem Büro aus zur Feier gegangen sei. Ihr Mann dagegen hätte nachmittags Tennis gespielt und sei anschließend noch mal in die Villa gefahren, um zu duschen und sich umzuziehen.«

Tannenberg grinste schelmisch. »Wenn er nicht, statt Tennis zu spielen, mit seiner Geliebten gespielt hat.«

»Du hast den Nagel auf den Kopf getroffen.«

»Inwiefern?«

»Weil du damit unbeabsichtigt meine zweite Info angeschnitten hast: Ich habe sie auf das Gerücht angesprochen, dass ihr Mann eine Geliebte hätte. Weißt du, was sie geantwortet hat?«

»Nee, woher auch?«

»Stimmt, Wolf, blöde Frage.« Sabrina räusperte sich verlegen. »Angeblich haben sie und ihr Mann eine sehr moderne, tolerante Ehe geführt, in der jeder seine eigenen Wege gehen konnte, auch was außereheliche Kontakte betraf.«

»Diesen Blödsinn habe ich schon so oft gehört«, bemerkte ihr Chef.

Weil gerade einer ihrer Lieblingssongs gespielt wurde, drehte Sabrina das Autoradio ein wenig lauter. Während sie im Takt auf das Lenkrad trommelte, fuhr sie fort: »Das hat sie jedenfalls behauptet. Aber das war nach meiner Einschätzung nur eine Notlüge. Für mich klang es nicht sehr glaubwürdig.«

Tannenberg zuckte mit den Schultern. »Na ja, wer weiß schon, wie es tief drinnen in einem Menschen aussieht.«

»Könntest du dir so eine«, Sabrina entfernte kurz die Hände vom Lenkrad und malte Gänsefüßchen in die Luft, »moderne Beziehung vorstellen?«

Der Leiter des K 1 schüttelte den Kopf. »Nee, absolut nicht. So etwas käme für mich niemals infrage. Das hat meines Erachtens überhaupt nichts mit Toleranz zu tun, sondern ist eine Ausgeburt unserer dekadenten Gesellschaft.«

»Sehe ich genauso.«

»In der Frage ehelicher Treue bin ich so was von stockkonservativ, das kannst du dir gar nicht vorstellen.«

»Für mich gibt's in dieser Hinsicht ebenfalls keinerlei Kompromisse«, betonte die junge Kommissarin.

»In eurer Ehe ist so etwas ja auch völlig undenkbar.«

Sabrina warf ihrem Beifahrer einen Blick zu. »Wieso?«

»Ganz einfach: Erstens seid ihr beide die absoluten Traumpartner für den jeweils anderen.« Tannenberg reckte einen Zeigefinger in die Höhe. »Und zweitens habt ihr damals den besten Trauzeugen weit und breit an Land gezogen. Und dieser wacht wie ein Scharfrichter über euch und eure Ehe.«

Sabrina lachte schallend und tätschelte ihrem Trauzeugen kurz die Schulter. »Gott sei Dank hast du damals nicht abgelehnt.«

Wolfram Tannenbergs Blick blieb an einem Forstweg hängen, der rechts von der Straße in einen Hochwald hineinführte. »Wo ist denn die dicke Eiche abgeblieben?«, wollte er verwundert wissen.

»Das hast du mich beim letzten Mal schon gefragt, als wir hier vorbeigekommen sind.«

»Echt?«

»Ja.«

Wolfram Tannenberg schniefte. »Dann hat Rainer wohl doch recht«, meinte er in weinerlichem Ton.

»Womit?«

»Er behauptet, ich würde von Tag zu Tag seniler.« Tannenberg schnaubte amüsiert. »Dabei hab ich ihn vor Kurzem ertappt.«

Sabrina hob die Brauen und schaute ihn neugierig von der Seite her an. »Wobei denn?«, fragte sie.

»Vorgestern war ich in der Pathologie, weil ich dringend etwas von ihm wissen wollte. Aber ich habe ihn zuerst nicht gefunden. Also bin ich überall rumgetigert. Schließlich kam ich zur Toilette. Die Tür war nur angelehnt.« Tannenberg kratzte sich am Kopf und grinste vor sich hin.

»Mach's nicht so spannend, Wolf«, drängte die Fahrerin. »Und dann?«

»Dann habe ich ihn am Spiegel erwischt.« Das Grinsen des Chef-Ermittlers wurde noch breiter. »Und zwar dabei, wie er sich mit einer Pinzette graue Haare aus seinen Augenbrauen gezupft hat.«

»Hört, hört, unser lieber Rainer hat also doch Probleme mit dem Älterwerden.«

»Natürlich, Sabrina, und zwar gewaltige.« Tannenberg schnaubte höhnisch. »Und dabei unterstellt er immer mir, dass ich solche Probleme hätte. Diese völlig an den Haaren herbeigezogene Behauptung ist nichts weiter als eine klassische psychologische Übertragung.«

»Hast du ihm das gesagt?«

Wolfram Tannenberg zog das Kinn zum Hals. »Klar habe ich das«, posaunte er lauthals der dröhnenden Discomusik entgegen. Er klatschte sich mit der flachen Hand an die Stirn. »Solch eine Chance lasse ich mir doch nicht entgehen.«

»Und wie hat er reagiert?«

»Erst einmal konnte er gar nicht, denn ich hab die Gunst der Stunde genutzt und nachgelegt.«

»Und wie?«

»›Lass dir doch einfach alle Haare färben, wenn du Probleme mit den Silberlingen hast‹, hab ich ihm vorgeschlagen.« Seufzend winkte Tannenberg ab. »Na ja, leider hat er, nachdem er seinen Schock überwunden hatte, seine berühmtberüchtigte Schlagfertigkeit aktiviert.«

»Von der wir alle ein Lied singen können.«

»Apropos Lied«, sagte Tannenberg und legte einen Finger an den Lautstärkeregler. »Kann ich diesen akustischen Müll leiser drehen? Das Stück vorher war ja echt gut, aber das da ...«

»Klar. Mir gefällt diese Musik auch nicht.«

Tannenberg reduzierte die Lautstärke, anschließend kehrte er gedanklich zu seinem Freund zurück. »Und dann hat Rainer doch allen Ernstes behauptet, er würde sich überhaupt keine grauen, sondern nur lange, braune Haare auszupfen. Auf seine grauen Haare sei er sogar mordsmäßig stolz.«

Sabrina setzte den Blinker und wechselte auf der L 502 in die Abbiegespur. »An Erklärungen mangelt es ihm ja bekanntermaßen nie«, bemerkte sie trocken.

Tannenberg grunzte. »Nee, wirklich nicht. ›Ich bin heilfroh über meine grauen Haare‹, hat er rumgetönt. ›Schließlich nehmen im Tierreich solche edelgrauen Individuen, zu denen ich unzweifelhaft gehöre, eine herausragende Position in der sozialen Hierarchie eines Clans ein‹, hat er rumgeprotzt.«

»An Selbstbewusstsein hat es unserem lieben Rainer ja noch nie gemangelt«, meinte die Fahrerin.

Der Kriminalbeamte durchfurchte seine Haare mit den Fingern. Dann zitierte er weiter: »›Bei den Gorillas zum Beispiel ist das Silberrücken-Männchen das ranghöchste Tier und der Anführer der Sippe. Nur er wurde von Mutter Natur für die Weitergabe seiner Gene auserkoren und darf einen ganzen Harem aus Weibchen beglücken.‹ – Originalton Dr. Rainer Schönthaler.«

»Also davon träumt unser Doc immer, wenn er geistig abwesend ist«, entgegnete die junge Kommissarin fröhlich. »Jetzt ist mir einiges klar. Irgendwie sind doch alle Männer gleich.«

»Wie meinst du denn das?«, wollte Tannenberg wissen.

Sabrina lächelte. »Kein Kommentar«, erwiderte sie und deutete in die Anliegerstraße hinein. »Da vorne ist die Villa.«

»Schön, dass diese Gaffer und Pressegeier endlich weg sind, die heute Nacht das Haus belagert haben.«

»Die Absperrbänder sind auch schon entfernt worden. Richtig still und friedlich ist es wieder. Als sei hier nie etwas Schlimmes geschehen.«

Erst nach dem dritten Läuten summte an dem mannshohen, schmiedeeisernen Gartentor der Türöffner und gewährte den Kriminalbeamten Zutritt zu einem sehr gepflegten Grundstück. Die beiden Ermittler nahmen einen mit Kopfsteinpflaster ausgelegten Pfad, der rechts an der Villa vorbeiführte. Hinter dem Haus ging es eine Treppe hinunter zu einer Kunststofftür, die angelehnt war.

Tannenberg und seine Mitarbeiterin betraten einen schmalen, dunklen Flur, der am anderen Ende matt erleuchtet wurde. Ein leicht modriger, abgestandener Geruch kroch ihnen in die Nase. Offenbar war die Wohnung schon lange nicht mehr gelüftet worden.

In dem nur spärlich eingerichteten Wohnzimmer erwartete sie die Frau des ermordeten Gerichtspräsidenten. Die Rollläden waren halb heruntergelassen, die Vorhänge zugezogen, wodurch nur wenig Licht in den Raum sickerte.

Wie ein Häuflein Elend kauerte sie in sich zusammengesunken auf einem einzelnen Couchsessel. Ihr starrer Blick war auf den flackernden Docht einer großen weißen Kerze gerichtet, die mutterseelenallein auf einem niedrigen Glastisch stand.

Erst als Sabrina im Türrahmen auftauchte, hob die Frau den Kopf und ein müder, trauriger Blick wanderte an Tannenbergs Lederjacke nach oben. Der Leiter des K 1 trat zu ihr hin, wohingegen sich seine Begleiterin dezent im Hintergrund hielt.

Der Kriminalbeamte räusperte sich verhalten. »Erlauben Sie mir, dass ich Ihnen, auch im Namen meiner Kollegen, unser aufrichtiges Beileid ausspreche«, sagte Tannenberg. »Gestern während der ganzen Aufregung bin ich leider nicht dazu gekommen«, schob er entschuldigend nach. Er griff die schlaffe, kalte Hand der Witwe und drückte sie kurz.

»Danke für Ihr Mitgefühl«, kam es mehr gehaucht als gesprochen über die farblosen Lippen der Trauernden. »Nehmen Sie doch bitte Platz«, sagte sie. Die Frau hüstelte hinter vorgehaltener Hand, legte sie zurück in den Schoß und starrte auf den Boden.

Ihre beiden Besucher nahmen direkt gegenüber auf einer Cordcouch Platz. Sabrina war sofort aufgefallen, dass die Frau denselben stilvollen schwarzen Hosenanzug und dieselben schwarzen Designerschuhe trug wie gestern Abend bei Dr. Hollerbachs Abschiedsgala.

Doch Hose und Jackett waren nun zerknittert, und die gestern noch hochglänzenden Schuhe waren leicht verdreckt.

Die Witwe des Gerichtspräsidenten wirkte stark übernächtigt. Man konnte den Eindruck gewinnen, sie habe in ihren Kleidern geschlafen. Sie war ungeschminkt, wodurch unter den geröteten Augen deutlich graue Schatten zu erkennen waren. Die tiefen Falten in Gesicht und auf der Stirn legten ein stummes Zeugnis über ihre derzeitige mentale Verfassung ab.

Obwohl Tannenberg in diesen Dingen nicht unbedingt der sensibelste und aufmerksamste Zeitgenosse war, hatte auch er die radikalen Veränderungen bemerkt.

Da sieht man mal, welche seltsamen Kapriolen das Leben manchmal schlägt, dachte er bei sich. Dieses einst so noble

Outfit kann man ebenso für eine festliche Jubelgala wie für eine Trauerfeier verwenden.

»Anbieten kann ich Ihnen leider nichts«, kam es der Witwe gepresst über die Lippen. In unserer Einliegerwohnung lebte bis vor einigen Jahren meine Schwiegermutter. Seitdem steht sie leer.«

Sie deutete mit dem Finger zur Decke empor. »Oben kann ich mich zurzeit nicht aufhalten«, sagte sie mit tränenerstickter Stimme. »Vielleicht schaffe ich es nie mehr, da oben zu leben.« Sie seufzte tief. »Nach allem, was dort Schreckliches geschehen ist.«

»Das können wir sehr gut verstehen«, meinte Sabrina einfühlsam.

»Haben Sie hier unten die letzte Nacht verbracht?«, wollte Tannenberg wissen.

Die Witwe fasste sich an die Kehle, schluckte hart und senkte abermals den Blick auf den Teppichboden. »Ja, allerdings eine sehr unruhige«, keuchte sie. »Ich habe kein Auge zugekriegt. Selbst die Schlaftabletten haben nichts genutzt.«

Der Leiter des K 1 brummte mitfühlend. »Das ist angesichts der dramatischen Ereignisse wirklich kein Wunder.«

»Immer wenn ich die Augen geschlossen habe, ist dieses schreckliche Bild auf meiner inneren Leinwand aufgetaucht. Mein toter Mann, wie er leblos auf dem Boden liegt. Und dann dieses Blut, dieses viele Blut auf dem Teppich.«

Die Erinnerungen schüttelten sie kräftig durch. Sie wimmerte herzerweichend und zitterte wie Espenlaub, als sie ihre wachsfarbenen Hände auf ihr Gesicht legte.

»Soll ich Ihnen ein Glas Wasser holen?«, fragte Sabrina.

»Danke, das wäre sehr nett«, kam es schniefend zurück. Die Witwe des Gerichtspräsidenten entfernte ihre Hände und legte sie flach auf den Oberschenkeln ab. »Im Küchenschrank oben rechts stehen die Gläser«, schob sie erläuternd nach.

»Keine Sorge, die finde ich schon«, versicherte die Kommissarin.

Sie verschwand in der kleinen Küche der Einliegerwohnung. Die Kühlschranktür stand sperrangelweit offen, nicht ein Lebensmittel oder ein Getränk war darin zu finden. Sabrina spülte ein Glas aus und füllte es halb mit Leitungswasser.

»Sehr nett von Ihnen«, bedankte sich die Frau. Sie führte das Wasserglas an die Lippen und trank in kleinen Schlucken.

»Haben Sie jemanden, der sich ein wenig um Sie kümmert?«, fragte Sabrina. »Verwandte, Freundinnen oder Kolleginnen?«

»Ja, ja, natürlich«, erwiderte die Trauernde. »Aber in meiner jetzigen Situation kann mir eigentlich niemand helfen. Da muss ich wohl oder übel alleine durch. Und das schaffe ich am besten, wenn ich mich eine Weile zurückziehe.«

»Auch von Ihrem Job?«, wollte Sabrina Schauß wissen.

»Nein, nein, nur heute noch gönne ich mir eine Auszeit. Es ist ja eh Sonntag. Aber bereits morgen werde ich wieder zur Arbeit gehen.«

»Ich finde, das ist eine großartige Idee«, platzte es aus Tannenberg förmlich heraus. Selbst ein wenig erschrocken über seinen autoritären Stil, rieb er sich verlegen die Stirn und ergänzte deutlich moderater: »Die Ablenkung wird Ihnen sicherlich sehr gut tun. Ihre Arbeit wird Ihnen über den großen Schmerz schneller hinweghelfen. Sie sollten sich hier unten nicht dauerhaft vor der Welt verkriechen.«

»Das habe ich auch nicht vor«, versicherte sie. Ihr Blick schweifte durch das Wohnzimmer und streifte den Flur. »Ich denke, dass ich nachher in die Stadt fahren und mich in einem Hotel einquartieren werde. Dort kann ich besser Abstand gewinnen als hier, wo alles passiert ist. Und hoffentlich kann ich dort auch endlich wieder schlafen.«

Ein Stoßseufzer. »Vielleicht verkaufe ich unser Haus.« Noch ein leidgetränkter Seufzer. »Auch wenn es mir sehr schwer fallen wird.«

»Das ist womöglich gar keine schlechte Idee«, bestärkte der Leiter der Kaiserslauterer Mordkommission die Witwe.

Ein Ruck ging durch den Oberkörper der Trauernden und sie richtete sich auf. »Was führt sie eigentlich zu mir?«

»Ach ja, entschuldigen Sie. Um ein Haar hätte ich den Anlass unseres Besuchs vergessen«, entgegnete Tannenberg. Er warf seiner Kollegin einen auffordernden Blick zu. »Tja, wenn man älter wird …«

Sabrina verstand den Wink und übernahm die Gesprächsführung. »Wir haben eine Information für Sie, die Sie in Ihrem Trauerschmerz vielleicht ein wenig zu trösten vermag.«

Die Witwe schaute sie überrascht an, fragte aber nicht nach.

Sabrina führte die Handflächen aneinander, verschränkte wie betend die Finger ineinander und verkündete in geradezu feierlichem Ton: »Mit hoher Wahrscheinlichkeit haben wir den Mord an Ihrem Ehemann so gut wie aufgeklärt.«

»Was?«, zischte ihr Gegenüber ungläubig. »Jetzt schon? Wie … wie ist Ihnen das denn so schnell gelungen?«, stammelte die Frau, die offensichtlich nicht glauben konnte, was ihr gerade zu Ohren gekommen war.

»Durch äußerst glückliche Umstände«, riss Tannenberg das Wort an sich. »Natürlich nur für die Ermittler, nicht für die Täterinnen«, fügte er zufrieden hinzu.

»Täterinnen?«, stieß die Witwe des vierten Mordopfers aus.

»Ja, ich weiß, es klingt schier unglaublich, wenn ich behaupte, eine oder möglicherweise auch zwei Frauen stecken hinter dieser brutalen Mordserie, der auch Ihr Ehemann zum Opfer gefallen ist. Diese heimtückischen, brutalen Anschläge scheinen so ganz und gar nicht zum zarten weiblichen Geschlecht zu passen.« Wolfram Tannenberg verzog den Mund zu einem schiefen Grinsen. »Für gewöhnlich töten Frauen mit Gift oder mit einem Messer.«

Die Witwe konnte offenbar noch immer nicht glauben, was sie da eben gehört hatte. »Täterinnen, Täterinnen«, murmelte sie litaneiartig vor sich hin, wobei sie immerfort den Kopf hin und her wiegte. »Wieso sind Sie sich dessen so sicher?«, hakte sie nach.

»Hundertprozentig sicher sind wir zum gegenwärtigen Zeitpunkt natürlich noch nicht«, warf Sabrina Schauß relativierend ein. »Bei Mordermittlungen gibt es gerade in diesem frühen Stadium immer noch einen gewissen Unsicherheitsfaktor, aber alle Anzeichen sprechen für das, was Ihnen mein Chef gerade mitgeteilt hat.«

Während sich Tannenberg mit dem Daumen über den Handrücken rieb, fasste er sein Gegenüber scharf ins Auge. »Heute Nacht wurden wir zum Jungfernsprung gerufen, wo …«

»Zum Jungfernstieg?«

Der Kommissariatsleiter musste mit aller Macht einen Lachanfall unterdrücken. »Nein, nicht Jungfernstieg, Jungfernsprung«, korrigierte er.

»Sagt mir nichts.«

»Der Jungfernsprung ist ein über 60 Meter hohes, schroffes Sandsteinmassiv im Dahner Felsenland«, erläuterte Tannenberg. »Der imposante Felsen ist ein wahres Paradies für Sportkletterer. Und außerdem ein sehr beliebtes Ausflugsziel für Wanderer. Jeder Pfälzer kennt die berühmte Sage vom Jungfernsprung – Sie etwa nicht?«

»Nein«, entgegnete die Witwe. »Ich bin gebürtige Saarländerin und lebe erst seit gut zehn Jahren in Kaiserslautern, besser gesagt in Dansenberg.« Schlagartig verdüsterte sich ihre Miene und sie schluchzte auf. Sie zog ein Papiertaschentuch aus einer Couchritze und tupfte sich Tränen von den Wangen.

»Soll ich Ihnen Ihr Wasserglas noch einmal auffüllen?«, fragte Sabrina.

»Nein, danke. Es geht schon«, lehnte die Trauernde ab. »Wir sind damals wegen der Stelle meines Mannes in die Pfalz gezogen«, fuhr sie fort. Sie wandte den Kopf ab, putzte sich dezent die Nase und ließ das Taschentuch wieder dort verschwinden, wo sie es hervorgezaubert hatte.

Obwohl Wolfram Tannenberg ein militanter, chauvinistischer Urpfälzer war, verschluckte er die deftigen saarländerfeindlichen Kommentare, die ihm gerade auf der Zunge lagen. »Verstehe«, mimte er stattdessen den einfühlsamen Polizisten. »Wissen Sie, wir pfälzischen Eingeborenen lernen die wichtigsten Sagen unseres Volksstamms in der Grundschule.«

Tannenberg hob die Schultern und machte eine entschuldigende Geste. »Aber klar, wenn Sie hier nicht zur Schule gegangen sind, können Sie von unserem Kulturgut natürlich nichts mitgekriegt haben.«

»Wie sind Sie denn den Täterinnen, wie Sie sagen, so schnell auf die Spur gekommen?«, wollte die Witwe wissen. »Um wie viele Täterinnen handelt es sich genau?«

»Zwei«, kam es wie aus der Pistole geschossen von Sabrina.

Tannenberg nickte zustimmend und wandte sich der Beantwortung der ersten Frage zu. »Kurz nach Mitternacht wurden unsere Pirmasenser Kollegen von mehreren Dahner Bürgern alarmiert«, sagte er. »Die Anrufer berichteten unabhängig voneinander von fürchterlichen, markdurchdringenden Schreien, die sie aus Richtung des Jungfernsprungs gehört hätten. Daraufhin fuhr sofort eine Streife nach Dahn, wo die Kollegen am Fuße des markanten Felsmassivs zwei zerschmetterte weibliche Leichname entdeckten.«

»Die Mörderinnen sind tot?«

»Ja«, bestätigte Tannenberg. »Die beiden Frauen sind offensichtlich oben von der Aussichtsplattform herunter in den Tod gesprungen. Sie hatten dabei leider nicht das Glück der Jungfer, die diesem Felsen ihren Namen gab.«

»Wieso?«

Der Leiter des K 1 räusperte sich. »Na ja, der Sage nach schwebte die Jungfer wie eine Feder hinab zur Erde und setzte völlig unversehrt auf einer Sandsteinplatte auf.«

»Die Frauen sind freiwillig gesprungen?«, fragte die Gattin des ermordeten Gerichtspräsidenten. Sie wartete die Antwort allerdings nicht ab, sondern schob eine rhetorische Frage nach: »Damit handelt es sich also eindeutig um Selbstmord?«

»Ja, davon gehen wir aus«, erwiderte Tannenberg.

»Aber warum haben sie das getan?«

»Das wissen wir leider noch nicht«, entgegnete der Chef-Ermittler.

»Vielleicht weil sie von vornherein geplant hatten, diese heimtückische Anschlagsserie mit einem gemeinsamen Suizid zu beenden«, sprang ihm Sabrina zur Seite.

»Ja, wer weiß das schon so genau. Wir können die Frauen ja leider nicht mehr nach ihren Beweggründen fragen«, übernahm nun wieder ihr Vorgesetzter. »Vielleicht handelte es sich bei den beiden ja auch um zwei Liebende, die nicht voneinander getrennt werden wollten.«

»Ein lesbisches Pärchen?«, hakte die Witwe nach.

Tannenberg hob unwissend die Schultern. »Womöglich sind sie auch deshalb gesprungen, weil sie keinen anderen Ausweg mehr sahen und fürchteten, wir würden ihnen bald auf die Schliche kommen«, spekulierte er munter drauf los.

»Und da sie nicht lebenslang in einem Gefängnis verrotten wollten, haben sie ihrem Leben gemeinsam ein Ende gesetzt«, mischte sich Sabrina wieder ein.

»Oder, oder ...«, sagte Tannenberg. »Hinsichtlich des Suizidmotivs existieren noch einige Fragezeichen.«

Die Witwe versuchte unbeholfen, ihren verknitterten Hosenanzug zu glätten, indem sie ihre Hand wie ein Bügeleisen auf den Stoff auflegte und hin und her bewegte. »Dass diese beiden Frauen die Morde begangen haben, steht zweifelsfrei fest?«

»So gut wie«, antwortete Sabrina.

»In den Autos der Toten haben wir einige Indizien sichergestellt, die unseren Tatverdacht massiv erhärten, unter anderem die mutmaßliche Tatwaffe«, ergänzte ihr Begleiter. »Die ballistische Untersuchung ist bereits abgeschlossen und spricht eine eindeutige Sprache.«

Die Witwe schob die Brauen so eng zusammen, dass sich über ihrer Nasenwurzel eine senkrechte Furche bildete. »Und warum haben diese Frauen ausgerechnet meinen Mann hinterrücks erschossen?«, fragte sie.

»Hinsichtlich des Tatmotivs stehen wir leider noch ganz am Anfang. Aber sobald wir etwas Konkretes wissen, erfahren Sie es als Erste«, versprach Tannenberg.

Er stemmte sich in die Höhe. Sabrina tat es ihm gleich.

»Das war's auch schon, was wir Ihnen mitteilen wollten«, sagte der Kriminalist. »Wir möchten Sie nun nicht weiter in Ihrer Trauer stören.«

»Danke, dass Sie mich so schnell informiert haben«, erwiderte die Witwe und machte Anstalten, sich ebenfalls zu erheben.

Doch der Kriminalbeamte legte ihr sanft eine Hand auf die Schulter. »Bitte bemühen Sie sich nicht, wir finden alleine den Weg.«

16

Als Wolfram Tannenberg und Sabrina Schauß eine gute Viertelstunde später im Musikerviertel eintrafen, erwartete sie Jacob Tannenberg bereits sehnsüchtig.

»Hallo, Sabrina«, rief er der attraktiven Kommissarin vom Küchenfenster aus entgegen. »Schön, dass du mir meinen berühmten Sohn endlich zurückbringst«, posaunte er so laut hinaus, dass man es garantiert noch in dem einige hundert Meter entfernten Stadtpark hörte.

»Einen wunderschönen guten Morgen, Herr Tannenberg«, flötete Sabrina zurück.

Jacob lehnte sich noch ein bisschen mehr aus dem Fenster und legte nach: »Ich brauche den erfolgreichen Leiter der Kaiserslauterer Mordkommission nämlich dringend«, rief er.

»Vater, du weißt doch ganz genau, dass ich es auf den Tod nicht ausstehen kann, wenn du mit meiner Berufsbezeichnung herumprotzt«, rüffelte Tannenberg.

Dies allerdings eher pro forma, schließlich wusste der Kriminalbeamte aus leidvoller Erfahrung, dass sein Appell nicht nur völlig nutzlos war, sondern seinen biologischen Erzeuger eher noch anstachelte.

»Aber du kannst doch stolz darauf sein«, machte Jacob unbeeindruckt weiter. »Komm rein, deine Mutter hat einen Bienenstich gebacken.«

»Bienenstich zum Frühstück?«

»Ja, warum denn nicht?«, schnaubte der Senior. »Dein

Erfolg hat bei deiner Mutter einen regelrechten Backrausch ausgelöst. Ist ja auch dem Anlass durchaus angemessen. Heute ist schließlich ein Feiertag. Und zwar ein doppelter.«

Tannenberg zog die Nase kraus. »Ein doppelter?«

»Ja, natürlich«, erwiderte Jacob. Er ließ einen Finger aus seiner Faust hervorschnellen. »Erstens: der Tag der Arbeit.« Dann machte er ein Peacezeichen. »Und zweitens feiern wir heute deinen sensationellen Ermittlungserfolg.«

Für den ich eigentlich überhaupt nichts kann, dachte Tannenberg, weil uns Kommissar Zufall wieder einmal hilfreich zur Seite gesprungen ist.

»Ich bin ja so was von stolz auf dich.«

Sein Sohn zeigte ihm die Handflächen, als würde er mit einer Waffe bedroht. »Okay, von mir aus«, gab er sich geschlagen. Allerdings nicht ohne Hintergedanken. »Sei so gut und ruf Betty an, sie soll bitte so schnell wie möglich zu uns rüberkommen. Ich hab wichtige Fragen an sie.«

Jacobs Augen blitzten voller Vorfreude. »Wird sofort erledigt«, verkündete er und schloss das Küchenfenster. »Margot, stell den Bienenstich auf den Tisch. Unser Supersheriff kommt gleich«, verkündete er seiner Ehefrau. Während Tannenberg die Haustür seines Elternhauses aufschloss, telefonierte Jacob mit seiner Schwiegertochter. Als der Leiter des K 1 und Sabrina die elterliche Wohnung betraten, legte der Familienvorstand gerade den Hörer auf.

»Betty kommt gleich«, erklärte der rüstige Rentner und umarmte seinen Sohn. »Meinen allerherzlichsten Glückwunsch, Junior.«

»Jetzt mach mal nicht so ’n Wind«, raunzte Wolfram Tannenberg, während sich Sabrina an den gedeckten Frühstückstisch setzte.

Jacob löste die Umklammerung und fixierte den Chef-

Ermittler mit einem stechenden Blick. »Was willst du denn von Betty wissen?«, fragte er.

»Das wirst du gleich erfahren, du alter Naseweis«, konterte Tannenberg und schob sich an ihm vorbei in die ausgebreiteten Arme seiner Mutter.

»Ach, mein lieber Wolfi«, seufzte Margot und drückte ihren jüngsten Sohn nun ebenfalls ans Herz. »Wir sind alle so unheimlich stolz auf dich.«

Jacob klopfte ihm von hinten so fest auf die Schulter, als wolle er einen Ackergaul zum Weiterlaufen bewegen. »Respekt, Junior!«, stieß er noch einmal in dasselbe Horn. »Gestern hast du doch noch nicht einmal im Traum daran gedacht, dass dein neuer Fall eine derart schnelle und überraschende Wendung nehmen könnte, oder?«

»Nein, das konnte wirklich keiner ahnen«, stimmte der Ermittler zu.

Jacob grunzte kopfschüttelnd. »Stürzen sich diese brutalen Mörderinnen vom Jungfernsprung aus in den Tod. Wie hoch ist der eigentlich?«

»Soviel ich weiß circa 60 Meter«, antwortete sein jüngster Sohn.

Jacob fasste sich an den Hals und strich über seinen markanten Adamsapfel. »Wow, das sind ja sechs 10-Meter-Sprungtürme übereinandergesetzt«, stieß er aus. »Das muss man sich mal vorstellen.« Er nickte und knetete sein unrasiertes Kinn. »Also, wenn da einer unten aufschlägt, ist er garantiert nur noch Matschepampe.«

Margot warf ihrem Ehemann einen tadelnden Blick zu.

Der Senior lachte hämisch auf. Er packte seinen Sohn mit beiden Händen an den Schultern. »Und du alter Hosenschisser hast dich in der Waschmühle noch nicht einmal aufs 5-Meter-Brett getraut, geschweige denn auf den 10-Meter-Turm.«

»Und du bist ja noch nicht mal vom 1-Meter-Brett gesprungen«, konterte Wolfram Tannenberg.

»Weil ich nicht schwimmen kann. Oder hätte ich vielleicht absaufen sollen, he?« Der Senior hob drohend den Zeigefinger. »Aber eins sag ich dir: Wenn ich schwimmen könnte, würde ich sogar heute noch vom 10-Meter-Turm springen.«

Tannenberg verzog seinen Mund zu einem schiefen Grinsen.

»Stürzen die sich einfach so vom Jungfernsprung in den sicheren Tod«, meinte Jacob kopfschüttelnd. »So etwas hätte es früher nicht gegeben. Na ja, andererseits war es an deren Stelle vielleicht sogar das Beste, was sie tun konnten.«

Jacob fasste seinen Sohn scharf ins Auge. »Habt ihr eigentlich schon ein Tatmotiv für diesen wahnsinnigen Amoklauf? Ich meine, warum haben die das denn getan?«

»Mein lieber Sherlock Holmes aus der Beethovenstraße, mir ist durchaus bekannt, was ein Tatmotiv ist. Aber in dieser Frage tappen wir leider noch völlig im Dunkeln. –Übrigens kann man diese Anschlagsserie nicht als Amoklauf bezeichnen, denn die einzelnen Taten liegen zeitlich mindestens einen Tag auseinander.«

»Klugscheißer, Besserwisser, Erbsenzähler«, grummelte Jacob. Er raufte sich die schlohweißen Haare und ging zum Fenster. »Was ist das nur für eine verrückte Welt, wo Frauen so etwas tun?«, murmelte er vor sich hin.

Sein Sohn griff die Bemerkung auf. »Du meinst, Verbrechen zu begehen, die normalerweise nur wir Männer verüben?«, fragte er.

Der Senior nickte mit zusammengepressten Lippen.

»Tja, lieber Vater, das nennt man Emanzipation! Selbst dieses Monopol machen uns die modernen Frauen streitig.«

»Sag ich doch: bekloppte Welt.«

»Wo bleibt denn eigentlich Betty?«, wollte der Chef-Ermittler wissen.

»Vorhin am Telefon hat sie mir versprochen, gleich rüberzukommen«, erklärte Jacob. Anschließend ging er ins Wohnzimmer, kehrte aber gleich wieder zurück. »In der Zwischenzeit kannst du mir bitte diese Autogrammkarten unterschreiben.«

»Das sind ja Fotos von mir«, stieß Tannenberg entsetzt aus, als er sein Konterfei auf einem Stapel postkartengroßer Ausdrucke entdeckte. »Was soll das, Vater? Bin ich jetzt ein Popstar, oder was?«

Jacob reichte ihm eine der Autogrammkarten. »Nee, aber du bist fast genauso berühmt wie ein Popstar«, entgegnete der Rentner. »Was meinst du wohl, wie die mir morgen früh im Tchibo deine Autogrammkarten aus den Händen reißen werden.« Er grinste schelmisch. »Vielleicht kann ich sie ja auch verkaufen.«

Tannenberg betrachtete die Karte. Er schüttelte den Kopf und zeigte seinem Vater den Vogel. »Du spinnst doch! Wo hast du die eigentlich her?«

»Ich hab mir von deiner Liebsten ein schönes Foto von dir besorgt, es eingescannt und einige Abzüge auf Fotopapier ausgedruckt. Los, mach schon und unterschreib.«

»Einen Teufel werde ich tun«, stellte der Leiter des K 1 unmissverständlich klar. Wütend zerriss er das Foto und warf die Papierfetzen in den Mülleimer.

»Blöder Spielverderber«, grummelte Jacob und verzog sich schmollend in den Keller zu seiner Modelleisenbahnanlage. Allerdings ließ er die Tür offen stehen, schließlich wollte er unbedingt erfahren, weshalb sein Sohn so dringend seine Schwiegertochter zu sprechen wünschte.

Jacob musste sich nicht mehr lange gedulden. Als er Betty

an der Hintertür zum gemeinsam genutzten Innenhof herumhantieren hörte, wartete er, bis sie oben in der Wohnung verschwunden war, dann schlich er ihr auf Zehenspitzen nach.

»Ah, Betty, da bist du ja endlich«, sagte der Ermittler anstelle einer Begrüßung.

Tannenbergs Schwägerin war noch immer nicht gut auf ihn zu sprechen. Seine Provokationen hatten sie zu sehr verärgert. »Was willst du denn von mir?«, blaffte sie. »Hättest du mich nicht einfach anrufen können?«

»Nein, ich wollte dir Aug in Aug gegenüberstehen, wenn ich dich frage, ob du zufällig eine gewisse Petra Bechthold und eine gewisse Maren Ruelius kennst.«

Heiners Gattin ließ sich schlaff auf einen Küchenstuhl sinken. »Sind das etwa die beiden Frauen vom Jungfernsprung, die Selbstmord begangen haben?«, keuchte sie.

Wolfram Tannenberg nickte. »Du kennst sie also?«

»Ja. Das heißt, nein.«

»Was denn nun?«

»Maren kenne … kannte ich flüchtig. Ich habe ein paar ihrer Lesungen und literarischen Kunstprojekte besucht. In der Feministinnenszene war sie eine recht bekannte Autorin. Vor allem früher hat sie einige ziemlich provokative Performances durchgeführt. In den letzten Jahren hat man allerdings kaum mehr etwas von ihr gehört. Gerüchte machten die Runde.«

»Welche Gerüchte?«

»Schreibkrise, Depressionen, Lebenskrise, Suizidversuche, Klinikaufenthalte.«

Tannenberg zog die Unterlippe ein und brummte dabei.

»Hast du denn noch nie etwas von ihren kreativen Aktionen und kritischen Büchern gehört?«, hakte Betty nach.

»Nee, das ist nicht gerade mein Metier«, erwiderte Tannenberg grinsend. »Ich lese nur Krimis.«

»Du bist und bleibst eben ein Kunstbanause.«

Ihr Schwager ignorierte den Einwurf. »Bitte beschreibe mir diese Maren Ruelius mit ein paar Stichworten.«

Betty setzte sich zu Sabrina Schauß an den Küchentisch. Ungefragt schenkte ihr Margot eine Tasse Kaffee ein. Ihre Schwiegertochter bedankte sich mit einem Nicken und trank einen Schluck.

»Sie war sehr gut mit Petra befreundet. Von ihr weiß ich einiges über Maren«, erzählte Heiners Ehefrau, während sie die Kaffeetasse im Zeitlupentempo zurück auf die Tischplatte stellte.

Tannenberg setzte sich ihr gegenüber und spitzte die Ohren. Auch er wurde sofort von seiner Mutter bedient.

»Die beiden kannten sich, glaube ich jedenfalls, aus der gemeinsamen Schulzeit. Wenn ich mich richtig erinnere, waren sie am Burggymnasium«, fuhr Betty fort.

»Das damals noch HWB hieß«, ergänzte Jacob. »Abkürzung für ›Höhere weibliche Bildungsanstalt‹.« Er zog einen Mundwinkel nach oben. »In der Stadt kursierten zu jener Zeit aber noch andere Namen für diese drei Buchstaben.«

»Das gehört jetzt nicht hierher, Vater«, rüffelte sein Sohn. Er wandte sich wieder an seine Schwägerin. »Stichworte bitte.«

Betty nickte. »Maren war extrovertiert, launisch, sehr kreativ, zuweilen aber auch recht aggressiv. Wie schon gesagt hatte sie ziemlich große psychische Probleme. Laut Petra musste sie sich bereits mehrmals in stationäre Behandlung begeben.«

»Sonst noch was?«

Betty Tannenberg schüttelte den Kopf.

»Und über Petra Bechthold? Kennst du die besser?«

»Ja, das kann man sagen. Petra habe ich sogar ziemlich regelmäßig getroffen. Und zwar bei unserem Frauenstammtisch, der einmal im Monat an der Uni im Kramladen stattfindet.«

»Was ist sie von Beruf?«

Heiners Ehefrau machte eine vage Geste. »Petra hat Raum- und Umweltplanung studiert und arbeitete seit ihrem Studium mal hier, mal dort. Sie war einige Male im Ausland bei internationalen Organisationen tätig, dann war sie auch mal längere Zeit ohne Job.«

»Und in jüngster Zeit?«, fragte der Kriminalbeamte.

»Bis vor wenigen Monaten hat sie bei einem wissenschaftlichen Projekt der Grünen mitgearbeitet. Aber das ist dann nicht verlängert worden. Seitdem war sie arbeitslos und nahm so ziemlich jeden Aushilfsjob an, den sie kriegen konnte. In letzter Zeit hat sie einen ziemlich frustrierten und deprimierten Eindruck auf mich gemacht.«

Betty legte eine Hand vor den Mund und atmete schwer. »Und nun dieses schreckliche Ende.«

17

Der Kaiserslauterer Polizeipräsident hatte zu einer kleinen Feier eingeladen.

Werner Schmelzers Diensträume befanden sich nur einen Steinwurf vom Justizzentrum entfernt, in dem neben Land- und Amtsgericht auch die Staatsanwaltschaft untergebracht war. Die räumliche Nähe von Polizeipräsidium und Justizgebäuden ermöglichte kurze Wege und direkte persönliche Kontakte zwischen den Vertretern der Exekutive und Judikative.

Kurz nach 15 Uhr erschienen Tannenberg, Mertel und Dr. Schönthaler im Büro des Polizeipräsidenten, wo sie von Schmelzer und Oberstaatsanwalt Willenbacher geradezu freundschaftlich begrüßt wurden.

»Wer hätte gedacht, dass wir so bald diesen Ermittlungsdurchbruch feiern können«, sagte Willenbacher, während er den Ankömmlingen überschwänglich die Hände schüttelte.

»Tja, zum Glück ist der berühmte Kommissar Zufall ein langjähriger Mitarbeiter des K 1«, scherzte Tannenberg.

Ein herzhaftes Lachen dröhnte durch Schmelzers Dienstzimmer. »Übrigens, Herr Hauptkommissar, bevor ich es vergesse: Kollege Dr. Hollerbach hat mir vorhin aus Ruanda eine E-Mail geschickt. Er beglückwünscht Sie zu Ihrem grandiosen Ermittlungserfolg. Eine sehr nette Geste von ihm, wie ich finde. Zumal Sie beide in der Vergangenheit ja nicht unbedingt die besten Freunde waren.«

»Das kann man so sagen«, knurrte Tannenberg.

»Nun gut. Dieses Thema hat sich für Sie ja wohl durch seine Abordnung erledigt.«

»So ist es. Gott sei Dank ist er endlich weg.«

Oberstaatsanwalt Willenbacher überging den schnippischen Einwurf, indem er das Thema wechselte: »Dann warten wir also nur noch auf die Kollegin Rottmüller-Klomann«, stellte er fest. Mit gekrauster Stirn warf er einen Blick auf seine Armbanduhr. »Sie wollte spätestens um 15.30 Uhr hier sein. Na, da haben wir ja noch ein wenig Zeit.«

Der Polizeipräsident klatschte in die Hände. »Meine Herren, was halten Sie davon, wenn wir in der Zwischenzeit nachschauen, wie weit unsere Heinzelmännchen mit ihren Vorbereitungen sind?«, fragte er in die Runde.

Da niemand einen Einwand erhob, ging er zur Tür, öffnete sie und gewährte mit einer Geste seinen Gästen den Vortritt in das Vorzimmer seines Büros. Dort informierte er seine Sekretärin darüber, dass die Gruppe nun den Seminarraum am Ende des Korridors aufzusuchen gedenke.

Das triste Konferenzzimmer des Polizeipräsidiums wurde normalerweise für interne Fortbildungsveranstaltungen genutzt, doch an diesem sonnigen Frühlingstag war es von einigen freiwilligen Helfern in ein Café umfunktioniert worden.

Als Tannenberg die leckeren Kuchen in der Mitte der zusammengestellten Tische entdeckte, hätte er sich am liebsten sofort darüber hergemacht. Aber da er nur zu Gast war und er es sich mit seinem höchsten Vorgesetzten nicht verscherzen wollte, hielt er sich schweren Herzens zurück.

»Haben Sie die Kuchen alle selbst gebacken?«, fragte der Polizeipräsident.

»Nein, nein, Herr Schmelzer«, erwiderte Petra Flockerzie. »Die Biskuitrolle ist von Sabrina. Aus meinem Backofen stammen der Apfelkuchen und die Sachertorte.«

»Und diese originelle Torte hier?«

Tannenbergs Sekretärin signalisierte ihrem Chef mit einer Kopfbewegung, dass er an ihrer Stelle antworten sollte.

»Die hat meine Mutter gebacken«, sagte der Leiter des K 1.

Werner Schmelzer beugte sich über den Tisch und inspizierte die liebevoll verzierte Torte aus der Nähe. »Das ist ja ein richtiges Meisterwerk. Ihre Frau Mutter scheint eine wahre Künstlerin zu sein«, schwärmte er.

Der Polizeipräsident wandte sich zu Tannenberg um. »Ein Wunder, dass Sie angesichts solcher Kalorienbomben so schlank geblieben sind, Herr Hauptkommissar.«

Diese flapsige Bemerkung traf Petra Flockerzie ins Mark. Sie schluckte trocken und senkte deprimiert den Kopf. Da jeder im K 1 ihren wunden Punkt kannte, wussten ihre Kollegen, wie sie in solch einem Fall zu reagieren hatten.

In der Vergangenheit hatte sich die Ablenkungsstrategie am besten bewährt. Michael Schauß, der die ganze Zeit über an den zwei Kaffeemaschinen herumhantiert hatte, forderte die Teilnehmer des kleinen Kaffeekränzchens auf, am Tisch Platz zu nehmen.

Seine Ehefrau drückte der guten Seele des K 1 einige Kuchenteller in die Hand, welche die Sekretärin sogleich auf dem Tisch verteilte. »Holst du bitte noch die Servietten aus meinem Korb?«, raunte ihr Sabrina zu.

In diesem Augenblick klopfte es kräftig an der Tür, woraufhin sich alle Köpfe reflexartig zur Geräuschquelle drehten.

Die Tür öffnete sich und Agnes Rottmüller-Klomann betrat den umfunktionierten Seminarraum. Sie war mit einem schwarzen Hosenanzug bekleidet, der ihrer mädchenhaften Figur schmeichelte. Ihre schulterlangen Haare hatte sie an den Seiten zurückgesteckt, was ihrem Gesicht einen strengen, unnahbaren Ausdruck verlieh.

Oberstaatsanwalt Willenbacher schoss förmlich in die

Höhe und eilte zu seiner Kollegin. »Leider konnte ich Ihnen bislang noch nicht mein aufrichtiges Beileid aussprechen, was ich hiermit nachhole«, sagte er in feierlichem Ton.

Mit einem stummen Nicken nahm die Witwe des ermordeten Landgerichtspräsidenten die Kondolenzbekundung entgegen. Bis auf Tannenberg und Sabrina, die Agnes Rottmüller-Klomann bereits gestern Morgen ihr Mitgefühl ausgedrückt hatten, holten die anderen nun den versäumten Höflichkeitsakt nach.

»Ich hoffe sehr, Sie empfinden unsere kleine Feier nicht als pietätlos«, brachte Werner Schmelzer seine Bedenken zum Ausdruck.

»Keine Sorge, Herr Polizeipräsident«, beschwichtigte Agnes Rottmüller-Klomann. »Herr Tannenberg hat mich heute Morgen über dieses Treffen informiert und ich habe selbstverständlich sofort meine Teilnahme zugesagt.«

»Ich bin zutiefst beeindruckt von Ihrer Contenance, Frau Kollegin«, sagte der Oberstaatsanwalt.

»Das bin ich meinem verstorbenen Mann schuldig. Er hätte nicht gewollt, dass ich mich zu Hause verkrieche und vor der Arbeit drücke. Er war der Inbegriff von Disziplin und Pflichtbewusstsein«, gab die Witwe mit fester Stimme zurück.

Willenbacher seufzte. »Ja, das stimmt, Frau Kollegin. Klaus war in vielerlei Hinsicht ein Vorbild für uns alle. Umso schwerer wiegt sein Verlust.« Er machte eine entschuldigende Geste. »Pardon, für Sie ist dieser Verlust noch viel gravierender als für uns.«

Bedrücktes Schweigen.

»Darf ich Ihnen einen Kaffee einschenken, Frau Staatsanwältin?«, fragte Petra Flockerzie.

Die Witwe legte einen Finger an die Lippen und räusperte sich dezent. »Ja, gerne. Sehr freundlich von Ihnen.«

»Ich habe Klaus ziemlich gut gekannt und ihn sehr gemocht«, meldete sich der Pathologe zu Wort. »Deshalb bin auch ich mir hundertprozentig sicher, dass dieses Zusammentreffen in seinem Sinne wäre. Die Arbeit ging ihm über alles.« Dr. Schönthaler reckte einen Zeigefinger in die Höhe. »Und er wusste seine Erfolge gebührend zu feiern. Manchmal hat er es ganz schön krachen lassen.«

Ein missbilligender Blick Willenbachers, von dem sich Dr. Schönthaler allerdings nicht im Geringsten beeindrucken ließ.

»Ja, ja, der liebe alte Klaus war wirklich kein Kind von Traurigkeit«, tönte Rainer Schönthaler unverdrossen weiter. »Manchmal war der liebe Klaus sogar ein richtiger Schwerenöter.«

Der Rechtsmediziner wedelte mit den Händen, als habe er sich gerade die Finger an einer Herdplatte verbrannt. »Oha, oha. Also, Wolf und ich könnten da einige Storys erzählen.«

»Die aber keiner hören möchte«, blaffte der Polizeipräsident.

Wieder peinliches Schweigen.

Tannenbergs Sekretärin füllte eine Tasse nach der anderen und wandte sich anschließend an die Gäste der kleinen Feier. »Beim Kuchen bedient sich am besten jeder selbst«, schlug sie vor.

Agnes Rottmüller-Klomann gab zwei Zuckerwürfel sowie ein wenig Milch in ihre Tasse und rührte gedankenversunken um. »Wenn mir etwas Derartiges zugestoßen wäre, hätte sich Klaus garantiert nicht hängen lassen, sondern wäre weiterhin engagiert seiner Arbeit nachgegangen«, erklärte die Staatsanwältin. »Also tue ich das auch.«

»Bewundernswert«, bemerkte Tannenberg.

Dr. Hollerbachs Nachfolgerin schniefte und ergänzte mit belegter Stimme: »Obwohl es eine ziemliche emotionale

Belastung darstellt, wenn der langjährige Ehepartner einem brutalen Verbrechen zum Opfer gefallen ist.«

»Das verstehen wir alle nur zu gut, Frau Kollegin«, sagte der Oberstaatsanwalt. »Und bewundern Sie dafür. Ich denke, nicht jeder würde mit solch einer Extremsituation derart professionell umgehen.«

Willenbacher betrachtete die Witwe mit einem mitleidigen Blick. »Trotzdem möchte ich klarstellen, dass natürlich Sie selbst bestimmen, wann es Ihnen zu viel wird«, sagte er. »Schließlich ist Ihr Ehemann das letzte Opfer in dieser schier unglaublichen Mordserie.« Er räusperte sich. »Eigentlich müsste ich Sie ja wegen Befangenheit von diesem Fall abziehen. Aber bei unserer angespannten Personallage und angesichts der Tatsache, dass Sie bestens über alles informiert sind, schieben wir dieses Thema einfach mal beiseite.«

»Danke für Ihr Entgegenkommen«, erwiderte Agnes Rottmüller-Klomann. »Außerdem ist die Aufklärung dieser Tötungsdelikte garantiert die beste Therapie für mich. Davon bin ich felsenfest überzeugt.«

»Wunderbar, Frau Kollegin«, versetzte Willenbacher. »Ich wollte die Sache nur offen mit Ihnen diskutieren. Wenn Sie nach reiflicher Überlegung einen derartigen Entschluss gefasst haben, ist mir das recht, sogar sehr recht.«

Der Blick des Oberstaatsanwaltes hüpfte zu Tannenberg, der sich gerade eine Gabel voll Kuchen in den Mund schob. »Zumal mir der Herr Hauptkommissar berichtet hat, dass die Zusammenarbeit mit Ihnen bislang hervorragend funktionierte.«

Ein Lächeln huschte über das Gesicht der Witwe. »Das freut mich zu hören. Auch ich bin mir sicher, dass ich mit dem Leiter des K 1 und seinem Team auch in Zukunft sehr gut zusammenarbeiten werde.«

»Sehr schön, dass Sie sich alle einig sind und sich auf eine konstruktive Zusammenarbeit freuen«, strahlte Willenbacher. »Dann sollten wir uns nun unserem aktuellen Fall zuwenden, bei dem es ja noch einige offene Fragen gibt.«

Er stellte Blickkontakt zu Tannenberg her. »Zunächst einmal möchte ich den Herrn Hauptkommissar bitten, uns einen komprimierten Überblick über die bisherigen Ermittlungsergebnisse des K 1 zu verschaffen.«

Willenbacher drehte sich Michael Schauß zu, der etwas abseits an einem kleinen Tisch saß, auf dem ein Laptop und ein Beamer standen, und sagte: »Wie ich von der Planungsgruppe unseres Arbeitskaffeekränzchens erfahren habe, erwartet uns nun ein kleiner Vortrag, den Herr Schauß für uns visualisiert hat, wie man heutzutage zu sagen pflegt.«

Auf einen Wink hin projizierte der junge Kommissar das erste Foto auf eine weiße Leinwand, die seine Ehefrau kurz zuvor heruntergelassen hatte. Tannenberg stellte sich daneben, schaltete seinen Laserpointer ein und beschrieb zunächst einen großen Kreis auf der Leinwand. »Hier in dieser Abbildung habe ich die Chronologie der Ereignisse zusammengefasst«, sagte der Chef-Ermittler.

»Auf den ersten Blick sehr anschaulich«, lobte der Polizeipräsident.

Wolfram Tannenberg bedankte sich mit einem huldvollen Nicken. »Dem Datum und der Uhrzeit des jeweiligen Mordanschlags habe ich eine Tatortskizze beigefügt«, fuhr er fort.

Der rote Punkt hüpfte zu einer Skala. »Auffällig ist zunächst einmal, dass sich sowohl die Tatzeiten als auch die Schusspositionen des Täters gleichen, wie Sie dieser Auflistung entnehmen können. Die tödlichen Schüsse wurden stets in den frühen Abendstunden und aus sicherem Hinterhalt heraus abgegeben.« Der Leiter des K 1 umkreiste mit seinem elektronischen Zeigestock eine abgebildete Jagdwaffe und die dazugehörige Munition. Dabei erläuterte er: »Alle Opfer wurden mit je einem einzigen Schuss aus einer Langwaffe, vermutlich einer Jagdflinte ähnlich der hier abgebildeten, niedergestreckt. Die Kugel traf jedes der männlichen Opfer in der Lendengegend. Aufgrund der verwendeten Jagdmunition, bei der es sich definitiv um Teilmantelgeschosse handelte, führten die verheerenden Bauchverletzungen innerhalb weniger, allerdings äußerst qualvoller Minuten zum Tod.«

»Besteht das Interesse an einer detaillierten Darstellung der Verletzungen?«, fragte Dr. Schönthaler. »Ich …«

»Nein, das können wir uns sparen«, fuhr ihm der Polizeipräsident in die Parade. Er schob die Brauen zusammen und schüttelte mit Blick auf die Witwe des Opfers kaum merklich den Kopf.

Dr. Schönthaler verstand zwar durchaus den Wink mit dem Zaunpfahl, aber da er sich nicht gern den Mund verbieten ließ, legte er nach: »Eigens für unser Arbeitskaffeekränzchen habe ich einen USB-Stick mit aufschlussreichen Fotos mitgebracht, den ich zwecks Visualisierung gerne zur Verfügung stelle.«

»Kein Bedarf«, mischte sich nun der Oberstaatsanwalt in einem nicht minder energischen Ton ein. »Bitte fahren Sie fort, Herr Hauptkommissar.«

Tannenberg gab Michael Schauß ein Zeichen. Das nächste Bild wurde auf die Leinwand projiziert. »Hier haben wir die vier Opfer.« Während der Laserpunkt nacheinander zu den betreffenden Porträtfotos sprang, las der Chef-Ermittler Namen und Berufe der ermordeten Männer vor:

»Norbert Basler, Personalvorstand der Pfalzbank; Richard Blessing, Unternehmer; Heribert Waldner, Ministerialdirektor im rheinland-pfälzischen Bildungsministerium.« Tannenberg legte eine Pause ein und versicherte sich mit einem Blick in die Runde der ungeteilten Aufmerksamkeit seiner Zuhörer.

Dann drehte er ihnen den Rücken zu und schickte den Lichtpunkt seines Laserpointers noch einmal auf die Reise: »Und hier unser letztes Opfer, der uns allen bekannte Gerichtspräsident Klaus Klomann, der Ehemann unserer werten Frau Staatsanwältin.«

Als Tannenberg einen dezenten Seitenblick zur Witwe wagte, hatte die ihre Augen von der Leinwand abgewandt und starrte auf die vor ihr stehende Kaffeetasse. Schwer atmend strich sie mit dem Zeigefinger am Rand der Untertasse entlang.

Der Leiter der Kaiserslauterer Mordkommission erlöste sie von ihren allzu offensichtlichen Qualen. Per Handzeichen bedeutete er seinem jungen Mitarbeiter, die nächste Seite einzuspielen.

In roten Großbuchstaben und mit einem markanten Fragezeichen versehen leuchtete der Begriff ›TATMOTIV‹ auf weißem Untergrund.

Tannenberg stellte sich in das Projektionslicht, wodurch sein Gesicht gespenstisch rot leuchtete. »Wir haben uns die ganze Zeit darüber den Kopf zerbrochen, sind aber einfach nicht weitergekommen«, gestand er ein.

Er verschränkte die Arme hinter seinem Rücken und trat einen Schritt vor. »Zumal es sich definitiv nicht um Raubmorde handelte, denn der oder die Täter haben sich in keiner Weise am Hab und Gut ihrer Opfer bereichert. Offensichtlich ging es von vornherein nur ums Töten, um nichts anderes: um eiskalt geplante Morde.«

»Auftragsmorde, ausgeführt von gut bezahlten Profikillern wie man sie aus dem Mafiamilieu kennt«, warf Sabrina ein.

Tannenberg dachte an seinen Vater, der ganz am Anfang

der Ermittlungen einen möglichen Bezug zur Mafia hergestellt hatte. Er unterdrückte ein Schmunzeln und knüpfte an seine vorherigen Aussagen an: »Uns war von vornherein klar, dass das Tatmotiv der Schlüssel zur Lösung dieser mysteriösen Mordserie ist. Also haben wir intensiv im beruflichen und persönlichen Umfeld der toten Männer recherchiert und nach irgendeiner Verbindung zwischen ihnen gesucht.«

Tannenberg fächerte die Arme auf und zuckte mit den Schultern. »Aber die existiert offensichtlich nicht. Jedenfalls ist uns bis dato keine bekannt. Alle vier Männer waren einflussreiche, dominante, aber auch kantige Persönlichkeiten, die über beträchtliche Macht verfügten und sich während ihrer beruflichen Tätigkeit garantiert nicht nur Freunde gemacht haben. Doch daraus ein übergreifendes Mordmotiv zu konstruieren, erschien uns unsinnig. Wieso hätte sich zum Beispiel ein gefeuerter Mitarbeiter an allen vier Männern rächen sollen? Wieso hätte sich ein gehörnter Ehemann an allen vieren rächen sollen?«

»Na ja, seine untreue Ehefrau hätte sich ja mit jedem der vier Männer vergnügen können«, gab Willenbacher zu bedenken.

»Natürlich wäre das theoretisch möglich. Unseres Erachtens ist es jedoch ziemlich unwahrscheinlich«, erwiderte Tannenberg.

»Akzeptiert«, meinte der Oberstaatsanwalt. »Fahren Sie fort.«

Wolfram Tannenberg nickte. »Wieso sollte sich ein entlassener Strafgefangener außer am Gerichtspräsidenten, der ihn als Strafrichter in den Knast gebracht hat, auch noch an einem Unternehmer, einem Ministerialdirektor und einem Personalchef rächen wollen?«

»Ja, auch das erscheint eher unwahrscheinlich«, mischte sich der Polizeipräsident ein.

»Trotzdem werden wir natürlich in den nächsten Tagen Herrn Klomanns alte Gerichtsurteile intensiv durchgehen«, versprach der leitende Kriminalbeamte. »Vielleicht ist ja eine der toten Gewalttäterinnen in der Vergangenheit schon einmal strafrechtlich in Erscheinung getreten.«

Der Polizeipräsident machte eine wegwerfende Handbewegung. »Die Arbeit können Sie sich sparen, Tannenberg. Das ergibt doch alles überhaupt keinen Sinn«, meinte er. »Ist ja auch irgendwie überflüssig, schließlich wurden die beiden Täterinnen ja identifiziert.«

»Das schon«, bestätigte der Leiter des K 1. »Allerdings sind sie tot und können uns bezüglich der ausgesprochen spannenden Frage des Tatmotivs leider keine Auskunft mehr geben.«

»Ja, klar, aber in den Wohnungen der Frauen müssten doch irgendwelche Hinweise auf ein mögliches Tatmotiv zu finden sein«, sagte Willenbacher.

Mertel fühlte sich angesprochen. »Wir sind natürlich mit der Auswertung noch nicht ganz durch«, erklärte der Kriminaltechniker. »Bei einer ersten Sichtung des sichergestellten Materials haben wir bislang keinerlei Hinweise auf ein mögliches Tatmotiv entdeckt.«

»Vier Morde ohne Motiv, das gibt es doch überhaupt nicht«, schimpfte der Oberstaatsanwalt.

»Sie haben wirklich nicht die geringste Vermutung?«, fragte Agnes Rottmüller-Klomann, während sie lustlos in ihrem Apfelkuchenstück herumstocherte.

Wolfram Tannenberg schüttelte den Kopf.

»Na, was soll's«, riss erneut Willenbacher das Wort an sich. »Die Hauptsache ist doch, dass wir diesen Fall nun Gott sei Dank bald ad acta werden legen können. Anhand der eindeutigen Indizienlage lassen sich diese Straftaten zweifelsfrei den Täterinnen beziehungsweise der Täterin zuordnen.«

Wie auf Knopfdruck veränderte sich das Gesicht des Oberstaatsanwaltes und nahm einen mürrischen, ungeduldigen Ausdruck an. »Könnten wir nun bitte in medias res gehen.« Demonstrativ warf er einen Blick auf seine Armbanduhr. »Ich habe noch einen wichtigen Termin.«

»Gut«, entgegnete Tannenberg. »Die ziemlich unappetitlichen Fotos der beiden Frauen, die nach dem 60-Meter-Sturz mit dem Kopf auf dem Felsen aufgeschlagen sind, erspare ich uns allen. Wir erfreuen uns lieber an den Konterfeis der sympathischen Damen zu Lebzeiten.«

»Ersparen Sie uns bitte Ihren Zynismus«, wies ihn der Oberstaatsanwalt in die Schranken. Ein mitleidiger Blick zu seiner Kollegin. »Angesichts gewisser Umstände ist der ziemlich deplatziert.«

Tannenberg ignorierte den Rüffel und bedeutete seinem jungen Mitarbeiter mit einer Handbewegung, das nächste Foto einzuspielen. Auf der Leinwand erschienen Porträtfotos zweier Frauen, die unterschiedlicher gar nicht sein könnten. Die linke, schätzungsweise 50 Jahre alte Frau hatte lange rotblonde Haare, die sie in ungewöhnlicher Weise hochgesteckt hatte. Ein Arrangement, das den Betrachter unweigerlich an einen Irokesenkamm erinnerte.

In langen Strähnen hingen die restlichen Haare schlaff an den Seiten herab. Die Frau war ausgesprochen stark geschminkt. Die tiefschwarzen Brauen und die knallroten Lippen drückten nur eins aus: Provokation. Der arrogant-hämisch grinsende Mund und der herausfordernde Blick in die Kamera rundeten den extrovertierten und betont dynamischen Eindruck ab.

Die Frau auf dem Foto neben ihr war das bleiche, leblose Gegenstück: rundes, farbloses Gesicht, graue Haare, heruntergezogene Mundwinkel, trauriger Blick.

»Kennt zufällig jemand von Ihnen eine der Frauen oder vielleicht sogar beide?«, wollte Tannenberg wissen. Sein forscher Blick hüpfte nacheinander zu jedem der Anwesenden, die alle wie auf Kommando den Kopf schüttelten. Bis auf eine einzige Ausnahme, denn als er Agnes Rottmüller-Klomann ansah, stierte die regungslos auf die Leinwand.

»Und was ist mit Ihnen, Frau Staatsanwältin?«, fragte der Leiter des K 1.

Die Angesprochene reagierte nicht.

»Kennen Sie eine der Frauen?«, legte Tannenberg nach.

»Nein«, keuchte Agnes Rottmüller-Klomann.

Tannenberg seufzte enttäuscht. »Also nicht.«

»Doch, doch«, stammelte die Angesprochene. »Aber nicht … nicht eine. Nein, ich … ich kenne beide.« Mit zitternder Hand fuhr sie sich von der Stirn aus über die Augen, als könne sie nicht glauben, was sie da gerade vor sich sah. »Ziemlich gut sogar«, ergänzte sie stockend.

»Was? Sie kennen die beiden?«, stieß Tannenberg zischend aus.

Dann war es mit einem Mal mucksmäuschenstill im Raum. Nur das pfeifende Geräusch eines gerade in den Bahnhof einfahrenden Zuges drang leise durch die schallgedämmten Scheiben. Alle Blicke hafteten auf der sichtlich geschockten Staatsanwältin. Diejenigen, die ihr nicht direkt gegenübersaßen, drehten ihre Stühle zu ihr hin.

»Woher kennen Sie diese Frauen?«, schob der Chef-Ermittler nach.

Agnes Rottmüller-Klomann schluckte hart und trank einen Schluck Kaffee, ehe sie mit bebender Stimme antwortete: »Wir haben gemeinsam das Burggymnasium besucht. Ich ging mit Petra Bechthold und Maren Ruelius neun Jahre lang in dieselbe Klasse.«

Tannenberg schürzte ungläubig die Lippen. »Ähm, Frau Staatsanwältin, eins verstehe ich jetzt aber nicht ganz«, sagte er. »Als wir Sie gestern Morgen in Dansenberg aufgesucht haben, habe ich Sie gefragt, ob Sie die Sage vom Jungfernsprung kennen, nicht wahr?«

Keine Reaktion.

»Hatten Sie da nicht behauptet, dass Sie eine gebürtige Saarländerin und erst vor zehn Jahren in die Pfalz gezogen seien?«

»Was?«, keuchte Agnes Rottmüller-Klomann. Ihr Gehirn schien erst mit zeitlicher Verzögerung den Inhalt der Frage zu erfassen. »Wie? Ach so, nein, das stimmt schon. Meine Eltern sind gegen Ende meiner Grundschulzeit nach Kaiserslautern gezogen. Nach dem Abitur ging ich zurück ins Saarland und habe in Saarbrücken mein Jurastudium begonnen.«

Die Staatsanwältin schluckte so hart, als steckte ihr etwas Sperriges in der Kehle. »Dabei habe ich meinen Mann kennengelernt.« Sie schniefte, wandte den Kopf ab und schnäuzte sich dezent die Nase.

»Sie sind also mit Petra Bechthold und Maren Ruelius zur Schule gegangen«, fasste Tannenberg zusammen. »Wann haben Sie denn Ihre ehemaligen Klassenkameradinnen zum letzten Mal gesehen?«

Nachdenklich schob sie die Brauen zusammen. »Das ist einige Zeit her.« Sie machte eine vage Geste und legte den Kopf schief. »Es dürften gut zwei Jahre sein. Wir hatten uns zu einem Kaffee in der Stadt getroffen.«

»Um alte Erinnerungen aufzufrischen«, mischte sich Dr. Schönthaler ein.

Agnes Rottmüller-Klomann nickte. Urplötzlich ließ sie ihren Kopf wild hin und her pendeln. »Ich kann es einfach nicht glauben, dass meine alten Schulfreundinnen vier heimtückische Morde begangen haben sollen. Nein, das glaube ich nicht.«

»Es ist aber definitiv so«, stellte Tannenberg klar.

»Sind Sie wirklich sicher, dass die beiden dahinterstecken? Könnte es denn nicht sein, dass Maren und Petra …« Sie brach ab und stieß geräuschvoll ihren hastig eingesogenen Atem wieder aus.

»Dass sich die beiden geliebt haben und aus Verzweiflung gemeinsam in den Tod gesprungen sind?«, warf Mertel ein.

Die Staatsanwältin stutzte. »Maren und Petra als unglückliches Lesbenpärchen, das sich aus diffusen Gründen an ausgewählten Männern rächen wollte?«, fragte sie mit ungläubiger Miene. »Nein, also das ist völlig ausgeschlossen. Etwas derartig Absurdes habe ich ja noch nie gehört.«

»War ja auch nur so eine Idee«, meinte der Spurenexperte.

»Aber eine ziemlich abwegige.«

»Zugegebenermaßen. Sie war auch eher als Scherz gedacht«, konterte Mertel.

»Über solche ernsten Dinge macht man keine Scherze«, fauchte Agnes Rottmüller-Klomann.

Oberstaatsanwalt Willenbacher rutschte unruhig auf seinem Stuhl hin und her. »Bitte, meine Herrschaften, wir sollten uns nicht länger mit Hypothesen und Scherzen aufhalten, sondern zu den Fakten zurückkehren. Was haben Sie noch für uns, Herr Hauptkommissar?«

Das nächste Wandbild zeigte noch einmal die beiden Frauen, diesmal allerdings mit ihren Namen, Geburtsdaten, Postanschriften und Berufen versehen.

»Die Namen haben wir ja inzwischen bereits von der Frau Staatsanwältin erfahren. Die weiteren Angaben können wir derzeit getrost außer Acht lassen«, entschied Tannenberg. Er schnalzte mit den Fingern. »Michael, mach bitte weiter.«

»Nun zu einem wichtigen Beweismittel«, sagte der junge Kommissar und zauberte per Tastendruck das nächste Foto auf die Leinwand: »Bei dem abgebildeten Jagdgewehr handelt es sich eindeutig um die Tatwaffe.«

Er wartete, bis sein direkter Vorgesetzter den hastig in den Mund gestopften Kuchen hinuntergeschluckt hatte. Tannenberg tupfte sich schnell mit einer Serviette den Mund ab, dann schlüpfte er zurück in die Rolle des Dozenten. Wieder benutzte er seinen Laserpointer als Hilfsmittel. »Diese deformierten Projektile hier, die Kollege Mertel an den verschiedenen Tatorten sichergestellt hat, stammen zweifelsfrei aus der abgebildeten Jagdwaffe«, verkündete er.

Wolfram Tannenberg legte eine kleine Kunstpause ein, in der er einen Schluck Kaffee trank. »Das Jagdgewehr haben wir auf einem in unmittelbarer Nähe des Jungfernsprungs gelegenen Waldparkplatz entdeckt«, fuhr er anschließend fort. Er räusperte sich ausgiebig. »Und zwar in einem auf Maren Ruelius zugelassenen Renault Twingo.«

»Dann hat also tatsächlich Maren vier Menschen getötet, darunter mein Mann?«, versetzte die Witwe mit weit aufgerissenen Augen. »Aber warum nur?«

»Tja, wie gesagt, Frau Staatsanwältin: Auch nach den Hausdurchsuchungen bei Ihren ehemaligen Schulkameradinnen stehen wir leider noch immer vor einem Rätsel«, entgegnete Tannenberg in sachlichem Ton.

»Aber vielleicht können Sie uns ja bei dieser interessanten Frage weiterhelfen«, meldete sich Sabrina Schauß zu Wort. »Sie haben die beiden Frauen doch sehr gut gekannt.«

»Früher schon, ja«, bestätigte Agnes Rottmüller-Klomann. »Aber dann haben wir uns aus den Augen verloren.« Sie hob die Schultern. »Und bei unseren Treffen habe ich nichts an ihnen bemerkt, was auch nur annähernd auf solch eine Radikalisierung und Brutalisierung hingedeutet hätte.«

Die Witwe warf theatralisch die Hände in die Luft. »Also,

ich bin nach wie vor völlig sprachlos und konsterniert angesichts dieser gravierenden Verdächtigungen. Ich habe nicht die geringste Ahnung, weshalb die beiden es ausgerechnet auf meinen Mann abgesehen hatten. Petra und Maren kannten ihn doch gar nicht persönlich.« Sie räusperte sich und ergänzte: »Jedenfalls nach meinem Kenntnisstand.«

»Dann werden wir uns wohl alle damit abfinden müssen, dass wir dieses Rätsel möglicherweise nie werden lösen können«, meldete sich der Oberstaatsanwalt zu Wort.

»Folglich werden wir die Ermittlungsakte mit einigen dicken Fragezeichen versehen ins Archiv legen müssen«, fügte Willenbacher hinzu. Er seufzte erleichtert auf. »Aber die Hauptsache ist ja wohl, dass dieser fürchterliche Albtraum nun ein Ende hat.«

»Also, mein lieber Herr Oberstaatsanwalt, damit kann *ich* mich nicht abfinden«, stellte Tannenberg klar. Er machte eine ausladende Armbewegung über die am Tisch Sitzenden. »Und meine Kollegen auch nicht. Wir können diesen Fall leider noch nicht als abgeschlossen betrachten.«

»Ist ja auch in Ordnung so, Herr Hauptkommissar«, entgegnete der Polizeipräsident in altväterlichem Ton. »Ermitteln Sie in der Sache ruhig noch ein bisschen weiter. Zurzeit liegt in unserem Zuständigkeitsbereich ja nichts anderes vor. Ich muss sagen, dass es mich ebenfalls sehr interessiert, was tatsächlich hinter der Mordserie steckt.«

Der Oberstaatsanwalt zeigte seine Handflächen so, als würde er gerade mit einer Schusswaffe bedroht. »Okay, okay, Tannenberg, dann knien Sie sich eben noch einmal richtig rein in den Fall. Mir wäre es auch lieber, wenn wir der Öffentlichkeit ein schlüssiges Tatmotiv präsentieren könnten. Das würde die Bevölkerung beruhigen und ihr Vertrauen in die Ermittlungsbehörden stärken. Offen gebliebene Fragen sind nie gut für unser Image.«

Willenbacher erhob sich von seinem Stuhl, zog seinen Mantel von einer Stuhllehne und legte ihn sich über den Arm. »So, ich muss jetzt los zu meinem Termin.«

»Bitte gedulden Sie sich noch einen Moment«, bat der Leiter des K 1.

»Warum?«

»Ich möchte Ihnen noch ein allerletztes Foto zeigen.«

»Von mir aus«, erwiderte Willenbacher. Ein gehetzter Blick auf seine Armbanduhr. »Sie haben drei Minuten.«

»Bitte vier«, forderte Tannenberg. »Für jeden Toten eine Minute. So viel Zeit muss sein.«

Der Oberstaatsanwalt verzog abschätzig das Gesicht, verzichtete aber auf eine Bemerkung und nahm erneut Platz.

»Wieso rühren Sie eigentlich diesen köstlichen Apfelkuchen nicht an, Frau Staatsanwältin?«, fragte der Chef-Ermittler keck, für den der genervte Oberstaatsanwalt plötzlich nur noch Luft zu sein schien.

Tannenberg wies auf seine Sekretärin, die gerade an der Kaffeemaschine den Filter wechselte. »Schauen Sie mal, wie traurig Frau Flockerzie aus der Wäsche guckt. Bäckt voller Hingabe solch einen wunderbaren Kuchen und dann lassen Sie ihn einfach stehen.«

»Tut mir leid, aber ich kriege nichts runter. Mir ist das alles ziemlich auf den Magen geschlagen«, entschuldigte sich Agnes Rottmüller-Klomann. »Durchaus verständlich in meiner Situation, wie ich finde.«

Demonstrativ lud sich Tannenberg ein großes Stück des Apfelkuchens auf den Teller und schob sich eine überladene Gabel in den Mund. »Pardon, dass ich noch mal nachlege, aber ich habe seit 12 Uhr nichts mehr gegessen«, sagte er schmatzend.

»Sie müssen wissen, Frau Staatsanwältin, dass der arme

Kollege Tannenberg spätestens alle drei Stunden etwas essen muss, sonst wird er unausstehlich«, behauptete Sabrina Schauß.

»Bei ihm ist es wie bei einem Baby«, ergänzte Petra Flockerzie schmunzelnd.

»Wirklich schade, dass Sie diesen köstlichen Apfelkuchen verschmähen«, schwärmte Tannenberg weiter. »Er schmeckt nämlich ausgezeichnet.«

Agnes Rottmüller-Klomann verengte ihre Augen zu schmalen Schlitzen. »Im Gegensatz zu mir scheinen Sie sich ja prächtiger Stimmung zu erfreuen.«

»Nicht ohne Grund, Frau Staatsanwältin, nicht ohne Grund«, tönte der Chef-Ermittler. »Wir haben nämlich eine Schimäre verjagt.«

Die Witwe zog die Nase kraus. »Was haben Sie?«

»Was soll das, Tannenberg?«, mischte sich Willenbacher ein. »Erstens sprechen Sie in Rätseln, und zweitens habe ich es wirklich eilig.«

»Dann schmeiß endlich das Bild an die Wand, Michael«, forderte Tannenberg.

›Die Schimäre – oder: Der perfekte Mord‹, strahlte blutrot von der weißen Leinwand.

»Klingt irgendwie nach einem Krimititel«, konnte sich Dr. Schönthaler nicht verkneifen.

»Ja, schon«, stimmte sein alter Freund zu. »Nur dass dieser Krimi keine Fiktion ist, sondern Realität. Nebenbei bemerkt bezieht sich dieser Titel nicht auf unsere Mordserie, sondern auf einen Doppelmord am Jungfernsprung – geplant und begangen von unserer allseits so hochgeschätzten Frau Staatsanwältin.«

18

»Wohl gemerkt, Frau Staatsanwältin: nicht am Jungfernstieg, sondern am Jungfernsprung«, schob der Kriminalbeamte grinsend nach.

»Sind Sie wahnsinnig geworden, Tannenberg?«, stieß Willenbacher mit sich überschlagender Stimme entsetzt aus. Er schoss in die Höhe und sein Stuhl fiel mit einem lauten Knall zu Boden.

»Nicht dass ich wüsste«, entgegnete der Kriminalist mit einem triumphalen Lächeln auf den Lippen.

»Sie können doch nicht einfach so mir nichts, dir nichts aus einer rechtschaffenen Staatsanwältin eine Mörderin machen«, brüllte Willenbacher. Er raufte sich die Haare und stapfte wie Rumpelstilzchen im Kreis herum.

Wolfram Tannenbergs Lächeln hatte sich inzwischen in ein ausgewachsenes Grinsen verwandelt, das von einem Ohrläppchen zum anderen reichte. »Doch, das kann ich«, sagte er betont gelassen.

»Was ist denn in Sie gefahren, Herr Hauptkommissar? Wie kommen Sie dazu, solche infame Behauptungen aufzustellen?«, stimmte der Polizeipräsident in das Protestgeheul ein. Er schnaubte und fügte kopfschüttelnd hinzu: »Eine Staatsanwältin des zweifachen Mordes zu bezichtigen, das ist wirklich ein starkes Stück.«

Agnes Rottmüller-Klomann schien es die Sprache verschlagen zu haben. Mit offenem Mund starrte sie Tannenberg an. Doch urplötzlich kehrte Leben in sie zurück. Ihre Augen verengten sich zu schmalen Schlitzen. »Das ist ja ungeheuerlich!«, blökte sie los. Apathische Trauer und Niedergeschlagenheit schienen mit einem Mal wie weggewischt. »Was erlauben Sie sich eigentlich mir gegenüber?«, spie sie wutschnaubend aus. Sie tippte sich mit der flachen Hand auf ihr Brustbein. »Als ermittelnde Staatsanwältin bin ich Herr dieses Verfahrens und …«

»Herrin des Verfahrens«, korrigierte Dr. Schönthaler.

»Ich soll eine Doppelmörderin sein?«, prustete die Witwe unbeeindruckt los. »Ein ziemlich makabrer Scherz angesichts der Tatsache, dass ich gerade meinen Mann verloren habe.«

»›Mann verloren‹ ist eine lustige Umschreibung für einen eiskalten Mord«, bemerkte Tannenberg. Wie ein Florettfechter mit seinem Degen stach er auf die Witwe mit seinem Zeigefinger ein. »Einen heimtückischen Mord, den Sie in Auftrag gegeben haben.«

»Ich glaube, ich höre nicht recht«, fauchte die Staatsanwältin.

»Selbst können Sie Ihren Mann ja nicht erschossen haben, denn Sie waren zum Tatzeitpunkt in der Kantine bei Dr. Hollerbachs Abschiedsgala«, legte der Leiter des K 1 nach. »Ein ziemlich perfektes Alibi.«

»Die Ausdruck ›Mann verloren‹ ist wirklich lustig«, mischte sich Sabrina ein. »Denn er suggeriert ja, dass Sie Ihren Mann wiederfinden könnten.«

»Das kann unsere werte Frau Staatsanwältin auch«, bemerkte der Rechtsmediziner an die attraktive Kommissarin adressiert. »Sie muss nur zu mir in die Pathologie kommen, da findet sie ihn wieder. Da liegt ihr Göttergatte nämlich auf einem Edelstahltisch. Zwar ist ihr guter, alter Ehemann ein bisschen mausetot und hat eine riesige«, er verzog sein Gesicht, als würde er einen üblen Geruch wahrnehmen, »eklige Bauchwunde …«

»Ich muss doch sehr bitten«, fuhr ihm Willenbacher in die Parade.

Tannenberg ließ den roten Punkt seines Laserpointers über die Leinwand tanzen. »Dürfte ich nun diesen wunderschönen Satz erläutern, Herr Oberstaatsanwalt?«, fragte er mit lauter Stimme.

»Bitte schön, Tannenberg, von mir aus«, lenkte Willenbacher ein. Er stellte seinen Stuhl wieder auf und ließ sich schlaff darauf niedersinken. »Ich fürchte, durch Ihre haltlose Provokation ist mein Termin eh geplatzt.«

Herausfordernd verschränkte der Oberstaatsanwalt die Arme vor der Brust. »Ich bin sehr gespannt, wie Sie sich aus dieser delikaten Lage befreien wollen.« Er drohte mit dem Finger. »Dass diese ungeheuerliche Unterstellung gravierende dienstliche Konsequenzen für Sie haben wird, dürfte Ihnen klar sein.«

Mit devoter Körperhaltung mimte Tannenberg einen gerade abgekanzelten Lehrling. »Natürlich ist mir das klar, Herr Oberstaatsanwalt«, erwiderte er nickend. Dann streckte er siegessicher die Brust heraus und tönte über die Köpfe der Anwesenden hinweg: »Aber davor habe ich absolut keine Angst. Darf ich nun zur Schimäre zurückkehren?«

Willenbacher gab sich endgültig geschlagen. Er stöhnte gequält auf und winkte ab. »Tun Sie, was Sie nicht lassen können. Darauf kommt es jetzt auch nicht mehr an.«

»Es sollte so aussehen«, begann Tannenberg nebulös, »zwei Mörderinnen stürzen sich von einem Felsen herab in den sicheren Tod.« Erst nach einer kleinen Kunstpause redete der Chef-Ermittler weiter: »Mögliche Erklärungen für den gemeinsamen Suizid: Angst vor Entdeckung, Angst vor Trennung, Angst vor dem Gefängnis et cetera pp.«, fabulierte er munter drauflos.

»Doch dann haben wir dieses Trugbild durchschaut.« Tannenberg klatschte in die Hände. »Und siehe da: Vor uns tauchte plötzlich das ganze mosaikartige Originalbild auf. Wissen Sie, was wir uns gefragt haben?«

Die rhetorische Frage waberte eine Weile unkommentiert durch den Seminarraum. Wolfram Tannenberg beantwortete sie selbst: »Könnte es nicht auch völlig anders gewesen sein? Sind die Frauen womöglich gar nicht freiwillig gesprungen, sondern wurden den Abhang hinabgestoßen?«

Agnes Rottmüller-Klomann schnaubte verächtlich. »Von wem? Etwa von mir?«

Der Ermittlungsleiter ignorierte den Einwurf. »Ein Doppelmord begangen von einer dritten oder gegebenenfalls auch noch von einer vierten Person?«, fragte er in die Runde.

Tannenberg wischte sich einen Kuchenkrümel vom Ärmel. »Diese wilde Spekulation warf ein völlig neues Licht auf den mysteriösen Fall«, fuhr er fort. »Also haben wir unsere Kollegen aus der kriminaltechnischen Abteilung noch in derselben Nacht hoch auf den Jungfernsprung geschickt.«

Sein Blick wanderte zu Mertel, der gerade einen Bissen Apfelkuchen verspeiste. »Und siehe da: Die alten Schnüffler haben tatsächlich Abdrücke von drei verschiedenen Schuhpaaren entdeckt.«

»Also definitiv ein Hinweis auf eine weitere Person«, murmelte der Polizeipräsident vor sich hin.

»Die sich mit hoher Wahrscheinlichkeit zum Tatzeitpunkt auf der Aussichtsplattform aufgehalten hat«, ergänzte der Chef der Kaiserslauterer Mordkommission.

»Wie können Sie dessen so sicher sein?«, wollte der Oberstaatsanwalt wissen. »Die Fußspuren müssen schließlich nicht zur selben Zeit entstanden sein.«

»Eben doch!«, entgegnete Tannenberg so schnell, als habe

er auf diesen Einwurf nur gewartet. »Am späten Samstagabend«, er machte eine flatternde Handbewegung, »so zwischen 21 und 22 Uhr ist ein kurzer, aber sehr kräftiger Regenschauer Schauer über Dahn niedergegangen. Er hat alles, was vorher an Fußspuren dort oben zu finden war, weggespült und ein Terrain hinterlassen, in dem sich jeder neue Abdruck wie in frischgefallenem Schnee abzeichnete.«

»Dieser Aspekt ist wirklich hochinteressant«, sagte Werner Schmelzer. »Bitte fahren Sie fort.«

Tannenberg nickte. »Sehr gern, Herr Polizeipräsident«, erwiderte er betont förmlich. »Dürfte ich bitte mal Ihr Handy sehen, Frau Staatsanwältin?«, fragte er mit aufgesetzter Höflichkeit.

»Wieso?«

Der Kriminalbeamte blies die Backen auf. »Ach, es interessiert mich einfach«, erwiderte er in einem Ton, als wolle er irgendeine Belanglosigkeit wissen.

»Ach so, es interessiert Sie einfach«, spottete Agnes Rottmüller-Klomann. »Sie sind ganz schön dreist und penetrant.«

Tannenberg grinste breit. »Danke für die Blumen, Frau Staatsanwältin.«

Die Witwe des Gerichtspräsidenten grunzte höhnisch und nagelte ihr Gegenüber mit einem stechenden Blick regelrecht an die Wand. »Glauben Sie tatsächlich, ich händige Ihnen freiwillig mein Mobiltelefon aus? Haben Sie noch nie etwas von Datenschutz gehört?«, provozierte sie Tannenberg.

»Sicher habe ich das, werte Frau Staatsanwältin«, entgegnete der Kommissariatsleiter. »Aber gerade Ihnen müsste durchaus bekannt sein, dass die Bürgerrechte und auch der Datenschutz bei Mordverdächtigen in beträchtlichem Maße eingeschränkt sind.«

Tannenberg atmete tief ein und hob die Schultern. »Aber

vielleicht haben Sie Ihr Handy ja gar nicht mehr.« In einem Ton, mit dem man normalerweise mit Kleinkindern spricht, ergänzte er: »Vielleicht haben Sie es erst vor Kurzem verloren oder es ist Ihnen gestohlen worden.«

»Nein, ich habe mein Handy weder verloren noch ist es mir gestohlen worden«, verkündete seine Kontrahentin.

»Sind Sie sicher?«

»Ja, das bin ich.« Die Staatsanwältin kramte in ihrer Handtasche herum und präsentierte ihr Mobiltelefon. »Hier ist es.«

Mit einer überfallsartigen Bewegung pflückte Tannenberg ihr das I-Phone aus der Hand und überreichte es Mertel.

»Edles Teil«, kommentierte der Kriminaltechniker.

»Also, das geht nun eindeutig zu weit«, schimpfte Agnes Rottmüller-Klomann. »Jetzt schreiten Sie doch bitte endlich ein, Herr Kollege, und pfeifen Sie diesen tollwütigen Kampfhund zurück«, forderte sie Willenbacher auf.

Der Oberstaatsanwalt sah sich offenbar nur noch in der Rolle des stillen Beobachters, denn er verzog keine Miene, sondern schlürfte in aller Ruhe seinen Kaffee.

Agnes Rottmüller-Klomann schoss die Zornesröte ins Gesicht. Sie bedachte Tannenberg mit einem Scheibenwischergruß und richtete einen weiteren Appell an ihren Kollegen. »Jetzt tun Sie doch endlich etwas!«, schrie sie ihn an. »Dieser Mann ist völlig von Sinnen!«

Der Leiter des K 1 reagierte ebenfalls gelassen. Er hob die Brauen und ließ sie oben verharren. »Mimen Sie jetzt bitte nicht die Überraschte, Frau Rottmüller-Klomann«, sagte er. »Ich nehme Ihnen diese Show hier nicht ab. Wie alles andere haben Sie natürlich auch die Sache mit Ihrem I-Phone in Ihrem perfiden Plan berücksichtigt.«

Wie ein Dirigent mit seinem Taktstock stach Tannenberg mit dem Laserpointer in ihre Richtung. »Ich verwette mein geliebtes altes BMW-Cabrio darauf, dass Sie mit diesem schicken Handy noch niemals eine SMS an Ihre alten Schulfreundinnen geschickt oder mit Ihnen telefoniert haben.«

Seine Stimme gewann deutlich an Schärfe. »Ich bin mir sicher, dass der bereits angeforderte Verbindungsnachweis meine Hypothese bestätigen wird.«

»Adressbuch leer, Speicher gelöscht«, präsentierte Mertel das Ergebnis seiner kurzen Überprüfung.

»Sehen Sie, auch das habe ich bereits vorher gewusst«, prahlte Tannenberg.

»Mit deinen hellseherischen Fähigkeiten könntest du mir eigentlich die Lottozahlen der nächsten Ziehung verraten«, warf Dr. Schönthaler ein, erntete damit jedoch nur einen gequälten Blick.

»Für den Kontakt zu Ihren Freundinnen haben Sie hundertprozentig ein Prepaid-Handy benutzt«, fuhr Tannenberg fort. »Natürlich haben Sie dieses Ding inzwischen irgendwo versenkt oder vergraben. Und zwar dort, wo es garantiert niemand findet. Stimmt's oder habe ich recht?«

Die Staatsanwältin grunzte amüsiert. »Sie haben nur eins, Herr Hauptkommissar, nämlich nicht mehr alle Tassen im Schrank!«

Wolfram Tannenberg leckte sich schmunzelnd die Lippen.

»Warum grinsen Sie denn nun auch noch so provozierend?«, wollte seine Kontrahentin wissen.

»Ach, nichts Besonderes, Frau Staatsanwältin«, wiegelte der Chef-Ermittler ab. Er lehnte sich zurück und klemmte die Hände unter den Achseln ein. »Ich musste nur gerade an unseren Besuch gestern früh in Ihrer Villa in Dansenberg denken. Das war schon eine bühnenreife Vorstellung, die Sie uns da in Ihrer ach so tristen Einliegerwohnung geboten haben. Dieses Ein-Personen-Stück haben Sie bestimmt tage-, wenn nicht sogar wochenlang geübt. Sie sind wirklich eine begnadete Schauspielerin.«

Wie ein Prediger warf Tannenberg plötzlich die Arme nach vorn und prustete los. »Von wegen, Sie könnten nie mehr ihr Haus betreten, weil dort ihr geliebter Mann von einer durchgeknallten Mörderin gemeuchelt wurde.«

Mit den Fingern fuhr er durch seine graumelierten Haare. »Wieder verwette ich mein todschickes rotes Cabrio darauf, dass Sie genau an der Stelle, an der das Blut Ihres Mannes den wertvollen Perserteppich getränkt hat, eine Flasche Schampus auf Ihren genialen Coup geleert haben.«

Die Staatsanwältin verdrehte genervt die Augen und grunzte höhnisch. »Sie sind komplett wahnsinnig geworden.«

Dr. Schönthaler sah sich zu einer Richtigstellung genötigt. »Nein, nein, das stimmt nicht«, behauptete er. »Mein alter Freund Wolf konnte nicht wahnsinnig *werden*. Denn er *war* es bereits, als ich ihn kennenlernte. Und ich kenne ihn wirklich schon sehr, sehr lange.«

Wie üblich ignorierte Tannenberg den Einwurf seines Freundes. »Als wir Sie gestern Morgen zu Hause aufgesucht haben, ahnten wir natürlich schon das Meiste von dem, was wir nun definitiv wissen«, erläuterte er an die Witwe gerichtet. »Trotzdem haben wir in Ihrem kleinen Theaterstück gerne mitgespielt.« Tannenberg sah Sabrina an. »Und zwar gar nicht mal so schlecht, wie ich finde. Vielleicht sollten wir bei der Katzweiler Freilichtbühne anheuern. Na, was hältst du davon, Sabrina?«

»Warum nicht!«, antwortete die Kommissarin fröhlich.

Die beschuldigte Staatsanwältin reagierte nicht, sondern starrte mit zusammengekniffenen Lippen auf ihr unangerührtes Kuchenstück.

»Diese Farce von der trauernden, apathischen Witwe hatte

schon etwas wirklich Theatralisches, das muss ich neidlos anerkennen«, sagte der Leiter der Kaiserslauterer Mordkommission. Anschließend hob er die Arme zu einer beschwörenden Geste.

»Was war das doch für ein göttlicher Anblick«, rief er zur Decke empor: »Die in tiefster Trauer versunkene, totenbleiche Witwe sitzt in derselben schwarzen Galakluft vor uns, die sie am Abend zuvor bei der Abschiedsfeier getragen hat.«

Wolfram Tannenberg stemmte die Ellbogen auf die Tischplatte und faltete die Hände. »Allerdings vermute ich, dass Sie nicht mit diesen edlen Designer-Klamotten auf dem Jungfernsprung herumgekraxelt sind, sondern Wanderkleidung und festes Schuhwerk trugen. Beides haben Sie natürlich noch in der Hexennacht irgendwo in Pirmasens oder in Ihrem heißgeliebten Saarland in einem Altkleidercontainer entsorgt. Stimmt's?«

Der Kommissariatsleiter stopfte sich etwas Apfelkuchen in den Mund und spülte ihn mit einem großen Schluck Kaffee hinunter. Danach fischte er mit der Zunge nach Kuchenresten, trank einen weiteren Schluck und fuhr schmatzend fort: »Aus Ihrer Sicht haben Sie strategisch richtig und logisch gehandelt«, sagte er.

»Denn als Ermittlungsprofi wussten Sie natürlich genau, dass unsere begnadeten, akribischen Kriminaltechniker Faserreste der Kleidung Ihrer Freundinnen an Ihren eigenen Klamotten finden würden. Folglich mussten Sie Ihre Kleidung entsorgen.«

»So wie Sie hier herumfantasieren, müssten Sie eigentlich hohes Fieber haben«, spottete die Witwe.

Grinsend legte ihr Widersacher eine Hand auf seine Stirn. »Nee, da muss ich Sie leider enttäuschen, Frau Staatsanwältin. Mein Kopf und ich sind total cool.« Er schenkte sich seine Tasse voll und gab einen Schuss Milch hinzu. »Als wir das alles begriffen hatten, war uns natürlich schlagartig klar, weshalb Sie gestern Morgen total übernächtigt aussahen«, sprach Tannenberg weiter. Er ließ einen Zeigefinger hervorschnellen. »Logo, Sie hatten schließlich in der Hexennacht kein Auge zugemacht.«

Der Finger verschwand wieder in der Faust. »Kein Wunder, denn Sie sind zuerst in der Gegend herumgegondelt, um Ihre Kleider loszuwerden. Und als Sie das erledigt hatten, sind Sie in die Wohnungen Ihrer ermordeten Freundinnen eingedrungen, haben diese gründlich durchsucht und alle Hinweise vernichtet, die sie mit Ihnen in Verbindung bringen könnten.«

Extrem breites, schadenfrohes Grinsen. »Schlau – aber eben nicht schlau genug«, tönte der Chef-Ermittler. Er steckte eine Hand in die Hosentasche und spielte mit seinem Schlüsselbund herum.

Die Staatsanwältin verzog spöttisch das Gesicht. »Ach, finden Sie?«, fragte sie keck.

Wolfram Tannenberg ließ sich nicht provozieren. Er fuhr fort: »Und den Rest der Walpurgisnacht haben Sie garantiert damit zugebracht, Ihren vermeintlich genialen Coup in aller Selenruhe zu feiern.« Er zuckte mit den Schultern. »Vielleicht findet die Spurensicherung ja irgendwo die von Ihnen geleerte Flasche Schampus.«

»Mein lieber Herr Hauptkommissar, was Sie uns hier so alles erzählen, hat ja zugegebenermaßen einen gewissen Unterhaltungswert«, meldete sich der Polizeipräsident zu Wort. »Doch folgen kann ich Ihnen ehrlich gesagt nicht. Gestatten Sie mir deshalb bitte zwei klitzekleine Frage zwischendurch?«

»Aber sicher doch, Herr Schmelzer«, zeigte sich Tannenberg großzügig.

»An diesen Fragen sollten Sie sich aber nicht weiter stören, mein lieber Herr Hauptkommissar«, meinte der Polizeipräsident. Während seine Stimme bedrohlich anschwoll, legte er nach: »Erste Frage: Haben Sie überhaupt irgendeinen Beweis für Ihre wilden Spekulationen?«

Der Leiter des K 1 setzte zu einer Antwort an, aber sein Vorgesetzter brachte ihn mit einer energischen Geste zum Verstummen.

»Zweite Frage«, schnauzte Schmelzer in einem Ton, der keinerlei Widerspruch duldete: »Wieso wurden weder der Herr Oberstaatsanwalt noch meine Wenigkeit über den gegen Frau Rottmüller-Klomann gerichteten unglaublichen Tatverdacht informiert?«

Willenbacher lehnte sich in seinem Stuhl zurück und verschränkte herausfordernd die Arme. »Das würde mich ebenfalls brennend interessieren.«

»Um mit der letzten Frage zu beginnen ...«, antwortete Tannenberg. »Um zu verhindern, dass die werte Frau Staatsanwältin durch einen blöden Zufall Wind von der Sache bekommt, mussten wir den Kreis der Eingeweihten so klein wie möglich halten.«

»Ach, Sie glauben also, wir beide hätten uns sofort mit einem Megafon auf den Balkon gestellt und Ihre wahnwitzige Theorie in die Stadt hinausposaunt?«, polterte Willenbacher. »Was bilden Sie sich eigentlich ein, Herr Hauptkommissar? Sie haben Ihre Kompetenzen bei Weitem überschritten!«

Dem Polizeipräsidenten war offensichtlich an einer Entschärfung des sich immer weiter zuspitzenden Konfliktes gelegen, denn er warf Willenbacher einen mäßigenden Blick zu. Mit abgesenkter Stimme fragte er den Leiter der Mordkommission: »Wie sieht's denn mit stichhaltigen Beweisen aus?«

Wolfram Tannenberg antwortete nicht sofort. Er legte den Kopf in den Nacken und nagte auf der Unterlippe herum. Dann nahm er einen tiefen Atemzug und schaute Schmelzer mit traurigem Blick in die Augen.

»Na ja, das ist leider der wunde Punkt an dem Ganzen. Denn bis dato haben wir nichts, aber auch rein gar nichts, was unseren Tatverdacht so erhärten könnte, dass die Staatsanwaltschaft darauf eine Anklage aufbauen könnte«, gestand er zähneknirschend ein.

Der Ermittlungsleiter räusperte sich, kratzte sich am Hinterkopf und schob verlegen nach: »Aber ich bin guter Hoffnung, dass wir noch etwas finden werden, womit wir unserer trauernden Witwe die Verbrechen nachweisen können.«

Auf dem Gesicht der Staatsanwältin machte sich deutlich sichtbar Erleichterung breit. »Schön, dass Sie wenigstens einsehen, dass selbst Sie ohne Beweise niemanden überführen können«, höhnte sie.

Ihre Körperhaltung wurde selbstbewusst und angriffslustig, der Tonfall ihrer Stimme schneidig. »Merken Sie sich mal eins, Tannenberg«, fuhr sie ihn an. »Wenn man einen unbescholtenen Bürger, zumal einen Staatsanwalt, solch einem ungeheuerlichen Verdacht aussetzt, sollte man stichhaltige Beweise vorweisen können. Kann man das nicht, sollte man sich schnellstens in aller Form entschuldigen.«

Sie musterte ihn überheblich. »Selbstverständlich kann sich in unserem harten, stressigen Beruf jeder einmal total verrennen. Deshalb will ich auch großzügig über Ihre Entgleisung hinwegsehen und Ihnen verzeihen, schließlich werden wir die nächsten Jahre konstruktiv zusammenarbeiten müssen.« Ihre Miene verdüsterte sich. »Allerdings muss ich auf Ihrer Entschuldigung bestehen.«

Tannenberg seufzte tief. Nach kurzer Bedenkzeit nickte er,

presste die Lippen zusammen und reichte ihr die Hand zum Friedensschluss. »Also gut, Frau Staatsanwältin, dann entschuldige ich mich hiermit in aller Form bei Ihnen für meine haltlosen Verdächtigungen.«

Agnes Rottmüller-Klomann merkte man an, dass sie diesem Friedensangebot nicht recht traute, denn als sie ihrem Kontrahenten zögerlich die Hand schüttelte, sondierte sie ihn skeptisch. Sie war sich anscheinend nicht im Klaren, ob es Tannenberg ernst mit seiner Entschuldigung meinte oder ob er sie gerade veralberte.

»Dann kann ich jetzt ja wohl gehen«, grummelte sie, schnappte sich ihre Handtasche und erhob sich. »Wissen Sie, dieses angebliche Arbeitskaffeekränzchen war gar nicht nach meinem Geschmack. Ich hätte mir wohl besser in der Stadt ein nettes Café gesucht.«

»Ihren Unmut kann ich sehr gut verstehen, Frau Staatsanwältin. Es tut mir aufrichtig leid«, säuselte der Leiter des K 1, der offenbar gerade noch eine weitere Handvoll Kreidepulver gefressen hatte.

Er stellte sich ihr in den Weg. Mit einer schnellen Bewegung zog er sein Handy aus der Jacke und drückte eine Taste. Als sie sich an ihm vorbeischieben wollte, drängte er sie in bewährter Ordnermanier ab.

»Was erlauben Sie sich?«, blaffte sie ihn an.

»Ach bitte, tun Sie mir diesen letzten Gefallen und gedulden sich noch einen winzig kleinen Augenblick.«

Doch Agnes Rottmüller-Klomann war nicht nach Entgegenkommen zumute. »Warum sollte ich das tun?«, fauchte sie ihn wie eine aggressive Raubkatze an.

In diesem Augenblick klopfte es an der Tür.

»Deshalb«, erwiderte Tannenberg.

Wie ein Conférencier, der die Zuschauer auf den Auftritt

eines prominenten Gastes vorbereitete, breitete er seine Arme aus. »Hereinspaziert, hereinspaziert«, rief er.

In Zeitlupentempo öffnete sich die Tür in den Raum hinein. Alle starrten gebannt in dieselbe Richtung.

»Rolla – du?«, stieß Agnes Rottmüller-Klomann entgeistert aus, als sie die Frau im Türrahmen auftauchen sah.

»Hör mir bloß auf mit diesem kindischen Schwachsinn, du hinterhältiges Miststück!«, brüllte Petra Bechthold, während sie mit ausgefahrenen Krallen auf ihre Schulkameradin zustürmte.

Der Staatsanwältin kamen nur noch abgehackte Fragewörter über die Lippen. »Wo … ? Wie …?«

»Na, Schwesterherz, da staunst du aber, gell?«, schrie der Überraschungsgast.

Die beiden Polizistinnen, die Petra Bechthold zum Seminarraum eskortiert hatten, hechteten ihr sofort hinterher. Gerade noch rechtzeitig, ehe sie Agnes Rottmüller-Klomann erreichte, packten sie die Furie an beiden Armen und zerrten sie von der Kaffeetafel weg.

Tannenberg baute sich in voller Körpergröße vor der aufgebrachten Mittfünfzigerin auf. »Ich denke, ein kleiner Sicherheitsabstand zwischen diesen beiden Damen wäre durchaus angebracht«, sagte er zu seinen jungen Kolleginnen.

Mit dem Kinn wies er auf einen kleinen Tisch, der zwischen Tür und Leinwand stand. Anschließend kehrte er zur gedeckten Kaffeetafel zurück.

Petra Bechthold konnte sich nicht beruhigen und spie weiterhin Gift und Galle in Gestalt von wüsten Schimpfwörtern. Ihr mit Pflastern dekorierter Kopf war puterrot und in ihren Mundwinkeln klebten weiße Speichelfäden. Während ihre Begleiterinnen sie nach hinten rissen und ziemlich unsanft auf einen Stuhl herunterdrückten, strampelte sie und trat wie ein widerborstiges Kind.

»Wenn Sie jetzt keine Ruhe geben, legen wir Ihnen Fuß- und Handfesseln an«, drohte die kräftigere der beiden Uniformierten.

Der eindringliche Appell zeigte Wirkung. Petra Bechtholds aufgeputschter Körper kam ein wenig zur Ruhe. »Okay, Okay, ich bin ab sofort friedlich«, versprach sie und setzte sich ordentlich hin.

Sabrina stellte drei gefüllte Kaffeetassen, Milch und Zucker auf den kleinen Tisch, und der gute Geist des K 1 lud jeder Frau ein großes Stück Sachertorte auf die Teller.

»Die beste und wirksamste Medizin bei einem angegriffenen Nervenkostüm ist ein Stück Sachertorte. Das hat schon meine Mutter gewusst«, erklärte die Sekretärin. »Sie werden sehen, dieses bewährte Hausmittel wirkt wahre Wunder.«

»Wieso nennen Sie Frau Bechthold eigentlich Rolla?«, wollte Tannenberg von der schockgefrorenen Staatsanwältin wissen.

»Wegen diesem bescheuerten Vicki-Rolla-Lotte-Scheiß«, zischte Agnes Rottmüller-Klomanns ehemalige Klassenkameradin.

Der Oberstaatsanwalt schaltete blitzschnell. »Wenn Sie Rolla sind, wer ist dann Vicki und wer ist Lotte?«, fragte er interessiert nach.

»Lotte ist die da«, spuckte Petra Bechthold in Richtung der Witwe. »Und Vicki ist Marens Spitzname.«

»Maren Ruelius«, erläuterte Tannenberg.

Der Polizeipräsident bekundete mit einem knappen Nicken, dass dieser Einwurf zwar nett gemeint, aber überflüssig war. »Ungewöhnliche Frauennamen«, bemerkte er. »Haben die irgendeinen konkreten Hintergrund?«

»Aber sicher doch. Haben Sie noch nie etwas von Pippi Langstrumpf gehört?«, tönte es aus Petra Ruelius' vorlautem Mundwerk scharf zurück.

Werner Schmelzer reagierte irritiert auf den aggressiven Ton. Er hob die Augenbrauen und zog das Kinn zum Hals. »Natürlich kenne ich Pippi Langstrumpf«, sagte er. »Aber an diese Namen kann ich mich in diesem Zusammenhang nicht erinnern.«

»Bildungslücke«, knurrte Petra Bechthold. Mit schmerzverzerrter Miene bewegte sie ihre stark bandagierte rechte Hand vorsichtig hin und her. Sie sog geräuschvoll Luft durch die geschlossenen Zahnreihen ein.

»Verflucht noch mal«, zischte sie. »Die Hand tut so sauweh.«

Tannenberg sprang seinem Vorgesetzten zur Seite. »Ich habe zwar meiner Nichte und meinem Neffen früher alle Pippi-Langstrumpf-Bücher vorgelesen, aber an diese Namen kann ich mich auch nicht erinnern. Aber das ist ja auch schon bald 20 Jahre her.«

»Bei mir sind es weit über 40 Jahre«, behauptete Petra Bechthold.

Willenbacher rutschte ungeduldig auf seinem Stuhl herum. »Aber was hat denn Pippi Langstrumpf mit unserer Mordserie zu tun?«, wollte er wissen.

»Gemach, gemach, Herr Oberstaatsanwalt«, entgegnete Tannenberg. »Ihr Termin ist doch eh geplatzt, oder?«

Ein kurzer Blick auf die Armbanduhr und ein leidvolles Stöhnen. »Das stimmt allerdings.«

»Na, da haben Sie doch jetzt alle Zeit der Welt. Ich verspreche Ihnen, es lohnt sich«, erwiderte der Chef-Ermittler. »Ich denke, wir sollten Frau Bechthold in aller Ruhe erzählen lassen.« Mit einer Geste forderte er die Frau zum Weiterreden auf. »Stichwort: Pippi Langstrumpf.«

Petra Bechthold trank noch einen Schluck Kaffee, bevor sie der Aufforderung nachkam. »Wir wurden damals am Burggymnasium zusammen in dieselbe Sexta gesteckt und haben uns schnell angefreundet.«

Ein angewiderter Blick und ein Fingerzeig hinüber zur Staatsanwältin. »Bei der da waren wir damals oft zu Hause. Ihre Mutter hat uns alle Pippi-Langstrumpf-Bücher vorgelesen. Sie hat sie uns regelrecht aufgedrängt.«

Ein kurzes Lächeln huschte über ihr Gesicht. »Wobei ich zugeben muss, dass wir ziemlich schnell von diesem fetzigen Mädchen fasziniert waren. Und irgendwann haben wir dann den Geheimbund der unheimlichen Schwestern gegründet.«

Petra Bechthold zog geräuschvoll die Nase hoch, woraufhin ihr eine der Polizeibeamtinnen ein Papiertaschentuch reichte. Sie nahm es entgegen und schnäuzte sich trompetenartig die Nase. »Wir haben uns Decknamen verpasst, die wir von dem vollständigen Namen Pippis abgeleitet haben«, erzählte sie. »Aus Pippilotta Viktualia Rollgardina Pfefferminz Efraimstochter Langstrumpf wurden Vicki, Lotte und Rolla.«

»Ah, verstehe«, sagte Willenbacher. »Und mit diesen Namen haben Sie sich ihr Leben lang angesprochen, bis heute?«

»Nein, natürlich nicht in der Öffentlichkeit, sonst hätte doch jeder unsere Decknamen entschlüsseln können«, entgegnete die Angesprochene kopfschüttelnd.

Der Oberstaatsanwalt nickte verlegen.

»Das war immer nur ein Spiel.« Petra Bechthold schluckte hart. »Dachte ich jedenfalls. Ich blöde, naive Kuh! Doch inzwischen habe selbst ich dumme Nuss kapiert, wieso die da so extrem viel Wert darauf gelegt hat, dass wir nur mit diesen albernen Namen miteinander kommunizieren.«

Sie grunzte höhnisch. »Auf diese Weise konnte sie sich sicher sein.« Es entstand eine Pause.

»Inwiefern?«, hakte der Polizeipräsident nach.

»Na ja, wenn zufällig irgendjemand etwas von unseren

Aktivitäten mitbekommen hätte, wäre dieser Jemand nicht in der Lage gewesen, unsere Decknamen einer konkreten Person zuzuordnen.«

»Geniale Idee«, kommentierte Dr. Schönthaler. Er schmierte sich seine Lippen mit einem Fettstift ein und brummte nachdenklich. »Also jede E-Mail, jedes Telefonat, jede SMS immer mit dieser Codierung?«

»Ja«, seufzte die Frau mit dem Spitznamen ›Rolla‹.

»Die unheimlichen Schwestern, ein Sextanerinnen-Spaß, aus dem viele Jahrzehnte später blutiger Ernst wurde«, murmelte der Rechtsmediziner. »Nomen est omen.«

Petra Bechthold wedelte mit dem Finger. »Nein, nein, das stimmt so nicht. Dieser Schwachsinn fing damals bereits mit einem blutigen Ritual an. Wir haben uns nämlich von den Jungs diesen Blutsbrüderschaftsquatsch abgeguckt.«

Tannenberg warf seinem Freund einen schnellen Blick zu, den der Rechtsmediziner lächelnd erwiderte, schließlich waren die beiden ebenfalls Blutsbrüder.

»Wir haben uns gesagt: Schwestern, das können wir auch«, fuhr Petra Bechthold unterdessen fort. »Also haben wir uns die Haut aufgeritzt und die blutenden Wunden aufeinandergedrückt. Motto: Indianerinnen kennen keinen Schmerz.«

»Wenn Astrid Lindgren geahnt hätte, wozu Sextanerinnen des Burggymnasiums ihre Pippi Langstrumpf missbrauchen, hätte sie diese Bücher vielleicht niemals geschrieben«, konnte sich Dr. Schönthaler nicht verkneifen.

»Was sehr schade gewesen wäre«, meinte die verletzte Frau. »Schließlich hat Astrid Lindgren ein Mädchen erschaffen, das sich zum ersten Mal in der Literaturgeschichte nicht im gebügelten Kleidchen an den Tisch gesetzt, brav mit der Mama Handarbeiten gemacht oder mit Püppchen spielt hat.«

Rolla wedelte mit dem Finger. »Nein, nein. Pippi durfte

endlich das tun, was man bis dahin nur Jungs zugebilligt hat: wild, ungebändigt, aufmüpfig, aggressiv, verwegen, todesmutig, rebellisch und streitsüchtig zu sein.«

Mit schmerzverzerrtem Gesicht nestelte sie an einem Pflaster herum, das ihre rechte Wange zierte. »Indem Astrid Lindgren das althergebrachte Rollenklischee auf den Kopf stellte, wurde sie zum Vorläufer der modernen Emanzipation der Frau«, fuhr sie fort. »Pippi Langstrumpf war übrigens der Grund, weshalb Maren Schriftstellerin wurde.«

Ein langgezogenes Schniefen und ein hasserfüllter Blick zum gegenüberliegenden Tisch. »Und jetzt ist sie tot. Von dir ermordet!«, brüllte sie mit sich überschlagender Stimme.

Petra Bechthold schleuderte ihre halbvolle Kaffeetasse in Richtung der ehemaligen Busenfreundin. Erschrocken warfen alle, die am Kaffeetisch saßen oder um ihn herum standen die Oberkörper nach hinten. Doch die Tasse traf ihr Ziel nicht, sondern flog links an Agnes Rottmüller-Klomann vorbei gegen die Wand, wo sie mit einem lauten Knall in drei Teile zersprang.

»Noch einmal solch ein Ausraster und wir legen Ihnen Handschellen an«, herrschte sie eine der Streifenpolizistinnen an.

Rolla machte eine beschwichtigende Geste. »Entschuldigung, kommt nicht wieder vor«, versicherte sie.

Auch die Witwe des ermordeten Gerichtspräsidenten war vor Schreck zusammengezuckt und hatte sich aufgerichtet, doch nun sank sie wieder in sich zusammen. Mit leerem Blick und hängenden Mundwinkeln stierte sie auf den Teppichboden zu ihren Füßen.

»Ach Gott, was war ich blöd!«, beschimpfte sich Petra Bechthold selbst. Sie raufte sich die Haare. »Warum habe ich diese Strategie nicht durchschaut?«

»Welche Strategie«, setzte Willenbacher nach.

Rolla schnaubte verächtlich. »Die liebe Lotte war schon immer so etwas wie unsere Oberschwester. Sie hat uns früher schon immer gesagt, wo's langgeht. Vor unseren damaligen Aktionen hat sie uns richtig schön aufgehetzt und scharf gemacht, bei den Aktionen selbst hat sie sich dann aber meist dezent zurückgehalten.«

»Was waren das für Aktionen?«, wollte der Oberstaatsanwalt wissen.

Ein bitteres Lachen erfüllte den Raum. »Ach, wissen Sie, unsere liebe Lotte hat uns damals eingetrichtert, dass Pippi Langstrumpf zwar wichtige Impulse für die Frauenbewegung gesetzt hätte, aber viel zu lieb zu den Männern gewesen sei.«

Petra Bechthold ließ einen Stoßseufzer verlauten. »Mit voller Absicht hat sie unseren Männerhass so sehr geschürt, dass es dann zu dieser schrecklichen Eskalation kam.«

Einige Sekunden lang legte sich bleierne Stille über die Anwesenden. Als Sabrina mit ihrem Kaffeelöffel gegen ihre Untertasse stieß, hörte es sich wie ein heller Glockenschlag an.

Rolla sprach weiter: »Eins der Rituale der unheimlichen Schwestern bestand darin, dass wir uns an den Händen gefasst haben und uns mit dem Spruch ›Pippi war lieb, aber wir sind böse, richtig böse!‹ auf unsere Aktionen eingeschworen haben.«

Sie krauste die Stirn und erinnerte sich an Willenbachers Frage. »Unsere Aktionen?«, sagte sie eher zu sich selbst. »Wir haben uns Strickmützen über die Köpfe gezogen und Jungs verdroschen, wir haben ihnen angezündete Knallfrösche in die Hosen gesteckt und ihnen Drohbriefe geschickt.«

Nachdenklich legte Petra Bechthold ihre mit kleinen Pflastern übersäte Stirn in Falten. Dann verzog sie ihr Gesicht zu einem hämischen Grinsen. »Außerdem haben wir die Ehefrauen von verhassten Lehrern mit fingierten Briefen über angebliche Affären ihrer Männer informiert.«

Rolla blies die Backen auf und produzierte das Geräusch eines tuckernden Rasenmähermotors. »Wir haben aber auch bedeutend härtere Sachen gebracht: Autoreifen zerstochen, Spiegel abgetreten und Scheibenwischer abgeknickt, Autotüren und -hauben zerkratzt und so weiter.«

In einem Anflug von Stolz hob sie die Brauen. »Wir waren richtig süße Herzchen, kann ich Ihnen versichern.« Anschließend verfiel sie wieder in Schweigen.

Wolfram Tannenberg nutzte die Chance, um Petra Bechthold dorthin zu leiten, wo er sie haben wollte. »Wenn ich Sie richtig verstanden habe, war unsere werte Frau Staatsanwältin die Anführerin der unheimlichen Schwestern«, versuchte er seine Kronzeugin zum Weiterreden zu animieren.

Rolla grunzte abschätzig. »Ja, das kann man guten Gewissens behaupten«, antwortete sie. »Die liebe Lotte war schon immer die mit Abstand Cleverste von uns dreien. Schon in unserer Schulzeit war sie das. Sie hat es im Leben ja auch am weitesten von uns gebracht: Akademikerin, Villa, reicher Mann, dicke Autos.«

Ein schadenfroher Blick hinüber zu Agnes Rottmüller-Klomann, die weiterhin regungslos in ihrer zusammengesackten Körperhaltung verharrte.

»Respekt, Frau Staatsanwältin«, höhnte ihre ehemalige Klassenkameradin. »Ja, die liebe Lotte hat uns den Weg gewiesen. Und wir dummen Hühner sind ihr blind nachgetappt, egal wohin.«

Petra Bechthold ballte die Fäuste so fest, dass die Haut über den Knöcheln weiß wurde. »Bis an den Abgrund sind wir dir gefolgt, du mieses, verlogenen Dreckstück«, schrie sie.

»Du wolltest uns von vornherein töten, um Mitwisserinnen zu beseitigen. Bei Maren hast du es ja geschafft.«

Die Beschuldigte hob langsam den Kopf. »Wieso …?«, hauchte sie kraftlos.

Doch bevor sie fortfahren konnte, brüllte die Überlebende mit hysterisch verzerrter Stimme: »Wieso ich nicht tot bin?«

Keine Antwort, nur langes, qualvollen Schnaufen.

Petra Bechthold stand kurz vor der Explosion. Wutschnaubend warf sie die Hände an den Kopf und raufte sich die Haare. Dann schossen ihre Hände mit den weit gespreizten Fingern nach vorn in Richtung ihrer paralysierten Blutsschwester.

»Weil du …«, brüllte Rolla wie eine wahnsinnige Furie. Sie schnitt eine furchterregende Grimasse. Ihre beiden Begleiterinnen standen in Position, um jeden Moment einzugreifen. »Weil ausgerechnet du mir das Leben gerettet hast.«

Sie riss ihren Oberkörper zurück, legte den Kopf in den Nacken und schrie hinauf zur Zimmerdecke. »Welch Ironie des Schicksals!«

Eine der Streifenpolizistinnen legte ihr beschwichtigend eine Hand auf die Schulter.

»Schon gut«, fauchte die Kronzeugin. Ihr aufgeputschter Körper kam ein wenig zur Ruhe. Sie schnaufte kräftig durch, dann verengte sie ihre Augen zu schmalen Schlitzen und feuerte einen vernichtenden Blick auf Agnes Rottmüller-Klomann ab.

Die Staatsanwältin hielt dem Blickkontakt nur kurz stand, ehe sie die Augen niederschlug.

Petra Bechtholds Hände verkrampften sich. »Als du mich über den Zaun gestoßen hast, haben mir plötzlich deine Ratschläge im Ohr geklingelt, die du mir beim Aufstieg gegeben hast, um dich über mich lustig zu machen. Erinnerst du dich?«

Keine Reaktion.

Die Frau mit dem Spitznamen ›Rolla‹ kicherte blechern. »Es ist schon mehr als komisch, Lotte. Indem du dich über meine Angst lustig gemacht hast, hast du mir das Leben gerettet.« Ein bitteres Lachen. »Obwohl du es hoch oben auf dem Jungfernsprung eigentlich auslöschen wolltest. Los, erinnere dich!«

Der Appell fruchtete nicht.

Tannenbergs Kronzeugin redete in einem merkwürdigen, höhnischen Singsang: »›Wenn du ausrutschen solltest, musst du versuchen, dich an einer Wurzel festzukrallen‹, hast du mir geraten. ›Deine Schwestern erretten dich dann aus der Todesgefahr.‹«

Rolla brach ab. »Könnte mir mal irgendjemand eine Kippe geben?«, fragte sie in den Raum.

Obwohl in den Justizgebäuden strenges Rauchverbot herrschte, schaute sich Tannenberg um, schließlich musste er seine Hauptbelastungszeugin unter allen Umständen bei Laune halten. Von den meisten Anwesenden wusste er, dass sie Nichtraucher waren.

Willenbacher griff in sein Sakko, zog daraus ein Päckchen Marlboro hervor und legte es mitsamt einem goldenen Feuerzeug auf den kleinen Tisch. »Bitte bedienen Sie sich.«

»Danke«, knurrte Rolla und steckte sich sofort eine Zigarette in den Mund. Wie ein Baby an einem Schnuller saugte sie gierig daran.

»Du hast dich in meiner Angst gesuhlt, du Miststück – und mir genau damit schlussendlich das Leben gerettet!«, schimpfte Petra Bechthold in die Qualmwolke hinein.

Sie zog noch einmal an der Zigarette und schnippte anschließend die Asche auf einen Unterteller, den ihr Sabrina hingestellt hatte. Dabei presste sie die Kiefer so fest aufeinander, dass sich ihre Kaumuskeln wie kleine Beulen unter ihrer bleichen Wangenhaut abzeichneten. Sie inhalierte tief, legte ein Bein über das andere und wippte nervös mit dem Fuß.

Tannenberg ergriff wieder die Initiative. »Nun klären Sie doch bitte Frau Rottmüller-Klomann darüber auf, weshalb Sie den Mordversuch weitgehend unbeschadet überstanden haben. Man sieht der Frau Staatsanwältin ja deutlich an, wie sehr die Ungewissheit an ihrem zarten Gemüt herumnagt«, sagte er mit unverhohlenem Spott in der Stimme. »Also bitte, Frau Bechthold.«

Als sie ihren richtigen Namen hörte, zuckte die Kronzeugin zusammen. So als habe sie jemand aus dem Tiefschlaf gerissen, wusste sie einen Augenblick lang nicht, wo sie sich gerade befand.

»Alles klar bei Ihnen, Frau Bechthold?«, fragte Sabrina.

»Ja, ja, sicher doch«, erwiderte Rolla mit einer fahrigen Geste. »Ich war nur gerade in diese Extremsituation abgetaucht.« Sie schüttelte sich. »Der Stoß kam so überraschend, dass ich in diesem Moment keinen klaren Gedanken fassen konnte.«

Sie räusperte sich und fügte hinzu: »Ich habe wohl instinktiv reagiert. Während ich kopfüber über den Maschendrahtzaun fiel, muss ich in meiner Todesangst reflexartig nach einem Halt gesucht haben.«

Rolla seufzte erleichtert. »Den ich ja zum Glück gefunden habe.« Sie lächelte versonnen. »Ich habe meine Rettung nur dem glücklichen Zufall zu verdanken, dass am unteren Ende dieses Absperrzauns noch Reste des ehemaligen Zauns hingen. Dort habe ich mich festgekrallt, mein Fuß hat einen Widerstand gefunden und so konnte ich dann mühsam zurück auf die Aussichtsplattform klettern.«

»Da hatten Sie ja wirklich unglaubliches Glück im Unglück«, bemerkte der Polizeipräsident.

»Tja, da hatte ich wohl einen Mordsdusel«, stimmte Petra Bechthold zu.

»Dann dürften anscheinend trotz der Walpurgisnacht außer den Hexen noch ein paar Schutzengel um den Jungfernsprung herumgekreist sein«, meinte Dr. Schönthaler.

Petra Bechthold hatte seinen Einwurf nur als peripheres Rauschen wahrgenommen, denn sie war mit allen Sinnen auf ihre Peinigerin fixiert.

»Du Miststück bist ja gleich, nachdem du uns von dem Felsplateau gestoßen hattest, verschwunden«, brüllte sie und schwang ihr zornig eine Faust entgegen. »Das war ein riesengroßer Fehler.« Ein spöttisches Grinsen huschte über ihr Gesicht. »Du hast es leider versäumt, mit deiner superteuren Premiumtaschenlampe nach unten zu leuchten und dich davon zu überzeugen, dass wir tatsächlich am Fuße des Jungfernsprungs angekommen sind.«

Rolla zündete sich eine neue Zigarette an und inhalierte tief. »Ich habe sogar gehört, wie du mit deiner Protzkarosse weggefahren bist. Du hast es wohl sehr eilig gehabt, vom Ort deines gemeinen Verbrechens wegzukommen.«

Ein diabolisches Lachen. »Und das war dein zweiter großer Fehler, meine liebes Lottchen«, spottete sie. »Du hättest dich sofort vergewissern müssen, ob tatsächlich zwei zerschmetterte Leichname unten auf den Felsen liegen – und nicht nur einer. Du warst dir einfach viel zu sicher, dass dein perfekter Plan keine Schwachstelle hat, stimmt's?«

Keine Antwort.

Genüsslich trieb Rolla den glühenden Rachedolch noch tiefer in die Seele ihrer ehemaligen Freundin. »Hochmut kommt eben vor dem Fall!«, zischte sie.

»Dieses Zitat passt nun wirklich haargenau«, warf Dr. Schönthaler schmunzelnd ein.

»Du arrogante, hinterfotzige Ziege!«, polterte Petra Bechthold los.

Hasserfüllt schaute sie hinüber zum Kaffeetisch, wo alle gebannt ihrer Aussage lauschten.

»Du hättest doch nicht im Traum daran gedacht, dass ich mal freiwillig mit den Bull…«, die Kronzeugin hüstelte affektiert und korrigierte sich, »mit der Polizei Kontakt aufnehmen würde, oder?«

Agnes Rottmüller-Klomann zeigte noch immer nicht die geringste Reaktion auf die heftigen Anfeindungen und Unterstellungen.

Angespannte Stille breitete sich im Raum aus. Die Luft knisterte förmlich.

Oberstaatsanwalt Willenbacher brach das Schweigen, indem er sich an Tannenberg wandte. »Wie ging die Sache eigentlich genau vonstatten, Herr Hauptkommissar?«, fragte er und schob erläuternd nach: »Ich meine, wie und wann hatten Sie zum ersten Mal Kontakt mit Frau Bechthold?«

»Kurz nach Mitternacht hatten uns die Kollegen darüber verständigt, dass am Fuße des Jungfernsprungs ein weiblicher Leichnam aufgefunden worden sei. Während wir dorthin unterwegs waren, sind zwei Kollegen hoch auf den Felsen geklettert und haben dort Frau Bechthold entdeckt.

Verständlicherweise stand sie unter Schock und war zunächst nicht ansprechbar. Die Sanitäter brachten sie hinunter zum Parkplatz. Inzwischen stabilisierte sie sich so weit, dass wir sie befragen konnten. Frau Bechthold hat uns auf Maren Ruelius' PKW aufmerksam gemacht.«

Ein kurzer Blick zum Leiter der kriminaltechnischen Abteilung. »Kollege Mertel hat das Fahrzeug geöffnet. In diesem sind wir dann auf die mutmaßliche Tatwaffe, einen Ansitzmantel sowie Männer-Wanderschuhe gestoßen. Stimmt's, Karl?«

Der Spurenexperte nickte.

Tannenberg grinste und wandte sich wieder dem Oberstaatsanwalt zu. »Als Kollege Mertel mehrere Einlagen und Innenschuhe entdeckte, war uns schlagartig klar, welchen Glückstreffer wir in dieser Nacht gelandet hatten. Frau Bechthold hat sich nach einigem Zureden und besonders nachdem wir ihr die Vorteile der Kronzeugenregelung erklärt hatten, zu einer umfassenden Aussage bereiterklärt.

Trotzdem hat sie zunächst keinen einzigen Ton über die Mordserie über die Lippen gebracht. Doch als sie dann den Zinksarg mit der toten Frau Ruelius gesehen hat, sind bei ihr alle Dämme gebrochen und sie hat angefangen, wie ein Wasserfall zu plappern.

Selbst als der Notarzt sie untersuchte und die Sanitäter ihre relativ harmlosen Blessuren verarzteten, hat sie unaufhörlich geredet. Wie in einem Rauschzustand. Wir sind dann mit ihr ins K 1 gefahren und haben die restliche Nacht über ihren Ausführungen gelauscht, die wir natürlich auch auf Band brauchten.«

Gähnend dehnte Wolfram Tannenberg seine Arme und den verkrampften Oberkörper. »Und nun sind wir zwar hundemüde, aber überaus glücklich, dass die brutale Mordserie nun doch ein schnelles Ende gefunden hat.«

»Warum schütteln Sie denn den Kopf?«, wollte der Polizeipräsident von seinem Kommissariatsleiter wissen.

Der Ermittler war sich dessen offensichtlich gar nicht bewusst. »Wie?«, fragte er verdutzt.

Schmelzer wiederholte die Frage.

Nun verstand Tannenberg endlich. »Ach, ich musste nur gerade an die groteske Szene oben auf dem Jungfernsprung denken«, erklärte er. Er hob das Kinn und wies damit auf die nach wie vor paralysierte Staatsanwältin.

»Bevor diese nette Dame ihre geliebten Schwestern über die Umzäunung in den vermeintlich sicheren Tod geschubst hat, hat sie ihnen in aller Ruhe die Sage von der durch ein Wunder geretteten Jungfrau vorgelesen.«

Demonstrativ schüttelte er erneut den Kopf. »Also, ich muss schon sagen, so etwas Perverses und Zynisches ist mir in meinen vielen, vielen Dienstjahren noch nicht untergekommen. Obwohl ich wirklich schon einiges erlebt habe.«

Willenbacher hielt es auf seinem Stuhl nicht mehr aus. Er stemmte sich am Tisch in die Höhe und ging einige Schritte. Dabei legte er die Handflächen aufeinander und führte kurz die Fingerkuppen an die Lippen. Anschließend nahm er die Hände herunter und verschränkte sie hinter dem Rücken.

Unter den erstaunten Blicken der anderen zog er eine Marlboro aus der Packung und steckte sie an. »Ausnahmsweise erlaube ich mir das jetzt einfach mal. Oder hat jemand etwas dagegen einzuwenden?«

Kein Protest. »Frau Bechthold, mich würde brennend interessieren, welche der unheimlichen Schwestern eigentlich die Morde begangen hat«, sagte er. »Diese entscheidende Frage haben wir bislang noch gar nicht thematisiert.«

»Das ist richtig, Herr Oberstaatsanwalt«, mischte sich der Leiter des K 1 ein. »Ist wohl irgendwie in diesem Trubel untergegangen.« Er räusperte sich. »Nach Aussage von Frau Bechthold hat Maren Ruelius alle vier Mordanschläge verübt. Die bisher vorliegenden Erkenntnisse der Kriminaltechnik stützen die Vermutung der alleinigen Täterschaft von Frau Ruelius.«

»Besten Dank für diese Information, Herr Hauptkommissar, aber die Frage wollte ich eigentlich gerne von Frau Bechthold beantwortet haben«, entgegnete der Oberstaatsanwalt und wandte sich wieder der Raucherin zu.

»Wenn dem so ist und Sie selbst nachweislich kein Tötungsdelikt begangen haben, werden Sie sehr wahrscheinlich mit einem blauen Auge aus dieser schrecklichen Sache herauskommen«, prognostizierte Willenbacher.

»Zumal mir in Ihrem Fall sicherlich der Generalstaatsanwalt die Anwendung der Kronzeugenregelung genehmigen wird.« Willenbacher nahm eine theatralische Pose ein. »Ich weiß nicht, ob sich inzwischen schon jemand für Ihre Aussagebereitschaft bedankt hat. Falls nicht, hole ich es hiermit nach.«

Petra Bechthold witterte ihre große Chance. Zwar hatten ihr die Kriminalbeamten bei den Verhören bereits die Kronzeugenregelung versprochen, doch aus dem Munde eines Oberstaatsanwaltes verwandelte sich diese Zusage nun in eine sichere Bank.

»Ich habe lediglich die Örtlichkeiten ausgespäht. Sonst habe ich nichts Verwerfliches getan«, beteuerte sie. »Ich habe die Anschläge weder geplant, noch bei den Ausführungen mitgewirkt.«

Wie einen Speer richtete sie ihren Arm auf Agnes Rottmüller-Klomann. »Die da hat alles bis ins letzte Detail geplant. Sie hat die Zielpersonen ausgesucht sowie die Anschlagsorte und -zeitpunkte bestimmt.«

Petra Bechthold riss den ausgestreckten Arm zurück und klatschte sich an die Stirn. »Jetzt ist mir auch klar, warum sie so großen Wert darauf gelegt hat, dass Vicki das Gewehr, den Mantel und die Schuhe zu unseren Treffen mitbringt«, verkündete sie lauthals.

»Damit bekamen die Bu…«, sie verschluckte schnell den Rest, »die Polizei Vicki als Mörderin auf dem silbernen Tablett serviert. Und sie war fein raus. Nie und nimmer wäre ausgerechnet auf die ermittelnde Staatsanwältin der Verdacht gefallen. Niemals!«

»Das war tatsächlich ein genialer Schachzug von ihr«, kommentierte Willenbacher. »In dieser Position war sie immer bestens über den aktuellen Stand der Ermittlungen informiert und konnte diese sogar, falls nötig, in eine bestimmte Richtung lenken. Nun verstehe ich auch, weshalb Frau Rottmüller-Klomann so unglaublich scharf darauf war, die Nachfolge Dr. Hollerbachs bezüglich seiner Zuständigkeit für das K 1 anzutreten.«

Der Oberstaatsanwalt feuerte ein schalkhaftes Lächeln auf Tannenberg ab. »Sie war übrigens die einzige Bewerberin.« Das Grinsen wurde noch breiter. »Merkwürdigerweise waren meine anderen Kollegen nicht gerade scharf auf diesen Job.«

»Danke für die Blumen, Herr Oberstaatsanwalt. Dazu sag ich nur: viel Feind, viel Ehr«, konterte Tannenberg.

»Ich muss leider eingestehen, dass sich mir das Motiv für die Morde immer noch nicht erschließt«, bekannte der Polizeipräsident freimütig.

»Mir ehrlich gesagt auch nicht«, gestand Willenbacher ein.

Werner Schmelzer schürzte die Lippen und machte eine fragende Geste. »Was steckt nun wirklich dahinter? Ein abgrundtiefer, pathologischer Männerhass? Ein Rachefeldzug der unheimlichen Schwestern? Aber Rache wofür?«

»Zum Beispiel für die Torpedierung von Karrierechancen«, erklärte Tannenberg. »Liegen wir damit richtig, Frau Bechthold?«

Rolla streckte die Beine aus und verschränkte die Arme vor der Brust. »Unter anderem damit hat uns dieses Miststück geködert. Jeder dieser Männer hat angeblich eine Vielzahl von Frauen unterdrückt, gemobbt, misshandelt.«

»Diesen Vorwurf hat sie dann wohl auch ihrem eigenen Ehemann gemacht, ja?«, hakte der Oberstaatsanwalt nach.

»Natürlich. Sie hat uns ihren Mann als einen perversen,

frauenhassenden Macho-Teufel geschildert, der ihre Karriere behindert, sie belogen und betrogen hat und …«

»… und deshalb seine Strafe mehr als verdient hätte«, vollendete Willenbacher.

Petra Bechthold nickte.

»Was halten Sie eigentlich von diesem Tatmotiv, liebe Frau Staatsanwältin?«, fragte Tannenberg mit einem spitzbübischen Lächeln.

Eisernes Schweigen.

»Das hört sich zwar ziemlich verrückt an, wie ich finde«, legte der Leiter des K 1 nach, »aber bei der Vorgeschichte der unheimlichen Schwestern durchaus nachvollziehbar, oder nicht?«

Immer noch keine Reaktion.

»Und wenn es sich bei diesem Mordmotiv nur um eine Schimäre handelte?« Wolfram Tannenberg erhob sich, packte seinen Stuhl und stellte ihn einen Meter vor die Beschuldigte. Anschließend setzte er sich verkehrt herum darauf, legte leger die Arme auf die der Witwe zugekehrten Rückenlehne und fasste sie scharf ins Auge. »Na, was halten Sie von meiner wilden Spekulation?«

Agnes Rottmüller-Klomann hob in Zeitlupe den Kopf und betrachtete ihn mit einem leeren Blick.

»Was meinen Sie damit?«, fragte Schmelzer.

»Der perfide ausgetüftelte Plan unserer trauernden Witwe sah vor, dass wir zunächst völlig im Dunkeln tappen sollten«, erläuterte Tannenberg. »Was wir ja auch getan haben«, räumte er ein.

»Und dann fährt urplötzlich wie ein Blitz aus heiterem Himmel die Lösung auf die unfähigen Provinzbullen hernieder. In einer perfekten Inszenierung wird uns die Täterin, die dem Anschein nach gemeinsam mit ihrer Freundin freiwillig in den Tod gesprungen ist, im wahrsten Wortsinne vor die Füße gelegt. Und als Zugabe bekommen wir nicht nur die Tatwaffe und andere Indizien, sondern auch noch das Motiv für die mysteriöse Mordserie quasi frei Haus geliefert.«

Willenbacher schüttelte verdutzt den Kopf. »Und wieso das alles?«

Der Leiter des K 1 grinste provokant. »Tja, das wissen Sie ja auch noch nicht, Herr Oberstaatsanwalt.«

Während ihn der Oberstaatsanwalt mit einem irritierten Blick musterte, räusperte sich Tannenberg.

»In den Wohnungen von Frau Bechthold und Frau Ruelius haben wir eindeutige Hinweise darauf gefunden, dass die beiden ihren unbändigen Männerhass in die Tat umgesetzt und sich an ausgewählten Vertretern unseres Geschlechts für alle möglichen Missetaten gerächt haben. Wie auf dem Präsentierteller haben wir Tatortskizzen, Namenslisten, ausgedruckte Fotos der Opfer und ihrer Häuser entdeckt. Die …«

»Das muss uns diese hinterhältige Kuh alles noch in der Hexennacht untergeschoben haben«, fiel Petra Bechthold dem Mordermittler ins Wort. Sie strich sich eine Strähne aus dem Gesicht und tippte sich anschließend an die mit Wundpflastern verzierte Stirn. »Ich bin wirklich eine seltenblöde Tussi. Natürlich war das so. Das muss einfach so gewesen sein.«

»Wieso sind Sie sich da so sicher?«, hakte Tannenberg nach.

»Weil die da drüben ganz versessen darauf war, dass wir uns gegenseitig Ersatzschlüssel für unsere Wohnungen geben.« Rolla schnaubte verächtlich. »Angeblich zum Blumengießen, wenn eine mal im Urlaub ist, und für Notfälle.«

»Gehe ich recht in der Annahme, dass die werte Frau Staatsanwältin die Schlüssel für ihr eigenes Haus, die sie Ihnen ausgehändigt hatte in dieser Nacht wieder an sich genommen hat?, fragte Tannenberg mit hämischem Blick auf Agnes Rottmüller-Klomann.

»Musste sie doch gar nicht, denn sie hatte uns ihre ja gar nicht gegeben«, platzte die Kronzeugin dazwischen. »Die waren angeblich beim Schlüsseldienst. Ha! Noch so eine dreiste Lüge!«

»Wie gesagt: alles perfekt geplant«, bemerkte der Chef-Ermittler trocken. »Aber zurück zur Schimäre, Herr Oberstaatsanwalt, Herr Polizeipräsident.«

Die beiden nickten huldvoll.

Tannenberg ging zur Leinwand, auf der immer noch die Konterfeis der unheimlichen Schwestern prangten. Er wies auf die entsprechenden Frauen und verkündete: »Wir sollten glauben, dass diese beiden durchgedrehten Feministinnen hier ein Exempel statuiert und mehrere Männer aus sicherer Entfernung mit einem Jagdgewehr niedergestreckt haben. Der grandiose Schlusspunkt dieser Inszenierung war der gemeinsame Todessprung von einem 60 Meter hohen, symbolträchtigen Felsmassiv herab.«

»War doch mal was Neues: Ein Tandem-Bungeesprung ohne Gummiseil«, präsentierte Dr. Schönthaler eine weitere Kostprobe seines legendären Pathologenhumors.

Derweil knetete Tannenberg sein stoppeliges Kinn. »Ich bin mir sicher, unsere allseits geschätzte Frau Staatsanwältin hätte meiner eben vorgetragenen Interpretation nichts entgegengehalten und ganz schnell die Akte geschlossen. Oder täusche ich mich da?«

Das Mienenspiel der Witwe wurde von Sekunde zu Sekunde lebendiger. Ihre Wimpern zuckten und sie rümpfte die Nase, als würde sie gerade einen üblen Geruch wahrnehmen.

Die Verhaltensänderung entging Petra Bechthold nicht, denn sie hatte die verhasste ehemalige Freundin die ganze

Zeit über nicht aus den Augen gelassen. »Du hast die arme Vicki eiskalt für deine Zwecke missbraucht und sie dann, ohne mit der Wimper zu zucken, entsorgt. Und bei mir hast du es auch versucht«, bespuckte Rolla ihre ehemalige Freundin regelrecht mit Vorwürfen. »Du bist schlimmer als die schlimmsten Machos.«

»Halt doch dein dummes Maul!«, giftete Agnes Rottmüller-Klomann zurück. »Dem Psychowrack Maren Ruelius habe ich doch nur das gegeben, was sie zeitlebens unbedingt haben wollte: Macht und Aufmerksamkeit.«

»Ich muss gleich kotzen, du zynisches Dreckstück!«, brüllte ihre langjährige Weggefährtin.

»Stutenbeißen«, raunte der Rechtsmediziner seinem inzwischen wieder neben ihm sitzenden Freund zu.

Petra Bechthold war nicht mehr zu bremsen. Sie sprang auf und wollte ihrer Widersacherin an die Gurgel, doch die beiden Polizistinnen hielten sie fest und zogen sie zurück auf den Stuhl. Rolla krallte sich so kraftvoll an der Sitzfläche fest, dass aus ihren Händen die Adern wie blaue Regenwürmer hervortraten. Dazu trampelte sie mit den Füßen auf den Boden.

»Du hast Vickis psychische Erkrankung skrupellos ausgenutzt, um deinen Alten loszuwerden«, steigerte sie sich in eine wahre Schimpfkanonade hinein. »Du hast uns mit aufgekochten alten Emanzensprüchen gefüttert, uns richtig scharf gemacht.«

Petra Bechthold lockerte den verkrampften Griff und steckte sich eine neue Zigarette an. »Die arme Vicki hast du mit deiner geheuchelten Zuneigung aus ihrer Schriftstellerisolation geholt und sie hofiert«, fuhr sie fort.

Dann legte Rolla eine kurze Pause ein, in der sie hektisch inhalierte. »Und als sie dir endlich aus der Hand gefressen hat, hast du sie gnadenlos ausgenutzt. Du hast sie zur menschlichen Bombe umfunktioniert und sie wie einen programmierten Kampfroboter auf Männerjagd geschickt.«

»Und du dumme Kuh bist nur sauer, weil ihr beide so unglaublich blöd gewesen seid«, höhnte die Witwe und grunzte abschätzig.

»Ach, mir fällt gerade etwas Wichtiges ein«, sagte Tannenberg mit derart lauter Stimme, dass die Kontrahentinnen ihre Köpfe zu ihm herumrissen. »Bewusst oder unbewusst haben Sie uns eben das entscheidende Motiv geliefert, Frau Bechthold. Wissen Sie, was ich meine?«

»Nee«, entgegnete die Angesprochene irritiert.

»Michael, sei so gut und zeig uns bitte noch einmal das Foto der Mordopfer«, bat Tannenberg an Kommissar Schauß adressiert. Dann trat er an die Leinwand heran. »Zum allerletzten Mal ein kurzer Schwenk zurück zur Schimäre«, versprach er und schickte den roten Laserpunkt auf die Reise.

»Durch die Ermordung dieser vier einflussreichen Männer hier sollten wir von vornherein auf eine falsche Fährte gelockt werden. Wir sollten nach einer Verbindung zwischen den Mordopfern suchen. Doch die existiert gar nicht.

Durch den extrem kurzen Abstand zwischen den Anschlägen sollte uns zudem keine Zeit für eine Verschnaufpause gegönnt werden. Auch das hat prächtig funktioniert, denn wir sind immer nur von einem Tatort zum nächsten gehechelt. Doch dann war plötzlich Schluss, Ende, aus.« Er klatschte in die Hände. »Klappe zu, Affe tot.«

Wolfram Tannenberg kehrte zum Tisch zurück, trank einen großen Schluck Kaffee und wischte sich mit dem Handrücken die Restfeuchte von den Lippen. »Quasi von der einen Sekunde auf die nächste standen wir nicht mehr vor einem riesigen Rätsel. Urplötzlich war alles klar, die Mordserie war aufgeklärt. Dabei waren wir zur Lösung des Falls und der

Identifikation der Täterin genauso gekommen wie die Jungfrau zum Kinde, nämlich ohne irgendetwas Konstruktives dafür getan zu haben.«

Der Leiter der Kaiserslauterer Mordkommission grinste so breit, dass man beide Zahnreihen sehen konnte. »Und Sie, Frau Staatsanwältin, konnten sich darüber freuen, dass Sie uns Provinz-Schnarchnasen bewiesen hatten, dass perfekte Morde doch möglich sind.«

»Aber das wissen wir doch schon alles, Herr Hauptkommissar«, beschwerte sich Willenbacher. »Wo bleibt die Pointe?«

Wie Lehrer Lämpel reckte Tannenberg seinen Zeigefinger in die Höhe. »Aufgepasst, Herr Oberstaatsanwalt: Die Pointe ist das Motiv. Unserer werten Frau Staatsanwältin ging es nämlich von Anfang an um nichts anderes als um die Ermordung ihres Ehemanns.«

»Was?«, fragte Willenbacher.

»Warum?«, wollte der Polizeipräsident wissen.

Tannenberg ignorierte die Fragen und folgte weiter strikt dem Drehbuch, das er für seine bühnenreife Vorstellung geschrieben hatte.

»Das war von vornherein ihr Ziel«, behauptete er. »Die anderen Männer waren quasi Kollateralschäden ihres perfiden, menschenverachtenden Plans. Die Krönung der mörderischen Inszenierung bestand darin, dass sich die geniale Dramaturgin eine wichtige Rolle auf den Leib geschrieben hatte.«

»Sie meinen: die Drahtzieherin als trauernde Witwe?«, fragte Schmelzer.

Tannenberg nickte, antwortete aber nicht. Er schlurfte zu seiner Aktentasche, die neben der Leinwand stand und entnahm ihr eine Handakte, in der sich mehrere Kopien befanden. Dann ging er zu Agnes Rottmüller-Klomann, wedelte ihr mit dem Schnellhefter vor der Nase herum und machte auf dem Absatz kehrt.

»Da haben wir das lange gesuchte Motiv«, posaunte er über die Köpfe der Anwesenden hinweg. Anschließend reichte er die Papiere dem sprachlosen Oberstaatsanwalt.

Eilig überflog Willenbacher die Dokumente und gab sie an den Polizeipräsidenten weiter.

»Ach, wer hätte das gedacht«, grinste Werner Schmelzer, nachdem auch er die Unterlagen gesichtet hatte. »Da haben wir ja ein geradezu klassisches Tatmotiv: Mord aus Habgier. Die Frau Staatsanwältin hat ihre Freundin Maren dazu missbraucht, ihren Ehemann aus dem Weg zu räumen, um eine dicke Erbschaft zu kassieren.«

Der Polizeipräsident erhob sich und ging mit der aufgeschlagenen Handakte auf Agnes Rottmüller-Klomann zu. »Laut dieser Lebensversicherungspolice wird Ihnen beim Tod Ihres Mannes das bescheidene Sümmchen von einer Million Euro ausgezahlt. Na, wenn das kein verlockendes Mordmotiv ist.« Schmelzer blätterte einige Seiten um. »Zumal Sie wegen dieses Ehevertrages hier bei einer Scheidung völlig leer ausgegangen wären.«

»Von seinem Anwalt wissen wir, dass der Ermordete bereits vor gut einem Vierteljahr konkrete Scheidungsabsichten geäußert hat«, ergänzte Tannenberg. »Außerdem wollte Herr Klomann im Vorgriff darauf sein Testament ändern. Was seiner Gattin natürlich bekannt war. Folglich war die arme Frau geradezu gezwungen, etwas Tatkräftiges gegen ihren Ehemann zu unternehmen.«

»Was wissen Sie schon über unsere Ehe?«, zischte Agnes Rottmüller-Klomann. »Für mich war sie das reinste Martyrium.« Sie presste die Lippen fest aufeinander und schniefte. »Ja, er hat mich über seine Scheidungsabsichten informiert.

Eines Abends hat er sich mit einer Flasche Bordeaux in der Hand zu mir auf die Couch gesetzt und genüsslich alles vor mir ausgebreitet: Scheidung, Testamentsänderung.«

Die Witwe des Gerichtspräsidenten atmete schwer und wiegte deprimiert den Kopf hin und her. »Ich hätte aus unserer Villa ausziehen müssen und …«, schniefte sie. Mit einem Taschentuch tupfte sie sich die Tränen von den Wangen.

»Aber das war noch nicht mal das Allerschlimmste«, fuhr die Staatsanwältin stockend fort. »Er hat mich und vor allem meinen Körper in einer unglaublich sadistischen Art und Weise verhöhnt. Und als er mich richtig fertiggemacht hatte, hat er mir auch noch strahlend verkündet, dass er eine 20 Jahre jüngere Kollegin heiraten wolle. Vor allem wegen ihrer knackigen Figur, die er mir dann in allen Einzelheiten beschrieben hat.«

Ihre Stimme überschlug sich. »Dieses perverse, sexistische Schwein.«

»Und da ist in Ihnen der Plan zu seiner Ermordung gereift«, stellte Willenbacher fest.

Agnes Rottmüller-Klomann nickte. »In dieser Nacht habe ich keine Sekunde geschlafen. Die ganze Zeit habe ich darüber nachgedacht, wie ich ihm die Suppe versalzen könnte.« Sie atmete schwer und ergänzte nach einem Stoßseufzer: »Und am nächsten Morgen stand mein Entschluss fest.«

»Felsenfest«, warf Dr. Schönthaler ein.

Tannenberg rollte die Augen, konnte sich aber trotzdem eines Schmunzelns nicht erwehren.

»Wieso war Ihre Freundin eigentlich so eine hervorragende Schützin?«, wollte Mertel wissen.

»Bitte?«

Der Spurenexperte wiederholte seine Frage.

Statt der Witwe antwortete Petra Bechthold: »Um in eine typisch männliche Domäne einzubrechen, haben wir uns nach dem Abitur freiwillig bei der Bundeswehr gemeldet. Damals war das natürlich ein völlig aussichtsloses Unterfangen. Trotzdem haben unsere Anträge anständig Staub aufgewirbelt.«

Sie nickte zu ihrer ehemaligen Freundin hin. »Na ja, die da hat uns dann überredet, dass wir uns in einem Schützenverein anmelden.« Sie hüstelte affektiert. »Ja, wir haben sogar alle den Jagdschein erworben und sind früher manchmal gemeinsam auf die Jagd gegangen.

Rolla machte eine wegwerfende Handbewegung. »Na ja, mir hat die Ballerei nie wirklich Spaß gemacht, den anderen hingegen schon. Vor allem Vicki, die ging sogar richtig darin auf.«

Ein bitterer Ausdruck legte sich über ihre Gesichtszüge. »Natürlich hat sie nur männliche Tiere abgeschossen. Sie hatte solch einen unglaublichen Hass auf Männer.«

»Den die Frau Staatsanwältin dann konstruktiv für Ihre Zwecke ausgenutzt hat«, kommentierte Tannenberg. »Bei Frau Ruelius kam ja auch einiges zusammen: eine psychisch labile Persönlichkeitsstruktur, ausgeprägter Männerhass. Und dazu noch Rachgier und Schießwut. Mithin eine hochexplosive Mischung, der nur noch eine Lunte gefehlt hat, die im richtigen Moment angezündet wird.«

»Wie sind Sie eigentlich auf die Idee mit den präparierten Wanderschuhen gekommen?«, fragte Mertel dazwischen.

»Die stammte gar nicht von ihr, sondern von Vicki«, stellte Petra Bechthold unmissverständlich klar.

»Interessant«, bemerkte der Spurenexperte.

»Vicki hat sich total in diesen Rachewahnsinn hineingesteigert«, verkündete sie.

»Andauernd hatte Vicki neue Idee Ideen«, schob sie nach. »In ihrem Eifer war sie überhaupt nicht mehr zu bremsen. Allerdings hat Agnes alle ihre Ideen sofort abgebügelt. Kein

Wunder, schließlich hatte sie ja ihren Plan schon lange fertig in der Tasche.« Rolla seufzte. »Bis auf die Sache mit den Wanderschuhen eben. Die Idee hat sie begeistert aufgegriffen.«

»Ein blindes Huhn findet eben auch mal ein Korn«, spottete die Witwe. »Auf alle Fälle waren die präparierten Wanderschuhe eine gute Finte«, prahlte sie.

»Ja, das muss man neidlos anerkennen«, pflichtete ihr Mertel bei. »Davon haben wir uns einige Zeit lang in die Irre führen lassen.«

»Bis ein beherzter Weidmann …«, meldete sich Dr. Schönthaler zu Wort.

»… den Spieß umgedreht hat«, vollendete sein bester Freund. »Denn dadurch geriet der Bluthund unserer Frau Staatsanwältin unter Druck und musste bei der panikartigen Flucht die unbequemen, übergroßen Schuhe zurücklassen.«

Tannenberg wandte sich seinem jungen Kollegen zu. »Michael, wie geht's denn eigentlich unserem lieben Förster?«, fragte er. »Wolltest du nicht vorhin mit dem Krankenhaus telefonieren?«

»Doch, das habe ich auch getan«, erwiderte Kommissar Schauß. »Nach Auskunft seines Arztes geht es Kreilinger jeden Tag ein bisschen besser. Ende der Woche kann er wohl in die Reha entlassen werden.«

Agnes Rottmüller-Klomann entgleisten die Gesichtszüge. Sie starrte den Leiter des K 1 mit offenem Mund wie ein Weltwunder an. »Er lebt?«, fragte die Witwe mit schleppender Stimme. »Aber im Radio wurde doch gemeldet, dass er seinen Schussverletzungen erlegen ist.«

Tannenberg machte eine flatternde Handbewegung. »Tja, man sollte eben nicht alles glauben, was die Medien so verbreiten«, entgegnete er mit einem unverschämt breiten Grinsen.

»Und Sie haben *mich* als begnadete Schauspielerin bezeichnet«, schimpfte die Witwe. »Ihre Auftritte waren nicht minder bühnenreif.«

»Ja, gelernt ist eben gelernt, Frau Staatsanwältin«, freute sich der Chef-Ermittler. »Nicht nur Sie, sondern auch ich habe mit sehr interessanten Menschen die Schulbank gedrückt.« Er zeigte auf Dr. Schönthaler. »Zum Beispiel mit diesem verschrobenen Herrn hier. Mit ihm zusammen habe ich damals am Rittersberg-Gymnasium eine Theatergruppe aufgebaut.«

Wolfram Tannenberg bedachte seinen alten Freund mit einem verschwörerischen Zwinkern. »Wir haben uns schon damals sehr für die menschlichen Abgründe interessiert. Besonders für Mord und Totschlag. Deshalb haben wir auch eine Bühnenfassung des Dürrenmatt-Romans ›Der Richter und sein Henker‹ geschrieben.«

»In den heutigen, frauenbewegten Zeiten würde der Titel wohl eher politisch korrekt lauten: ›Die Staatsanwältin und ihre Henkerin‹«, feixte der Pathologe.

»Woher stammen eigentlich die Männerhaare, die Sie am ersten Tatort so geschickt platziert haben, dass sie selbst ein blinder Kriminaltechniker gefunden hätte?«, fragte Mertel.

Der Anflug eines Lächelns huschte über Agnes Rottmüller-Klomanns aschfahles Gesicht. »Raten Sie mal«, forderte sie.

»Keine Ahnung«, antwortete der Spurenexperte.

»Sie auch nicht, Herr Hauptkommissar?«

Der Leiter des K 1 schüttelte den Kopf. Doch plötzlich erstarrte seine Miene. »Doch nicht etwa von …«, stieß er aus.

»Doch, diese Haare stammen von Sigbert. Ich habe sie mir aus seiner Haarbürste besorgt, als ich ihn anlässlich seiner privaten Abschiedsfeier zu Hause besucht habe.«

Tannenberg konnte nicht recht glauben, was er da eben gehört hatte. »Was?«, rief er entgeistert.

Aus der Tiefe seines Brustkorbs löste sich ein bellendes Lachen, das stakkatoartig durch den Seminarraum hallte. Während ihm Tränen in die Augen schossen, stützte er sich mit Händen auf den Knien ab und grölte: »Das glaube ich nicht. Das glaube ich einfach nicht. Sie haben tatsächlich Hollerbachs Haare am Tatort platziert? Wirklich?«

Die Witwe nickte.

Wolfram Tannenberg konnte nicht mehr an sich halten. »Ich glaub es nicht. Ich glaub es einfach nicht«, rief er immer wieder, während er ohne Unterlass auf seine Oberschenkel klopfte. »Das ist ja der absolute Hammer.«

Inzwischen hielt sich auch Dr. Schönthaler vor Lachen den Bauch.

Tannenberg schnappte hektisch nach Luft. »Ach Gott, wie herrlich«, feixte er.

»Jammerschade, dass wir das nicht früher erfahren haben«, meinte der Rechtsmediziner.

»Ja, das ist wirklich schade«, stimmte Tannenberg zu. »Mit größtem Vergnügen hätte ich den Herrn leitenden Oberstaatsanwalt verhaftet. Das hätte seine verheißungsvolle Zukunft radikal verändert.«

»Nix Freiflug auf Staatskosten nach Ruanda«, grinste Dr. Schönthaler, »sondern per pedes in einen Pfälzer Untersuchungsknast.«

19

»Ich kann nicht mehr«, keuchte Tannenberg. »Ich muss dringend an die frische Luft.«

»Mir geht's genauso«, stieß der Rechtsmediziner ins selbe Horn.

»Was ist das nur für eine Welt, in der das sogenannte zarte Geschlecht solche brutalen Verbrechen begeht?«, fragte der Kriminalbeamte im Treppenhaus.

»Es wird wirklich immer doller.« Dr. Schönthaler stieß zischend seinen aufgestauten Atem aus. »Tja, das nennt man wohl Emanzipation, du alter Macho!«

»Ich bin kein Macho«, protestierte sein Freund.

»Also bist du ein Frauenversteher?«

Der Kriminalbeamte schürzte die Lippen. »Nee, das nun auch wieder nicht.«

»Ja, was denn dann?«

Wolfram Tannenberg wischte das Thema mit einer heftigen Armbewegung weg. »Ach, was weiß denn ich. Aber eins weiß ich ganz genau.«

»Und was?«

»Ich könnte jetzt einen doppelten Schnaps gebrauchen.«

Der Pathologe brummte. »Da hätte ich vielleicht eine Idee«, sagte er.

»Und welche?«

Nur Schulterzucken als Antwort.

Fünf Minuten später tuckerten die beiden alten Freunde mit Dr. Schönthalers laubfroschgrünem 2 CV 6 in Richtung Uniwohngebiet.

»Wo willst du eigentlich hin?«, wollte der Mordermittler gerne erfahren.

»Wart's ab«, blaffte es zurück.

Wolfram Tannenberg schob die Augenbrauen zusammen und musterte seinen schlaksigen, mit einem grauen Anzug bekleideten Freund eingehend von der Seite her. »Hast du diesen Abendausflug etwa von langer Hand geplant?«

»Ja, glaubst du denn, nur die Frau Staatsanwältin ist zu so etwas logistisch in der Lage?«

Hinter der hölzernen Fußgängerbrücke, die das Wohngebiet mit dem Universitätscampus verband, setzte Dr. Schönthaler den vorsintflutlichen, klackernden Blinker und schwenkte vor der Rothen Hohl in einen Forstweg ein.

»Was willst du denn im Wald?«, fragte Tannenberg. Er drückte das Klappfenster auf und schaute sich nach allen Seiten um. »Und wenn uns der Förster erwischt?«

Der Pathologe grinste breit. »Das hier ist Kreilingers Revier. Und der liegt, wie ich erst kürzlich vernommen habe, im Krankenhaus.«

Der breite Forstweg führte zunächst stramm bergauf, schmiegte sich dann aber auf etwa gleichbleibender Höhe an einen dichtbewachsenen Nordhang an.

»Fährst du uns etwa zur Jammerhalde?«

»Guter Tipp, alter Junge«, lobte Dr. Schönthaler. »Du scheinst hellseherische Fähigkeiten zu besitzen.«

»Aber warum ausgerechnet dorthin?«

»Na, warum wohl?« Die lange, knochige Hand des Pathologen fuhr auf Tannenbergs Oberschenkel nieder. »Zum Jammern natürlich, alter Junge.«

Der Chef-Ermittler lachte herzhaft. »Worüber sollten wir beide denn jammern? Uns geht's doch saugut.«

»Über die schrecklichen Zeiten oder …«

»…über die Frauen«, schnitt ihm Tannenberg das Wort ab.

»… im Allgemeinen und über die modernen Frauen im Besonderen«, ergänzte der leidenschaftliche 2-CV-Fahrer.

»Okay. Dann stellen wir uns vor den Gedenkstein und klagen ihm unser Leid«, schlug Tannenberg vor.

»Genau deshalb fahren wir dorthin.«

Nach einer knackigen Kurvenfahrt, bei der die Ente immer wieder bedrohlich in Schräglage geriet, bremste Dr. Schönthaler auf einmal so scharf ab, dass sich sein Beifahrer beinahe den Kopf an der Windschutzscheibe angeschlagen hätte. Nur der Sicherheitsgurt verhinderte Schlimmeres.

»Mensch, Rainer, musst du immer so bescheuert durch die Gegend heizen?«, beschwerte sich Tannenberg.

»Jammer nicht, du Jammerlappen.«

Sie stiegen aus dem urigen Auto und liefen zum Gedenkstein.

Als der Leiter des K 1 vor dem übermannshohen Sandsteinfindling stand, dachte er unweigerlich an seinen siebten Fall zurück, bei dem ein durchgedrehter Hobbyhistoriker mehrere Leichname hinter dem Gedenkstein abgelegt hatte.

Ein kräftiger Schlag auf seinen Rücken beendete abrupt den gedanklichen Exkurs. Tannenberg fuhr ein stromschlagartiger Schmerz ins Genick.

»Mann, musste das sein?«, schimpfte er ungehalten. »Du weißt doch, dass ich Nackenprobleme habe.«

Dr. Schönthaler grinste. »Ich wollte dir nur beweisen, dass es immer etwas gibt, worüber man an der Jammerhalde jammern kann.«

Er klatschte in die Hände. »So, und nun zum bedeutend angenehmeren Teil dieses wunderbar sonnigen und milden Maitages«, tönte er lauthals. Als wollte er die gesamte Welt umarmen, öffnete er seine Arme. »Ist es nicht herrlich hier, so direkt am Busen der Mutter Natur?«

Tannenberg schürzte die Lippen. »Machst du jetzt einen auf Naturanbeter, oder was?«, frotzelte er.

»Nee, das war nur die feierliche Ouvertüre zu unserer kleinen Spontanfete«, entgegnete der Pathologe. Er schlenderte zu seinem Auto und öffnete die Heckklappe. »Komm mal her, Wolf«, befahl er in Feldwebelmanier.

»Warum denn?«, kam es geknurrt zurück.

»Ich will dir etwas Interessantes zeigen.«

Als sein bester Freund neben ihm auftauchte, schlug er eine Decke zurück, die er im Kofferraum ausgebreitet hatte. »Voilà: meine neueste Investition«, rief er strahlend.

»Wow, eine Kühlbox«, spottete Tannenberg.

»Quatsch«, fauchte Dr. Schönthaler. »Das ist keine billige«, angewidert spitzte er die Lippen, »Kühlbox.« Er tippte auf das Edelstahlgehäuse. »Das ist eine schweineteure Bordbar, genauer gesagt eine 12-Volt-Luxus-Bordbar mit elektronischer, siebenstufiger Thermostatregelung, Memory-Funktion, diversen LED-Kontrollleuchten, komfortablem Softtouch-Bedienpanel, intelligenter Energiesparschaltung, Innenlüftung bei Deckelöffnung et cetera.«

»Rasieren kann man sich aber nicht damit, oder?«, höhnte Tannenberg.

Der Rechtsmediziner setzte eine beleidigte Miene auf und schüttelte den Kopf. »Du verfügst noch nicht einmal über ein Mindestmaß an Gespür für die segensreichen Produkte, die unser hartes, entbehrungsreiches Dasein zumindest ein wenig erträglicher gestalten.«

Rainer Schönthaler öffnete den Deckel und entnahm dem Mini-Kühlschrank zwei Flaschen Kristallweizen und eine Flasche Mirabellengeist nebst den dazugehörigen Trinkgefäßen.

»Du hast wirklich an alles gedacht«, lobte Tannenberg, als er die Zitronenscheiben entdeckte.

»Laber nicht rum, schenk ein«, pflaumte ihn sein Zechkumpan an.

Tannenberg tat, wie ihm geheißen. Zuerst befüllte er die Schnapsgläser, danach schenkte er die Weizenbiere ein und steckte die Zitronenscheiben auf die wulstigen Glasränder. Ohne ein weiteres Wort zu verlieren, kippten die beiden den Mirabellengeist hinunter und schütteten das Weizenbier hinterher.

»Wie verkraftet eigentlich deine mickrige 2-CV-Autobatterie dieses energiefressende Luxusequipment hier?«, provozierte der Kriminalbeamte, während er sich den herben Schaum von den Lippen leckte.

Dr. Schönthaler schnaubte amüsiert. »Von wegen mickrig«, konterte er. Mit einem Siegerlächeln auf den Lippen ging er zu seinem Gefährt, öffnete die linke hintere Tür und zeigte auf die Stelle, wo sich bei einem normalen 2 CV für gewöhnlich die Rückbank befand. »Das da ist eine LKW-Hochleistungsbatterie«, strahlte er. »Noch Fragen?«

»Nee«, kam es einsilbig zurück.

»Diesen Trümmer brauche ich allein schon wegen meines Bose-Soundsystems. Apropos: Ein wenig Musik gefällig, der Herr?«

»Warum nicht? Was hast du denn anzubieten?«

»Erst gibt's noch einen kleinen Belli. Diese Stärkung haben wir uns wahrlich verdient.«

Der Rechtsmediziner schenkte die eiskalten Gläser noch einmal voll und prostete seinem Begleiter zu. Wie immer bei solchen Anlässen hatte er sich einen besonderen Trinkspruch ausgedacht. »Auf uns zwei beide, die tollsten Hechte von Kaiserslautern«, posaunte er in Richtung des Gedenksteins.

Klirrend stießen die Schnapsgläser aneinander. Wolfram Tannenberg zog einen Mundwinkel hoch. »Sag mal, wie kommen wir denn eigentlich von diesem wunderschönen Busen der Mutter Natur aus zurück in die Stadt? Du willst ja wohl nicht mit besoffenem Kopf ins Musikerviertel fahren, oder etwa doch?«

»Warum denn nicht?«, mimte Rainer Schönthaler mit verstellter Stimme den Betrunkenen. Er grinste breit. »Keine Sorge, mein Lieber. Sabrina holt uns später ab und Michael fährt mir meine süße kleine Schnuckelente direkt vor die Haustür.«

Tannenberg schob die Unterlippe vor und nickte anerkennend. »Du hast ja alles perfekt geplant.«

»Diese Schlüsselkompetenz muss ich mir wohl von unserer netten Frau Staatsanwältin abgeschaut haben.«

Tannenberg hob drohend den Zeigefinger. »Rainer, kein einziges Wort mehr über die Sache, okay?«

»Einverstanden«, erklärte sich der Pathologe dazu bereit. »Keine Worte, sondern Musik.« Er lehnte sich über den Fahrersitz und schaltete den CD-Player an. Sofort dröhnte der fetzige Rhythmus von Herbert Grönemeyers Kultsong aus den Lautsprechern. Die beiden stimmten in den Gesang mit ein: »Männer nehmen in den Arm, Männer geben Geborgenheit …«

Wie Balu bei seinem legendären Affentanz im Dschungelbuch schwenkte Tannenberg seinen Hintern hin und her, während Dr. Schönthaler etwas darbot, das entfernt an einen Bauchtanz erinnerte. Unbemerkt von den beiden Solotänzern näherten sich in ihrem Rücken zwei joggende Studenten.

»Cool, was 'n das – 'ne Senioren-Freiluftdisco?«, rief der eine gegen die wummernde Musik an.

Erschrocken riss Tannenberg den Kopf herum. »Macht bloß, dass ihr Land gewinnt, ihr amotorischen Jungspunde«, brüllte er.

Dr. Schönthaler bückte sich und schleuderte den lachenden Sportlern einen Tannenzapfen hinterher, der den linken Jogger nur knapp verfehlte.

»Uuuaaah«, brüllte Tannenberg anschließend und trommelte dabei wie Tarzan auf seinem aufgeblähten Brustkorb herum.

»Alte Gorillas blasen sich genauso affig auf, wenn sie aufmüpfige Jungaffen abschrecken wollen«, kommentierte der Gerichtsarzt.

»Denen haben wir's aber ganz schön gegeben, gell?«

»Und wie, die zittern bestimmt am ganzen Körper«, erwiderte Dr. Schönthaler und klatschte seinen Freund ab. Dann nahm er Tannenbergs Hand, hob sie an und vollführte darunter mehrere Körperdrehungen.

»Erinnert mich spontan an ›Dirty Dancing‹«, grinste Tannenberg, während er das Hemd auszog und auf die gefaltete Kühlerhaube der Ente schleuderte. »Da kommt man ja richtig ins Schwitzen«, prustete er.

Dann grölten die beiden aus voller Kehle weiter: »Männer haben Muskeln, Männer sind furchtbar stark.«

Wolfram Tannenberg schob sein T-Shirt an den Armen zurück und spannte demonstrativ die Muskeln an.

Dr. Schönthaler packte den linken Bizeps seines Freundes. »Eine beeindruckende Muskelatrophie«, frotzelt er und stieß sich zum Solotanz von ihm ab.

E N D E

Website des Autors:
www.tannenberg-krimis.de

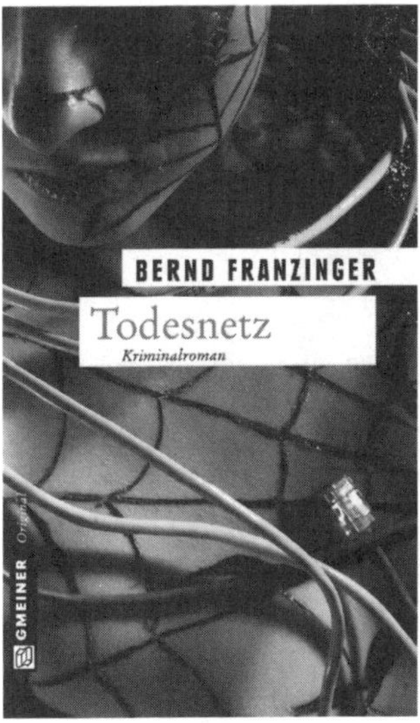

Bernd Franzinger
Todesnetz
978-3-8392-1321-6

»Ein topaktueller Krimi, der ein brisantes Thema anspricht: die Gefahr durch soziale Netzwerke.«

Ein Jogger wird ermordet, die Studentin Jessica entführt. Kommissar Tannenberg muss feststellen, dass Jessica durch eine E-Mail seiner eigenen Nichte in den Wald gelockt wurde. Wer missbraucht Mariekes Identität für diese Verbrechen?

Der ›Spider‹, wie sich der Täter nennt, schickt Tannenberg Fotos einer blutigen Wunde in Form eines Spinnennetzes. Für Wolfram Tannenberg beginnt ein Wettlauf gegen die Zeit. Er muss den ›Spider‹ aufspüren, ehe es weitere Opfer gibt …

GMEINER

Wir machen's spannend

Unsere Lesermagazine

2 x jährlich das Neueste aus der Gmeiner-Bibliothek

24 x 35 cm, 32 S., farbig; inkl. Büchermagazin »nicht nur« für Frauen

10 x 18 cm, 16 S., farbig

Alle Lesermagazine erhalten Sie in Ihrer Buchhandlung oder unter www.gmeiner-verlag.de.

GmeinerNewsletter

Neues aus der Welt der Gmeiner-Romane

Haben Sie schon unsere GmeinerNewsletter abonniert?

Monatlich erhalten Sie per E-Mail aktuelle Informationen aus der Welt der Krimis, der historischen Romane und der Frauenromane: Buchtipps, Berichte über Autoren und ihre Arbeit, Veranstaltungshinweise, neue Literaturseiten im Internet und interessante Neuigkeiten.

Die Anmeldung zu den GmeinerNewslettern ist ganz einfach. Direkt auf der Homepage des Gmeiner-Verlags (www.gmeiner-verlag.de) finden Sie das entsprechende Anmeldeformular.

Ihre Meinung ist gefragt!

Mitmachen und gewinnen

Wir möchten Ihnen mit unseren Romanen immer beste Unterhaltung bieten. Sie können uns dabei unterstützen, indem Sie uns Ihre Meinung zu den Gmeiner-Romanen sagen! Senden Sie eine E-Mail an gewinnspiel@gmeiner-verlag.de und teilen Sie uns mit, welches Buch Sie gelesen haben und wie es Ihnen gefallen hat. Alle Einsendungen nehmen automatisch am großen Jahresgewinnspiel mit attraktiven Buchpreisen teil.

GMEINER

Wir machen's spannend